Mari

FOLIO POLICIER

Jørn Lier Horst

L'usurpateur

Une enquête de William Wisting

Traduit du norvégien
par Céline Romand-Monnier

Gallimard

Titre original :
HULEMANNEN

Né en 1970, Jørn Lier Horst est un ancien officier de police. Les enquêtes de William Wisting, traduites en vingt-six langues, ont fait de lui un des auteurs les plus populaires de Scandinavie, avec plus de deux millions et demi de livres vendus et de nombreux prix à la clé (le Glass Key, le Riverton Prize, le Martin Beck Award ou encore le Swedish Academy of Crime Writers Award). Une adaptation est en cours, par les producteurs de *Millénium* et de la série TV *Wallander*.

1

Assis dans son fauteuil, l'homme mort était totalement desséché. Il avait les lèvres lacérées. Ses dents découvertes étaient jaunies, noircies, son crâne parsemé çà et là de touffes de cheveux poussiéreux, sans vie. Des os pâles luisaient sous la peau de son visage. Ses doigts étaient rabougris, noirs, gercés.

William Wisting passa en revue les autres photos qu'avait prises l'agent de la police technique et scientifique. L'homme n'avait pas été très grand de son vivant, mais la rétractation des tissus et la putréfaction aidant, son corps paraissait encore plus petit.

Le dossier était intitulé *Viggo Hansen*. Les photos présentaient l'homme sous différents angles. Il examina les diverses images de ce corps presque momifié. D'ordinaire, les dossiers photographiques le laissaient de marbre. Accoutumé à la mort, il avait développé une capacité à se distancier des impressions visuelles. Plus de trente années dans la police lui avaient fait voir tant de cadavres qu'il ne les comptait plus. Mais ce cas-ci était différent. Non seulement parce qu'il n'avait jamais rien vu de semblable, mais parce qu'il connaissait l'homme dans le fauteuil. Ils étaient quasiment voisins. Viggo Hansen habitait dans le virage, trois maisons plus loin, où il était resté mort pendant quatre mois, sans que Wisting ou un quelconque voisin ne s'inquiète pour lui.

Il s'arrêta sur une vue générale du salon, prise de la cuisine. Dos tourné au photographe, l'homme était devant sa télé. Le poste était allumé, car il l'était toujours quand la patrouille de police avait forcé la porte d'entrée.

L'ameublement était spartiate. Outre la console de télévision et le fauteuil qu'occupait l'homme, Wisting voyait une table basse rectangulaire, un second fauteuil et un canapé avec des coussins et un plaid. Contre un mur, un rangement composé d'étagères et de placards dans la section inférieure. Des rideaux gris fermés au bout de la pièce. Un lampadaire avec un abat-jour à franges ponctué de brûlures à droite du téléviseur. Trois paysages aux murs. Un hebdomadaire et une télécommande sur la table basse, à côté d'un verre et d'une assiette contenant les restes d'une nourriture indéfinissable. Sinon, le salon était en ordre.

Aucun signe de lutte. Rien qui porte à croire que cette personne seule avait reçu la visite d'indésirables au cours de ses dernières heures. Aucune raison de suspecter un acte criminel. Mais les circonstances du décès imposaient l'ouverture d'une enquête et Espen Mortensen avait donc fait ce travail soigné, sans toutefois aller au-delà des procédures de routine.

Le cliché suivant était un plan rapproché du magazine sur la table basse. Il était ouvert sur les programmes télé du jeudi 11 août.

Wisting leva les yeux et regarda par la fenêtre la

neige mouillée et lourde qui tombait dru. Le calendrier indiquait vendredi 9 décembre. Viggo Hansen aurait pu rester ainsi encore plus longtemps s'il n'y avait pas eu une facture d'électricité impayée. Après plusieurs lettres de rappel et mise en demeure de la régler sous peine de coupure, la compagnie avait envoyé un employé à son adresse. Le hasard seul avait fait que ce dernier s'était donné le mal de regarder d'un peu plus près et il avait aperçu Viggo Hansen par une fente entre les rideaux.

Sur la page des programmes télévisés, des horaires entourés et cochés indiquaient les émissions que Viggo Hansen avait manifestement prévu de regarder. L'une d'elles passait sur Discovery Channel et s'intitulait *The FBI files*. Wisting connaissait cette série, il s'agissait de la reconstitution de certaines des plus grandes affaires du FBI.

Il passa à la photo suivante. Le visage du défunt. Bouffi et sombre, avec des lacérations là où la peau s'était déchirée. Dentition visible jusqu'aux molaires. Restes de la langue formant une boule bleu-noir. Orbites grandes et creuses semblant regarder dans le vide, droit devant.

Il remit les clichés dans le dossier, se leva et alla à la fenêtre. Le jour déclinait. Un crépuscule de plomb. Il aurait dû rentrer chez lui, mais n'avait rien auprès de quoi rentrer, à part sa télé.

Dans l'arrière-cour, une voiture de patrouille sortait du garage. Ses roues patinèrent dans la neige avant d'accrocher. Les flocons qui tombaient reflétaient la lumière du gyrophare comme de petites étincelles bleues.

Wisting retourna à pas lents vers son bureau ; il

observa le mince dossier. Viggo Hansen n'avait pas de famille, pas d'amis, pas de proches. Il avait fini sa vie aussi seul qu'il l'avait vécue.

Wisting voulait repousser le dossier vers la pile d'affaires à classer, mais quelque chose le retenait. Il ne savait pas quoi. Rien dans son expérience ou son intuition ne lui donnait de quelconque indication qu'il fallait considérer l'affaire autrement que comme achevée. L'enquête s'était essentiellement résumée à l'identification du défunt. Il n'avait aucune famille avec qui on aurait pu comparer son profil génétique, mais l'analyse des échantillons de référence prélevés sur une brosse à dents et sur un peigne trouvé dans la poche arrière d'un pantalon suspendu au dossier d'un fauteuil, dans la chambre à coucher, était sans équivoque. Le défunt était l'homme qui avait vécu dans la maison : Viggo Hansen, 61 ans.

Le médecin légiste avait été surpris du bon état de conservation du corps. En vertu d'une hygrométrie faible associée à une température basse et une quasi-étanchéité de la pièce, dont toutes les portes, fenêtres et grilles d'aération étaient fermées, Viggo Hansen s'était desséché comme une momie, lentement mais sûrement, au lieu de pourrir et de se décomposer. Mais il n'en avait pas moins été impossible de déterminer la date du décès. L'acte de décès indiquait simplement mort subite.

L'ordinateur émit un signal, et un carré rouge apparut sur l'écran. Message urgent du centre de commandement. Wisting plissa les yeux. Six mots : *corps découvert au domaine de Halle*.

Il posa le dossier Hansen au sommet de la pile d'affaires à archiver et cliqua sur le message.

2

La rédaction était calme. La neige mouillée qui adhérait aux fenêtres amortissait les bruits extérieurs. Les décorations de Noël étaient déjà en place. Des guirlandes argentées et des boules de Noël rouges ornaient les écrans de télévision qui diffusaient les informations muettes des chaînes du monde. Le logo de *VG* était affublé d'angelots blancs et plusieurs séparateurs de postes de travail étaient surmontés de guirlandes multicolores clignotantes.

Le chef de l'actualité s'appelait Knut A. Sandersen. Les parois en verre de son bureau donnaient sur la rédaction. Line le vit coincer son téléphone mobile entre son oreille et son épaule tout en tapant sur son clavier. Il aurait dû être chez lui depuis longtemps. Son deuxième enfant était né deux mois et demi plus tôt. Et, à près de 19 heures, il avait déjà fait trois heures supplémentaires.

Sandersen raccrocha, but une gorgée de café et renversa la tête en arrière. Au-dessus de lui, quelqu'un avait accroché du gui au néon.

Line se leva pour aller lui soumettre sa proposition,

mais le téléphone de son chef se remit à sonner et il fut de nouveau occupé.

Elle prit sa tasse et, en attendant qu'il soit disponible, elle réfléchit à Noël. Au réveillon. Elle n'en avait pas discuté avec son père, mais elle partait du principe qu'ils se réuniraient à Stavern, elle, lui et son grand-père paternel. Thomas pourrait peut-être venir, lui aussi. Son frère jumeau était pilote d'hélicoptère dans l'escadron 330. Il n'avait pas eu un seul Noël libre depuis la mort de leur mère. À cette pensée, Line sentit une fois encore combien elle lui manquait. Cela faisait cinq ans et demi. Au début, cette absence impossible avait été un fardeau très lourd à porter. Certains matins, Line n'avait pas la force de se lever, elle fondait en larmes en pleine réunion, et elle était constamment rongée d'inquiétude à l'idée que son père ne s'en sorte pas tout seul. Aujourd'hui, le manque était moins assourdissant, moins désespéré, mais elle savait que ce n'était pas un hasard si elle travaillait tant. Elle avait développé une certaine dépendance à l'état de profonde concentration qu'elle atteignait quand elle était en plein milieu d'un papier.

Knut Sandersen raccrocha, mais il reçut un nouvel appel avant même que Line ait eu le temps de se lever. Ses tempes avaient grisonné depuis que Line avait fait son premier remplacement au journal. Désormais en CDI, elle faisait partie de l'équipe affaires criminelles. Le papier qu'elle proposait tombait donc hors de son domaine, mais Sandersen avait suffisamment de monde pour la laisser travailler quelques jours au magazine du week-end.

Il se leva en bousculant le gui. Line le soupçonnait de l'avoir accroché lui-même. Il était toujours en train de parler au téléphone quand il se dirigea vers la machine à café, mais il avait raccroché quand il en revint avec une tasse pleine et une poignée de biscuits aux épices. Il s'installa à son bureau, s'enfonça dans sa chaise et resta quelques instants ainsi.

Line savait qu'il s'agissait d'être rapide, elle n'avait guère plus de trois phrases pour vendre sa proposition de reportage. Elle emporta sa tasse avec elle, pour donner un air plus innocent à la conversation, et entra dans le bureau. Sandersen regarda le gui avant de fixer son attention sur elle.

« Je voudrais écrire sur Viggo Hansen », annonça-t-elle.

Sandersen entreprit de ranger son bureau noyé sous les papiers.

« Jamais entendu parler de lui, répondit-il en faisant des piles. Qu'est-ce qu'il a fait ?

— Il est mort.

— Tué ? »

Elle secoua la tête.

« Il a passé quatre mois mort devant sa télé avant d'être découvert.

— Très mort, alors.

— Je voudrais faire un papier sur comment une chose pareille a pu arriver. Comment il est possible d'être si seul et oublié de tous qu'il faut quatre mois pour que quelqu'un s'aperçoive par hasard qu'on est mort. »

Sandersen ouvrit la bouche pour parler, mais Line le devança.

« Je crois que ça pourrait être un bon article pour les fêtes, déclara-t-elle avant de boire une gorgée de café. L'ONU vient de nous classer parmi les pays qui ont la meilleure qualité de vie. Mais dans les enquêtes sur le sentiment de bonheur des habitants, la Norvège arrive cent douzième. C'est un pays du Pacifique qui caracole en tête de liste, une petite communauté insulaire où les gens ont toujours du temps pour autrui et prennent soin les uns des autres. »

Elle vit que l'idée ne déplaisait pas à Sandersen. Le sujet qu'elle proposait s'intégrerait bien dans le sommaire. Comme un contrepoids aux joies de Noël, aux régimes minceur et aux reportages sur l'échange de cadeaux non souhaités. Mais son chef n'en avait pas moins l'air pensif.

« On ne peut pas parler uniquement de la météo », ajouta-t-elle d'un ton convaincant en désignant du menton l'édition du jour, qui titrait *Le froid sibérien arrive*.

Line finit par comprendre que l'inquiétude qui plissait le front du rédacteur ne concernait pas le papier, mais l'organisation interne du journal. À l'étage du dessus, la rédaction du magazine du week-end employait vingt-cinq personnes, qui étaient censées être capables de remplir le supplément toutes seules. Si Sandersen leur cédait une journaliste, il n'aurait rien en retour. Au contraire. Ça lui ferait une tête de moins parmi lesquelles répartir les sujets d'actualité.

« J'ai besoin de trois, quatre jours, précisa-t-elle tout en sachant qu'elle en prendrait probablement davantage. Son enterrement aura lieu mardi. »

Sandersen mordilla un stylo-bille.

« Qu'est-ce qu'il regardait ?

— Comment ça ?

— Que regardait-il à la télé quand il est mort ?

— Aucune idée, répondit Line en buvant une gorgée de café. Mais tu le sauras en lisant le journal. »

Sandersen acquiesça d'un signe de tête.

« Marché conclu, fit-il en lançant un coup d'œil vers l'escalier qui menait à l'étage supérieur. Je leur propose le sujet en leur disant qu'ils peuvent t'emprunter pendant trois jours.

— Trois jours », confirma-t-elle avant de s'avancer pour l'embrasser sur la joue.

3

Un chasse-neige qui arrivait en face souleva un tourbillon blanc. La poudreuse se déposa sur son pare-brise et Wisting leva le pied jusqu'à ce qu'il distingue de nouveau la route.

Un policier à la visière enneigée se tenait à côté d'une voiture de patrouille sur la petite route qu'il fallait emprunter pour rejoindre la ferme d'où était venu le message. *Sapins de Noël à couper soi-même*, était-il inscrit en grandes lettres rouges sur un panneau.

Il salua de la tête le policier et prit le chemin de la ferme. Plus loin, il voyait des phares de voitures et des gens en activité dans une cour.

Le corps avait été découvert dans une plantation de sapins. La première patrouille avait signalé que le cadavre portait les marques d'un long séjour dehors. Wisting savait ce que cela voulait dire. Il savait le peu qui pouvait rester d'un corps humain sur lequel le temps et la nature avaient fait leur œuvre.

Il se gara sur le parking et, en descendant de voiture, sentit à quel point il était légèrement vêtu.

Deux policiers en uniforme gardaient l'entrée de la plantation. Un écriteau indiquait que le prix d'un sapin blanc était de 380 couronnes contre 220 pour un épicéa commun.

« En savons-nous davantage ? » demanda Wisting.

Le policier le plus âgé déplaça le poids de son corps sur son autre pied avant de reprendre sa position initiale.

« Non, répondit-il en soufflant sur ses mains. Mortensen est en train de travailler là-bas, ajouta-t-il. Mais je doute qu'il y ait grand-chose à trouver. D'après ses vêtements et ce qu'il a aux pieds, il semblerait que ce soit un homme, mais c'est impossible à dire avec certitude. »

Wisting jeta un œil vers la rangée de sapins. Cinquante mètres plus loin était monté un projecteur et il vit le policier scientifique qui se penchait sur quelque chose d'indéfinissable.

« Qui l'a trouvé ? s'enquit-il.

— Un garçon de 8 ans qui était venu couper un sapin avec son père. Le corps est sous les branches, tout contre le tronc, comme si on l'avait repoussé aussi loin que possible. »

L'autre homme enchaîna :

« Ils piétinaient la neige pour pouvoir accéder au tronc avec leur hache et ils n'ont d'abord pas compris ce que c'était. »

Wisting voyait déjà les titres de la presse : *Un garçon de 8 ans trouve un homme mort sous son sapin de Noël.*

« Où sont-ils maintenant ? Le père et le fils ?

— On les a renvoyés chez eux. »

Wisting remercia les policiers et s'engagea dans l'allée de sapins. La neige crissait sous ses semelles.

Mortensen se redressa et le salua de la tête. Il avait des flocons mouillés dans les cheveux.

Wisting observa le corps à un mètre de distance. Il dut s'accroupir pour bien voir sous les branches. Un dos voûté en blazer décoloré et givré, un pantalon clair et une paire de chaussures en cuir lacées. Il restait quelques touffes de cheveux éparses à l'arrière du crâne. Des traces dans la nuque indiquaient le passage d'oiseaux ou de petits rongeurs venus se servir.

« Qu'en penses-tu ? » demanda-t-il en se redressant.

Espen Mortensen haussa les épaules.

« Nous n'avons qu'à le sortir d'ici et laisser les médecins légistes l'examiner. Et nous, on protège la scène en montant une tente et on enlève la neige. Il y a peut-être d'autres choses ici.

— Carrément tout le tremblement ? commenta Wisting. Tu ne penses pas qu'il puisse s'agir d'une mort naturelle ? »

Mortensen secoua la tête.

« Si on était loin de tout, on aurait pu croire qu'il s'était couché à l'abri, mais on est à cinquante mètres du chemin de la ferme et à seulement quelques centaines de mètres du hameau le plus proche. »

Wisting s'accroupit de nouveau. Mortensen avait raison. Il ne pouvait pas non plus s'agir d'un accident. Le suicide restait une possibilité. Ils découvriraient peut-être un flacon de comprimés vide à côté du corps, sous les branches. L'affaire s'en trouverait simplifiée, mais quelque chose lui disait que ça n'allait pas être le cas.

« Depuis combien de temps crois-tu qu'il est ici ?

— Depuis l'été dernier. »

Surpris de la réponse, Wisting attendit une explication.

« Ses vêtements. Il porte des vêtements d'été. »
Wisting se releva et fit un pas en arrière.
« Nous n'avons personne sur la liste, observa-t-il. Aucun disparu. »

4

Line pensait à Viggo Hansen. Elle avait grandi à trois maisons de l'endroit où on l'avait trouvé mort et elle se souvenait bien de lui. Il avait toujours eu quelque chose de singulier. Sans raison particulière, tous les gamins avaient peur de lui. On le voyait rarement le jour, mais il sortait souvent la nuit. Quand elle devait rentrer tard le soir, Line se souvenait que sa mère lui disait toujours d'être à la maison avant que Viggo Hansen ne sorte. Parfois, elle se tenait à la fenêtre avec Thomas et le regardait marcher dans la rue juste après minuit. Toujours voûté, toujours vêtu d'un manteau noir un peu trop grand, toujours du côté sans réverbères.

Line avait entendu dire que sa mère était chez les fous et que son père avait fait de la prison, mais elle ne savait pas si c'était une rumeur ou s'il y avait du vrai dedans.

Elle était impatiente de se mettre au travail et avait créé sur son ordinateur un dossier intitulé *Viggo Hansen* avant même d'avoir obtenu l'accord de Sandersen.

Le reportage de magazine obéissait à une procédure journalistique très différente du papier d'actualité, tant pour les idées que pour ce qui était de la collecte d'informations, de l'analyse et de l'écriture. C'était une façon toute particulière d'approcher la réalité.

Dans ses articles d'actualité, elle adoptait une écriture directe. Une langue simple et fonctionnelle. Dans un reportage de magazine, la langue revêtait une tout autre fonction. Line était plus libre d'expérimenter et, si elle ne faisait pas de la poésie, elle pouvait néanmoins passer des heures à pinailler sur ses phrases, à travailler la structure de son texte. Elle s'efforçait toujours de créer un élan narratif, de donner de la texture et de l'épaisseur aux gens sur qui elle écrivait. Le journalisme de magazine offrait la possibilité d'aller plus en profondeur et d'imprimer sa marque au récit. Et puis c'était un exercice fascinant que d'offrir un reflet des sujets de société importants au travers de destins isolés, de situations et de détails propres à véhiculer une histoire plus ample.

Elle avait en outre le sentiment que les papiers qu'elle écrivait pour le magazine étaient plus appréciés, tant des lecteurs que de la direction. Certes, Sandersen et les autres chefs de l'actualité la complimentaient parfois, mais ce n'était rien à côté des retours enthousiastes du rédacteur en chef du magazine, qui étaient souvent assortis de smileys et d'une enfilade de points d'exclamation. Et puis Line n'avait jamais publié de reportage sans recevoir de courrier des lecteurs. Souvent des mails, mais parfois aussi des lettres manuscrites, dans une enveloppe timbrée adressée à *VG* avec son nom dessus. Elle les avait toutes gardées.

Elle aimait essayer de comprendre et de transmettre la philosophie et les points de vue de la personne sur qui elle écrivait. Et si les quelques portraits qu'elle avait signés par le passé étaient ceux de personnes vivantes, le principe restait le même. Il s'agissait de déterminer qui les gens étaient réellement.

Pour l'instant, le dossier Viggo Hansen ne contenait pas grand-chose. Un entrefilet dans le journal local, qui avait mentionné l'événement sans susciter de réactions. Pas de courrier des lecteurs critiquant les soins aux personnes âgées ou le système de santé. L'affaire n'avait été reprise ni dans les agences de presse ni dans les grands journaux.

Elle connaissait l'auteur de la notice. Garm Søbakken. Ils avaient travaillé ensemble quand elle faisait un remplacement au journal local. L'affaire aurait sans doute gagné les autres médias si Garm en avait connu les détails. Sa brève notice indiquait seulement que, au moment où on l'avait trouvé, l'homme était mort depuis longtemps. Le journaliste semblait s'être attaché surtout au fait que la police ne suspectait rien de criminel et il précisait que toute mort inopinée et inexpliquée entraînait systématiquement l'ouverture d'une enquête.

Dans la même édition, Garm signait aussi un papier sur le marché de l'immobilier difficile pour les étudiants et un article de suivi à propos d'un incident violent, il avait sûrement eu beaucoup à faire.

Ce qui avait piqué l'intérêt de Line, c'était avant tout que Viggo Hansen vivait dans son quartier. Elle avait vu son nom sur la boîte aux lettres sur le chemin de l'école, elle avait volé des pommes dans son jardin et elle avait frappé à sa porte afin de lui vendre des billets de tombola pour son club de hand, mais elle n'avait de lui qu'un vague souvenir. Un homme de petite taille aux cheveux hirsutes et au menton en galoche.

C'était son père qui l'avait informée de sa mort. Il l'avait mentionné en passant un soir qu'elle l'appelait. Line lui avait posé les questions omises par son confrère du journal local et avait ainsi obtenu les détails qui auraient pu faire de ce décès un sujet d'actualité suscitant des réactions. Le fait que Viggo Hansen soit resté mort dans un fauteuil devant la télé depuis l'été. La télévision toujours allumée quand la police était entrée dans la maison. C'était un élément qu'elle voulait utiliser dans son accroche.

Son père lui avait aussi expliqué comment on avait pu ne pas s'apercevoir du décès plus tôt. Viggo Hansen vivait isolé. Il n'avait pas de famille, pas de collègues, pas d'amis, il n'était abonné à aucun journal et ne recevait quasiment pas de courrier. Il y avait eu des mouvements réguliers sur son compte bancaire. Sa retraite tombait et la plupart de ses factures étaient payées par virement automatique. C'était quelqu'un qui n'existait pas. Quelqu'un qu'on ne voyait pas, même s'il vivait parmi d'autres gens.

Elle se rendit compte qu'elle ne pouvait pas écrire un papier traitant uniquement des circonstances extérieures, de la solitude, de la vie dans l'isolement, mais devait parler de qui Viggo Hansen était. Si personne ne l'avait connu vivant, les gens pouvaient faire connaissance avec lui maintenant.

Commencer un tel projet, c'était comme regarder par le trou d'une serrure, songea-t-elle. On ne voyait d'abord de la pièce que ce que permettait le trou, mais on savait qu'il y avait infiniment plus.

Elle allait vivre chez son père pendant qu'elle

travaillerait sur ce sujet et il lui faudrait obtenir plus d'informations de sa part. Il avait huit ans de moins que Viggo Hansen, mais il connaissait peut-être des gens qui l'avaient connu. Et puis il était sûrement en mesure de confirmer ou d'infirmer le séjour en hôpital psychiatrique de la mère de Viggo Hansen et la détention de son père.

Line ouvrit un nouveau document et trouva un modèle de lettre avec le logo de *VG*. Si elle voulait arriver à quoi que ce soit, il lui fallait aussi des informations officielles de la police. Elle choisit pour titre : *Demande d'accès aux pièces d'un dossier pénal*. Elle avait rédigé des lettres similaires par le passé et les avait fait signer par un chef de service. Elle jeta un œil sur le titre et effaça « dossier pénal ». Elle n'opérait pas dans son domaine habituel, il ne s'agissait pas de criminalité.

Elle décrivit son idée de reportage en précisant que son journal souhaitait mettre en évidence que la société était en mal croissant de sociabilité et de compassion. En conclusion, elle demandait l'autorisation d'entrer dans la maison de Viggo Hansen. La police transmettrait sans doute sa requête à la municipalité, qui, en pareille situation, était l'autorité chargée d'administrer la succession, mais la municipalité accorderait plus facilement l'autorisation si la police n'avait eu aucune objection à formuler.

Quand elle eut terminé, elle s'appuya sur son dossier en joignant les mains derrière la tête. De l'autre côté des fenêtres, la neige tombait dru. Il avait dû s'en accumuler au moins cinquante centimètres depuis qu'elle avait quitté son appartement le matin et Sandersen avait sûrement déjà mis un des journalistes actualités sur la panique causée par les intempéries.

Basculant en avant sur sa chaise, elle prit son téléphone et appela son père pour lui annoncer qu'elle allait passer quelques jours chez lui. Ça ne répondait pas. Elle leva les yeux sur l'horloge. Il était 21 h 15. Il avait dû s'assoupir sur son canapé.

5

Debout à la fenêtre de la salle de conférence au premier étage du commissariat, Wisting observait la rue. Les réverbères faisaient des cercles pâles dans la neige. La ville avait l'air plus douce enveloppée de neige.

Nils Hammer arriva le premier. Il s'assit en silence à sa place habituelle au coin de la grande table, attrapa un gobelet en plastique et tendit sa grosse patte vers le thermos de café. Hammer était un enquêteur sans peur. Fiable, franc, travailleur, stoïque et posé. Il lui arrivait parfois d'être à l'origine de débats animés à la table du déjeuner, c'était assurément la personne la moins politiquement correcte du commissariat et Wisting le soupçonnait de prendre un certain plaisir à taquiner ses collaborateurs.

Puis les autres arrivèrent en tir groupé : Torunn Borg, Christine Thiis et Benjamin Fjeld.

Quelques années auparavant, l'annonce d'affaires telles que meurtres, braquages aggravés, coups et blessures ou découverte d'un corps, comme ici, aurait rassemblé facilement dix enquêteurs. À présent, on avait du mal à en réunir plus d'une poignée autour de la table de conférence.

Benjamin Fjeld était le plus jeune et le moins expérimenté. Blond aux cheveux courts, les yeux bleus, avec encore le corps musclé du policier fraîchement diplômé, il avait été stagiaire dans le service et était désormais enquêteur. Il était motivé, érudit, doué d'une capacité de travail importante et avait l'œil pour les détails.

Torunn Borg, en revanche, enquêtait depuis aussi longtemps que Wisting. C'était la plus méthodique d'entre eux, elle savait comme personne penser avec logique et rigueur, suivre des raisonnements précis. Et elle repérait ainsi des liens parfois déterminants pour l'issue de l'affaire.

La juriste Christine Thiis n'était au commissariat que depuis un an à peine, mais Wisting la percevait comme quelqu'un de réfléchi avec de bonnes facultés d'analyse. Elle était sans doute plus versée dans la psychologie que dans les techniques d'enquête mais, en tout cas, cela faisait d'elle un bon substitut du procureur.

Wisting s'assit en bout de table en posant devant lui un bloc-notes vierge.

« C'est bien que vous ayez pu venir si tard. Nous ne savons pas encore de quoi il retourne, mais il est essentiel que nous commencions le travail.

— Que savons-nous au juste ? » demanda Hammer en mordillant le bord de son gobelet.

Wisting déplia une carte sur la table et se pencha dessus. Son doigt suivit Brunlanesveien en direction de Helgeroa. Au niveau du lac Hallevannet, il repéra le chemin et une zone hachurée en vert clair. Il sortit son stylo et traça une croix là où on avait découvert le corps.

« D'après ses chaussures et ses vêtements, nous

avons des raisons de croire qu'il s'agit d'un homme, répondit-il en se rasseyant. Et qu'il se trouve là depuis l'été dernier.

— Et nous n'avons donc aucun disparu qui corresponde à ces critères ? » s'enquit Christine Thiis.

Il secoua la tête.

« L'été, environ quarante mille touristes viennent ici, leur rappela Hammer. Nous devrions peut-être élargir notre recherche dans le fichier des personnes disparues.

— C'est fait, expliqua Torunn Borg en sortant un document de la pile qu'elle avait devant elle. Mais ça ne nous éclaire pas vraiment. Mi-juillet, deux touristes allemands ont disparu pendant une partie de pêche dans le Vestlandet, on n'en a retrouvé qu'un seul, et puis on a perdu la trace d'un touriste qui randonnait dans le Hardangervidda. »

Wisting jeta un coup d'œil à sa montre.

« Mortensen ne va pas tarder à revenir », observa-t-il en inscrivant *Identité* sur son bloc. C'était l'élément clef qu'il leur fallait pour continuer. « Nous en saurons peut-être plus quand il arrivera.

— Comment va le garçon qui l'a trouvé ? voulut savoir Christine Thiis.

— Apparemment, le père a de la ressource, répondit Wisting. Prof à l'école supérieure ou quelque chose comme ça. En tout cas, il n'a pas voulu d'assistance psychologique. Espérons que tout ira bien.

— Les médias sont sur le coup ? » demanda Hammer.

Christine Thiis acquiesça. Responsable de l'information judiciaire, c'était elle qui recevait les requêtes des médias en premier lieu.

« Dans la mesure où nous ne sommes pas certains d'être en présence d'une affaire criminelle, ils n'occupent pas vraiment le terrain, expliqua-t-elle. De nombreux éléments portent à croire qu'il pourrait s'agir d'un suicide. »

Hammer se déclara d'accord avec elle.

« Ce ne serait pas la première fois que nous voyons ça. Quelqu'un qui part dans la forêt avec un flacon de cachets... »

Les autres hochèrent la tête.

« Et puis c'est un drôle d'endroit où cacher un corps. » Benjamin Fjeld tira la carte à lui. La distance entre la croix qu'avait tracée Wisting et les bâtiments de ferme les plus proches n'était que de quelques centaines de mètres. « Il n'était pas du tout caché et allait forcément être découvert tôt ou tard.

— Qui habite la ferme ? » demanda Christine Thiis.

Wisting consulta ses notes.

« Per et Supattra Halle.

— Supattra ?

— Elle est thaïlandaise. C'est elle qui s'occupe des sapins de Noël. »

Hammer leva les yeux au ciel mais ne dit rien.

« La patrouille leur a parlé et apparemment ils n'ont pas grand-chose à dire, expliqua Wisting. Ils vont venir demain faire leur déposition, mais ils ne se souvenaient de rien l'été dernier qui puisse avoir un rapport avec la découverte.

— Et l'autopsie ?

— Demain matin. Avec un peu de chance, le nouveau système de vidéoconférence marchera et nous pourrons la suivre d'ici. »

Hammer attrapa le thermos et remplit de nouveau sa tasse.

« C'est curieux, dit-il, qu'il ne figure pas sur la liste des disparus. S'il est sous ce sapin depuis l'été dernier, on aurait dû s'apercevoir de sa disparition, non ? »

Wisting prit une tasse, sans faire de commentaire. Il avait déjà vu ça, quelqu'un qui était invisible aux yeux de tous. Simplement, il paraissait assez contradictoire qu'on en veuille à la vie d'une telle personne.

6

Son mobile était resté dans son bureau. Il avait un appel en absence de Line, et deux d'Espen Mortensen. Le jeune policier scientifique lui avait aussi envoyé un message pour lui dire que le corps était maintenant enlevé et qu'ils avaient trouvé quelque chose sur le défunt. Il serait au commissariat avant 22 heures. Encore une demi-heure.

Wisting était tenté de l'appeler pour lui demander de quoi il s'agissait. Ils avaient peut-être trouvé un flacon de médicaments, ou alors un portefeuille avec une pièce d'identité.

Line, il n'aurait qu'à la rappeler plus tard. Elle lui passait souvent un coup de fil quand la rédaction était calme pour prendre de ses nouvelles et savoir ce qu'il faisait. Il préférait ne pas donner d'explications. La découverte du corps n'était pas encore sortie dans les médias et c'était très bien ainsi. De toute façon, ils n'étaient en mesure de fournir aucune réponse.

Il bâilla. Ce devait être la neige qui le rendait somnolent. De l'autre côté de sa fenêtre tombaient de gros flocons velus.

Espen Mortensen fit irruption dans son bureau à

21 h 50. Joues rosies, neige fondue dans les cheveux, il arrivait avec une tasse de café fumant dans une main, une petite boîte en carton dans l'autre, et un appareil photo à l'épaule.

« Bon, alors le corps est parti, annonça-t-il en s'asseyant. Il sera autopsié demain matin.

— Qu'est-ce que vous avez trouvé ? » interrogea Wisting.

Mortensen posa la boîte sur le bureau.

« Avant qu'il soit emmené, nous avons fouillé ses poches.

— Portefeuille ? » Wisting entrevoyait l'espoir de pouvoir écrire un nom sur son bloc-notes.

Mortensen secoua la tête.

« Clefs ? » proposa Wisting. Il savait d'expérience que la découverte de clefs pouvait mener à une adresse.

« Non. »

Le policier scientifique ouvrit le couvercle de la boîte en carton, sortit un petit sachet en plastique transparent et le posa sur le bureau. Wisting se pencha en avant. Dans le scellé se trouvait un autre sachet transparent, qui contenait un imprimé en papier glacé chiffonné. C'était un prospectus. Il était orné de la photo d'un voilier aux grandes voiles blanches. *Elida*, était-il inscrit en grandes lettres, *Sailing for Jesus*.

Wisting prit délicatement le sachet.

« Qu'est-ce que c'est ? demanda-t-il en le retournant. *Bienvenue au port pour un service religieux sur l'*Elida*!* lut-il en suédois. *Musique live et histoires vécues en direct du pont de l'*Elida.

— C'est le prospectus d'une communauté suédoise, expliqua Mortensen. L'*Elida* est décrit comme une église flottante qui navigue autour du monde pour annoncer la parole de Dieu.

— Tu as regardé ? » Wisting agita le sachet.

« Internet, répondit Mortensen. Ils étaient en tournée en Norvège pendant les semaines 32 et 33. Leur premier arrêt était Stavern. Les 9 et 10 août derniers. Ensuite, ils ont poursuivi leur navigation vers Stavanger. »

Wisting essaya de mettre de l'ordre dans ses pensées. Le mort ne faisait sans doute pas partie de l'équipage de cette église flottante. Si quelqu'un avait disparu d'une embarcation étrangère accostée en Norvège, sa disparition aurait été enregistrée dans le système norvégien.

Il reposa le sachet et tourna les pages de son calendrier de bureau. Survolant les jours de suspension[1] où il avait travaillé sur une affaire de disparition remontant à dix-sept ans, il revint aux jours d'août, quand l'été tirait à sa fin et qu'il était encore avec Suzanne. Il n'était pas en vacances, mais avait peu de rendez-vous. Dans la partie réservée aux notes en bas du 10 août, il avait écrit *Concert d'été*. Il se souvenait d'une soirée chaude, Suzanne et lui étaient allés à un concert de jazz dans la forêt de Bøkeskogen. Cela faisait quatre mois maintenant. Quatre mois qui l'avaient vu redevenir célibataire. Quatre mois où l'inconnu était resté sous un sapin du domaine de Halle.

Le prospectus leur offrait un repère temporel. L'homme avait dû le prendre à un moment ou un autre après le 9 août, date à laquelle le voilier avait accosté dans le port de Stavern. C'était le premier

1. Voir, du même auteur, *Les chiens de chasse*. (N.d.T.)

élément tangible qu'ils obtenaient, ce qui, en l'occurrence, constituait un grand pas en avant dans l'enquête.

Wisting reprit le scellé pour en examiner le contenu de plus près. Le second sachet, à l'intérieur, rappelait les sachets de saisie qu'eux-mêmes utilisaient, mais terni, portant la marque des intempéries.

« C'était dans la poche intérieure de son blouson », précisa Mortensen.

Wisting s'assura qu'il avait bien compris. « Le prospectus de l'*Elida* était dans un sachet en plastique dans la poche intérieure de son blouson ? »

Mortensen acquiesça.

« Ne me demande pas pourquoi. Mais ça nous donne bon espoir qu'il y ait des empreintes digitales dessus. »

Wisting observa le sachet. La question de savoir pourquoi l'homme avait conservé ce prospectus naissait en lui, mais il ne la formula pas.

« Autre chose ? » fit-il en reposant le sachet.

Espen Mortensen avait laissé son appareil photo par terre à côté de son fauteuil. Il le prit sur ses genoux.

« Il est un peu tôt pour juger de l'importance que ça pourrait avoir. Mais j'ai des photos. »

Il fit quelques réglages, puis, tenant l'appareil par l'objectif, il présenta l'écran à Wisting.

On avait retourné l'homme sur le dos. La peau et les tissus de son visage étaient en grande partie arrachés. Là où il y avait eu la bouche, le nez et les yeux, ne restaient désormais que des cavités vides, mais une partie de la joue et de l'oreille gauches, qui avaient été contre le sol, étaient intactes.

Méconnaissable, songea Wisting. Et pourtant, indubitablement, les vestiges d'un être humain.

Mortensen fit défiler ses photos et s'arrêta sur un plan rapproché de la main droite. Protégée par la poitrine du défunt, elle était relativement bien conservée, mais pas assez pour leur permettre de relever des empreintes digitales. Les reliquats de peau étaient tannés et rabougris autour de fragments d'os pâles. Ni bague ni montre, nota Wisting. Les ongles avaient disparu, et les doigts noircis du cadavre étaient refermés, comme si sa main s'était figée autour de quelque chose que, même dans la mort, il refusait de lâcher.

Wisting se pencha davantage. Quelque chose dépassait des doigts recourbés. Il leva les yeux pour solliciter du regard la confirmation de sa supposition.

« Des cheveux », fit Mortensen avec un signe de tête.

C'était encore plus évident sur le cliché suivant. Quelques cheveux blonds étaient accrochés dans ses doigts. L'homme avait dû lutter. De toutes ses forces. Il avait perdu le combat, mais pas sans avoir offert de résistance à son meurtrier.

7

Line se réveilla lentement et resta à écouter la rumeur étouffée de la circulation dans la rue. Puis elle rabattit sa couette et sortit du lit. Le sol était froid et elle enfila une paire de grosses chaussettes en laine avant de se rendre dans la cuisine d'un pas endormi.

Sa peau pâle d'hiver se rétracta, elle avait la chair de poule. Elle serra les bras sur sa poitrine et alla à la fenêtre voir combien il avait neigé pendant la nuit. La neige avait dû s'arrêter quelques heures après qu'elle s'était couchée, mais au total, il en était tombé un bon demi-mètre. C'était à peine si elle distinguait sa voiture, presque ensevelie sous la neige éjectée par les chasse-neige. L'un d'eux dégageait le trottoir. Un homme s'écarta comme il pouvait avec son chien pour le laisser passer. Line embuait la vitre à contempler ainsi le gyrophare du petit véhicule qui balayait les façades de ses flashes orange.

Les nuages gris étaient bas. Le thermomètre indiquait moins un, ce qui impliquait une neige lourde et mouillée. Elle mit en route la cafetière en espérant qu'un voisin garé devant ou derrière partirait avant elle. Quoi qu'il advienne, il était inutile qu'elle se douche avant d'avoir dégagé sa voiture et elle se contenta donc d'enfiler un gros pull. Il appartenait à Tommy, qui l'avait oublié quand il avait quitté l'appartement, plus d'un an auparavant. Ils s'étaient revus et elle avait eu plusieurs occasions de le lui rendre. Mais quelque chose en elle résistait. Tommy avait beau ne pas l'avoir porté depuis une éternité, Line avait l'impression de pouvoir sentir encore son odeur. Quand il lui manquait trop, elle mettait son pull, cela valait mieux que de l'appeler. Le téléphone ne faisait que maintenir l'intensité de ses sentiments et elle avait pris sa décision : Tommy Kvanter n'était pas le genre d'homme avec qui elle voulait partager sa vie. Elle souhaitait fonder une famille, elle voulait un homme sur qui elle puisse compter, qui soit responsable et sûr. Tommy n'était rien de tout cela. C'était quelqu'un d'insouciant et de séduisant, et elle savait qu'il n'était pas bien pour elle. D'où ce pull oublié, jusqu'à ce qu'autre chose fasse surface et qu'elle puisse s'en débarrasser pour de bon.

La cafetière bourdonna faiblement et émit une vapeur chaude. Line s'assit à la table et mit ses mains autour de sa tasse pleine. Il faisait frisquet dans l'appartement.

Elle ouvrit son ordinateur portable et regarda la une du journal. *Prévisions météo : la neige continue*. N'ayant pas le courage de lire l'article, elle regarda ses mails.

Les documentalistes du journal avaient répondu à sa requête. Ils avaient trouvé auprès des services de l'état civil des renseignements confirmant les dires de son père : Viggo Hansen n'avait pas de famille. Né à Stavern en février 1950, il habitait la maison de

Wildenveys gate depuis sa construction en 1964. Son père était donné comme décédé en 1969 et sa mère était morte quand il avait 24 ans. Aucun autre habitant n'était répertorié à cette adresse. Rien n'indiquait où il avait vécu ses quatorze premières années. Line savait que les données anciennes n'étaient pas disponibles électroniquement et qu'il fallait consulter les archives papier pour les trouver. Mais Viggo Hansen étant né à Stavern, on pouvait imaginer qu'il avait vécu dans la région toute sa vie.

L'expérience lui ayant enseigné que les sources humaines étaient toujours les meilleures, l'une des dernières choses que Line avait faites avant de se coucher avait été d'enregistrer les résultats d'une recherche au sein des fichiers de contribuables. Cinquante-quatre personnes domiciliées à Stavern et nées la même année que Viggo Hansen. Vingt-huit femmes et vingt-six hommes, dont Viggo Hansen. Elle connaissait aussi d'autres noms de la liste. Un artiste qu'elle avait interviewé dans le cadre d'une exposition, à l'époque où elle travaillait au journal local. Un avocat du nom de Realfsen et une femme qui avait été enseignante.

L'artiste se nommait Eivind Aske. Une recherche sur Internet la conduisit à son site. Il pratiquait le dessin, la peinture et la gravure, et avait sa propre galerie-atelier-imprimerie à Stavern. Line reconnut les dessins qui s'affichaient sur l'écran. Il s'agissait essentiellement de portraits d'enfants au crayon de couleur sombre. Ils avaient une expression douce et sensible.

Son numéro de téléphone et son adresse mail étaient indiqués en bas de page. Elle appela. Il répondit presque aussitôt.

Line se présenta en expliquant qu'elle l'avait interviewé quelques années plus tôt pour le journal local mais travaillait désormais à *VG*. Eivind Aske lui assura qu'il se souvenait de leur entretien et demanda en quoi il pouvait l'aider.

« J'espérais pouvoir vous poser quelques questions sur Viggo Hansen.

— Qui ?

— Viggo Hansen, répéta Line. Il est mort maintenant, mais vous aviez le même âge et je me disais que vous étiez peut-être à l'école ensemble ? »

Il y eut un silence au bout du fil pendant que son interlocuteur réfléchissait. Elle-même, se souvenait-elle de toute sa classe ? Vingt et quelques élèves qui avaient passé neuf ans ensemble à l'école primaire et au collège. Si on lui avait demandé d'en dresser la liste, elle en aurait sans doute oublié certains, mais en entendant leurs noms elle se serait souvenue d'eux. De la plupart d'entre eux, du moins.

« Viggo Hansen », répéta l'homme, comme s'il goûtait ce nom. « Oui, je me souviens de lui. Un garçon petit et malingre. Il était souvent malade, je crois. Souvent absent, en tout cas. C'est tout ce dont je me souviens.

— Pourrais-je malgré tout passer vous voir cet après-midi ? proposa Line.

— Je ne suis chez moi ni cet après-midi ni ce soir, mais vous pouvez venir demain, à partir de 16 heures.

— Alors disons 16 heures ?

— 16 heures, confirma Eivind Aske. Vous êtes déjà venue, vous connaissez le chemin. »

Line raccrocha. Pour l'instant, ce seul rendez-vous suffisait. Et Eivind Aske pourrait peut-être lui indiquer quelques noms de personnes susceptibles de mieux connaître Viggo Hansen, ce qui lui éviterait de perdre du temps en rencontres infructueuses.

Elle sortit une feuille blanche et dessina le tronçon de rue où elle avait grandi. La rue descendait de l'ancien bassin. Au fond, elle virait et croisait Tyrihansveien, qui remontait en parallèle au nord. Elle n'y avait jamais songé, mais ces deux rues formaient un fer à cheval allongé. De part et d'autre, les maisons étaient dotées de grands terrains bordés d'espaces naturels.

Elle situa la maison de son père au 7, puis dessina celle de Viggo Hansen au 4, en bas du virage, de l'autre côté de la rue.

Elle ajouta ensuite les autres maisons en inscrivant les noms de leurs occupants et traça des flèches pour indiquer les déménagements.

Je n'ai qu'à commencer tout au bout, se dit-elle. Par ses voisins immédiats, et ensuite je m'éloignerai.

La voisine la plus proche était Greta Tisler, au numéro 2. Elle était veuve et n'avait pas d'enfants. Silje et Steinar Brunvall avaient grandi dans la maison d'en face. Steinar était dans la même classe qu'elle, Silje avait trois ans de moins. Leurs parents s'appelaient Tor et Marianne. Il lui semblait se souvenir que Steinar avait repris la maison et elle chercha donc dans l'annuaire en ligne. Exact. Il y habitait avec quelqu'un qui se prénommait Ida. Line chercha aussi les parents, en vain.

Ça allait faire drôle de revoir Steinar. Ils étaient sortis ensemble quand ils étaient jeunes, surtout parce qu'il était le seul garçon de son âge dans la rue ; Steinar était le premier garçon qu'elle avait embrassé et le premier garçon qui avait touché ses seins. L'épisode s'était déroulé dans la pente boisée qui descendait vers la route, elle ne portait pas encore de soutien-gorge. Il y avait une cabane dans les arbres, où on était serrés à deux. Ils étaient allongés l'un contre l'autre, et presque accidentellement leurs lèvres s'étaient effleurées. Il avait posé sa main sur sa poitrine, par-dessus son pull, puis il l'avait glissée dessous et avait remonté le pull pour voir ses seins. Elle avait 12 ou 13 ans et ne savait pas ce qui aurait pu se passer d'autre si la sœur de Steinar n'était pas arrivée.

Ses pensées suivirent leur cours. Où était Viggo Hansen ce jour-là ? Avait-il jamais touché une fille ou une femme de cette manière ? Il était difficile de concevoir que quelqu'un passe une vie entière sans la partager avec quiconque, de quelque façon que ce soit.

Elle finit son café, puis alla à la fenêtre avec son téléphone. L'un de ses voisins était en train de déneiger la voiture devant la sienne.

Elle composa le numéro de son père et posa la main à plat contre la vitre froide pendant qu'elle attendait qu'il décroche.

« Salut, répondit-il. J'ai une réunion qui va commencer. »

Line se retourna, cala ses reins contre l'appui de fenêtre et jeta un œil sur ses notes éparpillées sur la table.

« J'appelle juste pour te dire que je vais venir aujourd'hui, expliqua-t-elle. Je vais rester quelques jours à la maison.

— Ah bon ? Pourquoi ?

— Ça tombe mal ?

— Bien sûr que non. C'est juste que je ne m'attendais pas à te voir avant Noël.

— Je vais écrire sur Viggo Hansen.

— Pour *VG*? Pourquoi ça ?»

Line ne répondit pas.

« Tu le connaissais ? demanda-t-elle à la place.

— On se saluait dans la rue.

— Oui, mais tu sais quelque chose à son sujet ?»

Il y eut un silence.

« J'ai une réunion, répéta son père.

— Je crois que personne ne le connaissait vraiment. C'est pour ça que je vais écrire sur lui. Sur comment il est possible de rester entièrement seul tout au long d'une vie.»

Son père sembla comprendre ce qu'elle voulait dire.

« Ça pourrait faire un papier intéressant, commenta-t-il. Mais n'es-tu pas un peu trop proche de ton sujet ?

— Comment ça ?

— Eh bien, c'était notre voisin. Tu étais toi-même l'une des personnes qui étaient là et qui ne le connaissaient pas.»

Line avança jusqu'à la table de cuisine. Elle y avait pensé, qu'elle était elle-même l'une des raisons pour lesquelles Viggo Hansen était seul. Ça allait lui compliquer un peu la tâche pour équilibrer son article, mais elle ne voyait pas en quoi c'était un problème. Ce serait presque comme de travailler de nouveau au journal local, où on connaissait ou savait qui étaient la plupart des gens sur qui on écrivait.

« J'ai envoyé une requête à Christine Thiis pour consulter les documents de la découverte de son corps, dit-elle en retrouvant la copie de son mail. Tu pourrais lui demander si elle l'a reçue ? Je peux te l'envoyer à toi aussi.

— Ce n'est pas une affaire criminelle », protesta son père.

Elle entendait qu'il marchait.

« Je sais. J'essaie juste de savoir qui il était. Tu lui demanderas ?

— Oui, mais là, il faut que je raccroche. Je te vois ce soir, alors. »

8

Wisting entra dans la salle de conférence et posa son téléphone sur la table. Il avait oublié Viggo Hansen. Le dossier était dans son bureau. Il aurait préféré que Line ne voie pas certaines photos, mais il la connaissait et il savait qu'elle n'abandonnerait pas avant d'avoir mis la main sur le dossier.

Déjà lancé, Espen Mortensen connectait la vidéoconférence avec la salle d'autopsie de l'Institut de santé publique d'Oslo. Wisting porta un regard vide sur l'image test.

Il ne parvenait pas à s'ôter Viggo Hansen de l'esprit. Il s'attardait souvent sur ce genre de coïncidences insignifiantes : l'homme non identifié et Viggo Hansen étaient morts au même moment sans que quiconque s'inquiète de leur absence. Il n'y avait aucun lien immédiat, mais une forme de suspicion de routine l'empêchait dc passer à autre chose.

Nils Hammer arriva et prit sa place habituelle en expliquant combien il haïssait la neige avant de glisser une chique de tabac sous sa lèvre.

Christine Thiis se présenta la dernière, avec une

grosse pile de papiers qu'elle posa sur la table devant elle.

« C'est sorti, annonça-t-elle en s'asseyant. J'ai parlé avec le journal local.

— C'est aussi bien comme ça, commenta Wisting. Nous allons avoir besoin de tuyaux du public.

— Que leur as-tu dit ? s'enquit Hammer.

— Pas grand-chose. Nous n'en savons pas long. Qu'on a trouvé un corps dans la forêt près de la ferme de Halle. Que le corps y était depuis longtemps et que nous ne pouvons rien affirmer quant à l'âge et au sexe de cette personne. Ils pensent comme nous qu'il pourrait s'agir d'une tragédie personnelle. »

Wisting acquiesça d'un signe de tête. Cela signifiait que le journal n'allait pas faire de battage.

« C'est bien d'en parler avec eux maintenant, commenta Hammer en pointant le doigt sur le grand écran plat, et pas dans une heure, parce que nous en saurons probablement beaucoup plus à ce moment-là.

— Ils reviendront. »

Wisting s'assit aussi. Les images de la salle d'autopsie emplissaient déjà l'écran. La puissante lumière qui venait du plafond se reflétait sur les carreaux blancs des murs et le métal stérile des tables.

Il s'agissait là d'un genre de télévision auquel il n'arrivait pas vraiment à s'habituer. La télé, pour lui, c'était du divertissement, et regarder les médecins légistes découper un corps humain en direct relevait davantage de l'expérience étrange. Mais c'était une forme de communication appropriée. Avant, ils devaient se contenter d'un simple résumé téléphonique et d'un rapport laconique envoyé par fax. Grâce à ce nouveau matériel, ils pouvaient poser leurs questions en direct à l'anatomopathologiste et obtenir une réponse immédiate.

Il y avait trois personnes dans la salle d'autopsie : un médecin spécialiste et un assistant, tous deux en tenue verte, avec masque, gants et tablier en plastique jaune, et un policier scientifique de la police criminelle nationale vêtu de la traditionnelle combinaison blanche. D'après la documentation, l'homme de Kripos s'appelait Jon Berge. Wisting avait lu son nom dans d'innombrables rapports, mais il ne l'avait jamais vu.

Un quatrième homme entra en poussant une table sur laquelle se trouvait quelque chose qui avait la forme d'un corps et qui était enveloppé de plastique blanc. Ils entendirent l'écho de ses pas dans la pièce.

« Vous êtes prêts ? demanda Jon Berge en levant les yeux vers la caméra.

— Nous sommes prêts », confirma Wisting.

La communication allait dans les deux sens pour le son, mais dans un seul pour les images.

L'assistant avança une table roulante avec des instruments et étiqueta des tubes à essai vides. Le médecin ouvrit la fermeture à glissière, écarta la housse mortuaire et exposa le corps maltraité à la lumière crue de la lampe.

Dans la salle d'autopsie, ils eurent tous un mouvement de recul, l'odeur devait être prononcée ; le corps commençait à dégeler.

Une poche en plastique transparent était enfilée sur le bras droit du mort, sa main était figée autour de quelques cheveux. À plusieurs endroits, Mortensen avait fixé du ruban adhésif transparent large sur les vêtements pour relever les traces d'un éventuel coupable. Cheveux, fibres textiles, peau, sueur, sang et larmes.

Le médecin énonça l'heure et le lieu sur un dictaphone, puis les noms de toutes les personnes présentes.

« Corps non identifié arrivé au service médico-légal de l'Institut de santé publique. Vêtu d'un blazer marron, d'une chemise, d'un pantalon clair et de chaussures en cuir marron. La description plus détaillée de la tenue est laissée au soin de l'agent de la police scientifique. »

Jon Berge prit une vue générale.

« Le corps est dans un état de putréfaction avancé, mais n'a pas atteint le stade final, poursuivit le médecin. Les restes d'épiderme sont brun noir et on relève de nombreuses lésions en forme de cratères de la taille d'une tête d'épingle que l'on suppose être l'œuvre de fourmis et de cafards. On peut aussi voir des dommages causés par des animaux plus grands, sous forme de lésions des chairs molles exposées, sur la cheville et la nuque notamment, des lésions irrégulières de plusieurs centimètres de long. »

Il s'éclaircit la voix avant de continuer. « Le bras gauche est tendu contre le corps. Le bras droit forme un angle au coude et repose sur la poitrine. Le poing est serré et semble tenir quelque chose. »

Le flash de l'appareil photo projeta une lumière blanche sur le corps, puis le médecin reprit sa description extérieure. Ôtant le plastique autour de la main droite, il redressa le pouce et l'index.

« Possibles fibres capillaires trouvées dans la main droite, dicta-t-il en veillant à ce que des photos soient prises avant qu'il ne déplie les trois derniers doigts. La main est cuirassée par un dépôt brun-noir. Peut-être une croûte de sang superficielle. Six cheveux au total sont collés à la croûte. »

Le médecin enleva les cheveux un par un à l'aide d'une pince et les mit dans des tubes à essai. Il préleva ensuite ce qui était sans doute du sang, et rinça la main, sans trouver de plaie.

« Alors, passons à la suite », dit-il, avant de prier l'assistant d'enlever les chaussures.

Celui-ci s'exécuta non sans peine et les tendit à l'homme de Kripos.

« Wolverine, lut ce dernier sur la semelle. Pointure 11,5.

— Ce n'est pas une taille européenne », commenta Christine Thiis.

Espen Mortensen tapa le nom sur son ordinateur et lança la recherche.

« Marque de chaussures dont le siège se trouve dans le Michigan, aux États-Unis, expliqua-t-il. Vendue *worldwide*. »

Sur l'écran, on avait retiré la veste du cadavre. Le policier essayait de déchiffrer une étiquette sur le col.

Mortensen feuilleta ses notes.

« Brioni. J'ai vérifié. Marque italienne. »

Jon Berge le confirma d'un signe de tête et plaça la veste dans un sac en papier.

Puis les jambes de pantalon furent découpées et délicatement dégagées. Des croûtes noires de peau et de tissus partirent avec l'étoffe. Des restes filamenteux de muscles furent exposés.

« Sous-vêtements masculins, observa le policier dans la salle d'autopsie avant d'examiner le pantalon clair. John Henry Men's Dress Pants. »

L'écran d'Espen Mortensen se couvrit de résultats, divers magasins de vente en ligne.

« Uniquement des sites étrangers, fit-il en secouant la tête. Shopko, Find&Save et eBay. »

Les manches de la chemise furent découpées comme le pantalon. Wisting regarda les restes de la personne sur la table en métal. Ses côtes étaient saillantes sous sa poitrine. Sa peau brun-noir était constellée de plaies et de gerçures. L'hypothèse la plus probable était qu'il s'agissait de violence externe sous forme de coups de couteau et de balles.

Cherchant une étiquette qui puisse leur donner d'autres pistes, l'enquêteur de Kripos glissa deux doigts le long du col de chemise.

« Il y a une tache ici, indiqua-t-il. Plus sombre que les autres. Je n'arrive pas à identifier la marque. » Il regarda la caméra. « Ça pourrait être du sang. »

Le médecin abaissa une lampe articulée vers la tête et se pencha au-dessus du corps.

« C'est dur à dire, murmura-t-il avant de saisir l'enregistreur et de dicter. Possible fracture de la tempe gauche. » Il attrapa une règle. « Le crâne est dénudé sur un diamètre de 3,5 centimètres. On distingue des restes d'adipocire le long de la plaie. »

Jon Berge prit des photos suivant les indications du médecin.

« Ça pourrait être compatible avec la violence contondante. Conclusion éminemment provisoire. »

Par habitude plus qu'autre chose, Wisting notait ce qui se disait. Il allait recevoir un rapport préliminaire avant la fin de la journée et toutes les plaies y seraient décrites et commentées.

Le travail dans la salle d'autopsie continua. On

découpa le slip et on le retira. L'anatomopathologiste reprit son dictaphone.

« Les organes sexuels externes sont aplatis comme des feuilles, déclara-t-il avant de décrire les plis de la peau. Il s'agit très probablement d'organes d'homme, desséchés. La poitrine et l'abdomen sont renfoncés, le squelette apparaît distinctement, sans blessures visibles. »

Le visage pâle, Christine Thiis se leva.

« Je retourne dans mon bureau, annonça-t-elle. Faites-moi un résumé tout à l'heure. »

Wisting acquiesça et la suivit du regard jusqu'à la porte avant de se concentrer de nouveau sur les images de l'écran.

Le médecin poursuivit son travail systématique, puis le corps fut passé au jet d'eau froide.

« Nous sommes manifestement en présence d'un vieux cadavre, commenta-t-il en levant les yeux vers la caméra. Il est en relativement bon état pour un corps resté dehors, mais il est impossible d'indiquer la date de la mort avec exactitude.

— Quatre mois ? proposa Wisting.

— Oui, en tout cas rien ne s'oppose à cette hypothèse. Les températures moyennes sont basses depuis la fin septembre. Nous devions être en octobre quand les premières nuits de gel sont venues, donc oui. Il se pourrait bien qu'il soit resté dehors depuis la mi-août. Et l'été a été froid aussi.

— En plus, il était au sec et dans une certaine obscurité », précisa Wisting, qui se souvenait d'avoir appris à allumer un feu sous une pluie battante sans allume-feu ni papier quand il était scout. Le secret était de chercher tout en bas, contre le tronc, sous les sapins. Là où la pluie et l'humidité n'arrivaient jamais, et où il y avait toujours des branches sèches. « Cela pourrait expliquer en partie pourquoi le corps était en si bon état, même après quatre mois.

— J'ai cru comprendre que vous n'aviez pas de disparition signalée à cette période ? » glissa l'enquêteur de Kripos.

Wisting le confirma en secouant la tête, avant de se rappeler que les gens sur l'écran ne pouvaient pas le voir.

« Pas de disparition, non, du moins pas au niveau local. Et dans le reste du pays, il n'y a personne dont nous puissions raisonnablement penser qu'il ait fini chez nous.

— Nous allons faire des radios maintenant, annonça le médecin légiste. Ensuite, nous le pèserons et le mesurerons avant de l'ouvrir. Cela pourra peut-être vous aider. J'ai demandé à l'odontologiste légiste de prendre une empreinte de ses dents. Pour l'instant, je peux seulement dire que c'est un homme adulte. »

Wisting le remercia et l'écran devint noir.

9

Le bureau de Christine Thiis était au bout du couloir. La porte était ouverte et Wisting entra.

« Je pense que c'est un étranger », déclara-t-il en se postant à la fenêtre. Le ciel était gris et il s'était remis à neiger. De grands flocons tombaient dru et vite.

Christine Thiis s'enfonça dans son siège en croisant les bras.

« L'autopsie nous a donné des éléments plus concrets ?

— Non. Nous en saurons plus dans le courant de la journée, mais pour l'instant nous savons seulement que c'est un homme adulte, qui a des vêtements et des chaussures de marque étrangère.

— Et une grosse blessure à la tête. »

Wisting acquiesça, mit les mains dans ses poches et appuya son front contre la vitre froide. De l'autre côté de la rue, des enfants poussaient des boules de neige dans une cour et parsemaient tout le blanc de traces noires.

« As-tu reçu une requête de Line ? demanda-t-il en se tournant vers le substitut du procureur.

— Pas de Line, répondit-elle en cliquant sur son

mail. Mais d'un rédacteur en chef. » Elle se pencha vers l'écran et lut à voix haute : « Nous sollicitons par la présente l'autorisation pour notre journaliste Line Wisting de consulter les documents concernant le décès de Viggo Hansen.

— Je l'ai eue au téléphone. Elle vient à la maison. Elle restera peut-être jusqu'après Noël.

— C'est sympa. Vous allez réveillonner ensemble ?

— Je suppose que oui. Nous n'en avons pas encore parlé. »

Dans la cour d'en face, les enfants aplatissaient le sommet de la plus grosse boule de neige avant d'en prendre une autre et de la caler dessus.

« Tu as pu jeter un œil dessus ? » Il désigna l'écran du menton.

« Oui, pour l'instant, je n'ai pas grand-chose à faire. » Elle lança un regard dans le couloir, en direction de la salle de conférence. « J'ai déjà envoyé une réponse au rédacteur en chef. »

Wisting attendit qu'elle lui dise si elle avait rejeté ou accepté la demande.

« Je ne vois pas ce qui pourrait s'y opposer, dit-elle. Le journal a une responsabilité rédactionnelle concernant la publication de circonstances privées et personnelles, mais j'ai consulté le commissaire et nous avons décidé de leur donner libre accès aux documents. »

Wisting l'observa.

« Cela a-t-il un lien avec le fait que c'est Line qui le demande ?

— Non. Bien sûr, savoir que Line va faire un travail sérieux compte un peu, mais c'est plutôt que je crois que c'est une histoire importante. » Elle bougea quelques papiers. « J'ai parlé avec les autorités juridiques qui s'occupent de la succession et avec le service des avocats de la municipalité, ajouta-t-elle. Ils lui donnent accès à la maison.

— Bien. » Wisting laissa son regard errer de nouveau par la fenêtre. Le bonhomme de neige avait maintenant une tête, des yeux, un nez, une bouche et un bonnet.

Espen Mortensen entra dans la pièce. Wisting resta debout, le dos appuyé contre l'encadrement de fenêtre.

« Quel est ton sentiment ? s'enquit Christine Thiis. Après l'autopsie ? »

Le policier scientifique toussota.

« Je crois que nous devons admettre qu'il s'agit d'un meurtre, répondit-il en s'asseyant. Et que nous avons quatre mois de retard. »

Wisting avait depuis longtemps compris ce qui les attendait.

« Je ne crois pas que ça se soit passé là-bas, dit-il. Au milieu des sapins de Noël.

— Le corps y a été acheminé, renchérit Mortensen. Il s'est certes écoulé longtemps, mais aucun indice ne laisse supposer que le meurtre a été commis sur le lieu de la découverte.

— Vous pensez qu'il a été tué ailleurs, puis transporté ? » vérifia le substitut du procureur.

Wisting se frotta la bouche et se mordit la lèvre, d'un air songeur.

« Oui, mais c'est un drôle d'endroit où cacher un corps. »

Il voyait Christine Thiis noter des mots-clefs en grandes lettres rondes.

« Ça pourrait s'être passé à proximité ? proposa-t-elle. Dans une des fermes ou quelque chose comme ça ? »

Wisting y avait pensé.

« Torunn et Benjamin sont en train de cartographier la zone. Les habitations sont éparses. Quelques petites fermes et maisons. Ils ont prévu de parler à tous les habitants du coin. Les choses seraient nettement plus faciles si nous connaissions l'identité du défunt. »

Christine Thiis mordilla le bout de son stylo.

« Qu'avons-nous d'autre ?

— Six cheveux, des vêtements et des chaussures de marques étrangères et un prospectus de bateau-église, résuma laconiquement Mortensen. Ce prospectus est l'élément le plus concret dont nous disposions. Il signifie que le meurtre a probablement été commis après le passage de l'*Elida* les 9 et 10 août. »

Rien de très solide sur quoi bâtir un dossier, songea Wisting, qui porta de nouveau son regard sur les enfants. Mais c'était un début et il savait d'expérience que d'autres éléments viendraient. Strate après strate, l'affaire s'épaissirait. Comme une boule de neige.

10

Il n'avait fallu à Line qu'un quart d'heure pour déneiger sa voiture. Ensuite elle avait pris une douche avant de faire son sac et de se préparer à partir. Entre-temps, la neige s'était remise à tomber et déposée en couche mince sur sa voiture.

Elle jeta son sac sur la banquette arrière, balaya le pare-brise, s'installa au volant et tourna la clef dans le contact. Le moteur se fit entendre, mais la voiture ne démarra pas. Line coupa le contact, puis réessaya. Plusieurs voyants lumineux s'allumèrent sur le tableau de bord. Elle appuya sur l'accélérateur et le véhicule finit par s'animer. Elle fit ronfler le moteur et quitta son stationnement. Les roues patinèrent avant d'accrocher.

Les flocons fondaient dès qu'ils atteignaient le pare-brise. Les essuie-glaces claquaient et couinaient, et le chauffage libéra peu à peu la vitre de sa buée.

D'ordinaire, le trajet jusque chez son père prenait une heure et demie. À mi-parcours, elle s'arrêta dans une station-service, où on l'aida à changer ses essuie-glaces. Elle alluma son ordinateur et regarda ses mails avant de repartir. Parmi les nouveaux messages se trouvait la réponse du substitut du procureur Christine Thiis.

Refus, se dit-elle en double-cliquant sur le message. La réponse arrivait bien trop vite pour être positive.

Elle se prépara à être déçue, mais fut surprise :

> Une copie du dossier peut être obtenue au commissariat de police de Larvik et empruntée pour une durée limitée. Le règlement municipal de la succession a été ouvert. L'administrateur de la succession n'a aucune objection à formuler à ce que *VG* accède au domicile du défunt. Les clefs sont disponibles au commissariat.

En conclusion, le substitut du procureur formulait des vœux de bonne chance pour l'article.

Line sourit jusqu'aux oreilles. C'était mieux parti qu'elle ne l'avait espéré.

Un chasse-neige orange passa sur l'autoroute dans un tintamarre de chaînes bruyantes. Derrière suivait une file de voitures qui ne pouvaient pas le doubler.

Elle décida de faire un tour d'horizon de la presse en ligne avant de reprendre la route.

Son propre journal consacrait quatre papiers aux intempéries. Elle ne se donna pas la peine d'en lire un seul. Le journal local de Larvik parlait lui aussi du temps, mais un peu plus bas sur la page d'accueil, elle trouva un sujet qui piqua sa curiosité. *Découverte d'une personne morte*, indiquait le titre en toute simplicité.

Line cliqua sur le lien.

Une personne a été trouvée morte vendredi après-midi près de Halle, put-elle lire. Le bref article ne contenait pas tellement plus d'informations. L'état du corps indiquait qu'il était là depuis longtemps et on l'avait transporté à l'Institut de santé publique pour autopsie et identification.

L'article lui-même ne donnait pas plus de réponses que le titre. Une personne avait été découverte morte. Line referma l'ordinateur et le rangea dans son sac.

Quelque part sous le capot, le moteur protesta au démarrage. Elle couvrit le bruit en allumant l'autoradio, chercha autre chose que de la musique de Noël et regagna la route.

Elle ne tarda pas à rattraper la file derrière le chasse-neige. Une longue heure plus tard, le gris du lac Farris apparut sur sa droite et elle tourna vers Larvik. La surface n'était pas encore gelée et le vent la soulevait en friselis agités.

Les voies qui menaient à la ville étaient moins déneigées que l'autoroute et la bouillasse bruissait sous les pneus, claquait contre les passages de roue.

Elle se gara sur une place libre devant le commissariat de police. La neige avait été soufflée en congères devant l'entrée. Line traversa péniblement le parking et entra dans le bâtiment en brique rouge.

Le jeune homme en uniforme à la réception leva les yeux de ses papiers et la salua d'un signe de tête. Ne l'ayant jamais vu, Line se présenta.

« Je viens voir Christine Thiis, expliqua-t-elle.

— Vous avez rendez-vous ?

— Oui, dans un sens. Mais nous n'avons pas convenu d'un horaire. Je viens juste chercher des documents. »

Le policier mit un certain temps à trouver le numéro interne et le composa sur le téléphone devant lui.

« C'est la réception, dit-il. Vous avez de la visite. »

Au bout du fil, on lui posa une question.

« Une journaliste de *VG* », répondit le policier.

Il écouta la réponse, puis tendit la main vers une enveloppe et un formulaire posés sur une étagère derrière lui.

« Oui, ils sont bien là », confirma-t-il au téléphone.

Il raccrocha et donna l'enveloppe à Line.

« Christine Thiis est occupée, dit-il. Mais elle a laissé ce dossier pour vous. »

Line le prit. Il y avait son nom dessus.

« Et puis vous devez signer ici », poursuivit le policier en poussant une feuille vers elle.

C'était un formulaire standard d'emprunt de documents, où elle devait confirmer qu'elle n'allait ni les copier ni laisser des tiers y accéder et qu'elle en ferait uniquement l'usage convenu.

Elle attrapa un stylo sur le comptoir et signa en bas du formulaire.

En le rendant au policier, elle envisagea de demander si son père était là pour le prévenir qu'elle était arrivée. Mais elle changea d'avis. Elle avait hâte de se mettre au travail.

Alors qu'elle marchait vers sa voiture, elle constata que le dossier était moins épais qu'elle ne l'espérait. Mais l'enveloppe ne contenait pas que des papiers… Des clefs de maison, songea-t-elle avec un sourire satisfait.

Une bourrasque souffla de la neige sur les sièges quand elle ouvrit la portière. Elle monta en voiture, mit la clef dans le contact et la tourna en appuyant sur l'accélérateur. Le moteur émit quelques clics avant de démarrer.

En descendant d'Oslo, elle avait planifié de s'installer dans la pièce de travail de sa mère au premier étage. C'était un espace agréable, avec un grand bureau, une chaise moelleuse et un grand pense-bête en liège au mur.

Arrivée à la maison, elle distingua tout juste les ornières qu'avait laissées la voiture de son père. Un chasse-neige avait bloqué l'allée en laissant une énorme congère que Line ne pouvait se risquer à traverser. Elle se gara donc dans la rue en laissant tourner le moteur. Elle alla chercher la pelle à neige devant la porte et dégagea le perron avant de regagner l'allée et d'entreprendre de créer une ouverture dans le muret de neige. La sueur se mit à couler dans sa nuque et elle se redressa en s'appuyant sur la pelle pour faire une pause.

La maison de Viggo Hansen était en contrebas, de l'autre côté de la rue, à cinquante mètres à peine. Les fenêtres obscures étaient partiellement dissimulées par les branches d'un vieux pommier biscornu.

Line se mordit la lèvre inférieure. Une rafale la fit frissonner. La neige fondait dans ses cheveux et coulait sur son front. Elle se passa la main sur le visage et se remit à pelleter. Vingt minutes plus tard, elle put se rasseoir dans sa voiture et se garer devant la maison.

Après avoir ôté la neige de ses semelles en tapant des pieds sur le perron, elle entra et se rendit directement dans la cuisine. La cafetière était un cadeau de Noël qu'elle avait offert à son père l'année précédente. On pouvait aussi s'en servir pour faire du thé. Elle l'alluma avant de monter ses affaires dans son ancienne chambre au premier. Puis elle prit les documents de la police et son thé et alla dans la pièce de travail de sa mère.

L'un des murs était couvert par une bibliothèque qui montait du sol au plafond. Des romans, des biographies, des livres d'histoire, des revues et des classeurs joyeusement mélangés. Dans le coin juste après la porte se trouvaient un fauteuil profond, un guéridon et une lampe de lecture. Au centre de la pièce trônait le bureau de sa mère, avec des tiroirs de part et d'autre, placé de telle façon qu'on avait le dos tourné à la porte et vue sur la rue.

Line posa sa tasse et écarta les rideaux. Elle sentit le courant d'air de la fenêtre alors que la lumière neigeuse entrait dans la pièce.

Une lanterne solitaire brillait au-dessus de la porte de Viggo Hansen. Sa maison au bois lasuré de marron était légèrement plus petite que celle de son père et ceinte d'une haie dense. La porte était brun clair, avec une petite vitre en verre bosselé jaune. La neige était profonde sur le perron et des stalactites pendaient du toit plat.

Elle soupesa l'enveloppe contenant le dossier avant de s'asseoir et d'allumer la lampe, qui diffusa une lumière agréable sur le bureau tout en laissant le reste de la pièce dans la pénombre.

Elle ouvrit l'enveloppe avec son ongle et en retira les documents. Ils étaient rassemblés dans une chemise verte fermée par un élastique.

Il y avait aussi une clef. Elle la fit tomber sur le bureau. Une étiquette en plastique de Låsesmeden, l'entreprise de Larvik spécialisée dans tout ce qui avait trait à la sécurité, et une clef bien brillante accrochée à l'anneau. La police avait dû percer l'ancien verrou et en poser un neuf après être entrée dans la maison. Line prit la clef, la serra dans sa main et la reposa. Puis elle défit l'élastique du dossier.

11

Au commissariat, le bruit d'une fraise à neige parvint jusqu'à la salle de conférence. Le grondement régulier se faisait plus ténu chaque fois que le conducteur passait derrière une congère ou tournait un coin.

L'ambiance était morne autour de la table. Wisting coula un regard vers ses collègues. Au fil de la journée, ils s'étaient rendu compte qu'ils avaient affaire à un meurtre et partaient du pire point de départ concevable : ils n'avaient pas la moindre idée de qui était le mort. Wisting pouvait déjà prédire qu'aucun enquêteur n'aurait quoi que ce soit à rapporter qui puisse les faire avancer.

Le seul qui pouvait avoir du neuf n'était pas encore arrivé. Espen Mortensen était resté en contact avec les médecins légistes et avait donc appris les détails à mesure qu'ils apparaissaient. Wisting avait obtenu un rapport avec une conclusion préliminaire. Les mesures du corps indiquaient une taille qui devait osciller entre 1,80 et 1,85 mètre et la balance indiquait 26 kilos, mais il avait probablement pesé le triple de son vivant. Il avait la peau blanche et devait avoir entre 50 et 60 ans au moment de sa mort. Ses cheveux étaient blond foncé. La cause de la mort était vraisemblablement liée à ses blessures à la tête.

Les vêtements qu'il portait avaient été décrits et Wisting savait que Torunn Borg avait passé la journée à travailler sur les marques et leurs points de vente, sans pour autant que cela ne leur donne d'indication sur le lieu d'origine de l'homme.

Espen Mortensen apparut à la porte avec une pile de papiers. Son mobile sonna. Il répondit et resta sur le seuil à écouter son interlocuteur. Son regard papillota avant de croiser celui de Wisting. C'était un regard insistant, mais qui avait aussi quelque chose d'absent, comme s'il était profondément concentré sur ce que son interlocuteur lui racontait. Puis il tourna les talons et rejoignit à grands pas son bureau.

« Line est passée aujourd'hui », observa Christine Thiis, surtout pour faire la conversation en attendant que Mortensen revienne. Elle était assise à côté de Wisting avec un bloc-notes, qui était tout aussi vierge que le sien.

« Tu lui as parlé ? » s'étonna Wisting, légèrement surpris de n'avoir pas eu de nouvelles de sa fille.

« Non. Mais j'avais préparé les documents pour qu'elle puisse les prendre à la réception. »

Il fit un signe de tête et jeta un coup d'œil à sa montre. Il était 16 h 5 et il décida d'ouvrir la réunion. À ce stade, l'enquête consistait en grande partie à se dire combien on en savait peu, ce qui était une façon de forcer le travail à avancer. Il appartenait donc à chacun de mettre sur la table toutes ses suggestions, ses idées, ses réflexions, et à tous de faire le tri.

Wisting commença en récapitulant ce qui avait

été fait. Puis il laissa la parole aux autres afin qu'ils puissent résumer ce qu'ils avaient.

« Benjamin ? fit-il en cherchant dans ses papiers. Tu as parlé à Per et Supattra Halle ? »

Le jeune enquêteur acquiesça et sortit la déposition des deux personnes qui habitaient la ferme à côté de l'endroit où ils avaient découvert le corps.

« Je crois que nous pouvons abandonner cette piste. Ils font de la fraise à ramasser soi-même l'été. La saison dure de mi-juin à fin juillet. Ils sont partis en Thaïlande le 6 août et ne sont revenus que le 1er octobre. »

Wisting nota.

« L'*Elida* était ici les 9 et 10 août », dit-il, tirant la même conclusion que Benjamin Fjeld. La brochure enveloppée de plastique qu'ils avaient trouvée dans la poche intérieure de l'homme mort indiquait que le meurtre avait très probablement été commis après le départ à l'étranger de Per et Supattra Halle. « Y avait-il quelqu'un pour s'occuper de l'exploitation pendant leur absence ?

— Oui, une sorte de remplaçant qui venait d'une des autres fermes. Il va venir au commissariat demain matin.

— Comment s'appelle-t-il ?

— Jonathan Wang », répondit le jeune enquêteur. Et il ajouta comme une réponse à la question que se posait réellement Wisting : « J'ai regardé dans les fichiers. Il n'y a rien. Casier judiciaire vierge. »

Wisting inscrivit le nom sur son bloc et vit Christine Thiis faire pareil. Pour l'instant, ce n'était qu'un nom, mais l'homme avait été seul dans la zone du lieu de la découverte au moment supposé du meurtre. C'était un élément à partir duquel travailler.

« A-t-on interrogé les gens des alentours ? poursuivit Wisting avec un coup d'œil vers Torunn Borg.

— Nous avons parlé à la plupart des gens des fermes. Nous n'avons rien trouvé de notable, mais nous avons de nombreux éléments à traiter. Il y a notamment eu des types qui sont passés pour proposer des services bon marché d'affûtage de couteaux et d'outils.

— Exact, intervint Nils Hammer. Nous avons reçu cet été plusieurs plaintes pour escroquerie. Ils roulaient dans un véhicule immatriculé en Suède.

— Avons-nous un dossier sur le sujet ? s'enquit Christine Thiis.

— Non, mais l'une des plaintes indique le numéro d'immatriculation, répondit Torunn Borg.

— Autre chose ? demanda Wisting.

— Les gens n'ont pas de souvenirs très précis. Certains ont remarqué un homme étranger avec un appareil photo, d'autres se souviennent d'un fourgon dans la cour à la fin de l'été. Un Allemand a demandé son chemin pour Mølen et un Polonais sourd-muet faisait du porte-à-porte pour vendre des dessins. Entre autres. »

Wisting tendit la main vers sa tasse de café. Les détails du quotidien comme ceux-là n'étaient que vaguement ancrés dans la mémoire des gens et il fallait les ramener au jour en les sollicitant. Ces renseignements n'entraîneraient probablement qu'une masse de travail supplémentaire, mais l'expérience indiquait que quelque part au milieu de toute l'information recueillie pouvait se trouver un détail déterminant. Ce qui semblait anodin aujourd'hui pouvait devenir capital dans un jour ou une semaine. Ou un an, d'ailleurs.

« Tu assures le suivi ? demanda-t-il en sirotant son café.

— Tant que nous n'avons rien de plus intéressant », acquiesça Torunn Borg.

Espen Mortensen reparut à la porte. Il avait laissé sa pile de papiers dans son bureau et n'avait désormais qu'une seule feuille dans chaque main ; son regard voyageait de l'une à l'autre. Puis il les tendit toutes deux comme des pièces de puzzle qui ne s'imbriquaient pas. Wisting comprit qu'il avait dû obtenir une information qui allait apporter un changement radical à l'enquête.

« Qu'as-tu ? s'enquit Hammer.

— Nous avons une correspondance pour les empreintes digitales, répondit Mortensen en avançant dans la pièce.

— Les empreintes digitales ? » s'étonna Wisting, qui revoyait les doigts rabougris du cadavre.

« Sur la brochure dans sa poche intérieure, précisa Mortensen. Qui était dans du plastique.

— Qui ? demanda Hammer. De qui a-t-on trouvé les empreintes ? »

Mortensen baissa les yeux sur une feuille.

« Robert Godwin, répondit-il.

— Qui est-ce ? »

Mortensen posa la feuille qu'il tenait dans sa main droite sur la table.

Wisting se pencha en avant et sentit un tressaillement nerveux dans sa tempe à la lecture du titre : *Wanted by the FBI*.

12

Il avait fallu moins d'une heure à Line pour lire l'ensemble des documents. L'affaire était présentée en ordre chronologique et commençait par un rapport de la première patrouille de police qui était arrivée sur les lieux et avait forcé la porte de la maison. Venait ensuite un formulaire médical de constat de décès. Puis le témoignage de l'employé qui avait trouvé Viggo Hansen quand il était venu couper l'électricité. Des copies de la correspondance avec son médecin traitant et des rapports d'un enquêteur qui avait parlé avec le facteur et les voisins les plus proches. Un document intitulé *Rapport de fouille et saisies* récapitulant ce que la police avait pris dans la maison pour examen. Et finalement, le rapport du policier scientifique qui avait examiné les lieux, avec un dossier illustratif, où le corps était dessiné sur un plan du petit logement : deux chambres à coucher, salon, cuisine, deux débarras, un vestibule et un escalier qui descendait au sous-sol.

Les copies des photos étaient en noir et blanc. Mais celles qui montraient le cadavre n'en restaient pas moins morbides. Viggo Hansen évoquait une momie égyptienne, comme celles que Line avait pu voir en photo. Le corps avait l'air vidé de toute son eau. La peau paraissait sèche et durcie, tendue sur les os. Il était assis dans un fauteuil, telle une poupée noirâtre. L'ensemble de la scène avait quelque chose de déplaisant et d'irréel, comme s'il était un étranger dans la mort aussi.

Devant le fauteuil se trouvait une table, puis un téléviseur, qui était allumé. Line reconnut le logo de Discovery Channel.

L'une des photos montrait un magazine ouvert sur le programme de télévision du 11 août. Une émission était cochée : *The FBI Files*. Malgré le tragique de la situation, Line ne put s'empêcher de sourire. Son chef allait savoir ce que Viggo Hansen regardait au moment de sa mort.

Aucun document ne donnait d'indication sur la personne de Viggo Hansen, sur qui il avait réellement été. On le décrivait uniquement après que sa vie s'était achevée. Le plus fourni était le rapport d'Espen Mortensen, l'agent de la police scientifique, qui, au-delà du corps, dépeignait aussi la maison, en termes sobres et objectifs. La porte d'entrée et celle de la terrasse à l'arrière étaient toutes deux verrouillées, toutes les fenêtres étaient fermées, et il n'y avait pas de trace d'effraction. La maison était bien rangée, sans aucun signe de lutte ou de quelconque visite chez Viggo Hansen.

Se fondant sur le programmc télé, le policier scientifique avait conclu que la mort était intervenue le soir du jeudi 11 août.

Le rapport d'autopsie étayait cette conclusion :

Rien dans l'état du corps ne s'oppose à l'idée que la

mort serait intervenue à une date aussi lointaine que le 11 août, lut-elle. L'hygrométrie basse du domicile du défunt expliquait que le corps soit si bien préservé. L'air sec avait fait s'évaporer les fluides corporels et le reste du corps avait quasiment subi un processus de conservation en se desséchant au lieu de pourrir.

Le dossier comprenait aussi les résultats de divers examens et analyses. Les documents étaient rédigés en jargon scientifique, mais Line comprit qu'il s'agissait d'une analyse d'ADN. L'absence de famille ne permettait pas de faire des comparaisons, mais l'ADN prélevé sur sa brosse à dents et sur les cheveux d'un peigne qui était dans une poche de pantalon correspondait au profil génétique de Viggo Hansen. L'identité du défunt était ainsi établie.

L'entretien de la police avec Steinar Brunvall, de la maison voisine, apportait quelques réponses aux questions que Line se posait au sujet de son amoureux d'enfance. Le rapport indiquait qu'il avait grandi avec Viggo Hansen pour voisin le plus proche et était revenu vivre dans sa maison d'enfance trois ans auparavant, quand ses parents étaient partis s'installer en Espagne. Il était enseignant et avait une compagne du nom d'Ida, avec qui il avait deux enfants en bas âge.

Steinar n'avait pas grand-chose à raconter sur Viggo Hansen. Il ne se souvenait pas de la dernière fois qu'il l'avait vu, mais pensait que c'était pendant l'été. Aux rares occasions où il l'avait aperçu, Viggo Hansen rentrait chez lui avec un sac de provisions dans chaque main. Il n'avait souvenir de l'avoir salué de la tête qu'une seule fois. Ils n'avaient jamais échangé la moindre parole.

La police n'avait pas non plus trouvé grand secours

auprès de Greta Tisler, l'autre voisine. Son souci majeur semblait être le jardin mal entretenu de Viggo Hansen. Elle vivait là avec son mari depuis le début des années 1970. Ils étaient de la demi-génération précédente et elle pensait que c'était la raison pour laquelle ils n'avaient jamais eu de relations. Son défunt mari avait eu quelques contacts avec lui au milieu des années 1990, au moment de la construction de leur véranda, car ils avaient besoin de sa signature. Elle parlait de Viggo Hansen comme d'un homme étrange, restant le plus souvent sur son quant-à-soi. Line imaginait que Greta Tisler avait dû en dire bien davantage, des choses qui n'avaient pas leur place dans un rapport de police, et elle inscrivit son nom sur sa liste de gens à voir.

Dans ce genre de dossiers, où il s'agissait d'identifier des gens, les enquêteurs ajoutaient souvent une photo de passeport de la personne qui était morte. Elle n'en trouva pas de Viggo Hansen. Il n'en existait probablement pas. Il n'avait sans doute jamais voyagé.

Elle-même n'avait qu'une vague idée de ce à quoi il avait ressemblé et elle aurait bien voulu avoir un visage pour illustrer le papier qu'elle allait écrire, mais elle pouvait s'en sortir sans. Elle pourrait utiliser l'une des photos du salon où l'on voyait Viggo Hansen de dos, si la police lui donnait les fichiers originaux. Le sommet de sa tête émergeait du dossier d'un fauteuil. Elle basculait légèrement sur la gauche et, si on n'avait pas su, on aurait pu croire que c'était une photo de quelqu'un qui dormait devant la télé. On voyait le verre vide sur la table devant lui. Les murs étaient gris et froids, sans photos de famille. Cette image illustrait bien une vie de solitude.

Elle rassembla les papiers et les rangea dans la chemise verte. Puis elle se leva et alla regarder dehors. La neige s'était déposée sur le rebord de la fenêtre. Un homme vêtu d'une grosse doudoune, d'un bonnet noir et d'une écharpe couvrant la majeure partie de son visage remontait la rue. Un oiseau prit peur et décolla des arbres du jardin de Viggo Hansen.

Écrire sur sa vie risquait d'être plus difficile qu'elle ne l'avait imaginé. Rien pour l'instant ne portait à croire que Viggo Hansen avait laissé des traces où que ce soit dans le monde extérieur. Sa vie semblait totalement vide, si vide qu'il n'allait pas être évident d'en faire 12000 signes, le nombre requis pour remplir six pages. Mais il fallait qu'elle trouve quelque chose, quelqu'un qui se souvenait de lui, sur qui il avait produit une impression, même si cela remontait à loin. Et il fallait qu'elle essaie de se faire une idée de l'homme qu'il avait été. La maison dans laquelle il avait vécu pendant des années pouvait sûrement lui raconter quelque chose. Peut-être avait-il des livres sur ses étagères, des photos cachées dans un tiroir? Quel genre de vêtements avait-il porté? Avait-il des films qui traînaient, de vieilles lettres? Quelle était la première chose qu'il voyait en se réveillant le matin? De tels éléments pouvaient être parlants, lui révéler quelque chose. Car même s'il était fermé aux autres, Viggo Hansen avait eu un monde intérieur, lui aussi. Et Line devait essayer de trouver une voie d'accès à ce monde.

13

En quelques minutes, l'enquête avait été élevée à un tout autre niveau. Wisting était assis à son bureau. Il avait devant lui la feuille avec le logo de l'organisme d'enquête fédéral américain.

Robert Godwin était numéro quatre sur la liste des dix personnes les plus recherchées des États-Unis. On le connaissait aussi comme *The Interstate Strangler*, l'Étrangleur des autoroutes. Sous son nom, la mention *First degree murder (six counts)* motivait l'avis de recherche. Six cas d'homicide volontaire. Six femmes. À quoi s'ajoutaient autant de viols et d'enlèvements. Le FBI offrait jusqu'à un million de dollars de récompense à la ou les personnes qui fourniraient des renseignements pouvant mener à une arrestation.

Au centre de la page, il y avait une photo de l'homme recherché. En noir et blanc et de piètre qualité. Un jeune homme au visage étroit et aux cheveux fins. Il était rasé de près et avait des golfes temporaux bien dégagés. Rien dans son apparence n'indiquait quel genre de personne il était réellement. Au contraire.

La photo devait remonter à plusieurs décennies.

L'affichette indiquait que Robert Godwin était recherché depuis 1989.

Nils Hammer était assis tout au bord du fauteuil de l'autre côté du bureau. Espen Mortensen était à côté de lui avec sur les genoux des papiers qu'il tendait à Wisting à mesure qu'il les lisait. Wisting les lisait à son tour avant de les passer à Nils Hammer.

C'était un rapport récapitulatif du FBI, qui expliquait succinctement pourquoi l'homme était recherché. Robert Godwin était né en 1950, aux abords immédiats de Minneapolis. Wisting se représenta la carte des États-Unis et situa la ville près de la frontière du Canada. Godwin avait grandi dans une ferme, sa famille cultivait des pommes. Il était prof, avait fait un master de langue et histoire de l'art, et avait enseigné à l'université du Minnesota. Il était célibataire et vivait seul.

Son premier meurtre remontait à 1983. La victime s'appelait Lynn Adams, c'était une étudiante de 18 ans de l'université où enseignait Godwin. Un vendredi après-midi, elle avait fait du stop pour se rendre chez son petit ami, mais n'était jamais arrivée à destination. On ne l'avait retrouvée que six mois plus tard, dans un égout en périphérie de la ville. Un employé chargé de l'entretien avait soulevé la grille pour inspecter les canalisations et l'avait vue, enveloppée dans un sac en toile de jute. Mais le meurtre était resté non résolu au commissariat de police local jusqu'à ce que le FBI arrive sur la piste de Robert Godwin six ans plus tard.

Les cinq victimes suivantes étaient toutes des jeunes femmes. Dans quatre affaires, il s'agissait d'auto-stoppeuses qui avaient été prises sur l'une des autoroutes menant au Dakota du Nord, à l'Iowa ou au Wisconsin. La cinquième victime était une femme qui était tombée en panne, l'enquête avait commencé quand on avait retrouvé sa voiture à un arrêt de bus près de Billings.

Il ressortait du rapport que le FBI supposait que Godwin avait mis ses victimes hors d'état de se défendre en les anesthésiant avec du chloroforme qu'il avait volé dans le laboratoire de l'institut de chimie de l'université.

Wisting leva les yeux. Du chloroforme… Il songea que c'était le genre de choses qu'on voyait dans les films américains, mais il garda cette réflexion pour lui.

Pendant plusieurs années, ces meurtres avaient été traités comme des affaires distinctes. C'étaient les essais de tests d'ADN qui avaient mis les agents du FBI sur la piste. La technologie était entièrement neuve et les chercheurs avaient eu accès aux prélèvements biologiques d'affaires non élucidées. Ils n'avaient pas tardé à découvrir que l'ADN prélevé dans cinq affaires de meurtre non résolues de plusieurs États du nord des États-Unis était celui d'une seule et même personne. Ces affaires avaient de surcroît des similitudes dans la mesure où les femmes avaient toutes été prises en stop sur l'autoroute, violées et étranglées avant d'être balancées dans le fossé.

Les médias avaient largement commenté que la police était confrontée à un tueur en série qu'ils avaient baptisé l'Étrangleur des autoroutes, d'après le lieu où il trouvait ses victimes. La médiatisation avait incité le tueur à faire profil bas. Ensuite, on n'avait plus découvert aucun autre corps.

Un an plus tard, un rebondissement était venu

relancer l'enquête. L'Étrangleur des autoroutes avait encore frappé, mais sa victime lui avait échappé. Dans le feu de l'action, elle avait mordu le tueur au sang et réussi à s'enfuir. Il s'agissait d'une étudiante de l'université où enseignait Godwin et elle avait donc été en mesure de le nommer. Le sang de Godwin correspondait au profil ADN de l'Étrangleur des autoroutes. Mais il s'était volatilisé avant que la police n'ait pu l'inculper et, le 24 août 1989, le FBI l'avait inscrit sur sa liste des *most wanted*. En même temps, les enquêteurs avaient commencé à regarder d'autres affaires non résolues, où on ne disposait d'aucune trace d'ADN. Il était apparu que le sac en toile de jute dans lequel était cachée la première victime était de même confection que ceux que la famille de Godwin utilisait dans sa production de pommes, et le meurtre de Lynn Adams avait donc été ajouté comme sixième chef d'accusation. Mais Robert Godwin avait alors disparu de la surface de la terre.

Wisting s'enfonça dans sa chaise et chercha la fenêtre du regard. Le soir tombait. La lueur jaunâtre des réverbères était émaillée de grands flocons. La gorge sèche, il s'éclaircit la voix comme pour dire quelque chose, mais resta à écouter le silence ouaté.

« Ce n'est pas tout », dit Mortensen en lui tendant la dernière feuille.

Il s'agissait d'une analyse comparative de cas. Les enquêteurs du FBI avaient dressé une liste de dix-sept victimes possibles qui s'ajoutaient aux six meurtres dont Robert Godwin était formellement inculpé.

Wisting lança un coup d'œil vers Mortensen avant de reprendre sa lecture. Il était question de dix-sept affaires ayant statut de disparitions. Des jeunes femmes qui voyageaient sur le réseau d'autoroutes où opérait Godwin. Leur disparition avait été déclarée entre le moment où il avait été dit dans la presse qu'un profil génétique avait mis la police sur la piste de l'Étrangleur des autoroutes et la publication de l'avis de recherche de Robert Godwin. Les enquêteurs n'avaient pas tiré de conclusion, mais il était évident que l'Étrangleur des autoroutes n'avait pas cessé de tuer quand la presse s'était mise à parler de lui, il avait juste fait en sorte qu'on ne retrouve pas ses victimes.

Wisting passa la dernière feuille à Nils Hammer et resta sans rien dire pendant que celui-ci la lisait. Il vit tressaillir un muscle sur la joue de cet enquêteur aguerri. Puis il porta son regard sur Mortensen.

« Tu crois que c'est lui que nous avons trouvé ? demanda-t-il.

— La description correspond au rapport d'autopsie préliminaire, répondit l'agent de la police scientifique en reprenant la feuille avec la photo de Robert Godwin. Stature normale, cheveux blond foncé, 60 ans, 1,84 mètre, environ 80 kilos », lut-il.

Nils Hammer reposa la dernière page du rapport en secouant la tête.

« Un tueur en série américain qui finit sous un sapin de Noël norvégien ? résuma-t-il.

— Ça fait plus de vingt ans qu'il est recherché, lui rappela Mortensen. Ce ne serait pas la première fois que des gens en fuite se cachent en Norvège. Il y a dans ce pays des auteurs de génocide et autres criminels de guerre. »

Wisting se frotta le front.

« Les analyses des empreintes digitales présententelles la moindre ambiguïté ? demanda-t-il.

— Les résultats sont clairs comme de l'eau de roche. Des empreintes du pouce droit de Robert Godwin ont été relevées sur le prospectus et d'autres de son index et de son majeur droits sur le verso.

— Mais il ne s'agit pas pour autant des empreintes de l'homme que nous avons découvert, objecta Hammer. Théoriquement, cette brochure pourrait venir de n'importe où. Si ça se trouve, Robert Godwin est à bord de ce bateau de Jésus.

— Les Américains sont-ils informés que nous avons une correspondance d'ADN avec Godwin ? » demanda Wisting.

Espen Mortensen acquiesça d'un signe de tête.

« C'est Kripos qui s'occupe des contacts internationaux.

— Avons-nous un profil génétique du cadavre ?

— Il devrait être prêt dans le courant de la journée de demain.

— Et quand pourrons-nous le comparer avec les échantillons des États-Unis ?

— Là, il y a sûrement quelques formalités à accomplir. Mais en théorie, ça pourrait être demain. »

Wisting se leva et alla à la fenêtre. Un homme dégageait le parking de l'arrière-cour. À l'avant, son chasse-neige raclait l'asphalte à en produire des étincelles.

« Le pire qui puisse arriver serait sans doute que ce ne soit pas Robert Godwin que nous avons découvert, déclara Hammer.

— Comment ça ?

— Nous avons trouvé ses empreintes digitales. Si ce n'est pas lui qui est mort, ça veut dire qu'il court toujours. »

14

Line regardait par la fenêtre en se demandant si elle allait descendre à la maison de Viggo Hansen dans le virage. Maintenant qu'il faisait nuit, elle n'en voyait plus guère que les contours. Une lanterne extérieure était allumée à l'entrée, et il y avait de la lumière dans ce qui devait être la cuisine.

Une voiture arriva dans la rue. Ses phares projetèrent de longues ombres des arbres biscornus sur la neige du jardin. Plus que vides, les lieux avaient l'air abandonnés, et quelque chose enlevait à Line toute envie d'y aller seule, en tout cas dans le noir. Sinistre n'était pas le mot juste. C'était plutôt quelque chose de malheureux, mais il s'agissait là d'un malheur qui rendait la maison effrayante.

Décidant d'attendre le lendemain pour inspecter le domicile de Viggo Hansen, elle se rendit dans la cuisine pour trouver de quoi se sustenter.

Il y avait dans le réfrigérateur deux plats Fjordland sous vide, des saucisses, et dans le placard, quelques boîtes de conserve peu tentantes. Elle envisagea un instant de sortir faire des courses, mais la neige qui enveloppait de nouveau sa voiture la fit renoncer à cette idée. Du reste, elle n'était pas certaine qu'elle aurait redémarré.

Elle se fit donc cuire deux œufs au plat, les posa sur des tranches de pain sec et emporta le tout dans le salon. Elle mangea devant la télé, zappa jusqu'à CNN. Là aussi, l'actualité était marquée par le temps hivernal. Un reporter se tenait devant un panneau de bienvenue dans le Minnesota qui émergeait à peine de la neige. Derrière lui, les flocons tombaient presque à l'horizontale. Le texte au bas de l'écran indiquait qu'il se trouvait à Fargo, ville du Dakota du Nord à la frontière du Minnesota. Pendant qu'il parlait, la neige collait à ses vêtements et lui remplissait les yeux. Il en était tombé un mètre au cours des dernières vingt-quatre heures, expliquait-il. Et ce n'était pas fini. Les équipes de déneigement avaient les plus grandes difficultés à maintenir les routes ouvertes.

Au reportage sur le terrain succédèrent les prévisions météo en studio. Jouant de la télécommande, Line passa à une chaîne de documentaires. De la poussière s'était accumulée sur l'écran. Elle rapporta son assiette vide dans la cuisine et alla chercher un chiffon et un vaporisateur dans la buanderie.

La poussière ne s'était pas installée uniquement sur le téléviseur. Une mince couche en recouvrait le buffet, les cadres des tableaux et d'autres objets aussi.

Line retourna dans la buanderie, remplit un seau d'eau et entreprit d'essuyer la poussière. Elle passa ensuite l'aspirateur puis la serpillière et fit ainsi le ménage pendant presque deux heures.

Après quoi, elle monta au grenier chercher le carton qui contenait les décorations de Noël. Elle plaça un chandelier à sept bougies sur l'appui de fenêtre de la cuisine et accrocha une étoile à la fenêtre du salon.

Pendant qu'elle œuvrait ainsi, elle avait espéré que son père ne rentrerait pas tout de suite, mais il était maintenant près de 20 heures et elle envisageait de l'appeler, quand elle entendit une portière claquer dehors.

Elle alla à sa rencontre et il la salua d'un sourire.

« Tu arrives tard, commenta-t-elle.

— Oui, admit-il sans lui expliquer ce qui l'avait retenu. Tu as dîné ?

— Je me suis fait deux œufs. Je me suis dit que je pourrais aller faire des courses demain.

— Je vais juste prendre un truc simple, moi aussi », dit-il en la suivant dans la cuisine.

Line s'installa à la table alors que son père jetait trois saucisses dans la poêle où elle avait cuit ses œufs.

« Tu as commencé ? s'enquit-il. On m'a dit que tu étais passée prendre les documents.

— Oui, je les ai lus. Il n'y a pas grand-chose qui m'indique qui était Viggo Hansen. J'ai prévu de parler avec certaines personnes qui étaient à l'école avec lui. J'ai un rendez-vous avec Eivind Aske.

— L'artiste ?

— Oui, je vais chez lui demain. »

Son père retourna les saucisses et alluma la hotte au-dessus de la cuisinière.

« Tu es allée dans la maison ?

— Pas encore. Demain. »

Il sortit de la salade de pommes de terre du réfrigérateur.

« Que sais-tu de lui ? » voulut-elle savoir.

Il haussa les épaules.

« Je ne le connaissais pas.

— Et sa famille ? Je me souviens que la rumeur disait que sa mère avait été en hôpital psychiatrique et son père en prison. »

Il resta à réfléchir devant la cuisinière.

« Oui, maintenant que tu le dis… » Il retira la poêle du feu. « Ses deux parents sont morts avant que nous n'emménagions dans cette maison, mais on disait que ce n'était pas étonnant que Viggo soit comme ça. Je ne me souviens pas de quoi il s'agissait, mais sa mère avait fait une dépression ou quelque chose. »

Il fit glisser les saucisses sur une assiette et s'assit en face d'elle.

« Et son père ? poursuivit Line. Pourquoi avait-il été détenu ?

— Aucune idée, répondit-il avant de commencer à manger.

— Avec qui penses-tu que je devrais parler ?

— S'il a été condamné, tu devrais pouvoir obtenir une copie du jugement. Mais dans ce cas, il faut sans doute t'adresser aux archives régionales. Ça doit remonter à plus de quarante ans.

— Je pensais plutôt à quelqu'un qui puisse me parler un peu de lui, quelqu'un qui le connaissait.

— Greta, alors. Elle habite juste à côté. Et elle y était longtemps avant notre arrivée.

— Elle n'avait pas grand-chose à raconter à la police.

— Elle en sait peut-être plus long sur ce qui s'est passé il y a quarante ans que sur qui était Viggo Hansen quand il est mort. » Il fourra un bout de saucisse dans sa bouche, mais cessa de mastiquer. « Tu as sorti les décorations ? demanda-t-il en désignant le bougeoir de l'avent à la fenêtre.

— C'est bientôt Noël, lui rappela Line.

— Qu'est-ce qui te ferait plaisir ? »

Faute d'idées, elle changea de sujet :

« J'ai lu sur Internet qu'on avait découvert un corps près de Halle. »

Son père hocha la tête en prenant son temps pour mâcher sa nourriture.

« C'est pour ça que tu es rentré tard ?

— Nous travaillons à son identification. Nous n'avons aucun disparu qui corresponde au corps découvert.

— De quoi s'agit-il, alors, tu crois ?

— C'est probablement un étranger.

— Un touriste de l'été dernier ?

— Il y a beaucoup de possibilités. »

Line sentit qu'elle l'interrogeait en journaliste.

« Vous avez déterminé la cause du décès ? »

Son père se leva et rinça son assiette avant de la mettre dans le lave-vaisselle.

« Mort suspecte ? » demanda-t-elle, employant ainsi l'expression des enquêteurs quand ils ne pouvaient pas confirmer la nature de l'affaire.

« Line, fit son père en déglutissant. Je ne peux pas en parler.

— Comment ça ? »

Il ne répondit pas.

« Je suis déléguée au magazine du week-end, poursuivit Line. Mais y a-t-il matière à faire intervenir un collègue ? »

Son père s'appuya contre le plan de travail, les mains à plat derrière lui.

« En l'état actuel des choses, je préférerais que tu t'en abstiennes. Et que tu ne me poses pas d'autres questions. »

15

Après la neige vint le froid. Tout gela dans la nuit. Wisting évoluait sans bruit pour ne pas réveiller Line, qui dormait à l'étage. De l'autre côté de la fenêtre de la cuisine, le mercure indiquait moins quatorze. La température avait chuté de plus de dix degrés.

Debout à la fenêtre avec son café du matin, il se sentait engourdi. Il était resté des heures les yeux ouverts dans le noir avant de s'endormir et cela faisait longtemps qu'il n'avait pas eu un sommeil si agité. Wisting était confronté à une affaire aux ramifications importantes et ce qu'il avait lu sur Godwin l'effrayait. Au fil des ans, il avait vu bien des choses dans son boulot, mais jamais de tueur en série avec tant de meurtres à son actif. Cette forme de cruauté systématique lui était totalement étrangère. Et il avait un vif pressentiment qu'ils ne faisaient qu'entrevoir les contours de l'affaire.

Il avala son café, mit la tasse dans le lave-vaisselle et alla s'asperger le visage d'eau froide dans la salle de bains. Puis il s'habilla. Pull épais, grosses bottes, veste fourrée, bonnet, moufles.

Sur le perron, il s'empara de la pelle et hacha menu

la croûte de neige gelée. Il dégagea un sentier jusqu'à sa voiture puis s'installa au volant. Le moteur hoqueta. Wisting alluma le chauffage et poussa le ventilateur au maximum, puis laissa le moteur tourner pendant qu'il finissait de déblayer l'allée. Quand il eut terminé, la voiture était chaude et les vitres dégivrées.

Dimanche matin. Le troisième de l'avent, songea-t-il en entrant dans le commissariat. Il allait falloir qu'il discute avec Line du programme du réveillon de Noël.

Les couloirs du service d'enquête étaient déserts et silencieux. Il appuya sur l'interrupteur, les néons bourdonnèrent, puis clignotèrent, et son bureau baigna enfin dans une lumière blanche.

Lorsque l'informatique se mit en route, un message apparut sur son écran d'ordinateur. Une certaine Else Britt Gusland avait appelé le centre de commandement à 2h16. Un opérateur avait pris son nom et son numéro de téléphone en lui disant que Wisting la rappellerait. *Concerne le mort de Halle*, précisait l'opérateur. *Elle pense qu'il pourrait s'agir d'un Américain qui louait chez elle et qui a disparu en août*.

Wisting relut le message deux fois avant de jeter un coup d'œil sur sa montre. Il n'était que 8h10. La femme qui avait appelé était probablement en train de dormir. Mais il souleva malgré tout le combiné et composa son numéro.

La femme mit du temps à répondre. La voix au bout du fil était ensommeillée.

« Else Britt Gusland ? »

Elle confirma, puis Wisting se présenta.

« Vous avez appelé à propos d'un locataire américain qui a disparu ? »

Elle toussota et se racla la gorge.

« Oui, je ne sais pas si ça a un rapport avec l'homme dont on parlait sur Internet, mais nous en discutions hier soir avec ma belle-sœur et elle a suggéré qu'il pouvait s'agir de Bob. C'était plus ou moins une plaisanterie. Mais comme le journal disait que l'homme était là depuis longtemps, nous avons décidé d'appeler.

— Parlez-moi de Bob, demanda Wisting.

— Je n'ai pas grand-chose à raconter. Il était assez discret. Il ne parlait pas tellement de lui.

— Mais il habitait chez vous ?

— Oui, enfin, nous, nous habitons Eikelundveien, mais mon mari a un appartement dans le centre de Stavern, au-dessus du pub. Nous le louons à des étudiants pendant l'année universitaire et à des touristes en été.

— Quand est-ce que Bob y a habité ?

— De mi-juillet à sa disparition.

— Quand a-t-il disparu ?

— C'est difficile à dire. Il devait occuper le logement pendant quatre semaines, jusqu'au dimanche 14 août. Les étudiants allaient revenir le lundi. Mais il a donc disparu.

— Comment ça ?

— Ce samedi-là, je suis passée deux fois à l'appartement pour convenir de la remise des clefs et ces choses-là, mais il n'était pas là. Du moins, il n'a pas ouvert. Alors j'y suis allée le dimanche à 11 h 30 – le contrat prévoyait qu'il libère les lieux avant midi –, personne n'a ouvert, donc je suis entrée.

— Et ?

— C'était vide. Enfin, ses affaires étaient là, alors j'ai essayé de l'appeler, mais ça ne répondait pas.

C'était un peu une situation sans issue. J'ai refermé l'appartement, je suis repartie et j'ai attendu jusqu'au lendemain. Le lundi, comme je n'avais toujours pas de nouvelles, j'ai dû aller ranger ses affaires, changer le verrou et faire le ménage pour préparer l'appartement pour les étudiants. »

Wisting s'enfonça dans sa chaise et passa sa main libre dans ses cheveux.

« Et vous n'avez pas eu de ses nouvelles depuis ?

— Non. Je lui ai envoyé un mail pour lui dire que j'avais ses affaires et qu'il pouvait les récupérer s'il me remboursait le nouveau verrou.

— Comment s'appelait-il à part Bob ?

— Bob Crabb. J'ai aussi son numéro de téléphone et son adresse mail. C'est comme ça qu'il a eu l'appartement. Il m'a envoyé un mail des États-Unis fin mai. »

Wisting nota les renseignements et prit l'avis de recherche du FBI avec la photo de Robert Godwin.

« À quoi ressemblait-il ?

— Il avait une barbe et des lunettes. Les cheveux foncés.

— Quel âge ?

— Mon âge, je pense. La soixantaine. »

Wisting reposa la vieille photo de l'avis de recherche. L'âge correspondait, mais avec une barbe et des lunettes, Else Britt Gusland allait avoir du mal à dire si c'était le tueur en série recherché qui avait logé dans son appartement.

« Où sont ses affaires, maintenant ?

— Je les ai toujours. Vous pouvez venir les chercher si vous voulez.

— Volontiers, répondit Wisting. De toute façon, il

nous faut un témoignage plus officiel de votre part. Cela vous conviendrait-il dans une heure ? »

La femme hésita.

« Quelle heure est-il ?

— 8 h 30. »

Elle poussa un soupir.

« Pouvons-nous dire 11 heures ? »

Exiger autre chose eût été déraisonnable. Wisting prit donc rendez-vous avec elle, raccrocha et poussa lui aussi un soupir. Il ne voulait pas attendre. Une impatience indéfinissable s'exprimait comme un vague chuchotement dans sa poitrine. Il avait le pressentiment que ses hommes et lui n'avaient pas de temps à perdre.

16

Line entra en grelottant dans la cuisine, alluma la cafetière et regarda par la fenêtre. Paysage blanc. Emmailloté dans le givre. Avec une brume marine froide recouvrant le fjord de son voile.

Tout ce blanc avait quelque chose de feutré et d'apaisant. Pour la première fois depuis longtemps, elle sentit qu'elle se détendait. Elle n'avait pas de papiers à rendre à brève échéance, personne n'exigeait qu'elle écrive un article de *x* signes pour le journal du lendemain. Elle était libre de disposer de ce jour et des suivants comme elle l'entendait, et elle allait travailler sur un reportage qu'elle avait elle-même proposé. Où personne d'autre n'avait son mot à dire sur ce qui était important, ce qui devait être inclus ou coupé.

Elle avait planifié sa journée. Premier point au programme, elle allait visiter la maison de Viggo Hansen. Et à 16 heures, elle avait rendez-vous avec Eivind Aske, le peintre qui avait été en classe avec lui.

Un oiseau noir s'envola d'un rameau givré et alla se percher au sommet d'un arbre où il trouva la compagnie d'un autre oiseau.

Elle s'était réveillée en entendant son père refermer

la porte d'entrée. Elle était restée au lit et l'avait entendu déblayer le perron. Puis, après avoir laissé son moteur tourner un moment, il avait démarré pour rejoindre le commissariat. On était dimanche, et il était à peine 8 heures du matin. La découverte de l'homme mort dans la forêt de Halle deux jours auparavant devait être très particulière. Il était rare que son père rechigne à ce point à parler de son travail.

Elle s'interrogea sur l'opportunité d'appeler des collègues de la rédaction pour leur signaler qu'il se passait quelque chose afin qu'ils lancent leur enquête, mais elle y renonça. Et le justifia en se disant que ce serait mêler sa vie privée à sa vie professionnelle et que, en ce moment précis, elle ne faisait pas partie de la rédaction actualités.

Elle se prépara une tartine et chercha du lait ou du jus de fruit dans le réfrigérateur. Il n'y en avait pas, elle ajouta donc une virée à la station-service à la liste des tâches du jour. Elle avala son petit déjeuner rudimentaire debout et le fit descendre avec du café. Puis elle prit une douche rapide avant de s'habiller et de sortir de la maison.

Dans le froid, son souffle était blanc et la neige dure crissait sous ses bottes. Elle regarda vers la maison vide. Située à environ cinq mètres en retrait de la rue, elle reposait parmi de vieux arbres à vaste ramure, dans une neige qui avait été soufflée jusqu'à son bardage en bois. Les rideaux étaient tristes et pâles derrière les fenêtres obscures et elle espérait que quelqu'un avait laissé le chauffage allumé.

L'un des oiseaux noirs qu'elle avait vus depuis chez elle vint se poser sur un pilier du portail. Une corneille. Quand Line arriva plus près, la corneille décolla et survola la maison en faisant des cercles comme au-dessus d'une charogne.

Line transféra son sac sur son autre épaule et franchit péniblement le muret de neige qu'avait laissé le chasse-neige. Dans ce sac, elle avait tous les documents de la police, son calepin de journaliste et son appareil photo.

Quelques empreintes de pas gelées se dessinaient dans la neige devant elle. Quelqu'un avait dû passer récemment, juste avant la dernière chute de neige. Les traces menaient à la porte, elles facilitaient son trajet. C'était peut-être quelqu'un de la municipalité ou de la police.

La porte d'entrée était équipée d'un double verrou, avait-elle lu dans le rapport de police. Deux verrous superposés. La police les avait tous deux forés et n'en avait remplacé qu'un seul.

Line allait chercher la clef quand elle vit que la porte avait été forcée. Quelqu'un avait enfoncé un gros tournevis ou un autre outil entre la porte et le chambranle. Les vieilles boiseries étaient éclatées autour du verrou et le pêne repoussé.

Line regarda les traces de pas dans lesquelles elle avait marché, elle ne savait pas trop si elle devait entrer ou rester dehors. Si des cambrioleurs avaient sévi à l'intérieur, s'ils avaient tout mis sens dessus dessous dans leur quête de biens de valeur, elle voulait prendre une photo.

Elle tira la porte, entra et referma derrière elle. Dans la maison, l'air était sec et il régnait une odeur écœurante, comme cela arrivait souvent chez les personnes âgées. Une porte sur la gauche. Une salle de bains sur la droite.

La neige s'était détachée de ses semelles et ses bottes avaient laissé des traînées blanches. Elle serait obligée de dire qu'elle était entrée dans la maison quand elle appellerait pour signaler l'effraction.

Plus loin se trouvait l'ouverture sur le salon. Le téléviseur était tel qu'elle l'avait vu sur les photos de la police. Tout comme la table basse et le meuble de rangement. Les portes en étaient fermées, les tiroirs aussi. Rien ne semblait avoir été touché, à part le fauteuil qui était légèrement reculé. Il ne demeurait de Viggo Hansen qu'une tache sombre. Elle couvrait le fauteuil et continuait sur le sol, où elle s'étalait en un oiseau aux grandes ailes.

Line ressortit. C'était du reste un angle qu'elle pourrait utiliser dans son reportage. Viggo Hansen n'avait probablement jamais eu de visite de son vivant. Et maintenant qu'il était mort, les gens venaient même sans avoir été conviés. Elle se sentait indignée par cet acte grossier et savait que de nombreux lecteurs le seraient aussi.

Elle redescendit le perron, sortit son appareil et prit une photo du verrou détruit. Puis elle appela son père. Elle entendit à sa voix qu'il était occupé mais adoptait un ton calme pour qu'elle n'ait pas l'impression de le déranger.

« Quelqu'un est entré par effraction chez Viggo Hansen, déclara-t-elle. La porte a été forcée.

— Effraction ?

— Oui, je venais voir à quoi ressemblait la maison à l'intérieur et je m'en suis aperçue au moment d'entrer.

— C'est arrivé il y a longtemps ?

— Je ne sais pas. Il y a des empreintes de pas dans lesquelles la neige s'est redéposée.

— Donc il n'y a personne dans la maison actuellement ? »

L'idée n'avait même pas effleuré Line.

« OK, conclut son père. Je vais demander à une patrouille de regarder ça. Tu n'as qu'à attendre dehors. »

Ils raccrochèrent. Line troqua son téléphone contre son appareil photo et alla dans la rue prendre un autre cliché. Elle vérifia le résultat sur l'écran. Toute cette neige rendait le motif partiellement sous-exposé. Elle modifia les réglages et appuya de nouveau sur le déclencheur ; les détails ressortaient davantage, elle hocha la tête avec satisfaction. Cette photo parlait de froid et de solitude et ferait bon effet imprimée.

Elle chercha du regard les oiseaux noirs qu'elle avait vus auparavant. Si l'un d'eux avait pu se percher dans l'arbre devant la maison, ç'aurait fait un joli détail. Elle ne les voyait pas, mais aperçut un mouvement à la fenêtre de la cuisine de Greta Tisler. Quelqu'un avait regardé dehors avant de relâcher le rideau.

Line sourit. Elle aimait les voisins curieux.

17

Wisting appela pour informer le centre de commandement de l'effraction. Ce n'était pas leur premier cambriolage chez un mort. Les logements vides faisant partie d'une succession qui n'était pas encore réglée étaient des cibles attirantes pour les cambrioleurs. Il y avait des gens sans vergogne aucune. Quelques années auparavant, ils avaient même eu une série d'affaires de malfrats écumant les annonces de décès et cambriolant les proches du défunt pendant l'enterrement.

Les autres enquêteurs étaient arrivés : Nils Hammer, Torunn Borg, Benjamin Fjeld et Espen Mortensen.

Quelqu'un avait mis un bougeoir de l'avent dans la salle de conférence. Ils se réunirent autour de la table et Torunn alluma trois des bougies violettes. Wisting sentit l'effet apaisant des petites flammes. Une partie de la tension de son corps se dissipa et il attendit que Torunn ait soufflé l'allumette pour ouvrir la réunion.

« Nous avons obtenu un renseignement intéressant, annonça-t-il en sortant ses notes. Un Américain a loué un appartement dans le centre de Stavern de mi-juillet à sa disparition quatre semaines plus tard.

— Sa disparition ?

— Il était censé quitter l'appartement le 14 août, mais quand les propriétaires sont venus chercher les clefs, il ne restait que ses bagages, expliqua Wisting en rendant compte des quelques détails qu'il avait recueillis lors de son entretien avec Else Britt Gusland. Il s'appelle Bob Crabb, conclut-il en tendant à Torunn Borg une feuille avec ce nom. Peux-tu faire toutes les recherches possibles autour de ce nom ?

— Avons-nous autre chose que le nom ?

— Un numéro de téléphone aux États-Unis et une adresse mail, dit-il en pointant le doigt sur la feuille qu'il lui avait donnée. Il serait âgé d'une soixantaine d'années.

— Bob, c'est le diminutif de Robert, observa Hammer. Il se pourrait que ce soit lui. Robert Godwin. Et qu'il se fasse maintenant appeler Bob Crabb.

— J'ai rendez-vous avec la propriétaire à 11 heures, précisa Wisting. Nous aurons peut-être d'autres éléments. » Il se tourna vers Nils Hammer : « Je voudrais que tu viennes avec moi. »

Hammer acquiesça.

« Où en sommes-nous du côté du FBI et de la comparaison des profils génétiques ? »

Mortensen secoua la tête d'un air quelque peu découragé.

« Ça passe par le Service international de Kripos, et c'est une sacrée bureaucratie, expliqua-t-il. Les Américains n'ont pas voulu envoyer le profil de Robert Godwin ici, ils souhaitent faire la comparaison eux-mêmes, donc c'est nous qui allons leur envoyer le profil de notre candidat dès qu'il sera prêt. Je suppose que nous pourrons avoir une réponse dans le courant de la journée. »

Wisting tourna les pages de son bloc pour passer à la suite. Benjamin Fjeld le devança.

« Quel genre de vêtements portait-il ?

— Qui ?

— Ce Crabb qui habitait à Stavern l'été dernier. La femme qui lui louait l'appartement se souvenait-elle comment il était habillé ?

— Je ne lui ai pas posé la question, admit Wisting.

— Avait-il une voiture ?

— Ça aussi, nous en parlerons quand nous la verrons tout à l'heure. Mais avant, je voudrais savoir ce que nous avons d'autre. Torunn ?

— J'ai parlé avec Stefan Johnsson.

— Qui est-ce ?

— Le capitaine de l'*Elida*, il confirme qu'ils étaient à quai à Stavern les 9 et 10 août. Ils ont distribué des prospectus les deux jours pour inviter les gens à leurs services religieux du soir sur le port. Au total, il pense qu'il y avait deux cents, deux cent cinquante prospectus. Aucun membre de l'équipage n'a disparu et il n'a pas souvenir d'événements particuliers pendant leur séjour. »

Wisting prit note.

« Et ce remplaçant qui s'est occupé de la ferme pendant que Per et Supattra Halle étaient en Thaïlande ? Lui avons-nous parlé ? »

Benjamin Fjeld dressa son stylo en l'air pour signaler que c'était son homme.

« Jonathan Wang. Il vient aujourd'hui, à 11 heures.

— Interroge-le dans la salle vidéo. Il devait être à

la ferme quand le cadavre a été mis sous le sapin. Le moindre détail qu'il fournira pourrait présenter un intérêt, et je ne veux pas que nous loupions quelque chose. »

Wisting porta sa tasse de café à ses lèvres, mais s'aperçut qu'elle était vide.

« Qu'en est-il des traces électroniques ? poursuivit-il en reposant la tasse. Pouvons-nous nous procurer les communications téléphoniques dans la zone concernée ? »

C'était le domaine de Nils Hammer. Qui secoua la tête.

« Il va sans doute falloir nous débrouiller sans nos auxiliaires habituels. Les données concernant les télécommunications sont effacées au bout de trois mois. Et les franchissements de péages et les images vidéo sont conservés encore moins longtemps. »

Il y avait sur la table un thermos de café et Wisting se resservit. Il but d'un air songeur. Il existait toujours un lien quelconque entre la victime et le coupable. En règle générale, recenser les mouvements de la victime avant le meurtre pouvait apporter des pistes et mettre l'enquête sur la voie. Avec le temps qui s'était écoulé, les possibilités étaient considérablement réduites. D'importants témoignages pouvaient leur échapper parce que les gens oubliaient et que les traces électroniques étaient effacées.

Ils restèrent autour de la table à discuter de l'affaire. Ils essayaient de l'éclairer sous divers angles, de découvrir des liens et des connexions. Des hypothèses et possibilités étaient présentées comme autant de devinettes et d'idées décousues. Quand on en savait si peu, c'était ce qu'il fallait faire. Construire des hypothèses à tester pour faire avancer l'affaire.

Après une demi-heure consacrée à cet exercice, Wisting mit un terme à la réunion.

L'affaire avait deux composantes, songea-t-il en se levant. Il s'agissait bien sûr de trouver le coupable. Mais cette fois-ci, le mystère était tout aussi grand quant à l'identité de la victime.

18

Le chasse-neige avait laissé une grosse congère devant l'allée de la femme qui avait loué un appartement à cet Américain six mois auparavant. Wisting déposa Hammer avant de garer sa voiture aussi près que possible du muret de neige.

Elle vivait dans une grande maison ancienne avec des stalactites qui pendaient du toit au-dessus de l'entrée.

Ils entendirent un faible bruit de sonnette et attendirent. Wisting se frotta les mains, souffla dessus. Il allait sonner de nouveau quand Else Britt Gusland ouvrit soudain la porte. De toute évidence, elle s'était couchée tard la veille. Elle avait les paupières rougies et son regard avait du mal à se fixer.

Juste de l'autre côté de la porte se trouvait une valise bleu marine. L'étiquette de voyage était toujours attachée à la poignée et portait l'inscription OSL de l'aéroport d'Oslo. La date d'arrivée était le 14 juillet.

« La voilà, déclara-t-elle. En savez-vous plus sur ce qui lui est arrivé ?

— Nous ne savons même pas si c'est lui qui est mort», répondit Wisting.

Il s'accroupit et ouvrit la valise. Les vêtements avaient l'air d'y avoir été fourrés en toute hâte.

«Est-ce vous qui l'avez faite?

— Oui, j'ai juste ramassé ce qui traînait dans l'appartement.

— Donc il n'y a rien d'autre?»

Elle fit non de la tête.

Wisting poussa un pull et souleva une grosse enveloppe en papier kraft.

«Qu'est-ce que c'est?

— Je n'ai pas regardé.»

Il ouvrit l'enveloppe et jeta un œil. Ce qu'il aperçut le fit brusquement frissonner. C'était un pêle-mêle de documents trouvés sur Internet et de vieilles coupures de presse jaunies. Il en sortit une. L'article découpé était intitulé *Remains of Lynn Adams found in drain*.

Il leva l'article devant Hammer de façon que la femme ne puisse pas voir. Les deux enquêteurs échangèrent un regard.

Publié dans le *Minneapolis Star Tribune* du 3 septembre 1983, l'article décrivait la découverte par un employé des égouts des restes de Lynn Adams, étudiante de 18 ans, disparue dix-huit mois plus tôt. L'article était illustré par une photo de la bouche d'égout, avec plusieurs enquêteurs en cercle autour.

Wisting rangea la coupure de presse en s'autorisant tout juste un coup d'œil sur les autres. C'étaient des articles du même acabit.

Il reposa l'enveloppe dans la valise et sortit une trousse de toilette. Il nota qu'elle contenait une brosse à dents et du matériel de rasage. Si nécessaire, ils pourraient y trouver du matériau pour un profil génétique.

« Il était en voiture ? demanda Hammer.

— Oui, une petite grise.

— De location ? »

Else Britt Gusland haussa les épaules.

Wisting allait refermer la valise pour l'emporter au commissariat et procéder à un examen systématique de son contenu quand il découvrit un petit appareil photo compact. Il le prit et chercha le bouton pour l'allumer.

« Il avait aussi un appareil plus gros, l'informa Else Britt Gusland. Et un ordinateur portable.

— Il n'est pas ici ?

— Non. Il l'avait dans une besace.

— Téléphone mobile ?

— Oui, il en avait un. J'ai essayé de l'appeler plusieurs fois. »

Wisting reposa l'appareil photo. La batterie devait être déchargée.

« Comment a-t-il pris contact avec vous ?

— Il m'a envoyé un mail fin mai en me disant qu'il avait vu l'annonce sur Internet. Il souhaitait louer l'appartement et offrait de payer d'avance.

— Et il l'a fait ?

— L'argent a été transféré des États-Unis avant son arrivée.

— Combien ?

— Nous prenons cinq mille couronnes la semaine en été. Au final, il l'a eu pour un peu moins à cause du cours du dollar et de certains frais bancaires.

— Quand l'avez-vous vu la dernière fois ?

— C'était le mercredi de la dernière semaine où il

occupait l'appartement. Nous étions allés manger un morceau à Skipperstua après le marché. Et il y était.

— Vous lui avez parlé ?

— Juste quelques phrases de politesse. J'ai eu l'impression qu'il n'avait pas envie de nous parler. Il restait un peu sur la réserve.

— Il était seul ?

— Oui, mais on aurait dit qu'il attendait quelqu'un. Il observait les passants comme s'il guettait quelqu'un. »

Hammer prit la parole.

« Vous souvenez-vous des vêtements qu'il portait, la dernière fois que vous l'avez vu ? »

Elle réfléchit avant de répondre en hésitant.

« Un blazer, je crois.

— Vous n'avez pas pris de photos ?

— Non, pas nous. Mais il y en a sûrement beaucoup qui l'ont fait. Les rues étaient pleines d'estivants. »

S'emparant de la valise, Wisting se dirigea vers la porte.

« L'effraction, j'ai d'abord cru que c'était lui, mais ça doit être quelqu'un d'autre si c'est lui qui est mort, observa-t-elle.

— L'effraction ?

— Oui, dans l'appartement. C'était le week-end suivant. Les étudiants étaient rentrés chez eux. J'ai cru qu'il était revenu chercher ses affaires et qu'il avait forcé la porte en voyant que j'avais changé le verrou.

— Avez-vous porté plainte ?

— Oui, mais l'affaire n'a jamais été élucidée. Un mois et demi plus tard, j'ai reçu une lettre me disant qu'elle était classée. »

Wisting fit un signe de tête, comme pour marquer qu'il connaissait la chanson.

« Bon, eh bien, merci de votre aide », fit-il en ouvrant la porte.

Sur le perron, un vent glacial lui frappa le visage. Wisting serra les doigts autour de la poignée de la valise. Le froid pénétrait ses phalanges, mais il ne bougea pas. Il ferma les yeux et inspira profondément l'air glacé : il était prêt.

19

Line prit une série de photos en attendant l'arrivée de la police. Les murs sombres s'élevaient de la neige. Avec ce cadrage, la maison vide semblait gelée dans le sol, déserte, glacée jusque dans ses fondations. Les oiseaux noirs n'avaient pas reparu, mais les branches biscornues des pommiers créaient une atmosphère sinistre.

Elle avait toujours aimé la photo et avait eu son premier appareil à 10 ans. Comprenant que c'était chez elle un réel intérêt, son père lui avait ensuite offert un appareil plus coûteux pour ses 13 ans et l'avait inscrite à un cours de photo. Où elle avait appris le fonctionnement d'un appareil, mais était surtout devenue plus créative, plus à même de composer de bonnes photos. Plus tard, elle s'était acheté un appareil encore plus moderne et perfectionné avec l'argent reçu pour sa confirmation religieuse.

Ses connaissances photographiques lui avaient été utiles dans sa carrière de journaliste. Le journal avait certes ses photographes, mais elle aimait illustrer ses papiers avec ses propres clichés. Les photos faisaient partie intégrante des histoires qu'elle racontait et elle prenait davantage possession du récit quand elle pouvait l'illustrer elle-même.

La photographie, c'était comme le vélo, se disait-elle toujours. La technique même était ancrée dans ses doigts. Mais elle sentait qu'elle n'arrivait plus tout à fait à suivre. Le retouchage des photos numériques avait pris de plus en plus d'importance. Elle avait depuis longtemps l'intention d'apprendre à se servir de Photoshop, mais c'était un logiciel sophistiqué et elle n'avait jamais eu le temps de s'y mettre vraiment. Aux prochaines vacances, se disait-elle toujours.

Au bout d'une demi-heure, elle sentit le froid du sol la gagner par les semelles de ses bottes. Ayant perçu le regard de Greta Tisler à la fenêtre de sa cuisine, elle décida d'aller la trouver. Line se souvenait d'elle comme d'une femme sympathique. Rondelette. Toujours prodigue de sucreries quand ils allaient de maison en maison déguisés en boucs de Noël, toujours généreuse quand ils sonnaient à sa porte pour vendre des billets de tombola.

La vieille dame l'accueillit avec le même grand sourire que quand elle était petite et lui montra le chemin de la cuisine. La chaleur de la pièce embrasa ses joues froides.

Greta Tisler sortit des tasses et des soucoupes tout en lui disant quel plaisir c'était de la revoir, elle précisa qu'elle lisait tous ses articles.

« Il y a eu un cambriolage chez Viggo Hansen », déclara Line en s'asseyant.

Greta Tisler était debout avec un plat de petits gâteaux à la main. Son visage changea d'expression.

« Un cambriolage ? » Son regard se dirigea vers la fenêtre et la maison de l'autre côté de la haie.

« La police va venir regarder de quoi il s'agit, dit Line. Ça doit être récent. Il y avait des traces dans la neige jusqu'à la porte. »

Greta Tisler s'assit.

« Je vais écrire un reportage sur Viggo Hansen pour le journal », poursuivit Line, et elle expliqua comment elle avait pu emprunter les clefs de sa maison.

« Tu vas parler de lui dans *VG* ? Pourquoi ?

— L'article ne sera pas seulement sur lui. Viggo Hansen servira plutôt à représenter une évolution négative de la société, une évolution vers une société plus froide, où les gens n'ont plus de temps les uns pour les autres. »

À peine avait-elle prononcé ces paroles qu'elle comprit que la vieille dame pouvait les interpréter comme un reproche.

« C'était comme ça qu'il voulait vivre, dit Greta Tisler furtivement. Ce n'était pas une souffrance pour lui. Moi-même, je suis seule, et ça me va comme ça. »

Line acquiesça, sans poursuivre sur ce thème.

« Quand l'avez-vous vu la dernière fois ? demanda-t-elle en prenant un petit gâteau.

— Eh bien, il ne sortait jamais. Il aurait dû entretenir sa maison et son jardin, mais nous ne le voyions quasiment jamais dehors, sauf tard le soir.

— À quand est-ce que ça pourrait remonter, alors ? La dernière fois que vous l'avez vu ?

— Il n'est même pas venu à l'enterrement de Trygve. C'était notre voisin le plus proche, mais il n'a envoyé ni fleurs ni condoléances.

— J'ai cru comprendre que Trygve lui avait un peu parlé ?

— Il y a longtemps. En 1993, nous avons construit

une véranda et il fallait que tous les voisins visent la demande de permis de construire. Trygve est allé chez lui, mais ils sont restés sur le perron. »

La vieille dame but une gorgée de café.

« Il n'était pas comme ça avant, tu sais, dit-elle. Il a toujours été étrange, mais pas si farouche. »

Line leva sa tasse, mais resta sans boire.

« Avant quoi ?

— Trygve l'avait dit, lui aussi, poursuivit Greta Tisler sans répondre à sa question. Quand il est allé lui parler de la véranda. Qu'il n'était pas lui-même. Après, Viggo Hansen s'est tenu plus à l'écart de tout et de tous.

— Que s'était-il passé ? Pourquoi est-il devenu comme ça ? »

Greta Tisler pinça les lèvres, comme pour retenir quelque chose qu'elle ne devrait pas dire.

« Je ne le sais que parce que Astrid me l'a dit en confidence, et c'était des années plus tard. »

Tenant sa tasse des deux mains, la vieille dame la porta à sa bouche avant de reprendre la parole à voix basse.

« Astrid était secrétaire médicale chez le docteur Gravdahl. Elle est à la retraite, maintenant, et ce n'est qu'après avoir arrêté de travailler qu'elle me l'a dit.

— Quoi donc ?

— Gravdahl était le médecin de Hansen, expliqua-t-elle avec un signe vers la fenêtre. C'est lui qui a fait interner Hansen.

— Il avait des troubles psychiatriques ? »

Greta Tisler hocha la tête au-dessus de son café avant d'en boire une gorgée.

« Qu'est-ce qu'il avait, au juste ? voulut savoir Line.

— Ce n'est pas à moi qu'il faut poser la question. Il a dû perdre l'esprit. »

Line resta pensive, à se demander en quoi une maladie psychique changerait le fondement de son article. Déballer sa vie de solitude, c'était une chose. Exposer une histoire de maladie grave, c'en était une tout autre.

« Y a-t-il des gens qui pourraient en savoir plus sur le sujet ? Des gens qui lui rendaient visite ?

— Pas depuis qu'il avait changé.

— Qui allait chez lui avant ?

— Il avait un camarade de son âge qui venait de temps en temps, mais c'est devenu de plus en plus rare.

— Vous connaissiez ses parents ?

— Non. Sa mère vivait seule avec Viggo quand nous avons emménagé en 1972. Elle est morte quelques années plus tard.

— N'était-elle pas malade, elle aussi ?

— Si, la pauvre. C'est héréditaire, ces maladies. Et ça ne s'était sans doute pas arrangé avec ce que son mari avait fait. »

Line haussa les sourcils et indiqua d'une mimique qu'elle ne savait pas ce que le père de Viggo Hansen avait fait.

« Il s'est suicidé. Du moins c'est ce qui se disait. Mais c'était avant que nous n'emménagions. Je n'en sais pas plus.

— Il avait aussi fait de la prison, ai-je entendu dire. »

Greta Tisler hocha la tête et son regard se fit absent, comme si elle recherchait de vieux souvenirs.

« Vous en savez plus ? interrogea Line.

— Ça ne s'est pas passé ici. C'était quand il travaillait dans le Vestlandet. »

L'attention de la vieille dame se concentra de nouveau sur la fenêtre. Une voiture de police s'était garée devant la maison voisine. Line se leva, mais resta immobile. Elle se demandait s'il y avait davantage à tirer de Greta Tisler. Quelque chose s'était passé environ vingt ans auparavant, quelque chose qui avait changé Viggo Hansen et l'avait fait hospitaliser en service psychiatrique…

Puis elle secoua la tête, remercia la vieille dame et sortit dans le froid.

20

La valise était posée sur une paillasse en métal de la pièce utilisée pour les examens techniques et scientifiques.

Espen Mortensen passait en revue son contenu. Il répertoriait tous les objets en les ôtant un à un, rangeait les vêtements dans des sacs en papier. À part des jumelles au fond, il n'y avait pas tellement plus que ce que Wisting avait déjà vu quand ils étaient allés la chercher.

Sur la paillasse demeuraient les deux objets les plus intéressants. L'appareil photo et l'enveloppe des coupures de presse.

« Qu'est-ce qui nous manque ? demanda Wisting. À part l'ordinateur, le téléphone mobile et un plus gros appareil photo ?

— Des documents de voyage, proposa Hammer. Passeport et titres de transport. Quelque chose avec son nom. »

Mortensen vida l'enveloppe sur la paillasse et éparpilla le contenu avec ses doigts. Les coins de plusieurs coupures de presse étaient percés de petits trous, comme si elles avaient été punaisées à un mur.

L'une d'elles datait du 24 septembre 1989 et montrait le visage de Robert Godwin. C'était une photo en noir et blanc où il avait une grosse moustache et portait une chemise blanche boutonnée au cou. Wisting se pencha en avant et regarda le tueur en série dans les yeux.

« Ça fait plus de vingt ans que Robert Godwin est recherché aux États-Unis, observa Hammer. Pourquoi débarquerait-il ici maintenant ?

— Il est peut-être ici depuis le début. » Wisting fit un geste de la main. « Ce ne sont pas ses affaires à lui. On dirait plutôt celles de quelqu'un qui était sur sa piste. »

Torunn Borg arriva dans la pièce, des feuilles à la main.

« Sa disparition a été signalée », annonça-t-elle en tendant la photo d'un homme d'un certain âge. Il était barbu et portait des lunettes à monture fine. L'expression était joviale, mais son regard gris était empreint de gravité. « Bob Crabb, poursuivit-elle. 67 ans, veuf, originaire de Minneapolis.

— Il n'est pas sur notre liste, commenta Wisting en cherchant le dossier des personnes disparues.

— C'est enregistré dans nos systèmes comme une déclaration d'inquiétude. Le 3 septembre, la police norvégienne a reçu via Interpol un avis du Minneapolis Police Department, qui avait été contacté par un de ses amis et voisins qui ne le voyait pas rentrer de son voyage en Norvège. C'était une requête classique par laquelle la police cherchait des renseignements. »

Elle prit une autre feuille.

« Il est arrivé en Norvège à Gardermoen par le vol FI318 de Reykjavík le 14 juillet. Il avait son billet de retour le 14 août, mais il a été annulé à cette même date.

— Annulé ?

— La compagnie aérienne n'a pas su dire comment ça s'est passé, mais suppose que ç'a été fait en ligne ou par téléphone.

— Que venait-il faire en Norvège ?

— D'après son voisin, il allait essayer de trouver des gens auxquels il était apparenté en Norvège. Il n'avait plus aucune famille aux États-Unis. Ses ancêtres avaient émigré de Toten à la fin du dix-neuvième siècle. La requête a été transmise à la police de Gjøvik pour suivi.

— Gjøvik ? Mais nous savons pourtant que, dès le mois de mai, il avait réservé un appartement à Stavern pour l'été.

— Oui, mais il était censé aller à Toten, répondit Torunn en haussant les épaules. La police de Gjøvik a découvert qu'il avait loué une voiture chez Avis. Enfin, cette information nous vient en fait de la police américaine. Il ressort d'un relevé de sa société de carte de crédit qu'il a pris une voiture de location à l'aéroport de Gardermoen le jour de son arrivée. Un enquêteur de Gjøvik a appelé l'agence, qui lui a confirmé que le véhicule était une Audi A3 grise. Elle a été rendue le jour du retour annulé. »

Les questions se bousculaient dans l'esprit de Wisting.

La première fut : « Ont-ils pu en dire plus chez Avis ? »

Torunn Borg secoua la tête.

«Rien d'autre que ce qu'il y avait sur leur ordinateur.

— Et les relevés de compte? Y a-t-il autre chose de ce côté-là?

— Il y a un gros retrait d'espèces en couronnes norvégiennes à un distributeur de l'aéroport. Sinon aucun mouvement.

— Et c'est tout?

— Oui. La police américaine ne s'est plus adressée à nous. Elle a dû conclure qu'il avait prolongé son séjour sans prévenir ses voisins de Minneapolis.

— Il a peut-être rencontré un cousin à Gjøvik?» suggéra Hammer.

Wisting n'était pas d'humeur.

«Il n'est jamais allé à Gjøvik, grogna-t-il. Il était chez nous, jusqu'à ce que quelqu'un le tue et le cache sous un sapin.

— Alors ce doit être le tueur qui a annulé le vol, conclut Mortensen. Il suffit d'avoir le numéro de réservation et le nom de famille. Il a pu les trouver dans les papiers qui ne sont pas dans la valise. Et pour les clefs de la voiture de location, il pouvait sûrement les mettre dans une boîte aux lettres, par exemple.

— Il y a un autre élément intéressant, ajouta Torunn Borg en sortant la feuille avec les renseignements personnels du retraité disparu. Bob Crabb est un ancien prof de l'université du Minnesota où travaillait Robert Godwin.»

Wisting croisa les bras en observant les coupures de presse devant lui. L'une d'elles mentionnait que la ou les personnes disposant de renseignements pouvant mener à l'arrestation du tueur recevraient jusqu'à un million de dollars de récompense.

« Bob Crabb était sur sa piste, dit-il. Mais il a fini par devenir une nouvelle victime. »

Sa pensée suivante lui donna une sensation rampante de froid. Quelque part dehors se promenait un tueur en série.

21

Wisting tendit la main vers les papiers de Torunn Borg concernant l'homme disparu.

« Le professeur Bob Crabb », dit-il tout haut pour lui-même.

Quelques pièces du puzzle s'emboîtaient. Le prospectus de l'église flottante faisait partie des preuves que l'homme mort avait recueillies dans sa chasse au tueur en série. Robert Godwin devait être l'un de ceux à qui les gens de l'*Elida* avaient glissé un prospectus. Et il l'avait peut-être jeté avec indifférence. Bob Crabb avait dû le ramasser et le mettre dans un sachet en plastique pour conserver ses empreintes digitales.

« Suis cette piste, demanda-t-il à Torunn en lui rendant les papiers. Il faut informer la police de Minneapolis que nous l'avons sans doute trouvé. Les médecins légistes ont besoin d'éléments pour l'identifier. Un dossier odontologique ou ce genre de choses. »

Torunn Borg répondit d'un signe de tête. Elle était déjà lancée. Il n'avait pas besoin de lui dire ce qu'il fallait faire.

« Et puis il nous faut tout ce que la police américaine a sur la relation de Bob Crabb avec Robert

Godwin, poursuivit-il. L'origine de son engagement. Étaient-ils collègues proches à l'université ? Connaissait-il des victimes ? Et comment diable a-t-il découvert que, parmi tous les endroits du monde où il pouvait aller, Robert Godwin s'était enfui en Norvège ? »

Il souffla lourdement par le nez. Le sang pulsait dans sa gorge et il sentait la température monter.

« Robert Godwin est recherché depuis plus de vingt ans, déclara-t-il en les regardant chacun dans les yeux. Ses traces ont mené Bob Crabb en Norvège. Ici, chez nous. Bob Crabb a passé presque quatre semaines ici à le chercher. Cela fait sans doute bien plus longtemps que Robert Godwin y est. Ça pourrait faire des années, sans que personne n'en sache rien. Il pourrait être devenu l'un des nôtres, bon sang.

— Que faisons-nous ? » s'enquit Hammer.

Wisting se frotta la bouche. Il n'avait pas de réponse à cette question.

« Tu penses qu'il s'est installé quelque part ici après s'être enfui des États-Unis ? résuma Mortensen. Qu'il a pris un nouveau nom et commencé une nouvelle vie ? »

Wisting ne répondit pas, mais se dirigea vers les coupures de presse étalées sur la paillasse.

« N'y a-t-il vraiment pas la moindre petite note ici… » Les visages des jeunes femmes qui avaient disparu dans les années 1980 se détachaient sur les pages de journal jaunies. « N'aurait-il pas pu écrire une adresse ou quelque chose ? Quelque chose qui nous mette sur la piste.

— La femme qui lui louait l'appartement a dit qu'il avait une besace avec un ordinateur portable », lui rappela Hammer.

Wisting lut un article sur Marie Gesto, une jeune femme de 22 ans qui avait disparu en 1988 alors qu'elle allait à Duluth en stop. Il reposa la coupure de presse et en prit une autre, similaire, avec une photo d'Isabelle Pierce, de Milwaukee. Aucun mot n'était souligné. Rien n'était inscrit en marge. Bob Crabb devait avoir ses notes de travail sur son ordinateur ou dans un calepin qu'il gardait sur lui et que le tueur avait dû détruire.

« Nous devrions nous mettre directement en contact avec le FBI, dit Wisting. Il faut qu'ils fouillent le domicile de Bob Crabb aux États-Unis. Il a forcément laissé quelque chose qui pourra nous indiquer ce qui l'a fait partir en Norvège. Cette histoire de famille à Toten devait être un prétexte. Un paravent. »

Hammer vint se poster à côté de lui et prit une coupure de presse avec la photo d'une jeune femme aux longs cheveux blonds : *Police search for Angella Olsson. Last seen on Friday.*

« Par où commencer nos recherches ? demanda-t-il. Il a pu changer d'apparence, se marier, avoir des enfants. Des petits-enfants même. C'est…

— Quelle est l'année de naissance de Robert Godwin, déjà ? coupa Wisting.

— 1950… »

Wisting se mit à arpenter la pièce.

« Je veux des listes, fit-il en pointant le doigt sur Nils Hammer. Des listes de tous les hommes nés entre 1947 et 1953, avec historique des domiciles, pour que nous puissions identifier ceux qui ont immigré ou sont venus s'installer dans le coin après 1989. Ce sera un début.

— Il y en a sûrement plusieurs milliers.

— Quelqu'un a une meilleure proposition ?»

Le silence se fit dans la pièce, puis Espen Mortensen se dirigea vers la paillasse et prit l'appareil photo.

« On regarde les photos ?»

22

Ils se tenaient tout près l'un de l'autre, derrière le dossier du fauteuil de Mortensen. Le policier scientifique sortit une carte mémoire de son logement sous l'appareil photo, la glissa dans un lecteur et en importa le contenu sur l'ordinateur.

Il y avait huit photos. Elles apparurent sous forme de petites icônes sur l'écran. Elles avaient dû être prises dans le courant de l'été. C'était très vert. Herbe verte, arbres verts.

Mortensen cliqua sur la première, qui remplit l'écran. Elle semblait avoir été prise au milieu d'une forêt. Dix ou douze bouleaux aux troncs sveltes s'étiraient vers un ciel bleu.

« Qu'est-ce que c'est ? » Torunn Borg pointait le doigt sur quelque chose entre les arbres. Un bâtiment marron.

« Un chalet ou quelque chose comme ça ? proposa Wisting. Regardons la suivante ! »

Elle avait été prise au même endroit, mais d'un angle légèrement différent. Il y avait au premier plan ce qui ressemblait à une friche dans les cailloux. La mise au point avait été faite sur les arbres au milieu de la photo et il était difficile de distinguer ce qui se trouvait plus loin derrière.

Sur la photo suivante, le motif était plus net et ils purent voir qu'il s'agissait d'une exploitation agricole avec plusieurs dépendances. Une grange grise et une maison d'habitation blanche.

« Où est-ce, bon sang ? demanda Hammer. Ça doit être dans les parages. »

Mortensen secoua la tête. Non pas parce qu'il était en désaccord avec son collègue, mais parce que lui non plus ne reconnaissait pas l'endroit photographié.

La quatrième photo avait été prise ailleurs. Dans un endroit où il était impossible que vivent des gens. Au centre s'élevait une vieille maison au toit affaissé. La peinture s'écaillait sur les murs en bois, les ferrures étaient de travers et plusieurs carreaux de fenêtre étaient brisés. Dans la cour, une charrue rouillée était appuyée contre un puits. Plus loin se trouvaient les vestiges d'une grange brûlée. Une partie de la façade arrière était encore debout, avec des restes de planches carbonisées. Autour, il y avait une ou deux dépendances au bois pourri.

« Il pourrait avoir vécu là, observa Wisting. Il faut que nous déterminions où c'est. Qui y a habité.

— Qui pourrait le savoir ?

— Il doit bien y avoir des gens qui font partie d'une association de villageois ou autre. Des gens qui font de l'histoire locale. Comment s'appelle celui qui écrit parfois dans le journal ? Thorvik ? Bjørn Thorvik. On peut voir avec lui. »

Les deux photos suivantes avaient été prises au même endroit. Aucun point de repère ne pouvait indiquer où se trouvaient les bâtiments en ruine.

Les deux derniers clichés avaient été pris dans un champ. Pas de constructions, juste la lisière d'un bois et un chemin de tracteur qui débouchait entre les arbres.

« C'est tout ? demanda Wisting.

— C'est tout, confirma Mortensen. Je peux regarder quand elles ont été prises. »

Il cliqua sur un fichier et trouva les renseignements qu'il cherchait.

« Celle-ci a été prise le 7 août, mais l'horaire ne peut pas être exact. 5 h 40 du matin. L'heure devait être mal réglée sur l'appareil.

— Heure américaine, conclut Hammer. Il n'a pas changé les réglages de son appareil une fois arrivé en Norvège. Nous avons sept heures d'avance sur eux, non ?

— Alors ça nous donne à peu près la mi-journée », conclut Mortensen avant de regarder les autres fichiers. Toutes les photos avaient été prises le même jour, dans un laps de temps d'un peu moins de deux heures.

« Vous voilà donc ? »

Ils se retournèrent vers Benjamin Fjeld qui était à la porte.

« J'ai terminé avec Jonathan Wang, annonça-t-il en agitant un DVD.

— Il est reparti ? s'enquit Wisting.

— Il est sur le chemin de la sortie, en tout cas. Pourquoi ?

— Demande-lui d'attendre un peu. J'aimerais lui montrer quelque chose. »

Benjamin Fjeld repartit. Wisting pria Mortensen d'imprimer une photo de la ferme en ruine.

« Il travaille comme remplaçant agricole. Il connaît sûrement la région et saura peut-être où la photo a été prise. »

Mortensen lui donna la photo imprimée et il descendit à la réception, où Jonathan Wang l'attendait sur un canapé. Il était plus âgé qu'il ne pensait, sûrement plus de 60 ans, mais à en juger par la façon dont il bondit sur ses pieds, il était fringant. Il portait des vêtements de travail, une salopette pleine de taches et une chemise à carreaux rouge. Il était défiguré par une profonde cicatrice qui barrait la moitié gauche de son visage.

« Y a-t-il autre chose ?

— J'ai une photo que je voudrais vous montrer », expliqua Wisting en lui tendant la feuille imprimée. Il n'arrivait pas à détourner le regard de sa cicatrice.

L'homme prit la feuille et la regarda en plissant les yeux.

« Savez-vous où cela se trouve ?

— Non, répondit-il en se mordant la lèvre inférieure. Je ne peux pas dire que je sois déjà allé à cet endroit. C'est dans un triste état. »

Quelque chose dans ce qu'il disait, ou sa façon de le dire, fit regretter à Wisting de lui avoir montré la photo. L'homme parlait un peu bizarrement. Un accent presque imperceptible.

« Pourquoi me posez-vous la question ? demanda-t-il en la rendant à Wisting.

— Eh bien, je me disais juste que vous sauriez peut-être où c'est, comme vous travaillez dans des fermes.

— Non, désolé. Je peux y aller maintenant ?

— Oui, je vous remercie. »

Wisting regagna son bureau et prit la photo de

Robert Godwin. Il avait en fait une apparence très banale, sans traits distinctifs. Dans un signalement, Wisting aurait coché la case *normal* pour son menton, sa bouche, son nez et ses oreilles. Le front était un peu haut, mais c'était probablement dû à ses golfes temporaux légèrement échancrés. Il avait finalement l'air scandinave.

Il composa le numéro de Benjamin Fjeld sur l'interphone et lui demanda de venir.

La photo de Godwin remontait à plus de vingt ans, et Wisting ne reconnaissait aucun trait de Jonathan Wang. Rien toutefois n'indiquait que le remplaçant de ferme et le tueur recherché ne pouvaient pas être une seule et même personne. Sauf les cheveux et la vilaine cicatrice, peut-être.

Benjamin Fjeld entra et s'assit.

« Qu'a dit Wang? demanda Wisting.

— Je suis en train d'écrire mon rapport, répondit le jeune enquêteur. Il confirme la déposition de Per et Supattra Halle, ils étaient en Thaïlande, et il n'a rien vu qui pourrait selon lui avoir un rapport avec le meurtre. Rien dont il ait souvenir, en tout cas.

— Il vient d'où ?

— Il est autrichien, arrivé ici en 1994. Avant ça, il a passé quelques années dans une ferme au Danemark. À son arrivée en Norvège, il a travaillé dans une des grandes exploitations de Nalum. Et il y a dix ans, il s'est acheté une petite ferme.

— Il est marié ? Comment a-t-il eu cette cicatrice au visage ?

— Je ne lui ai pas demandé. »

Wisting poussa la photo de Robert Godwin vers

lui en cachant la moitié du front et les cheveux avec sa main.

« Imagine-le avec une perruque, fit Wisting. Ça lui ressemble ? »

Benjamin Fjeld se pencha en avant et examina la photo avant de secouer la tête.

« Pas vraiment. Tu trouves, toi ?

— Non, répondit Wisting avant de reprendre la photo. C'était juste cette histoire d'accent. Je me disais qu'il devait venir d'ailleurs.

— Tu veux que je suive cette piste ? »

Wisting réfléchit un instant.

« Oui. Trouve pourquoi il a quitté son pays natal. »

23

La patrouille de police mit moins d'une demi-heure pour examiner la fracture de la serrure et la maison de Viggo Hansen. Line avait parlé aux policiers à leur arrivée et suivi les opérations de la fenêtre du bureau de sa mère. L'un d'eux avait pris des photos de l'entrée et étalé au pinceau de la poudre pour relever les empreintes digitales, mais il ne semblait pas avoir trouvé quoi que ce soit. L'autre restait debout à côté avec un calepin. Elle les avait photographiés à l'œuvre au téléobjectif.

Après avoir observé l'extérieur, ils étaient entrés dans la maison, d'où ils étaient ressortis un quart d'heure plus tard. Puis ils s'étaient installés dans leur voiture pour attendre la venue d'un artisan qui allait consolider le chambranle abîmé avec des ferrures afin de permettre de verrouiller la porte.

Line regarda les deux véhicules repartir dans la rue enneigée. Puis, prenant son sac et la clef, elle retourna chez Viggo Hansen.

La porte était maculée de poudre à empreintes. Line ôta ses gants, sortit son appareil et prit encore une photo. La poudre noire était du meilleur effet.

La clef tourna lentement dans la serrure. Elle la retira, ouvrit la porte et entra.

Cette fois-ci, elle remarqua qu'il faisait froid dans la maison. Environ quinze degrés, se dit-elle en décidant de garder sa doudoune. La température basse atténuait sans doute la sensation de renfermé et elle ne tarda pas à s'habituer à l'odeur douceâtre qui imprégnait les murs.

Line laissa son sac contre un petit tabouret dans l'entrée et décida de faire un rapide tour d'horizon avant de se livrer à un examen plus détaillé. La porte de gauche ouvrait sur une chambre à coucher. Papier peint à motif floral, lirette sur le sol, lit double et deux tables de chevet avec des lampes identiques. Une vieille photo de mariage au mur.

Ses parents, se dit-elle en approchant. Il y avait de la poussière sur le verre et le cadre, et la photo même s'était matifiée avec le temps. La mariée était tournée vers le marié, en tailleur de couleur sans voile. Elle tenait un gros bouquet de fleurs. Lui était vêtu d'un costume gris.

Line ne voyait aucune ressemblance avec Viggo Hansen, tel qu'elle se souvenait de lui. Cet homme-ci était grand et robuste. Il avait le visage rond avec un nez plat et un menton pointu. On n'aurait trop su lui donner un âge, mais il devait avoir autour de 25 ans. La mariée était maigre et d'une constitution menue, elle avait l'air d'une gamine fluette, avec de petites mains, des poignets fins et des seins qu'on soupçonnait à peine sous ses vêtements. Son visage n'en restait pas moins rond, avec une bouche large, un petit nez et des pommettes hautes.

Peut-être y avait-il quelque part un album photo,

songea Line, qui sortit de la chambre en refermant la porte derrière elle. Elle pourrait avoir besoin de photos de l'époque où Viggo Hansen avait eu une famille autour de lui.

Un coup de serpillière dans la salle de bains n'aurait pas été de trop. Il y avait des moisissures sur les murs. À côté d'un lavabo en porcelaine maculé de jaune était accrochée une serviette figée. Le miroir était couvert de taches. Un étendoir était suspendu au-dessus de la baignoire par un système de poulies. Line tira sur le cordon. L'étendoir grinça et zigzagua dangereusement.

La cuisine était équipée du strict nécessaire : placard, plan de travail, cuisinière, réfrigérateur et un évier profond en émail. Les raccords du linoléum étaient fendillés. Le bord du plan de travail était endommagé et l'aggloméré apparaissait sous la couche de plastique. Il y avait une tasse à café vide sur la table en formica. Et sur l'appui de fenêtre, une mouche morte.

Elle ouvrit le réfrigérateur, mais le regretta aussitôt. La pestilence la frappa de plein fouet. Elle eut un mouvement de recul, retint son souffle et referma aussitôt. Elle avait eu le temps de constater qu'il contenait des aliments couverts d'une fourrure verdâtre et un litre de lait. Ça pourrait faire une bonne photo, ce lait périmé de longue date.

Elle traversa le salon et emprunta un petit couloir. Une chambre à coucher était ouverte. Sans doute celle de Viggo Hansen. Un lit contre le mur. Une couette en désordre. Une paire de lunettes sur la table de chevet, à côté d'une lampe de lecture et d'un réveille-matin. Les aiguilles étaient arrêtées, 6 h 40.

Au centre d'un mur nu se trouvait un dessin encadré, au crayon. Un garçon avec une canne à pêche, un suroît sur la tête et des bottes en caoutchouc bien trop grandes. Reconnaissant les jolis détails, Line approcha. *Le garçon pêcheur*, lut-elle en bas à droite, avec le nom Eivind Aske. C'était l'artiste avec lequel elle avait rendez-vous quelques heures plus tard. Cinquante ans auparavant, Viggo Hansen et lui avaient été dans la même classe. Quand Line l'avait appelé, il se souvenait à peine du nom de Viggo Hansen, mais celui-ci avait donc un dessin signé de sa main dans sa chambre.

Un bureau devant la fenêtre et au mur une scène brodée d'une montagne blanche avec un cerf paissant au bord d'un lac. Et puis une commode et un fauteuil marron aux accoudoirs fatigués.

Line s'avança jusqu'à la table de chevet et ouvrit le tiroir. Un paquet de mouchoirs en papier, une boîte de pastilles, un stylo-bille et un vieux livre de poche. *Eight Black Horses*.

Elle l'ouvrit au hasard. Les pages étaient raides et desséchées. Le livre était en anglais. Une surprise.

Il y avait deux autres portes. La première ouvrait sur l'escalier de la cave. Une bouffée glaciale l'enveloppa. L'escalier maçonné gris se terminait dans l'obscurité. Line trouva un interrupteur et une ampoule unique éclaira la pièce en contrebas.

Ses pas résonnèrent dans l'escalier. C'était bas de plafond et elle dut plier les genoux pour éviter de se cogner contre les conduites.

Au bout de l'escalier se déployait une pièce spacieuse, avec un lave-linge et un évier contre le mur. Au milieu, il y avait une chaise à barreaux avec une glène de corde sur le dossier. Une corde grossière, aux fibres marron épaisses. Line la souleva et fit glisser son pouce sur son extrémité effilochée avant de la reposer.

Un ballon d'eau chaude dans l'angle. À côté, des caisses sur une étagère, puis la porte entrebâillée d'un cagibi. Avec sur des rayonnages des pots à confiture vides, des caisses de vieux magazines, des pots de peinture entamés et divers outils. Une paire de skis et des bâtons appuyés contre le mur.

Line ressortit du cagibi et ouvrit quelques caisses. Le même genre d'objets dans toutes. Là, un vieux service, des bougeoirs, des rideaux qu'on avait pliés, et des chaussures éculées. Ici, la tête d'un vieil ours en peluche. Line descendit une caisse pour la regarder de plus près. Des vêtements de bébé anciens, une paire de petites chaussures et quelques jouets.

Du temps où Viggo Hansen était petit, se dit-elle en rangeant la boîte à sa place. Elle se rendit alors compte qu'il y avait quelque chose derrière, l'étagère cachait une porte. Il y avait un autre débarras. Une porte faite de simples planches, mais fermée par un cadenas. Line l'examina. Il était vieux, oxydé, et semblait n'avoir pas servi depuis longtemps. Elle eut la tentation de chercher un tournevis pour essayer de le faire sauter, mais décida d'attendre et monta regarder la dernière chambre.

La pièce était restée close et n'avait bénéficié d'aucune forme de chauffage. Les cristaux de glace faisaient scintiller les vitres.

L'endroit semblait avoir servi à remiser tout ce pour quoi Viggo Hansen n'avait pas de place ailleurs. Un père Noël par terre, des fragments de guirlandes dépassant d'un carton. Une bibliothèque avec de vieux hebdomadaires, des modes d'emploi et des brochures. Des livres, une vieille radio, quelques bibelots et une pile de vêtements. Et sur l'étagère du dessus, deux têtes de mannequins de vitrine coiffées de perruques. L'une raide, l'autre bouclée, à peu près comme les cheveux de la mère sur la photo de mariage. Line tendit le bras et descendit l'une des têtes. La tenant à deux mains, elle la tourna et la retourna avant de la remettre à sa place.

Elle referma la porte derrière elle, alla dans le salon et resta quelque temps immobile à observer les deux fauteuils. L'un maculé de cette tache sombre qui était ce qu'il restait de Viggo Hansen. Soir après soir, il s'était assis dans ce fauteuil, songea-t-elle. Avec un fauteuil vide à côté de lui. Jamais personne pour entendre ce qu'il pensait d'un reportage du journal télévisé, jamais personne avec qui discuter d'une émission. Elle leva son appareil et photographia les deux fauteuils vides.

À l'autre bout du salon, une table était repoussée contre le mur. Avec une chaise légèrement en retrait, et des cartes posées pour une réussite. Les coins étaient usés. La plupart avaient la face tournée. C'était un solitaire classique à sept colonnes. Line avait elle-même passé des heures à y jouer sur son premier ordinateur.

Elle prit une photo de ces cartes qui avaient dû être posées des milliers de fois. Un jeu pour une personne.

Le bas de la bibliothèque était constitué de quatre placards. Elle en ouvrit un et sourit en découvrant un album photo relié de cuir. Tout au début était collée une photo ternie du couple de mariés de la chambre à coucher. Elle semblait avoir été prise en voyage.

Puis apparaissait celui qui devait être Viggo Hansen, sur les genoux de son père. Il y avait des photos d'un réveillon de Noël et d'une fête d'anniversaire. Line dénombra sept adultes autour d'une table. Sous la photo d'un petit garçon avec un cartable était inscrite la date du 23 août 1957. À côté de la dernière photo était écrit *Été 1962* : Viggo Hansen, assis sur un ponton, balançant ses jambes dans le vide. Et plus rien sur les dix dernières pages.

Line revint en arrière et regarda de nouveau les photos. Il y en avait plusieurs qu'elle pouvait utiliser, mais il lui en fallait de plus récentes aussi. Elle fut frappée de voir que personne ne souriait. Tout le monde avait l'air si sérieux. Il y avait une espèce d'absence de joie, songea-t-elle en refermant la couverture épaisse de l'album. Même sur la photo de Viggo Hansen devant un gâteau avec cinq petites bougies, sa bouche était pincée et son regard sombre.

Un dossier était rangé avec l'album. Certificats d'assurance, factures, déclarations de revenus et relevés de compte. Il ressortait des avis d'impôts que Viggo Hansen était invalide, avec des revenus imposables d'un peu plus de 200 000 couronnes. Elle fut surprise de lire qu'il détenait un patrimoine de près de trois millions de couronnes, dont deux et demi étaient des placements bancaires.

Dans ces papiers, elle trouva aussi une invitation aux quarante ans de la promotion 1964 de l'école de Stavern. La feuille, jaunie dans les coins, indiquait que la soirée aurait lieu le samedi 15 mai 2004. Plutôt que de noter le nom et le numéro de téléphone du président du comité d'organisation, elle photographia l'invitation.

Son attention fut attirée par l'une des factures. Elle provenait du serrurier qui avait monté un double jeu de verrous sur la porte d'entrée le lundi 1er août. Elle la photographia aussi. Le serrurier s'appelait R. Nicolaysen. Il était peut-être la dernière personne qui ait parlé à Viggo Hansen avant sa mort.

Le placard voisin était vide, et les deux autres contenaient des verres et un service de table.

Line rangea l'album et les papiers, se releva et retourna aux fauteuils vides. Sur la table basse était posé le magazine avec le programme télévision, tel qu'il était photographié dans le dossier de la police.

Line le feuilleta. Ses habitudes de téléspectateur étaient faciles à identifier. Il avait entouré les horaires de diverses séries de téléréalité, de documentaires animaliers et d'émissions à contenu documentaire. Notamment cette émission sur le FBI, qui était cochée.

Line reprit son appareil et photographia le programme. Cette image n'était pas sans subtilité. Elle illustrait que, tout en restant seul chez lui, Viggo Hansen avait participé à la vie qui se déroulait dans le monde extérieur.

Après avoir consacré une heure à inspecter les tiroirs et les placards, elle trouva quelque chose d'intéressant dans la commode de la chambre à coucher. Une boîte à chaussures contenant des cartes postales.

S'installant dans le fauteuil propre, elle y jeta un coup d'œil. Il y en avait vingt au total, avec seulement deux expéditeurs. Le premier jeu était écrit en grandes lettres anguleuses et signé Frank, tandis que les autres cartes portaient l'écriture plus appliquée d'une certaine Irene.

La carte la plus ancienne était datée de 1975, l'année suivant la mort de la mère de Viggo Hansen.

> Cher Viggo. Je sais que tu entres maintenant dans une période qui peut être difficile. Les premières fêtes seul, sans parents, peuvent être douloureuses. J'espère néanmoins que tu passeras un bon Noël et je te souhaite une bonne année. Ton ami Frank.

Les motifs des cartes postales changeaient avec leur époque. La carte la plus ancienne était un chromo représentant deux lutins de Noël qui sonnaient la cloche alors que la fermière leur apportait du gruau. Sur la plus récente, un gros père Noël avait une bouteille de coca à la main. Elle était datée *Noël 1988* et ne contenait rien d'autre que des vœux de joyeux Noël et bonne année. Dans le coin de droite était simplement écrit *Frank*. Plus de *Ton ami*.

Là où l'amitié de Frank semblait s'être étiolée, Irene prenait la suite. Elle avait envoyé des cartes de Noël de 1990 à 1995. Dans la première, elle écrivait qu'elle avait été contente de faire sa connaissance et qu'elle espérait qu'ils se reverraient l'année suivante.

Il avait donc une femme dans sa vie, songea Line avant de regarder les cinq cartes suivantes. La dernière se terminait sur un *À l'été prochain*.

Elle étudia les cachets de la poste. Sur les cartes de Frank, il était impossible de déterminer où l'expéditeur se trouvait, sauf sur une, qui semblait avoir été envoyée de Langesund. On voyait sur deux des cartes d'Irene qu'elles avaient été postées à Horten. Line nota le nom de ces deux personnes qui avaient jadis fait partie de la vie de Viggo Hansen. Elles avaient eu suffisamment d'importance pour qu'il conserve leurs cartes de vœux, mais il n'avait manifestement rien fait pour maintenir ces amitiés. Les relations avaient cessé depuis des années, mais Line allait tout de même essayer de creuser pour retrouver ces voix.

24

Wisting ferma la porte et s'installa à son bureau. Il devait commencer à organiser les nombreuses tâches qu'il avait à accomplir. Il avait chargé Torunn Borg des contacts avec les États-Unis. Elle devait aussi se procurer des données du registre de l'état civil et tenter de les systématiser pour identifier les noms derrière lesquels Robert Godwin pouvait se cacher. Mais ce n'était là qu'une voie parmi d'autres, et il n'était pas certain qu'elle soit fructueuse.

Benjamin Fjeld devait rendre visite aux clubs d'histoire locale et à d'autres gens susceptibles de reconnaître les lieux que Bob Crabb avait photographiés.

Sur le réseau informatique, Wisting chercha la déclaration de cambriolage de l'appartement que Bob Crabb avait loué à Stavern. Le dossier avait été ouvert le 21 août et classé six semaines plus tard faute d'éléments.

Le dossier comptait deux documents. Un rapport qu'avaient rempli les deux agents qui s'étaient rendus sur place et un document de photos des lieux.

Le rapport indiquait la date et le lieu et décrivait la façon dont s'était déroulé le cambriolage. La mention

Néant était inscrite dans la rubrique des traces relevées. Tout comme dans celle des objets volés.

Les photos montraient ce qui était décrit dans le rapport. Un pied-de-biche ou objet similaire avait été introduit entre le chambranle et le vantail afin de créer un entrebâillement suffisant pour pouvoir tirer la porte avec le pêne sorti. C'était l'une des méthodes les plus simples et les plus anciennes pour ouvrir une porte verrouillée.

Wisting revint à la déposition et lut le champ du commentaire. Il en ressortait que l'appartement était occupé par deux étudiants, qui y avaient emménagé cinq jours plus tôt. Des biens pourtant facilement monnayables comme une PlayStation, un ordinateur portable et quelques bouteilles d'alcool n'avaient pas été touchés. Le propriétaire suggérait qu'un ancien locataire du nom de Bob Crabb aurait pu entrer par effraction. Après avoir occupé l'appartement comme résidence de vacances pendant quatre semaines, Bob Crabb n'avait pas libéré les lieux le jour convenu, si bien que les propriétaires avaient dû changer le verrou.

Il ferma le document sur l'écran, se leva et alla à la fenêtre. La fumée s'élevait des cheminées de nombreux toits. Une fine pellicule de brume froide reposait sur le fjord.

La neige blanche exerça sur lui un effet hypnotique et le tira de sa concentration. Il ne voyait pas quand l'affaire allait pouvoir se débloquer, mais dans toutes celles sur lesquelles il avait travaillé, sa foi dans la réussite avait surpassé sa peur de l'échec. Et c'était le cas aujourd'hui aussi.

On frappa à la porte, Torunn Borg entra sans attendre d'y être invitée.

« Le FBI va venir, annonça-t-elle.

— En Norvège ? »

Elle acquiesça.

« Trois agents spéciaux sont déjà en route. Deux du siège de Washington et un de l'agence locale de Minneapolis. Ils atterrissent à Gardermoen demain matin et voudraient une réunion à midi. »

Wisting relâcha lentement son souffle. Si la nouvelle se répandait que des agents spéciaux du FBI étaient dans le pays pour chercher un tueur en série, ils n'auraient plus un instant de tranquillité.

« Leif Malm du Service du renseignement de Kripos et un inspecteur du Service de coopération internationale seront avec eux. »

Wisting se rassit.

« Leif Malm. » Il songea à leur collaboration sur une affaire précédente. « Je croyais qu'il faisait partie de la police d'Oslo ?

— Eh bien, en tout cas, maintenant, il travaille à Kripos.

— Et le domicile de Bob Crabb à Minneapolis ? Ils sont sur l'affaire ? »

Torunn Borg s'installa dans un fauteuil et chercha dans ses notes.

« Je suis en relation directe avec un certain *detective inspector* Bruce Jensen du *3rd Precinct*. Il est 8 h 30 là-bas. Ils vont s'en occuper dans la journée.

— Jensen ?

— Sûrement un Américain d'origine norvégienne. J'ai moi-même de la famille là-bas, au lac Supérieur.

— Tu as des contacts avec eux ?

— Non, nous avons un arrière-arrière-grand-père commun ou quelque chose comme ça. »

Espen Mortensen vint les trouver. Il avait des papiers dans les mains et son langage corporel révélait qu'il avait une information importante à leur livrer.

« Envoie », fit Wisting.

Mortensen tira un siège et s'assit.

« Nous recherchons une femme », déclara-t-il.

Wisting échangea un regard avec Torunn Borg.

« Les cheveux dans sa main sont ceux d'une femme. »

25

Line s'installa au volant de sa voiture et démarra. Elle fit ronfler le moteur et le laissa tourner pendant qu'elle dégivrait son pare-brise à grands gestes. Ses doigts se refroidirent et elle se souvint qu'elle avait laissé ses gants dans le vestibule de Viggo Hansen. Elle n'aurait qu'à aller les chercher plus tard. Elle était déjà relativement pressée si elle voulait arriver à l'heure à son rendez-vous avec Eivind Aske.

Prenant la nationale vers l'est en direction de Helgeroa, elle traversa un paysage hivernal nu totalement dépourvu de couleurs, des champs blancs ondoyants aux arbres enneigés sur un ciel délavé.

Eivind Aske vivait dans une ancienne ferme de Hummerbakken. La grange avait été transformée en atelier-galerie. Au bord de la route, deux piquets dans la neige portaient un écriteau avec son nom, au-dessus de deux pancartes plus petites, suspendues à des chaînes, indiquant que la galerie était fermée. Elles se balançaient au vent.

Line quitta la route et roula dans la vaste cour de ferme. Les fenêtres de la maison étaient obscures, mais les lumières de l'atelier brillaient dans la grange.

Apparaissant à la porte, le peintre lui fit signe de le rejoindre. Line passa la bandoulière de son sac sur son épaule et se dirigea vers lui. Sur la route, un bus gronda vers Nevlunghavn dans un nuage de neige.

« Je suis ravie que vous ayez pu prendre le temps de me recevoir », dit-elle en tapant des pieds sur la marche pour décoller la neige de ses semelles.

À l'intérieur, il faisait bon. Les murs étaient ornés de dessins détaillés de gens et d'animaux. Une planche à dessin inclinée avec un croquis d'un garçon avec une paire de skis sur l'épaule était placée au milieu de la grande pièce. Sur une table de travail se succédaient divers crayons, fusains, craies et autres instruments.

Ils rejoignirent un coin salon au fond. Eivind Aske avait découpé l'article que Line lui avait consacré à l'époque où elle travaillait au journal local. Il était encadré au-dessus du canapé, au même titre que des critiques d'expositions et d'autres projets auxquels il avait participé. Line se pencha en avant et lut quelques lignes de son papier. Une partie de l'article était rendue sous forme de dialogue.

> – Avez-vous toujours aimé dessiner ?
> – Toujours. Avant de commencer à l'école déjà, mais ce n'est qu'à l'âge adulte que j'ai compris que je devais en faire quelque chose. Je suis parti à l'étranger étudier la communication visuelle et les techniques graphiques. Au bout de cinq ans, je suis rentré, je me suis acheté une ancienne fermette et j'ai réalisé mon rêve de devenir artiste.

La fiche signalétique en encart indiquait qu'il était né en 1950, était célibataire et avait fait plus de cinquante expositions en nom propre en Norvège, au Danemark, en Suède et en France. Ses œuvres avaient été achetées par des galeries, des mairies, des administrations régionales et des entreprises comme Statoil et Telenor.

« Viggo Hansen, oui, fit Eivind Aske en s'asseyant. Ça fait des années. Je l'avais complètement oublié, mais j'ai réfléchi un peu après votre coup de fil. »

Line s'assit.

« J'ai retrouvé une vieille photo de classe, poursuivit Aske en sortant une photo en noir et blanc d'une enveloppe en papier kraft. C'était en cinquième. En 1964. »

Il poussa la photo de groupe sur la table basse vers Line. Les élèves s'alignaient sur quatre rangs. Garçons et filles en pull tricoté main. La plupart des filles portaient des jupes longues. Les garçons avaient les cheveux bien dégagés derrière les oreilles. Le nom des élèves était inscrit en légende.

« Nous étions une classe de vingt-huit. Viggo Hansen est tout au bout à gauche, au deuxième rang. »

Il pointa son index sous le visage d'un petit garçon fluet aux jambes et aux bras maigres, dont l'expression ne révélait rien de son état d'esprit.

« Et là, c'est moi », ajouta Eivind Aske. Il était au premier rang, un grand sourire aux lèvres.

Line leva les yeux de la photo et les porta sur l'homme en face d'elle. Il avait beaucoup changé et elle avait de la peine à reconnaître les traits de son visage, à part peut-être son grand sourire.

« Pourrais-je vous l'emprunter ? » demanda-t-elle. Elle pouvait scanner la photo et l'utiliser dans son article.

« Je vous en prie. »

Line examina les autres visages et s'arrêta sur un homme adulte en costume-cravate. Troisième du rang du fond. *Arne Lorentzen*, lut-elle.

« C'était votre prof ? demanda-t-elle.

— Lorentzen, oui, répondit Eivind Aske en se levant. Il est mort maintenant. »

Il alla chercher une cafetière et deux tasses sur le plan de travail d'une kitchenette.

« Café ? »

Line accepta.

« Viggo Hansen avait un de vos dessins sur son mur », déclara-t-elle pendant qu'il la servait.

Eivind Aske fut parcouru d'un léger tressaillement. Un jet de café atterrit sur la table. Comme si cette information était inattendue et abrupte.

« Désolé », s'excusa-t-il en reposant la cafetière. Il alla chercher de quoi essuyer.

« *Garçon pêcheur* », précisa Line.

Aske passa un chiffon sur la table.

« C'est un vieux dessin, répondit-il. Il a été tiré à trois cents exemplaires.

— Qu'en pensez-vous ? Du fait qu'il ait eu un de vos dessins, j'entends ? »

Eivind Aske haussa les épaules.

« Beaucoup de gens en ont.

— Vous ne pensez pas qu'il était un peu fier de vous connaître ? D'avoir été en classe avec un artiste reconnu ?

— Celui à qui vous devriez parler, en fait, c'est Odd Werner Ellefsen, répondit l'homme en face d'elle en éludant la question. Ils traînaient un peu ensemble.

— Il est sur la photo de classe ?

— Ils sont l'un à côté de l'autre. »

Le garçon à côté de Viggo Hansen était un peu plus corpulent, il avait des traits plus accusés et un sourire hésitant aux lèvres.

« Ils étaient voisins, je crois. Ils habitaient Larviksveien, à côté de l'usine de petits pois. »

Line ne voyait pas tout à fait où c'était.

« Là où le Meny se trouve aujourd'hui, expliqua Eivind Aske. J'habitais à l'autre bout de la ville et je n'avais de relations avec eux qu'à l'école. Mais je crois que ni l'un ni l'autre n'ont eu une enfance facile. C'est peut-être pour ça qu'ils s'étaient trouvés.

— Odd Werner Ellefsen habite toujours à Stavern ?

— Non, je crois qu'il vit à Larvik. »

Line tendit la main vers sa tasse.

« Vous avez eu des réunions d'anciens ou quelque chose dans ce genre, ces derniers temps ?

— Aucune à laquelle je sois allé. J'ai reçu une invitation il y a quelques années, mais j'étais à l'étranger à ce moment-là. »

Line sortit son calepin.

« Avez-vous souvenir d'épisodes avec Viggo à l'école ?

— Non, il était relativement anonyme. Il l'a sans doute été toute sa vie. Quelqu'un qui ne voulait pas gêner. Il ne disait pas grand-chose, répondait à peine quand le prof lui posait une question. Et je n'ai pas souvenir qu'il ait jamais parlé de lui-même. Sa vie était comme secrète.

— Constituée de quel genre de secrets ? »

L'incohérence de sa question fit sourire l'homme vieillissant.

« Allez savoir… »

Line lui rendit son sourire.

« Connaissiez-vous sa famille ? »

Il secoua la tête.

« J'ai entendu dire que son père avait fait de la prison », dit Line, tentant ainsi de lui rafraîchir la mémoire.

« C'est plus que ce dont je me souviens. S'il y avait du vrai là-dedans, je pense que nous en aurions parlé à l'école. »

Line reprit la photo de classe.

« Y avait-il quelqu'un du nom de Frank dans votre classe ? demanda-t-elle en songeant aux cartes de vœux.

— Frank ? Non.

— Et avez-vous entendu parler d'un certain Frank ? Avec qui Viggo Hansen aurait pu rester en relation ?

— Non, à brûle-pourpoint, je n'ai souvenir de personne qui s'appelait Frank.

— Et Irene ?

— Non plus. »

Ils passèrent encore une demi-heure ensemble, puis Line se leva. Elle avait essayé de faire remonter d'autres souvenirs, une anecdote de l'école, quelque épisode particulier, en vain. La visite n'avait toutefois pas été totalement vaine. Elle en ressortait avec une photo de classe et un nouveau nom sur son calepin. Odd Werner Ellefsen.

Pendant leur conversation, le soir d'hiver bleu-noir était tombé. La neige crissa sous ses semelles quand elle marcha vers la voiture. Line serra sa veste autour de son cou. Il faisait encore plus froid.

26

Les enquêteurs étaient rassemblés dans la salle de conférence. Christine Thiis aussi avait fait le chemin jusqu'au commissariat pour le récapitulatif des résultats du jour.

Ils commencèrent par la fin : Wisting demanda à Espen Mortensen de rendre compte des examens médico-légaux.

Le policier scientifique alluma le rétroprojecteur et annonça d'abord la conclusion : « Les cheveux dans sa main viennent d'une femme. »

Sur l'écran apparut une photo du poing serré de l'homme mort. Elle avait été prise dehors, sur les lieux de la découverte du corps, parmi les sapins de Noël de Halle. Quelques cheveux blonds dépassaient de la main. La photo suivante avait été prise pendant l'autopsie. La main était ouverte et on voyait que les cheveux étaient collés à une croûte de sang.

« C'est le sang de la victime, expliqua-t-il. Mais ces cheveux viennent donc d'une femme. »

Ils attendirent que Mortensen argumente sa conclusion. Il leva le rapport des anatomopathologistes.

« Les cheveux ne contiennent pas suffisamment

de matériel pour établir un profil génétique, mais on a trouvé de l'ADN mitochondrial. Les marqueurs sexuels indiquent que les cheveux viennent d'une femme.

— Les échantillons pourraient-ils avoir été pollués, par exemple ? demanda Hammer. Pourrait-il y avoir contamination d'une femme travaillant au labo ?

— Chacun des six cheveux a été testé. Tous avec le même résultat.

— Alors comment l'expliques-tu ?

— Telles que je vois les choses, il n'y a qu'une seule explication, répondit Mortensen en tendant le rapport à Wisting. C'est clairement un indice de situation. La victime a été en combat rapproché avec une femme.

— Et la femme l'a emporté », conclut Hammer d'un ton laconique.

Wisting jeta un coup d'œil dubitatif sur le rapport devant lui. Le document était si saturé de jargon et d'abréviations qu'il avait de la peine à s'y retrouver. « Les analyses nous en disent-elles davantage ? demanda-t-il.

— La femme est d'origine européenne.

— C'est déjà ça, commenta Hammer. Ça ne nous fait plus que 350 millions de suspectes.

— En savons-nous plus sur l'identité de l'homme ? interrogea Christine Thiis.

— Jusqu'à présent, nous avions toutes les raisons de croire qu'il s'agissait d'un Américain disparu du nom de Bob Crabb, répondit Wisting. Maintenant, je ne sais plus.

— Se pourrait-il, commença le substitut du procureur, que les restes proviennent effectivement de Robert Godwin et que les cheveux soient ceux d'une victime qui se serait échappée ? Elle finit par le tuer et, au lieu d'alerter la police, elle cache le corps. »

Christine Thiis exprimait ainsi la théorie qui se formait aussi dans le cerveau de Wisting.

« Quand saurons-nous si les restes sont ceux du tueur recherché ? voulut savoir Benjamin Fjeld.

— Le FBI devrait venir demain, répondit Mortensen. La comparaison des profils génétiques se fait là-bas. »

Wisting resta sans rien dire. C'était troublant. Comme quelque chose sur quoi il n'arrivait pas tout à fait à mettre le doigt. Il leur manquait trop d'éléments pour pouvoir s'appuyer sur une quelconque hypothèse.

La fin de la réunion fut consacrée à résumer le travail accompli, mais rien ne les fit avancer. Quand ils en eurent terminé, il faisait noir dehors. Wisting laissa son regard couler sur les visages de ses collègues. À ce stade, il ne pouvait rien faire d'autre que les renvoyer chez eux, afin qu'ils se reposent et soient prêts pour la suite.

27

Line posa le carton sur le bureau encombré du premier étage, l'ouvrit et prit une part de pizza. Elle extirpa la carte mémoire de son appareil photo, l'introduisit dans son ordinateur portable et téléchargea les photos sur le dossier intitulé *Viggo Hansen*.

Elle les passa en revue et supprima celles dont elle n'avait pas besoin tout en mastiquant sa pizza.

Eivind Aske s'était finalement laissé photographier. Line se souvenait combien il avait été difficile à persuader la dernière fois. C'étaient ses dessins qu'il voulait qu'on mette en valeur, pas sa personne. Il était bien conservé et n'avait quasiment pas changé au cours des huit années écoulées. Sa coiffure aussi était la même. Ses cheveux foncés ondulés paraissaient plus épais que sur l'ancienne photo de classe. On aurait presque pu le soupçonner d'avoir un toupet. Cette répugnance à se laisser photographier était un peu étrange. Il avait en fait l'air très coquet. La peau hâlée de son visage était tendue sur ses pommettes, comme s'il avait subi de la chirurgie plastique.

Parmi les affaires qu'elle avait apportées de chez elle, il y avait une imprimante couleur, un modèle simple, mais efficace, qu'elle prenait dans ses déplacements d'une certaine durée. Elle la brancha et choisit quelques photos à imprimer. À mesure qu'elles arrivaient dans le tiroir, elle les punaisa sur le grand pense-bête où sa mère avait accroché les dessins d'enfants, les invitations et autres papiers.

Line s'en servit pour établir une chronologie de la vie de Viggo Hansen. À l'extrémité gauche, elle avait inscrit son année de naissance sur un post-it jaune. Elle positionna dans l'ordre les clichés qu'elle avait photographiés dans l'album et la photo de classe qu'Eivind Aske lui avait prêtée.

Elle indiqua l'année où la petite famille s'était installée à Herman Wildenveys gate, 1969, quand le père était mort, et celle du décès de la mère cinq ans plus tard. C'était l'année avant qu'il reçoive sa première carte de vœux de Frank. La dernière datait de 1988. Il avait dû se passer quelque chose dans le courant de l'année suivante qui avait incité Frank a cessé de lui écrire.

Sur un nouveau post-it, Line inscrivit l'année 1989, suivie d'un point d'interrogation.

Elle prit une part de pizza dans le carton et l'avala debout en contemplant le pense-bête. Structurer la matière dont elle disposait lui donnait le sentiment qu'elle allait pouvoir maîtriser la tâche qui lui incombait. Ordre alphabétique, chronologique. Papiers dans des classeurs. Faits et documents. Elle s'imaginait qu'un enquêteur aurait procédé à peu près de la même façon.

Puis elle s'installa au bureau. La personne que Viggo Hansen avait le plus fréquentée pendant sa scolarité était un garçon du nom d'Odd Werner Ellefsen.

Elle en avait un dans sa liste de contribuables nés la même année que Viggo Hansen, mais elle ne trouva ni son adresse ni son numéro de téléphone. Il n'était pas dans l'annuaire non plus et la recherche sur Internet resta sans résultats.

Elle envoya un mail à un documentaliste du journal qui pouvait mettre la main sur des renseignements du registre de l'état civil.

Après quoi elle ouvrit Word. Elle voulait commencer à écrire. Elle avait un plan en tête, mais ne s'en préoccupa pas tout de suite. Ce qu'elle voulait mettre en mots, c'étaient les impressions et réflexions que lui avait apportées cette journée. Les mots ne venaient pas facilement et les phrases étaient dures à construire, mais elle parvint à façonner quelques paragraphes au sujet d'une vie silencieuse, de quelqu'un qui n'avait laissé aucune trace. Qui était oublié de tous.

Au bout d'une demi-heure, elle entendit la porte s'ouvrir au rez-de-chaussée et les bruits familiers de son père qui laissait ses clefs dans un vide-poche avant de suspendre sa veste.

« Il y a quelqu'un ? » appela-t-il.

Elle répondit, referma le carton de pizza et descendit avec.

« J'ai apporté une pizza, annonça-t-il en montrant un carton sur la table de la cuisine.

— Moi aussi ! » Line sourit en posant la sienne à côté.

Son père prit une bière dans le réfrigérateur et la brandit vers elle en lui demandant si elle en voulait une.

Line secoua la tête et s'attabla.

« Longue journée ? » s'enquit-elle.

Son père se contenta de répondre d'un signe de tête, il décapsula la bouteille et but une gorgée.

« J'ai lu le rapport d'effraction chez Viggo Hansen, dit-il en se servant de pizza. Il ne semble pas y avoir eu de vol ?

— Non, je suis entrée dans la maison après. On aurait dit que rien n'avait été touché du tout, mais il n'y avait probablement rien qui soit intéressant ou ait de la valeur.

— Qu'as-tu fait d'autre aujourd'hui ? » demanda son père, la bouche pleine.

Line lui parla de sa conversation avec Greta Tisler et de sa visite chez Eivind Aske.

« Et vous ? Vous en savez plus sur le mort ? »

Son père finit de mastiquer.

« Pas vraiment », répondit-il, et il changea de sujet. « J'ai regardé ce que je trouvais sur le père de Viggo Hansen dans le fichier d'exécution des peines. »

Il pointa sa part de pizza vers une enveloppe en papier kraft qu'il avait posée sur le plan de travail.

« C'était effectivement le cas : il a fait de la prison.

— Pour quoi ? »

Son père s'essuya les doigts avant d'ouvrir l'enveloppe.

« Il s'agit d'un vol aggravé. C'est un extrait du fichier d'exécution des peines », expliqua-t-il en lui tendant une feuille.

Il n'y avait que quelques lignes au sommet de la page.

« Il a été condamné à trois ans et dix mois de prison par le tribunal d'instance de Bergen le 9 septembre 1960 pour infraction à l'article 258 du code pénal.

— Viggo Hansen avait 10 ans », calcula Line. Elle

situa mentalement la peine de prison sur la chronologie de la pièce de travail. « Il est resté sous les verrous jusqu'aux 14 ans de son fils.

— C'est une peine sévère, commenta le père en rangeant le reste de pizza dans le réfrigérateur.

— Qu'a-t-il pu voler ?

— Ça, il faudrait que tu mettes la main sur le jugement pour le découvrir. Ceci n'est qu'un extrait du fichier qui indique si une condamnation existe.

— Où puis-je le trouver ?

— Il devrait être aux archives régionales de Bergen. »

Le froid fit craquer le bois de la terrasse. Line se renfonça dans sa chaise en sentant que toutes ces questions lui donnaient du grain à moudre et allaient rendre son sommeil difficile.

28

6 h 45. Moins dix-sept. Contours des arbres se devinant dans l'obscurité, immobiles. Calme plat.

Wisting avait mis un col roulé que Line lui avait offert pour Noël quelques années auparavant, mais il se demandait s'il devait opter plutôt pour une tenue plus formelle. Il s'imaginait que les enquêteurs du FBI seraient en costume-cravate.

Après un petit déjeuner constitué de pizza froide et de café, il se rendit dans la salle de bains et examina son reflet pendant qu'il se brossait les dents. Un visage large aux tempes grisonnantes. Des yeux bouffis qui le regardaient fixement. Les lignes autour de sa bouche et les sillons à la racine de son nez étaient plus accusés qu'avant. L'idée qu'il était en train de devenir vieux l'effleura, il détourna le regard.

Restant finalement en pull, Wisting enfila un bonnet, des gants et une veste fourrée qu'il ferma jusqu'au cou avant de sortir de la maison. La voiture démarra sans problème, mais il lui fallut longtemps pour venir à bout du givre sur le pare-brise. Le froid lui brûlait les joues et lui gelait le nez.

L'intérieur du pare-brise s'embua quand il monta

en voiture. Il recula hors de l'allée et lança un regard vers la maison de Viggo Hansen avant de partir pour le commissariat.

C'était la première fois qu'il ne pouvait pas partager ses pensées sur une enquête en cours avec sa fille. Il avait toujours respecté le secret professionnel et la protection des données personnelles, mais ça ne les avait pas empêchés de discuter des problématiques concernées. L'affaire sur laquelle il travaillait maintenant, en revanche, avait de telles dimensions qu'il ne pouvait pas exiger de Line qu'elle garde cela pour elle. S'il apparaissait que ce tueur en série recherché était toujours en vie et se trouvait quelque part en Norvège, toute fuite dans les médias serait nuisible à leur chasse à l'homme. Certes, cela entraînerait sans aucun doute une abondance de tuyaux du public et il y aurait de fortes probabilités que quelqu'un le reconnaisse et les mette sur la bonne voie. Mais la médiatisation donnerait aussi au tueur la possibilité de s'enfuir. De leur filer entre les doigts. Et s'il avait bel et bien vécu ici en paix pendant plus de vingt ans, ils ne pouvaient pas courir ce risque.

À 8 h 15, Wisting suspendit sa veste à la patère derrière la porte et posa son bonnet et ses gants au sommet de l'étagère derrière sa chaise de bureau.

La nuit n'avait rien apporté de nouveau. Ni rapports ni renseignements. Il consacra sa matinée à se préparer. Aux États-Unis, le FBI avait la réputation de mettre sur la touche les autorités policières locales, tout comme Kripos en Norvège. Mais il s'agissait là de leur affaire à eux, et même si c'était le FBI qui avait pris l'initiative de cette réunion, Wisting entendait bien garder les rênes.

Il relut toute la documentation que les Américains lui avaient envoyée au sujet de Robert Godwin. Il ne trouva pas grand-chose qu'il ne sache déjà, mais cela lui permit de retenir un peu de jargon policier américain.

Ensuite, il se prépara à la réunion proprement dite. Il dressa une liste chronologique où il rendait compte point par point de l'évolution de leur enquête et de la route à suivre selon lui.

Ces préparatifs lui furent utiles. Il en retira une vue d'ensemble plus exhaustive et un rappel des éléments dont ils disposaient et de ceux qui leur manquaient.

Les cheveux le déconcertaient. Des cheveux de femme. Mais il avait beau ne pas voir comment cela pouvait s'inscrire dans l'affaire, ils devaient rechercher une femme.

Wisting ne laissait pas d'être surpris par ce qu'on pouvait tirer de la moindre trouvaille sur une scène de crime. L'importance des preuves matérielles n'avait cessé de croître et elles comptaient beaucoup dans l'issue de l'enquête. Mais les traces, c'était une chose, les interpréter convenablement pour se faire une image de ce qui s'était réellement passé, c'en était une autre.

Parmi toutes les affaires d'homicide sur lesquelles il avait enquêté, il n'avait été en présence d'une tueuse qu'une seule fois. Les femmes étaient peu représentées dans l'histoire du crime, et la plupart du temps, il s'agissait d'actes désespérés. Il n'était pas convaincu que ce soit le cas ici, mais il ne voyait pas d'autre explication logique aux six cheveux de femme que la victime avait dans sa main fermée.

Il continua de systématiser les éléments dont ils disposaient. Une longue chronologie commençait le jour de 1983 où Robert Godwin avait éliminé sa première victime et s'étirait jusqu'à la découverte du corps trois jours auparavant. Il indiqua les mouvements connus. Ils étaient séparés par des intervalles considérables. Leurs informations étaient pleines de trous et offraient un déroulé des événements très parcellaire.

Trois petits coups à sa porte le firent lever les yeux de ses papiers. Christine Thiis passa une tête à l'intérieur.

« Ils sont là, annonça-t-elle. Le FBI. »

Quand il se leva, le dossier de sa chaise était marqué de l'empreinte mouillée de son dos.

29

La chambre à coucher baignait dans une lumière matinale grise. Line resta au lit à étudier le motif du papier peint. Juste avant de s'endormir la veille, elle avait eu une idée. Trop fatiguée pour se relever et la noter, elle l'avait emportée dans son sommeil en espérant qu'elle serait toujours présente à son réveil.

Elle ferma les yeux et essaya de la retrouver. Là ! Elle avait été en train de réfléchir aux vêtements qu'elle allait porter à l'enterrement de Viggo Hansen, de se demander qui viendrait à l'église, de songer qu'il fallait qu'elle achète des fleurs. Devrait-elle peut-être prendre l'initiative d'une collecte auprès des voisins pour une gerbe ? Puis, de fil en aiguille, ce cheminement de pensée l'avait menée au pasteur. Il allait prononcer l'oraison funèbre de Viggo Hansen et la dernière réflexion de Line avant de s'endormir avait été qu'elle devrait lui parler.

Une heure plus tard, elle était dans son bureau. Jarle Lunden l'avait baptisée et confirmée, et il avait officié lors des funérailles de sa mère. C'était maintenant un homme aux cheveux gris et aux paupières alourdies, mais avec le même sourire doux.

Il s'enquit d'elle et de son père et elle lui apprit qu'ils vivaient tous deux seuls.

« Je lis sans cesse ton nom dans le journal, déclara-t-il. Je me suis bien amusé à suivre ton parcours. »

Line sourit. Lunden se renfonça dans sa chaise.

« C'est ce qu'il y a de plus fascinant quand on mène une longue carrière dans un seul et même endroit, poursuivit-il. De voir la direction que prend la vie des gens que tu as rencontrés. J'ai baptisé des nourrissons qui occupent une place de premier plan dans le monde de la politique, qui sont devenus des comédiens et des artistes renommés, mais aussi d'autres qui sont devenus toxicomanes, braqueurs de banque et meurtriers. J'ai confirmé des filles qui comptent parmi les meilleures joueuses de handball du monde, et des garçons qui sont devenus des écrivains connus, et j'ai célébré des mariages où par la suite la haine est devenue telle que l'un a supprimé l'autre. »

Line était tentée de lui demander ce qui déterminait le cours de la vie. S'il s'agissait de hasard ou du destin, ou de la volonté de Dieu, mais elle y renonça. Elle parla de son reportage et expliqua qu'elle essayait de se familiariser avec la vie de Viggo Hansen.

« Je ne l'ai rencontré qu'une seule fois, précisa le pasteur.

— Quand ça ? »

Jarle Lunden changea de position, sa chaise grinça légèrement.

« Il y a quarante-deux ans, à la mort de son père. Je l'aurais sans doute oublié si ça n'avait pas été mon premier enterrement. Depuis, j'en ai fait plus de mille et Viggo Hansen va être l'un des tout derniers. Je prends ma retraite au début de l'année prochaine. »

Il bougea de nouveau sur sa chaise.

« C'était une mission difficile pour un jeune pasteur frais émoulu de la faculté de théologie. Heureusement, il n'y avait que les proches. »

Line sortit son calepin et chercha une page vierge.

« Qu'est-ce qui était difficile ?

— Les suicides, c'est toujours difficile et c'était la première fois que j'avais affaire à la famille de quelqu'un qui s'était suicidé.

— Le père de Viggo Hansen s'est suicidé ? »

Jarle Lunden acquiesça.

« On m'a fait venir juste après que la corde avait été coupée. Viggo Hansen était un jeune homme à l'époque, 18, 19 ans. Il restait immobile à la table de la cuisine, et je ne sais pas s'il a entendu la moindre de mes paroles. Sa mère arpentait la pièce, parlait sans discontinuer.

— Son père s'était pendu ?

— Dans la cave », confirma le pasteur.

Line visualisa la cave froide. Le plafond bas. Ayant dû plier les genoux pour éviter de se cogner la tête dans les poutres, elle ne voyait pas très bien comment quelqu'un aurait pu réussir à s'y pendre.

« Pourquoi ce suicide ?

— Je ne sais pas. Il n'avait pas laissé de lettre. Mais je me souviens que la mère accusait son fils. C'est ta faute, disait-elle. Elle l'a répété plusieurs fois.

— Que voulait-elle dire ?

— Je ne sais pas s'il y avait un quelconque fond de vérité, répondit le pasteur. Elle disait tellement de choses, elle était dans tous ses états. Dans une telle situation, il est naturel d'essayer de faire porter la faute à quelqu'un. Mais son propre fils… je me souviens que ça faisait mal d'entendre une mère dire des choses pareilles.

— La police a-t-elle enquêté ?

— La police était là quand je suis arrivé. C'étaient les policiers qui avaient coupé la corde. Maintenant, je ne sais pas s'ils ont ouvert une enquête. »

Line nota qu'elle devait demander à son père s'il pouvait retrouver la vieille affaire dans les archives.

« Vous croyez que des gens viendront à l'enterrement demain ? »

Le pasteur secoua la tête.

« Il n'avait pas de famille, pas de collègues de travail, pas d'amis. Il y aura peut-être quelques voisins ou des gens qui étaient à l'école avec lui. » Il se pencha vers elle au-dessus de la table. « Je dois admettre que sa solitude m'indigne. Ça me fait mal de penser qu'il s'est écoulé quatre mois entre sa mort et le moment où quelqu'un s'est inquiété de lui. » Il joignit les mains. « C'est sans doute la plus grande solitude qui soit. De n'être présent dans les pensées de strictement personne. »

Line nota la phrase. Elle pourrait faire bon effet en citation dans son papier.

« Qu'avez-vous prévu de dire dans votre oraison funèbre ? » demanda-t-elle.

Lunden se renfonça de nouveau dans sa chaise.

« Je pensais partir des paroles d'un poète chinois, répondit-il en cherchant dans ses notes. Qui dit qu'on n'a pas vécu en vain si on a entendu le chant des oiseaux au printemps, les grillons l'été, les insectes en automne ou la neige qui tombe en hiver. »

Line inclina la tête et regarda par la fenêtre. Une brume froide reposait sur la ville.

« C'est joli, dit-elle. Puis-je l'utiliser ?

— Bien sûr. Je pourrai te donner l'intégralité de mon oraison après l'enterrement demain. Tu y trouveras peut-être autre chose. Dans la parole de Dieu, il y a beaucoup de mots réconfortants sur la solitude. Ceux de Jésus lui-même sont particulièrement forts. »

Il prit une feuille et lut : « *Mon Dieu, mon Dieu, cria Jésus. Pourquoi m'as-tu abandonné ?* » Il reposa la feuille. « Ça nous indique que Jésus a connu le sentiment de solitude et d'abandon. »

Line nota, par politesse, surtout. Elle n'avait pas l'intention de mettre de références bibliques. Puis elle remercia le pasteur de l'avoir reçue.

« Maintenant que j'y pense, il y a eu une chose, observa Jarle Lunden alors qu'il se levait pour la raccompagner à la porte. Une femme a appelé vendredi pour demander quand était l'enterrement.

— Une femme ?

— Oui, je ne lui ai pas parlé personnellement, c'est la secrétaire du conseil pastoral qui a répondu au téléphone, mais elle est venue me trouver après. C'était surtout pour me dire qu'il y aurait au moins une personne à l'église.

— Savez-vous comment elle s'appelle ?

— Non, moi aussi j'ai posé la question. J'aurais bien voulu parler à quelqu'un qui connaissait Viggo Hansen pour avoir quelques idées pour mon oraison funèbre, mais la secrétaire n'a pas noté son nom.

— De qui pourrait-il s'agir ? »

Le pasteur haussa les épaules et lui tint la porte.

« Nous le saurons peut-être demain. »

30

Un plat de petits pains garnis, quelques bouteilles d'eau minérale, un thermos de café et des tasses étaient posés sur la table de conférence.

Ce devait être Christine Thiis qui s'en était occupée. Wisting prit un petit pain au rosbif et déplaça les autres afin qu'on ne puisse pas voir que quelqu'un s'était déjà servi.

Il le mangea en parcourant de nouveau ses notes préparatoires. Il souligna les éléments les plus importants et entoura quelques mots afin de pouvoir plus facilement s'y appuyer.

Ses propres enquêteurs allaient occuper un côté de la table. Outre Christine Thiis et lui-même, il y aurait Espen Mortensen, Nils Hammer et Torunn Borg. Mortensen pour expliquer les découvertes matérielles et montrer les photos correspondantes sur l'écran. Nils Hammer et Torunn Borg surtout pour équilibrer les nombres.

Wisting se leva quand leurs hôtes arrivèrent. Christine Thiis marchait devant eux, elle fit un pas de côté et les invita à entrer. Puis suivit la ronde des présentations et des poignées de main.

L'un des agents du FBI était une femme. Elle s'appelait Maggie Griffin et avait autour de 40 ans. Vêtue d'un tailleur noir très formel, elle avait des cheveux noirs coupés court et une poignée de main ferme. L'un de ses collègues avait une dizaine d'années de plus qu'elle, il s'appelait Donald Baker, il avait de profonds sillons de chaque côté de la bouche. L'autre avait quelques années de moins qu'elle. Svelte, musclé, des cheveux courts noirs, il se présenta comme John Bantam, analyste.

« Content de vous revoir, le salua Leif Malm avant de lui présenter la deuxième femme de l'équipe. Voici l'inspectrice de police Anne Finstad, du Service de coopération internationale. »

Elle était la seule personne en uniforme. Sa veste tombait aux épaules. Son visage était fin et pâle.

Wisting prit la parole, en anglais. Il les pria de s'asseoir, les remercia d'être venus et les invita à se servir.

Les agents du FBI occupaient la salle avec une forme d'autorité à laquelle il n'était pas habitué. Il toussota, mais attendit que les tasses à café aient été distribuées et que le thermos ait fait le tour de la table avant de commencer.

« Il y a trois jours, le corps d'un homme non identifié a été découvert dans une zone boisée, à dix kilomètres du centre-ville. » Il fit un signe de tête à Mortensen.

La photo de l'homme mort sous le sapin s'afficha sur l'écran.

« Les médecins légistes ont évalué qu'il devait s'y trouver depuis environ quatre mois », poursuivit Wisting.

Les agents spéciaux du FBI acquiescèrent d'un

signe de tête et regardèrent les photos qui leur étaient montrées. Ils avaient déjà pris connaissance des éléments de l'affaire en lisant les documents de leur briefing, mais ils n'avaient encore pas vu les photos.

Wisting rendit compte des fractures du crâne, de la taille et du poids du défunt et de la marque de ses vêtements.

« Dans la poche intérieure de sa veste, il avait un sachet en plastique refermé, continua Wisting en attendant que Mortensen trouve la photo. Il contenait un prospectus qui a été distribué à Stavern les 9 et 10 août. Et sur lequel nous avons relevé les empreintes digitales de Robert Godwin. »

Wisting se tut pour laisser aux agents du FBI la possibilité de s'exprimer. Le plus âgé d'entre eux toussota.

« *Well, it ain't his body*, déclara-t-il en ouvrant son dossier d'un geste calme. Nous avons comparé son profil génétique avec les échantillons de référence du corps, poursuivit-il en sortant un document. Il n'y a aucune correspondance. »

Wisting prit les papiers en s'agaçant que les Américains n'aient pas pu leur faire parvenir les résultats avant l'arrivée de leur délégation.

« Nous ne pensions pas qu'il y en aurait », commenta-t-il laconiquement avant de donner la parole à Torunn Borg.

« Le corps est probablement celui d'un veuf de 67 ans venu de Minneapolis », expliqua-t-elle en précisant l'origine de leurs soupçons.

Espen Mortensen suppléa en montrant des photos des coupures de presse qui étaient dans la valise de Bob Crabb.

« Nous avons pris contact avec des enquêteurs du *3rd Precinct* de la police de Minneapolis pour leur demander de visiter son appartement », conclut Torunn Borg.

Donald Baker échangea un regard avec l'agent plus jeune, qui venait du bureau de Minneapolis.

« Ils y sont entrés il y a trois heures, indiqua ce dernier. L'appartement a les caractéristiques d'un logement resté vide pendant longtemps. Nos hommes sont en train d'examiner les documents et le reste. Nous attendons aussi qu'ils trouvent de la matière à profil génétique en vue d'une identification définitive.

— Ce qui est intéressant, c'est que Robert Godwin et Bob Crabb ont tous deux enseigné dans la même université, expliqua Torunn Borg. Nous souhaiterions en savoir aussi long que possible sur les relations concrètes qui existaient entre eux.

— Nos hommes sont sur l'affaire, assura Donald Baker. À en juger par les premiers retours que nous avons reçus, il pourrait sembler que Bob Crabb ait manifesté beaucoup d'intérêt pour Robert Godwin. » L'agent du FBI désigna l'écran du menton. « Il a un bureau où ils ont trouvé le même genre de coupures de presse. »

Wisting se servit du café avant de reprendre la parole.

« Nous pouvons donc considérer comme vraisemblable que les recherches de Bob Crabb lui aient donné des raisons de penser que Robert Godwin s'était enfui en Norvège et y séjournait toujours, récapitula-t-il. Et qu'il soit venu ici pour tenter de le retrouver.

— De nombreux éléments portent à croire qu'il y est sans doute arrivé, commenta l'inspecteur de police

Anne Finstad. Qu'il a trouvé Godwin, je veux dire, et que c'est Godwin qui l'a tué.

— Ce serait la théorie la plus naturelle, acquiesça Wisting. Mais nous avons relevé des traces matérielles qui vont à l'encontre de cette hypothèse. »

Espen Mortensen afficha une photo des cheveux dans la main du mort.

« Ce sont des cheveux de femme », expliqua Wisting, qui vit la bouche d'Anne Finstad se contracter alors qu'il exposait les résultats des examens médico-légaux.

« S'agit-il de résultats absolument définitifs ? s'enquit l'agente du FBI.

— Ils semblent incontestables, répondit Mortensen. Une analyse d'ADN mitochondrial a été pratiquée. Les marqueurs sexuels donnent une origine féminine parfaitement claire, mais nous avons demandé une nouvelle analyse. »

Leif Malm avait gardé le silence. Le voilà qui se redressait sur sa chaise.

« OK, fit-il. Avez-vous autre chose ? »

Wisting résuma le travail d'enquête plus traditionnel qui avait été effectué et indiqua que, le corps ayant été découvert après si longtemps, les éventuelles traces électroniques leur échappaient.

Donald Baker avait pris des notes pendant que Wisting parlait. Il reposa son stylo.

« Ce que nous pouvons affirmer avec certitude, dit-il, c'est que Robert Godwin a vécu ici, et probablement pendant longtemps. Qu'avez-vous entrepris pour le retrouver ?

— Ces renseignements ne datent que de quelques heures », répondit Wisting, sur la défensive. « Jusqu'à cette réunion, il existait en théorie une possibilité que ce soit Robert Godwin que nous ayons trouvé mort. » Il toussota avant de poursuivre : « Mais nous sommes en train de recenser les hommes de l'âge concerné domiciliés dans la région à partir des fichiers de l'état civil.

— Vous pensez qu'il a fait une déclaration d'immigration ? demanda Anne Finstad avec un petit sourire aux lèvres. N'est-il pas probable qu'il séjourne ici illégalement ?

— Il faut faire ce travail de toute façon », trancha Wisting, qui était parfaitement conscient que plus de vingt-cinq mille personnes en Norvège ne figuraient dans aucun registre et allaient rester hors de leurs radars. « Mais nous avons bon espoir que la police de Minneapolis découvre ce qui a mis Bob Crabb sur la piste et l'a fait venir ici.

— Les fichiers de l'état civil, c'est une bonne idée, jugea Donald Baker. D'un point de vue purement théorique, il est possible qu'il y figure, mais il pourrait être difficile à repérer malgré tout.

— Que voulez-vous dire ?

— Vous allez être obligés de passer en revue les listes homme par homme, mais je pense qu'il pourrait s'y trouver. »

L'enquêteur expérimenté du FBI se pencha au-dessus de la table.

« J'ai connu ça par le passé. Telle que cette affaire se présente, nous avons toute raison de supposer que Robert Godwin est devenu un *caveman*.

— Un homme des cavernes ? répéta Nils Hammer. Qu'est-ce que ça veut dire ? Qu'il s'est caché quelque part dans une grotte ?

— C'est comme ça que nous les appelons, expliqua Donald Baker. Les gens en fuite qui finissent par trouver une vie creuse. Ils reprennent l'identité et l'existence anonyme de quelqu'un qui de toute façon ne manquera à personne. Ils remplissent en quelque sorte un vide et continuent ensuite de vivre tout aussi isolés et seuls que la personne dont ils ont pris la place.

— Que devient l'autre? demanda Torunn Borg. Celui qu'ils remplacent?»

Donald Baker haussa les épaules, mais ils connaissaient tous la réponse.

Wisting se renfonça dans sa chaise. Un homme des cavernes, songea-t-il. Quelqu'un qui s'était insinué dans la vie d'un autre. C'était ce qu'ils recherchaient. Un démon qui avait élu domicile dans la vie d'une autre personne.

31

L'horloge murale du salon sonna douze coups. Un mélange de mauvaise conscience et d'égoïsme avait incité Line à aller voir à son grand-père paternel. Sa grand-mère était morte quand elle avait 4 ans et son grand-père ne s'était jamais remarié. Il était depuis onze ans retraité de son poste de médecin hospitalier. Et s'il remplissait quelques mandats dans divers clubs et associations, elle savait qu'il était souvent seul et que son père ne lui rendait pas visite aussi souvent qu'il aurait dû.

Elle découpa le feuilleté aux amandes qu'elle avait acheté, posa les parts sur un plat et les apporta dans le salon.

Son grand-père regardait la télé. Un documentaire sur l'île prison d'Alcatraz diffusé sur une chaîne étrangère. Il tendit la main vers la télécommande et baissa le son. Son gros fauteuil était complètement affaissé. Le coussin dans son dos était aplati et le velours des accoudoirs presque totalement élimé. Le spectacle du fauteuil usé arrêta Line. Quelque chose s'ouvrit en elle. L'impression dura un dixième de seconde à peine, avant de disparaître. Comme quand on a quelque chose sur le bout de la langue.

Line s'installa dans l'autre fauteuil en essayant de préciser sa réminiscence. Son grand-père était devenu voûté. Elle avait envie de lui demander s'il se sentait seul, mais ne put s'y résoudre. Peut-être avait-elle peur de sa réponse et de ce que cette réponse exigerait d'elle.

« Il fait froid », observa-t-elle à la place.

Son grand-père se pencha vers l'appui de fenêtre et, les yeux plissés, scruta la station météo que Line lui avait offerte une année pour Noël.

« Moins seize virgule trois, annonça-t-il. Cette nuit, c'est descendu à moins dix-huit virgule sept. Je suis content de ne pas avoir à sortir. »

Line sourit et se servit du feuilleté à l'amande.

« Comment va ton frère ? s'enquit-il.

— Je crois qu'il travaille beaucoup. Ça fait un moment que je ne l'ai pas eu au téléphone. »

Quand ils étaient petits, Thomas et elle n'avaient pas seulement été frère et sœur, mais amis gardant les secrets l'un de l'autre, se protégeant mutuellement. Elle se sentait toujours unie à lui par un lien fort, mais quand ils avaient commencé à vivre leur vie, ils avaient évolué dans des directions différentes et peu à peu perdu le contact.

Ils parlèrent de la pluie et du beau temps, puis Line parla de Viggo Hansen et de l'article sur lequel elle travaillait.

« Tu le connaissais ? demanda-t-elle à son grand-père. Ses parents s'appelaient Solveig et Gustav Hansen. Ils habitaient juste à côté de l'usine de petits pois avant de s'installer Herman Wildenveys gate.

— L’usine de petits pois, fit-il en souriant. J’y ai travaillé un été après la guerre. Sonny Hermetikk. Il n’y avait pas que des petits pois. Toutes sortes de fruits, de viandes, de poissons et de légumes étaient mis en conserve. Avant, il y avait un constructeur automobile, qui fabriquait des camions marchant sur batterie, tu savais ? »

Line secoua la tête et s’efforça de réaiguiller la conversation.

« Tu sais qui c’était ? Solveig et Gustav Hansen ? »

Ce fut le tour de son grand-père de secouer la tête.

« J’ai grandi à l’autre bout de la ville, à Fjerdingen. Mais s’ils habitaient à côté de l’usine de petits pois, ils devaient louer chez Carlsen. Les Carlsen avaient des locataires au premier. C’est la maison à côté de là où habitait Herman Wildenvey. Juste en face de celle de Jonas Lie, qui à l’époque était occupée par ses petits-enfants. »

Il prit une feuille et dessina l’entrée de Stavern.

« Devant l’usine de petits pois, il y avait juste une grande pommeraie qui descendait vers la route, se remémora-t-il en continuant de dessiner. À l’angle, ici, vivait le pilote du port, et derrière, la famille Rakke. De l’autre côté de la rue vivaient les Nyhus, et à côté il y avait le cabinet du docteur Welgaard. »

Line suivait ses traits de crayon.

« Voilà, conclut son grand-père. S’ils habitaient près de l’usine de petits pois, ils devaient louer le premier étage de Carlsen.

— Carlsen y habite toujours ? voulut savoir Line.

— Non, les parents sont morts, bien sûr. Il me semble qu’ils n’avaient qu’une fille. Elle avait mon âge et je crois qu'elle s'est mariée et est partie s'installer à Moss.

— Y a-t-il d'autres gens là-bas qui pourraient avoir des souvenirs de cette époque ?

— Ce serait alors Annie Nyhus, répondit son grand-père en traçant une croix sur la maison concernée. Elle est née pendant la guerre et habite là depuis. »

Ils restèrent à bavarder jusqu'à ce que l'horloge murale sonne 13 heures. Line se leva. La pensée qui lui avait échappé n'avait cessé de la tourmenter. Mais quand son grand-père se leva de son fauteuil usé pour la raccompagner à la porte, elle sentit que sa vague réminiscence trouvait une direction. Non pas sous la forme d'une compréhension soudaine, mais comme une inquiétude naissante. Un maigre soupçon que, dans le décès de Viggo Hansen, tout n'était pas exactement comme il fallait.

La hâte la gagna. Elle rejoignit prestement sa voiture et essaya de la démarrer tout en ouvrant son ordinateur. Elle alluma le chauffage à fond et cliqua sur le dossier *Viggo Hansen*, puis sur le sous-dossier dans lequel elle avait rassemblé les photos. Elle afficha celle qu'elle avait prise des deux fauteuils devant la télé et la réminiscence qu'elle avait eue chez son grand-père se précisa enfin. Le cadavre avait laissé des plis et des taches sombres dans le fauteuil de gauche, mais c'était celui de droite qui était usé. Il y avait un coussin sale et aplati dans le dos et, devant, le tissu était presque entièrement élimé là où les cuisses avaient frotté contre le siège. C'était le fauteuil de droite qui avait été la place attitrée de Viggo Hansen devant le téléviseur. Et pourtant, c'était dans celui de gauche qu'on avait trouvé son corps.

32

La mince couche de givre du pare-brise fondait peu à peu. Line leva les yeux de son écran d'ordinateur, jeta un coup d'œil dehors et baissa le ventilateur du chauffage.

Par déformation professionnelle, elle suspectait toujours les surfaces propres et lisses de cacher quelque chose de criminel. Tout était prétexte à scepticisme et suspicion. Que Viggo Hansen ne soit pas assis dans son fauteuil habituel n'était pas forcément un élément significatif. Il avait pu, remarquer que le fauteuil qu'il utilisait était élimé et changer de place. Mais il était aussi possible que quelqu'un l'ait mis dans ce fauteuil pour qu'il ait l'air de s'être endormi paisiblement devant la télé. Cette pensée refusait de la quitter, elle allait être obligée de retourner chez Viggo Hansen. Lors de sa dernière visite, elle avait recherché tout autre chose. Des anecdotes, un aperçu de sa personnalité. À présent, le germe du doute était semé en elle : était-il en fait mort de causes non naturelles ?

Elle avait encore l'ordinateur sur ses genoux quand un mail du service de documentation du journal arriva. L'un des documentalistes avait trouvé l'ancien camarade de classe de Viggo Hansen. Odd Werner Ellefsen habitait Bugges gate à Torstrand, l'ancien quartier ouvrier de Larvik. D'après les renseignements de l'état civil, il vivait seul, et cela depuis qu'il avait emménagé à cette adresse en 1972.

Elle décida de rendre d'abord visite à Annie Nyhus, qui vivait toujours là où Viggo Hansen avait grandi. Elle pourrait aller en ville voir si elle trouvait Odd Werner Ellefsen ensuite. Et puis elle n'aurait qu'à faire des courses pour remplir le réfrigérateur avant de retourner dans la maison de Viggo Hansen.

Il faudrait aussi qu'elle prépare un vrai dîner un soir et qu'elle invite son grand-père, songea-t-elle en manœuvrant la voiture. Un dîner de pré-Noël. Il préférait les côtes d'agneau, mais pour le réveillon, ils obéissaient toujours à une autre tradition et mangeaient des travers de porc. Si elle achetait des côtes d'agneau pour ce dîner, elle pourrait mettre la viande séchée dans l'eau la veille et la laisser tremper toute la nuit.

Elle se gara sur la place de parking au bord de Larviksveien, où son grand-père lui avait dit qu'il y avait eu une grande pommeraie à l'époque de l'usine de petits pois. Line se souvenait d'une station-service Esso, qui avait été démolie quelques années auparavant. Depuis, les lieux étaient en friche.

La maison où Viggo Hansen et ses parents étaient censés avoir vécu dans les années 1950 et au début des années 1960 avait été agrandie et modernisée. Elle était située en bordure de rue, avec un grand jardin derrière.

Prenant le plan que son grand-père avait esquissé,

Line traversa la rue et trouva une boîte aux lettres avec le nom Nyhus.

Le bâtiment était légèrement en retrait, derrière des arbres aux branches qui partaient en tous sens. De la neige en tomba quand deux corneilles s'envolèrent.

Un petit sentier avait été déblayé jusqu'à la porte. Les marches du perron étaient couvertes de rameaux de sapin et au sommet trônait une plante en pot à feuillage persistant décorée de rubans rouges.

Line sonna et n'attendit pas longtemps avant qu'une petite femme âgée ouvre en l'observant par-dessus la monture de ses lunettes. Elle avait des cheveux gris ramenés en arrière dans une coiffure stricte et un tablier autour de la taille.

« Entrez donc, invita-t-elle Line avant même de savoir qui elle était. Ne restez pas dehors dans le froid. »

Line tapa ses chaussures sur le perron pour dégager la neige et s'empressa d'entrer pour que la vieille dame puisse fermer la porte derrière elle.

« Êtes-vous Annie Nyhus ? demanda-t-elle.

— C'est moi, oui. Et vous, qui êtes-vous ? »

Line se présenta et expliqua la raison de sa venue.

« J'ai vu qu'il était mort en lisant l'annonce dans le journal », dit Annie Nyhus en guidant Line vers la cuisine. La pièce embaumait la pâtisserie de Noël. Sur le plan de travail s'alignaient quatre *kransekaker* décorés.

« Mais pour tout vous dire, je ne savais pas qu'il était encore vivant, poursuivit Annie Nyhus. Et encore moins qu'il habitait toujours en ville. Je ne me souviens même pas de la dernière fois que je l'ai vu.

— Je m'intéresse surtout aux souvenirs que vous

pourriez avoir de l'époque où sa famille et lui vivaient en face de chez vous, précisa Line en s'asseyant.

— Les gâteaux sont pour la tombola de Noël de l'association de santé publique des femmes, expliqua Annie Nyhus sans écouter ce que disait Line. Mais j'ai fait quelques bâtonnets avec le reste de pâte. »

Elle apporta un plat de bâtonnets aux amandes soigneusement décorés de glaçage au sucre. Puis elle retrouva le fil de la discussion.

« Viggo Hansen, oui… fit-elle en posant des tasses sur la table. Ils habitaient au premier étage de la maison Carlsen. Il y avait surtout lui et Solveig, sa mère. Le père était dans la construction de centrales électriques et il voyageait en Norvège. Gustav, si je me souviens bien. Il était souvent dans le Vestlandet, je crois. »

Prenant un chiffon, elle essuya quelques miettes imaginaires sur la table avant d'aller chercher un thermos de café, Elle servit Line sans lui demander si elle en voulait.

« Je crois qu'ils ont déménagé quand il avait 13, 14 ans, dans une maison de Herman Wildenveys gate, par là-bas. Je ne comprends pas comment d'un seul coup ils ont eu les moyens de le faire. » Annie Nyhus se pencha au-dessus de la table et baissa la voix. « Gustav Hansen a fait de la prison, vous savez. On le voyait rarement. Il travaillait dans la construction de centrales électriques, alors nous pensions qu'il était en déplacement professionnel, mais c'est Erna qui nous l'avait dit. Elle était mariée avec William Sverdrup, qui était dans la police.

— Qu'est-ce qu'il avait fait ? demanda Line.

— Un cambriolage ou quelque chose comme ça,

dans le Vestlandet. Il s'est fait prendre, mais maintenant, savoir si l'argent est retourné à son propriétaire, c'est une autre histoire. »

Line posa d'autres questions sur le crime qui avait conduit Gustav Hansen en prison, mais Annie Nyhus n'avait pas d'autres éléments à apporter.

« Il paraît que la mère de Viggo Hansen avait été hospitalisée pour des troubles psychiatriques », poursuivit Line, qui vit une étincelle s'allumer dans le regard de la vieille dame.

« Je n'en ai jamais entendu parler », répondit-elle, presque offusquée, « mais cela ne me surprendrait pas. Elle n'avait pas l'air tout à fait bien.

— Comment ça ?

— Eh bien, comment dire ? Elle n'avait aucune relation avec les autres femmes de la rue. Elle restait sur son quant-à-soi. Les rideaux étaient toujours fermés. Je ne pourrais pas vous dire ce qui se passait à l'intérieur.

— Aviez-vous des relations avec Viggo ?

— Il avait dix ans de moins que moi. Je me souviens juste que c'était un garçon discret.

— Fréquentait-il d'autres gens ? Des garçons de son âge peut-être ? »

Annie Nyhus prit un gâteau, le trempa dans son café et le suçota pendant qu'elle réfléchissait.

« Il y aurait Frank, répondit-elle finalement. Et peut-être Ole l'Allemand. »

Line songea que Frank devait être l'expéditeur des cartes de vœux qu'elle avait trouvées chez Viggo Hansen.

« Qui est Frank ? s'enquit-elle.

— Frank Iversen. C'était le fils du pilote du port. Il

devait avoir un an de plus ou quelque chose comme ça. Mais ils traînaient un peu ensemble. C'était peut-être parce qu'ils travaillaient ensemble à l'usine de crevettes.

— Vous voulez dire l'usine de petits pois ?

— Non, non. L'usine de crevettes Reime. La famille Reime vivait à quatre maisons d'ici. L'usine de crevettes était dans le jardin, derrière la maison. Moi aussi, j'y ai décortiqué des crevettes.

— Le nom d'Irene vous dit-il quelque chose ? C'est quelqu'un que Viggo pourrait avoir connu », demanda Line en pensant aux autres cartes de vœux.

Annie Nyhus trempa encore son bâtonnet à l'amande dans sa tasse de café, mais elle ne put l'aider.

« Savez-vous où Frank habite aujourd'hui ? l'interrogea Line.

— Iver Iversen a obtenu un poste de directeur de station de pilotage à Langesund, donc toute la famille y a déménagé dans les années 1960. Juste après, j'ai entendu dire que sa femme était morte, depuis, je ne sais pas. »

La porte s'ouvrit et quelqu'un entra.

« Ce doit être Greger, dit Annie. Je lui ai promis un petit gâteau s'il passait. Il déblaye si gentiment la neige devant chez moi et il m'aide beaucoup. »

Elle se leva et accueillit chaleureusement un homme de son âge qui avait d'épais cheveux bouclés et de grandes mains.

« Tu as de la visite ? demanda-t-il en souriant.

— C'est la fille Wisting. La petite-fille de Roald Wisting de l'hôpital. »

Line sourit en entendant comment on la présentait,

le nom de son grand-père était connu du temps où il pratiquait la médecine.

L'homme imposant lui tendit une main froide en se présentant comme Greger Eriksen.

« Vous écrivez dans le journal », fit-il en s'asseyant.

Annie Nyhus posa une tasse de café devant lui et rapprocha un peu le plat de gâteaux.

« Elle va écrire un article sur Viggo Hansen, expliqua-t-elle. Il habitait dans la maison des Carlsen dans les années 1950 et au début des années 1960. »

Greger Eriksen se servit.

« Oui, c'était dans le journal, répondit-il. Il n'y avait pas de nom, mais c'était de lui qu'ils parlaient. Il a fallu quatre mois pour qu'on le découvre. »

Line expliqua ses intentions. Greger Eriksen lança un coup d'œil vers Annie Nyhus.

« Oui, ce n'est pas évident d'être seul, observa-t-il. C'est important de trouver quelqu'un avec qui partager sa vie.

— Nous parlions du fils du pilote de navire, précisa Annie. Viggo Hansen et lui se voyaient un peu. Ils travaillaient tous les deux à l'usine de crevettes.

— Vous avez mentionné un autre nom, rappela Line. Ole l'Allemand ?

— Oui, c'est comme ça qu'on l'appelait, le pauvre. Ça lui colle à la peau encore aujourd'hui.

— Qui est-il ?

— C'est le fils de Pia Linge. Il était un peu plus vieux, mais il traînait avec eux. Pia habitait dans l'annexe, derrière chez la famille Reime, elle travaillait à l'usine de crevettes.

— Et Ole aussi ?

— Non, il est resté quelque temps à la décharge

publique de Bukta, ensuite je ne sais pas ce qu'il est devenu.

— Il habite toujours à Stavern ?

— Je ne saurais pas vous dire. Ça fait longtemps que je ne l'ai pas vu. Il s'est toujours tenu à l'écart. » Elle se tourna vers Greger Eriksen. « Et toi, tu l'as revu ? »

L'homme secoua la tête.

« Ce n'était facile ni pour Ole ni pour Pia, poursuivit Annie Nyhus. Ole était enfant d'Allemand, vous savez. Pia frayait avec les Allemands pendant la guerre, jusqu'à la libération, et puis elle a eu Ole en janvier de l'année suivante.

— C'était surtout des rumeurs », observa Greger Eriksen. Il toussota et but une gorgée de café. « Personne ne sait vraiment qui était son père.

— Mais elle fréquentait les Allemands à Rakke.

— Elle était sans doute dans les deux camps, dit Eriksen. On a aussi raconté qu'elle travaillait pour la Résistance, et qu'elle avait essayé d'infiltrer.

— Quoi qu'il en soit, elle a dû vivre avec la honte pendant le restant de ses jours, affirma Annie Nyhus. Même si elle n'a pas vécu très longtemps. Elle n'avait pas 50 ans quand elle est morte. »

La conversation dévia vers les petits gâteaux de Noël, les oiseaux, le froid et la météo. Au bout d'une demi-heure, Line se leva et les remercia.

Avant d'arriver à sa voiture, elle jeta un coup d'œil vers les vitres du premier étage de ce qu'on appelait la maison de Carlsen, où les rideaux avaient toujours été tirés. Elle avait trouvé un chemin maintenant, sentait-elle. Un chemin vers l'ombre et l'obscurité où avait vécu Viggo Hansen.

33

Les routes étaient glissantes, la neige tassée ralentissait la circulation. Impatiente, Line appela les renseignements alors que les voitures progressaient à vitesse d'escargot. La femme qui répondit prit tout son temps, elle aussi, mais elle trouva un Ole Linge domicilié Brunlanesveien 550.

Line se fit envoyer son numéro par SMS avant d'être transférée. Elle allait raccrocher quand un homme à la voix basse répondit.

«Ole Linge? dit-elle.

— Qui est à l'appareil?» demanda son interlocuteur sans répondre à sa question.

Elle se présenta.

«J'appelle à propos de Viggo Hansen. Vous savez qu'il est mort?

— J'ai vu l'annonce.

— J'écris un papier sur sa vie pour *VG* et je cherche des gens qui le connaissaient et qui pourraient me parler de lui.»

Il y eut un silence au bout du fil et Line crut un instant que la communication était coupée.

« Sur sa vie ? fit l'homme qui était manifestement Ole Linge.

— Sur la solitude. Sur le fait de passer toute une vie sans la partager avec quiconque. Et c'est dans ce cadre que j'aimerais donc bien parler avec des gens qui le connaissaient.

— Ah bon, se contenta de dire son interlocuteur.

— Vous allez à son enterrement demain ?

— Je ne sors pas beaucoup.

— Cela vous conviendrait-il que je passe chez vous demain après-midi ?

— Pourquoi ?

— Pour parler de Viggo Hansen. J'essaie de découvrir comment il était. »

Nouveau silence au bout du fil. Un automobiliste impatient déboîta et dépassa deux voitures avant de forcer le passage dans la file d'attente.

« Quand ça ? voulut savoir Ole Linge.

— À 15 heures ? » proposa Line.

Il répéta l'horaire, comme s'il devait s'assurer que ça ne tombait pas en même temps qu'un autre rendez-vous.

« Moui, ça pourrait aller », conclut-il finalement.

Ils raccrochèrent, Line suspectait l'homme avec qui elle venait de parler de mener une existence aussi solitaire que Viggo Hansen.

La circulation s'arrêta complètement sur Storgata alors qu'un tracteur dégageait d'énormes tas de neige.

Sur sa gauche, la ville se déployait comme un amphithéâtre. Elle lança un regard à l'oblique vers le commissariat de police et aperçut tout juste les étages supérieurs où son père avait son bureau. Elle songea à la corde effilochée qu'elle avait trouvée lovée en une glène dans la cave de Viggo Hansen. Elle avait du mal à croire que c'était la corde avec laquelle son père s'était pendu en 1969.

Elle prit son téléphone et composa le numéro de son père. Il se pouvait qu'il y ait un rapport sur l'affaire dans les archives du commissariat. Les voitures recommencèrent à avancer. Le téléphone sonnait dans le vide.

Après le passage sous la voie ferrée, elle tourna à droite dans Bugges gate, dépassa l'ancienne usine de boissons gazeuses et roula presque jusqu'au bout, là où la rue résidentielle se terminait sur une zone industrielle enclose.

Elle ne trouva pas le numéro, mais repéra d'après ceux des maisons voisines ce qui devait être celle qu'elle cherchait.

C'était une construction carrée, plus petite que les autres. Une grande clôture de planches serrées la protégeait entièrement des regards.

Line se gara dans la rue et sortit de sa voiture. L'air sec apportait l'odeur de la mer. Le froid lui piquait le nez.

La boîte aux lettres non plus ne portait pas d'identification, ni nom ni numéro, mais la maison était manifestement habitée. L'endroit était déneigé jusqu'au garage et un passage avait été dégagé pour rejoindre la maison.

Line frappa à la porte. Un homme d'un certain âge ouvrit et resta sur le seuil à la regarder. Il avait le teint blafard, comme s'il prenait rarement l'air. Une barbe grisâtre cachait son col de chemise. Ses cheveux drus étaient ébouriffés, tailladés et irréguliers, comme s'il les avait coupés lui-même.

« Êtes-vous Odd Werner Ellefsen ? »

Il fit oui de la tête.

« Nous avons une connaissance commune, poursuivit Line. Viggo Hansen était mon voisin. »

Il n'eut pas l'air de comprendre de quoi elle parlait. Line passa son sac sur son autre épaule.

« Vous étiez dans la même classe à l'école de Stavern... Son enterrement aura lieu demain. »

Une lueur traversa le regard de l'homme, il esquissa un signe de tête.

« Je me demandais si nous pourrions parler un peu.

— De quoi ?

— De Viggo. Je pourrais peut-être entrer ? »

Elle croisa les bras, les serra contre sa poitrine pour lui montrer qu'il faisait trop froid pour discuter dehors.

Ellefsen lança un coup d'œil dans l'entrée derrière lui, comme pour s'assurer que la maison était présentable. Puis il lui indiqua d'un signe du menton qu'elle pouvait entrer.

Il la précéda dans une cuisine où tout semblait avoir sa place attitrée. Tout était bien rangé et propre, avec une petite décoration de Noël au centre de la table.

Ils s'assirent l'un en face de l'autre. L'homme resta silencieux, sans rien lui offrir à boire.

Line lui parla de son travail à *VG* et lui expliqua que la raison de sa venue était l'article qu'elle allait écrire.

« Vous le connaissiez, conclut-elle.

— Nan, rétorqua son interlocuteur.

— Mais vous étiez ensemble à l'école ?

— Y a longtemps. »

Il répondait par phrases laconiques, les yeux rivés à la table.

« Quand l'avez-vous vu pour la dernière fois ? » s'enquit Line.

Odd Werner Ellefsen haussa les épaules.

« Me souviens pas. » Sa voix était si faible qu'elle parvenait à peine aux oreilles de Line.

« Avez-vous des relations avec d'autres gens de cette époque ? demanda Line. Frank Iversen ou Ole Linge ? »

Il secoua la tête.

« Quand avez-vous quitté Stavern ?

— Longtemps. »

L'homme n'était pas sans rappeler un simple d'esprit. À en juger par sa façon de s'exprimer, Line n'était même pas sûre qu'il comprenne de quoi elle parlait.

Elle sortit son appareil et retrouva la vieille photo de classe.

« C'est vous, dit-elle en pointant le doigt sur le jeune garçon debout à côté de Viggo Hansen. »

Odd Werner Ellefsen se pencha en avant, regarda le petit écran et hocha la tête.

« Moi, oui, fit-il en se rasseyant.

— Vous souvenez-vous de quand la photo a été prise ? » demanda-t-elle dans l'espoir que ce qu'elle lui avait montré lui rafraîchisse la mémoire.

L'homme répondit en tournant la tête sur le côté avant de revenir dans sa position initiale.

Line lui posa d'autres questions, mais son interlocuteur continuait de répondre par monosyllabes, et rien de ce qu'il disait ne contribuait à dessiner une image de Viggo Hansen.

Elle referma son calepin sans y avoir ajouté grand-chose, mais en ayant sans doute mieux cerné comment les deux garçons avaient pu se lier dans leur enfance. Ils étaient tous deux réservés et timides, et peut-être n'avaient-ils pas en fait été amis, mais perçus comme tels parce qu'ils étaient en dehors du groupe, de la communauté.

34

Sur la fin de la réunion, la barrière de formalité entre enquêteurs locaux et agents du FBI était tombée. La conversation était devenue plus libre et l'expression en anglais plus fluide.

« Il y a un truc que je ne comprends pas, dit Nils Hammer. Pourquoi a-t-il choisi de venir précisément ici, en Norvège ? Il y a d'autres pays avec moins de règles et plus de beau temps.

— Je serais tenté de croire qu'il se sent chez lui ici », répondit John Bantam. Il contempla le paysage givré de l'autre côté de la fenêtre. « Ça rappelle le temps de Minneapolis. Des hivers froids avec beaucoup de neige, mais des étés qui peuvent être doux et chauds. Et puis je crois que les gens d'ici sont comme ceux du Minnesota. Ils gardent leurs portes fermées et leurs rideaux tirés. Ils cachent leurs sentiments, ils ne divulguent pas leurs secrets. »

Avant de conclure, Wisting convint d'une autre réunion trois heures plus tard pour faire de nouveau le point.

Torunn Borg montra aux gens du FBI les bureaux

qu'elle leur avait trouvés. Wisting regagna le sien et vit sur son mobile un appel en absence de Line.

Il la rappela.

« Tu es en voiture ? demanda-t-il.

— Je suis allée à Torstrand parler à quelqu'un qui était à l'école avec Viggo Hansen.

— Tu as progressé ?

— Un peu, mais je ne sais pas ce que je vais pouvoir utiliser. Tu savais que le père de Viggo Hansen s'était pendu dans la cave de leur maison ? »

Surpris, Wisting dut admettre qu'il n'en savait rien.

« Je l'ai appris par Jarle Lunden.

— Le pasteur ? Tu lui as parlé ?

— Oui, il était allé chez eux au moment des faits. Tu crois qu'il y a un dossier sur cette affaire ?

— Quand était-ce ?

— En 1969.

— Je ne sais pas. Tous les dossiers qui n'étaient pas soumis à une obligation d'archivage et qui dataient de plus de vingt-cinq ans ont été détruits quand nous avons emménagé dans le nouveau commissariat en 1995, mais je vais me renseigner. Je sais que nous avons conservé certaines choses. De vieilles mains courantes, notamment.

— Bien. À quelle heure tu rentres ce soir ?

— Je ne sais pas encore, mais tard. Qu'est-ce que tu vas faire maintenant ?

— Je dois retourner dans la maison de Viggo Hansen. J'ai des petites choses à regarder de plus près.

— Quel genre de choses ?

— Juste un truc auquel je n'avais pas fait attention. Je n'y ai pas pensé quand j'y étais hier. » Elle ne le laissa pas l'interroger plus avant. « Au fait, il y a une pièce au sous-sol où vous n'êtes pas allés quand Viggo Hansen a été découvert. Un débarras caché derrière des étagères.

— Qu'y avait-il dedans ?

— Je ne sais pas. C'est cadenassé. »

Wisting sourit.

« Et ça t'a empêchée d'entrer ?

— Pour l'instant, oui.

— Tu me diras si c'est quelque chose qui a échappé à la police, alors.

— Au fait, je suis passée chez papy, poursuivit Line. Il m'a chargée de te saluer.

— Comment allait-il ?

— Bien, il m'a aidée à trouver quelqu'un qui connaissait Viggo Hansen avant que sa famille ne s'installe dans la maison de Herman Wildenveys gate. J'ai parlé notamment à une vieille dame qui m'a raconté que le père de Viggo avait été condamné pour cambriolage.

— Cambriolage ? Dans l'extrait du fichier des sanctions pénales, il était écrit vol aggravé.

— Ce sont peut-être des rumeurs. J'ai envoyé un mail aux archives régionales de Bergen, mais je n'ai pas encore obtenu de réponse. »

Après avoir raccroché, Wisting alla voir Bjørg Karin au bureau des affaires pénales. Non seulement elle s'occupait d'archivage et de tenue de fichiers, mais elle avait une capacité toute personnelle à savoir où tout se trouvait, que ce soit les documents d'une affaire en cours d'enquête, les registres d'audience ou les amendes et autres peines. Il lui apportait une feuille sur laquelle il avait inscrit la date à laquelle on avait constaté le décès de Gustav Hansen, mais il ne put présenter sa requête qu'après avoir mangé du gâteau et bu une demi-tasse de café.

S'il existait des papiers concernant le suicide dans les archives du sous-sol, la date permettrait de retrouver le dossier facilement.

Quand il revint dans son bureau, Torunn Borg lui avait fait suivre un mail avec les listes du registre de l'état civil. Dans la commune, 2 127 hommes correspondaient aux critères de recherche. Robert Godwin avait 61 ans, mais ils avaient fait une recherche avec une marge de trois ans. Si Godwin vivait sous une fausse identité, il se pouvait qu'il se présente comme quelqu'un qui avait deux ou trois ans de plus ou de moins que lui.

Il leur fallait absolument plus de monde sur l'affaire, songea Wisting. Même avec dix hommes sur le coup, ils mettraient plusieurs semaines à vérifier que chaque personne de la liste était bien celle qu'elle disait être.

Il ouvrit le fichier Excel joint. Les noms pouvaient se classer par ordre alphabétique, selon l'âge ou le domicile. Il y avait aussi une colonne pour ceux qui étaient répertoriés comme ayant immigré ou s'étant installés dans la commune après que Robert Godwin avait fui les États-Unis. Cette liste-là ne comptait que 123 noms. C'était par là qu'il fallait commencer, mais ça aussi, c'était un gros travail.

35

À 17 heures, ils se réunirent de nouveau dans la salle de conférence. L'agent spécial Donald Baker demanda la parole.

« Nous avons terminé chez Bob Crabb, déclara-t-il d'une voix grave, et nous avons parlé avec des gens qui le connaissaient et qui étaient au courant de ses recherches. »

Il consulta ses notes.

« Nous n'avons pas trouvé de lien direct avec Robert Godwin. Ils ont tous deux enseigné à l'université dans les années 1980, mais pas dans la même fac. Mais Lynn Adams a assisté à des cours du professeur Crabb.

— La première victime », glissa Torunn Borg.

Donald Baker acquiesça.

« Elle a disparu en 1983. On l'a retrouvée dans une canalisation d'égout au bout de six mois. Mais ce n'est que six ans plus tard, quand Godwin a été recherché, que nous avons réussi à le relier à ce meurtre. Les vestiges de son corps étaient dans un sac en toile de jute comme ceux qu'utilisait sa famille à la pommeraie.

— Ce meurtre tracassait le professeur Crabb,

enchaîna John Bantam. En 1989, une autre de ses étudiantes s'est fait agresser, mais elle a réussi à s'échapper. Elle a désigné Robert Godwin comme coupable et les échantillons d'ADN l'ont identifié comme *The Interstate Strangler*.

— Crabb en aurait été totalement révolté, reprit Donald Baker. Robert Godwin a été recherché, mais il avait disparu sans laisser de traces. La récompense a été fixée à un million de dollars pour la ou les personnes disposant de renseignements pouvant conduire à son arrestation. Et Crabb a commencé sa propre enquête. »

Il fit signe à sa collègue de prendre la suite.

« Le professeur Crabb a dit à ses voisins qu'il allait rechercher sa famille en Norvège, expliqua-t-elle. Ce n'était probablement qu'une couverture. Il a affirmé à des collègues que Robert Godwin s'était enfui en Scandinavie. Godwin s'intéressait beaucoup à ses ancêtres norvégiens, il avait étudié le norvégien et dirigeait un programme d'études nordiques.

— Attendez un peu, intervint Wisting. Êtes-vous en train de dire que Godwin avait des ancêtres norvégiens, d'ici ?

— Un Blanc du Minnesota sur cinq est d'origine norvégienne, expliqua John Bantam. Mon propre arrière-arrière-arrière-grand-père venait de Kristiansand.

— Vous dites qu'il a étudié le norvégien, observa Nils Hammer. Cela signifie-t-il qu'il le parle ? »

Maggie Griffin échangea un regard avec Donald Baker. Ils semblaient tous deux gênés que ces renseignements sur Robert Godwin n'apparaissent que maintenant, plus de vingt ans après qu'on avait lancé l'avis de recherche.

« Il a un *PhD* en langues scandinaves, répondit Baker.

— Un doctorat ? »

Donald Baker acquiesça.

« D'où viennent les ancêtres de Godwin ? » s'enquit Wisting.

Maggie Griffin fouilla dans ses papiers, sortit un document et le poussa vers lui.

« Voici son arrière-arrière-grand-père. »

Wisting lut. Le 5 septembre 1889, l'ouvrier Niels Gustavsen de la commune de Brunlanæs Berg était parti pour New York à bord du vapeur *Norge*.

« Les photos, commenta Wisting en norvégien en s'adressant à ses collègues. Les vieilles fermes que Bob Crabb a photographiées. Ce pourrait être l'endroit d'où venaient les ancêtres de Godwin. Ce pourrait être la voie à emprunter pour le retrouver. »

Les trois Américains le regardèrent d'un air interrogateur et Wisting leur parla des photos qu'ils avaient trouvées dans l'appareil de Crabb.

Espen Mortensen démarra le projecteur et les afficha. De vieux bâtiments en ruine.

« Revenez en arrière », demanda Donald Baker en desserrant son nœud de cravate. Sa pomme d'Adam monta et descendit derrière son col de chemise.

Espen Mortensen obtempéra. La photo de la grange brûlée remplit l'écran. Mauvaises herbes et buissons forçaient leur passage dans ses vestiges.

Donald Baker se frotta le menton, il lança un coup d'œil vers ses deux collègues et inspira profondément.

De toute évidence, il voyait sur les photos quelque chose que les autres ne voyaient pas.

« Où est-ce ? » Sa voix grave l'était devenue plus encore.

« Nous ne savons pas, répondit Wisting. Mais maintenant, je me dis que c'est peut-être l'endroit où les ancêtres de Godwin habitaient. Nous allons montrer les photos à des historiens locaux pour essayer de déterminer où ça se trouve. »

Donald Baker s'humecta les lèvres de la langue.

« Il y a une chose dont nous ne vous avons pas parlé. »

Wisting fit un signe de tête. L'agent spécial regarda encore l'écran avant de le fixer dans les yeux.

« Il va nous falloir une liste de jeunes femmes disparues. »

36

La nuit était tombée quand Line pénétra de nouveau dans la maison de Viggo Hansen. Elle ne s'y sentait pas à l'aise et alluma toutes les lumières à mesure qu'elle progressait d'une pièce à l'autre. Sur le seuil du salon, elle s'arrêta et écouta. Tout était silencieux, constata-t-elle avant de rejoindre le coin télé, où l'on avait trouvé Viggo Hansen mort.

Elle regarda un fauteuil, puis l'autre, et revint au premier.

Il y avait sur le fauteuil de gauche ces taches sombres d'humidité laissées par le corps, mais il n'était nullement usé par ailleurs. Le dossier, l'assise et les accoudoirs du fauteuil droit, en revanche, étaient clairement usés, et un coussin décoratif était complètement aplati. C'était dans ce fauteuil qu'il avait eu l'habitude de s'asseoir.

Le sol aussi avait une histoire à raconter. Entre le fauteuil fatigué et la table basse, des miettes de pain et autres petits restes de nourriture jonchaient le plancher, et du fauteuil à la porte de la cuisine s'étirait en outre un chemin plus foncé de saleté mêlée d'usure. Toutes ces fois où Viggo Hansen s'était levé de son fauteuil pour se rendre dans la cuisine avant de revenir s'asseoir.

Line suivit la trace et se posta au milieu de la cuisine. Elle promena son regard dans la pièce exiguë. Hormis la tasse sur la table, tout était propre et bien rangé. Elle allait retourner dans le salon quand un petit détail la figea sur place. La cafetière sur le plan de travail à côté du réfrigérateur. Le réservoir était à moitié plein.

Elle s'avança et ouvrit le couvercle. Le filtre contenait du café sec.

La cafetière était préparée, songea-t-elle. C'était ce que sa mère avait l'habitude de faire quand elle attendait des invités. Elle remplissait le réservoir et mettait du café dans le filtre pour qu'il ne reste plus qu'à appuyer sur le bouton à l'arrivée des visiteurs.

Line fit un pas en arrière.

Attendait-il de la visite ? Si oui, qui ? Et pourquoi avait-il fait venir un serrurier pour mettre deux verrous sur la porte d'entrée ? Avait-il peur ?

Le dossier de la police était dans son sac. Elle s'assit à la table, retrouva le rapport d'autopsie et le posa devant elle.

Rien n'étayait une suspicion de mort provoquée. Mais rien non plus n'indiquait le contraire. Le corps était trop détérioré pour démontrer la cause de la mort.

Elle avait envie d'appeler son père, mais s'en abstint. Ce n'était que son imagination qui s'emballait. Le fauteuil et une cafetière préparée ne prouvaient rien du tout.

Elle regagna le salon et examina son reflet dans les fenêtres obscures avant de pivoter sur ses talons et de scruter la pièce comme elle avait scruté la cuisine.

Rien n'attira son attention. Rien qu'elle n'ait déjà vu. Elle avait pourtant le sentiment d'avoir fait l'impasse sur quelque chose.

Ce sentiment l'incita à parcourir la maison de nouveau. En haut de l'escalier du sous-sol, le courant d'air froid venu de l'obscurité se coula autour de ses chevilles. Descendre ne la tentait pas, mais elle voulait voir ce qu'il y avait derrière la porte cadenassée.

Dans l'entrée, elle avait vu une petite armoire à clefs, se souvint-elle soudain. Celle du débarras y était peut-être.

Elle alla dans le vestibule et ouvrit la porte du petit placard.

Il était vide. Quatre crochets vides.

Elle le referma et descendit au sous-sol. Elle y avait vu une caisse à outils. Le cadenas devait pouvoir s'ouvrir d'un coup de marteau. Elle n'aurait qu'à en acheter un pour le remplacer et mettre la clef dans le placard.

Il n'y avait pas de marteau dans la caisse à outils, mais en fouillant, elle vit une clef à molette dont elle pourrait faire le même usage. Quand bien même elle aurait trouvé la clef du cadenas, elle n'aurait pas forcément réussi à l'ouvrir. Il était corrodé, il avait dû rester fermé pendant longtemps.

Line songea alors à une chose.

Où étaient les autres clefs de Viggo Hansen ? Celles des deux nouveaux verrous de sa porte d'entrée ? Les policiers les avaient fait sauter à la perceuse pour entrer dans la maison. Ensuite ils avaient fait poser un nouveau verrou, mais Line n'avait ni vu les deux autres clefs ni lu de mention sur le sujet dans les rapports.

Elle reposa la clef à molette, monta à la cuisine et

s'assit à la table sur laquelle elle avait laissé les documents de la police. Elle prit celui qui indiquait ce qui avait été saisi. Il s'agissait essentiellement d'objets qui allaient servir pour le travail d'identification, comprit-elle, notamment une brosse à dents et un peigne qui avaient été envoyés au laboratoire pour analyse. Mais pas de clefs.

Elle chercha dans les papiers le rapport des médecins légistes. Il commençait par la description des vêtements du défunt. Jean, T-shirt, slip et chaussettes. Une montre avait été enlevée de son poignet gauche et il avait trois pièces d'une couronne dans sa poche droite, mais pas de clefs.

Chez elle, Line rangeait ses clefs dans un tiroir de la commode de l'entrée. Elle se rendit dans l'entrée. Elle avait déjà fouillé dans les tiroirs de la commode et se souvenait que l'un d'entre eux était un vide-poche typique. Elle l'ouvrit et chercha parmi les stylos-billes, les reçus, les modes d'emploi et autres bricoles, mais il n'y avait pas de clefs.

Puis elle examina les vêtements suspendus dans l'entrée, mais ne trouva rien dans les poches.

Dans la chambre à coucher, elle avait vu un pantalon sur le dossier d'un fauteuil, se souvint-elle. Mais là encore, les poches étaient vides. Tiroirs de la cuisine, vêtements de la penderie, linge sale, et tous les lieux imaginables, pas la moindre clef. Il ne resta finalement plus qu'une seule explication. Les clefs avaient été retirées de la maison. Soit par la police, qui simplement ne l'avait indiqué dans aucun rapport, soit par quelqu'un qui avait verrouillé la porte en repartant et laissé Viggo Hansen mort dans son fauteuil devant la télévision.

37

Un silence total s'était abattu sur la salle de conférence. Les paroles de Donald Baker restaient en suspens et une espèce de trouble collectif chargeait la pièce d'une tension que nul ne voulait être le premier à rompre.

Wisting sentit la peau de son visage se refroidir. L'affaire sur laquelle il travaillait commençait à prendre une envergure insoupçonnée. Il se demandait pourquoi l'idée ne lui était pas venue plus tôt, car si le tueur en série qui avait fui les États-Unis séjournait en Norvège depuis plus de vingt ans, il n'y avait aucune raison de croire qu'il n'avait pas poursuivi ses crimes ici.

Il eut soudain les mains moites et se mit à transpirer du cuir chevelu. Il n'avait pas souvenir de femmes disparues dans sa propre circonscription, mais il y avait eu une affaire de disparition à Porsgrunn deux ans plus tôt, qui restait non résolue. De même qu'une affaire à Kristiansand, où une jeune femme avait été vue pour la dernière fois faisant du stop à côté du parc animalier. Et l'affaire Diana à Drammen et au moins deux autres à Oslo. Rien qu'avec ce qu'il se rappelait avoir vu dans la presse, cela faisait cinq jeunes femmes.

Il toussota et s'adressa à l'agent du FBI en costume sombre.

« Que voyez-vous sur les photos ? Qu'est-ce qui nous a échappé ?

— Le puits », répondit Donald Baker.

Wisting regarda de nouveau l'écran. Il y avait au milieu de la photo des pierres en formation circulaire.

« Plusieurs victimes de Robert Godwin ont été retrouvées dans des fermes désaffectées de ce genre, expliqua l'agent du FBI. Au fond de puits à sec. »

Wisting souleva la pile qui contenait l'essentiel des documents américains.

« Il est écrit ici que les femmes ont été retrouvées sur le bas-côté, qu'il prenait des auto-stoppeuses sur les autoroutes et les balançait ensuite dans le fossé.

— Ce sont les premières affaires, répondit Baker. Celles qui nous ont donné des traces d'ADN. Ensuite, il est devenu plus malin et a caché ses victimes. Nous avons dix-sept femmes qui ont été découvertes dans des puits et cachettes similaires. L'une d'elles a été retrouvée au bout de quelques jours. Nos techniciens ont prélevé de l'ADN de Godwin sur son corps, mais nous n'avons pas réussi à établir de lien pour les seize autres. Elles sont simplement données comme victimes possibles.

— Montre-nous les deux autres endroits », demanda Wisting à Espen Mortensen en regardant l'écran.

Celui-ci avança dans la série de photos et cliqua sur celle de l'endroit où il n'y avait pas de bâtiments, simplement un champ avec un chemin d'exploitation entre les arbres.

« Regardez ! s'exclama Nils Hammer en pointant le doigt sur un élément circulaire en béton qui dépassait de l'herbe en lisière du champ. C'est un bassin d'irrigation agricole ou quelque chose comme ça. »

Le troisième endroit que Bob Crabb avait photographié était aussi une petite ferme désaffectée. Une maison blanche et une grange grise parmi des bouleaux sveltes. À gauche de la grange, on voyait un couvercle de puits pyramidal à l'ancienne.

« Bob Crabb a dû faire l'inventaire des puits de la région, suggéra Mortensen.

— Où en sommes-nous dans la localisation de ces endroits ? voulut savoir Wisting.

— Benjamin travaille dessus, expliqua Torunn Borg. Il a passé la journée à parler avec diverses personnes qui ont des connaissances géographiques locales, mais je ne crois pas que ça ait abouti. »

Jusqu'ici, Leif Malm de Kripos avait gardé le silence.

« Je peux avoir une liste de femmes disparues dans le courant de la soirée, déclara-t-il. La question est juste de déterminer nos limites en ce qui concerne l'âge et la géographie.

— Chez nous, il opérait dans cinq États, précisa John Bantam. Une zone de plus de trois mille kilomètres de circonférence.

— Tout ce qui se trouve au sud de Trondheim », conclut Wisting.

Christine Thiis toussota.

« De combien de personnes pourrait-il être question ? »

Le chef du Service du renseignement regarda dans le vide, vers l'obscurité de la fenêtre.

« Sur une période de vingt ans… fit-il pensivement. Environ cinq cents personnes dans toute la Norvège. Surtout dans l'Østlandet, surtout des hommes. Je pense que ça nous laisse une liste d'une centaine de femmes dont on ignore où elles sont.

— Cent ?

— Ensuite, bien entendu, il faut décortiquer cette liste. Certaines personnes ont disparu en mer, d'autres en randonnée à la montagne. Il y a des personnes souffrant de troubles psychiques qui ont disparu d'institutions, en laissant parfois des lettres d'adieu. Ça nous donnera peut-être cinquante femmes disparues sans laisser de trace. »

Donald Baker se redressa.

« Suivez les grands axes. Robert Godwin trouvait ses victimes au bord de l'Interstate Highway. Il faut que vous trouviez des jeunes femmes qui ont disparu sur des autoroutes ou à proximité. »

Il se tourna vers la photo sur l'écran.

« Parce que dès que vous aurez localisé cet endroit, vous allez trouver leurs cadavres. »

38

Le cadenas ne céda pas du premier coup. Line leva de nouveau la clef à molette et frappa encore. Cette fois, il cassa et resta à se balancer sur son anneau.

Elle le décrocha et ouvrit la porte. La lumière éclaira le sol en béton et elle distingua des cartons par terre.

Tâtonnant jusqu'à un interrupteur sur le mur, elle alluma une ampoule au plafond. Sa lueur était si faible qu'elle n'atteignait pas les coins.

La pièce était presque vide. Outre les trois cartons, il y avait une valise, en carton elle aussi, avec des ferrures métalliques, et quelques vêtements sur des patères. Tout était recouvert d'une mince couche de poussière.

Line tira l'un des cartons vers la lumière de la porte et l'ouvrit. Il contenait des classeurs avec le nom Gustav Hansen inscrit sur la tranche. Elle en prit un et feuilleta les papiers. Diverses lettres et documents de la compagnie d'électricité Bergenshalvøens Kommunale Kraftselskap, datant des années 1950. Un autre classeur portait le nom de Bergsdalsvassdraget et contenait des spécifications techniques et des plans.

Les papiers de son père, songea Line en sortant un dossier entouré d'un élastique du fond du carton. Elle enleva l'élastique et ouvrit le dossier. C'étaient de vieilles coupures de presse. La première venait du *Bergens Tidende* daté du 27 juin 1960. *Cambriolage à la poste de Bergen*, indiquait le titre.

Line prit le papier journal desséché et lut :

> À 3 heures du matin, un cambrioleur a fait sauter un coffre-fort au bureau de poste principal de Bergen, situé Småstrandgaten. Les habitants du quartier ont été réveillés par le fracas et un chauffeur de taxi a vu l'homme de près alors qu'il partait en direction de la place de l'Hôtel de Ville. Le cambrioleur était entré dans les locaux de la poste par une échelle qu'il avait posée contre la façade avant de forcer une fenêtre au premier étage. On craint qu'une somme d'argent significative n'ait été volée et des employés tendus attendaient avec impatience que les experts terminent leur travail pour pouvoir compter ce qui restait dans le coffre-fort.

La coupure suivante était datée de deux jours plus tard, et le titre s'étalait sur quatre colonnes : *Le cambrioleur a volé 175 000 couronnes*.

> Le cambrioleur du bureau de poste principal de Småstrandgaten, dans la nuit de dimanche, est intervenu au moment où le coffre contenait le plus d'argent, confie Kåre Palmer Holm, directeur de la poste, au *Bergens Tidende*. Le butin record s'élève à 175 000 couronnes.

Le lendemain, le journal rapportait l'arrestation du cambrioleur.

La police a arrêté un homme originaire de l'Østlandet, suspecté du cambriolage du bureau de poste principal dans la nuit de dimanche et du vol de pas moins de 175 000 couronnes. L'homme a été arrêté sur un site de baraques de chantier au bord du Masfjord, où il travaillait à la construction de la centrale de Matrevassdraget.

175 000 couronnes... Combien était-ce en valeur actuelle ? Autour de deux millions ?

Il y avait d'autres coupures de presse. Dans la suivante, sous le titre *Le cambrioleur refuse de parler à la police*, l'article expliquait que, niant avoir un quelconque rapport avec l'affaire, l'homme arrêté avait à plusieurs reprises refusé de se laisser interroger.

Dans une autre coupure, l'inspecteur Brinchmann énumérait les preuves dont la police disposait contre l'homme de l'Østlandet. On avait trouvé sur ses vêtements des restes de poudre de l'isolation ignifuge du coffre-fort, ce qui pouvait être mis en relation avec un vol de dynamite sur le site de la centrale électrique. Des témoins de son lieu de travail avaient par ailleurs déclaré que, la nuit en question, il était sorti dans une voiture de service.

L'argent s'est volatilisé, indiquait le journal la veille du procès au tribunal de Bergen.

La dernière coupure de presse était un compte-rendu du procès qui avait abouti à la condamnation de Gustav Hansen à trois ans et dix mois d'emprisonnement.

La décision de justice unanime a retenu comme circonstances aggravantes le montant non négligeable de la somme volée, le fait que, indubitablement, le prévenu ait méthodiquement cherché à se perfectionner en dynamitage de coffre-fort, et le fait que le prévenu n'ait voulu contribuer ni à une explication ni à la restitution de la somme volée.

Line rangea les coupures de presse dans le dossier et le referma avec l'élastique.

Le secret de famille, songea-t-elle. Il avait dû être lourd à porter pour tous. Le jour de l'arrestation de son père avait certainement été un moment fatidique de la vie de Viggo Hansen. Plus rien ensuite n'avait dû être pareil.

Elle reposa tous les documents dans ce premier carton avant d'examiner les deux autres. Des chemises, des cravates, deux pantalons de costume, une veste et des chaussures cirées dans l'un, et dans l'autre des vêtements de travail.

La valise avait des coins renforcés, deux fermetures métalliques et une poignée en cuir. Line l'ouvrit. Elle était à moitié remplie de vieilles photos encadrées, avec quelques disques et un ou deux livres, ainsi qu'une grosse enveloppe marron et une liasse de lettres jaunies entourées d'une ficelle effilochée.

Il y avait sur le dessus de la liasse une feuille pliée en deux. Line la déplia. C'était l'acte de décès de Gustav Hansen, né le 19 octobre 1928. Dans la rubrique «date du décès» était inscrit *24 mai 1969 à environ 5 heures*. La cause de la mort était donnée comme *mort volontaire par pendaison*.

Laissant sa main avec le papier jauni retomber sur ses genoux, Line regarda autour d'elle. Ce qu'il restait de Gustav Hansen était rassemblé dans cette pièce. Cela ne prenait pas beaucoup de place, mais on l'avait donc mis là avant de refermer la porte et de la verrouiller. On avait même poussé une étagère devant la porte, comme si ce qui s'y trouvait était quelque chose que ceux qui avaient survécu au défunt ne voulaient pas se rappeler.

Elle posa l'acte de décès à côté d'elle sur le sol en béton et inspecta la valise.

De vieilles photos. Sur l'une d'elles, une famille sur un canapé, sur les autres, quatre hommes et deux femmes, tous la mine grave et sombre. À en juger par leurs vêtements, les photos devaient dater du début du vingtième siècle.

Line regarda au verso, mais il n'y avait ni année ni nom.

Le nom de Gustav Hansen figurait en revanche en bas à droite des pochettes de disques. Bill Haley & His Comets, Pat Boone, Nat King Cole et Elvis Presley. Des musiciens qui avaient connu leur heure de gloire quand Viggo Hansen était enfant, dans les années 1950, mais qui passaient encore à la radio.

Line prit l'un des livres. *Apporter des hiboux à Athènes* de Herman Wildenvey, publié en 1953. Il y avait une dédicace sur la page de titre : *Pour Gustav Hansen à l'occasion du 19 octobre 1953. Tous mes vœux ! Herman Wildenvey*. Un cadeau d'anniversaire.

D'autres recueils de poésie, André Bjerke, Gunnar Reiss-Andersen et Tarjei Vesaas. Line les empila par terre et ramassa la liasse de lettres. Sans défaire la ficelle, elle comprit que c'étaient des lettres que Gustav Hansen avait envoyées à sa femme de la prison de Bergen. N'ayant pas envie de les lire, elle les mit de côté.

L'enveloppe en papier kraft contenait de vieilles lettres dactylographiées et des documents en écriture gothique. Une carte postale défraîchie montrait un bateau vapeur à quai. *DS « Norge »* était imprimé sur la proue en grandes lettres blanches. La carte avait été envoyée à Anna Sofie Nielsen, Manvik, Brunlanæs, elle était datée du 5 septembre 1889. L'écriture n'était pas facile à déchiffrer, mais la carte était adressée à *Ma chère mère*, et disait plus ou moins qu'il était difficile de faire enfin ses adieux et que le prochain arrêt serait l'Amérique. Elle était signée *Ton Hans*.

Puis suivaient d'autres missives dans lesquelles l'émigrant parlait de champs fertiles, de bonnes récoltes, d'éclairage électrique des rues et de promenades dans des voitures luxueuses. Hans Gustav Nielsen s'était installé dans le Midwest, il avait rencontré une femme émigrée du Vestlandet, l'avait épousée et avait eu des enfants avec elle.

Parmi les papiers se trouvait aussi un arbre généalogique qui montrait que Hans Gustav Nielsen était le frère de l'arrière-grand-père de Viggo Hansen. C'était toute sa famille qui était là, emballée dans la vieille valise.

Line resta assise dans la lumière chiche, avec l'arbre généalogique à la main. Une possibilité s'ouvrait, sentait-elle. Que Viggo Hansen ait des cousins quelque part.

39

Quand Wisting revint dans son bureau, on lui avait laissé en évidence une chemise en plastique transparent contenant toute une série de vieux documents de la police. Bjørg Karin avait écrit sur un post-it qu'elle espérait que c'était ce dont Line avait besoin.

Il sortit les papiers du dossier. La feuille du dessus était une page de main courante dactylographiée. Le 24 mai 1969 à 7 h 48, l'hôpital avait demandé l'intervention de la police au numéro 4 de Herman Wildenveys gate. Solveig Hansen avait découvert son époux pendu au sous-sol. La patrouille qui s'était rendue sur place rapportait que le docteur Gravdahl avait prononcé le décès de Gustav Hansen, 41 ans. Il y avait aussi un correctif au message de l'hôpital. C'était en réalité Viggo Hansen, le fils, âgé de 19 ans, qui avait trouvé son père dans le débarras du sous-sol. *Rapport de l'agent de police Thorsen.*

Le rapport ne faisait que trois quarts de page et était accompagné d'une copie de l'acte de décès. Gustav Hansen s'était pendu dans une cave. La corde était fixée à un tuyau de canalisation. La pièce étant basse de plafond, le défunt avait procédé en se penchant en avant et en pliant les genoux. Cette forte volonté d'aller jusqu'au bout était corroborée par la déclaration de l'épouse qui expliquait que son mari était très déprimé d'être désormais sans emploi après une longue période dans la construction de la centrale électrique du Vestlandet.

Le dossier ne comptait aucune photo. Quatre décennies plus tôt, les photos n'étaient pas pratique courante dans ce genre d'affaires.

Wisting rassembla les documents et les posa au bout de son bureau pour penser à les prendre en partant.

Il y avait dans les archives du sous-sol des tragédies et des destinées plus grandes qui étaient consignées dans des rapports plus courts que celui du suicide de Gustav Hansen.

Il médita quelques instants sur le sujet.

« Bien sûr ! » grommela-t-il.

Il relança son ordinateur et cliqua sur le dossier dans lequel Espen Mortensen avait enregistré les photos de Bob Crabb. Il les fit défiler jusqu'à celle qu'il cherchait et double-cliqua, le puits dans la cour devant la maison en ruine s'afficha. Maintenant qu'il savait ce qui pouvait se cacher au fond, c'était ce puits qui attirait son regard, mais l'élément intéressant était la grange brûlée à l'arrière-plan. Ç'avait dû être un gros incendie, entraînant l'intervention de la police et des pompiers. Quelque part dans les archives, un rapport décrivait l'étendue de l'incendie, les dommages qu'il avait causés et peut-être sa cause.

Les incendies de cette ampleur n'étaient pas très fréquents dans le coin, il y en avait peut-être un ou deux par an.

Il cliqua de nouveau sur la photo. L'endroit avait probablement été déserté longtemps avant l'incendie et la végétation semblait avoir conquis les lieux. L'incendie devait remonter à au moins dix ans.

Wisting lança le logiciel d'archives pénales. Il permettait les recherches rapides pour localiser une affaire, ainsi que la production de statistiques et d'analyses. Pour savoir combien de voitures avaient été volées l'année précédente dans la circonscription policière, il suffisait d'indiquer le type d'infraction et la période dans les champs de recherche. Ensuite, le résultat pouvait être décomposé pour savoir dans quel quartier, dans quelle rue, quel jour de la semaine, dans quelle tranche horaire, il y avait eu le plus de vols. Ainsi le nombre de plaintes devenait aussi un outil que la police pouvait utiliser pour cibler ses efforts.

Wisting n'avait pas l'habitude de se servir de ce logiciel. Histoire de commencer quelque part, il entra un intervalle de temps : de 1989, l'année où Robert Godwin avait fui les États-Unis, à 2005. Le problème était que, selon leur cause et l'étendue des dommages, les incendies entraient dans les statistiques de nombreuses façons différentes. À cela s'ajoutait que, à l'instar de certains décès, certains incendies étaient répertoriés comme dossiers d'enquête, car on cherchait à déterminer s'il y avait lieu de suspecter des actes criminels.

Le résultat fut que l'ordinateur se bloqua et, quand il produisit enfin une réponse, ce fut avec 1 132 résultats. Il y avait de tout, du feu de poubelle domestique à l'école qui brûle en passant par l'incendie de voiture.

Se renfonçant dans sa chaise, il décida de tenter une autre approche. Finn Haber avait été agent de la police technique et scientifique et enquêteur spécialisé dans les incendies jusqu'à ce qu'il prenne sa retraite. Son numéro était enregistré sur son téléphone. Il l'appela.

La voix qui répondit était calme et assurée, comme elle l'avait toujours été, même quand Wisting l'appelait la nuit pour le faire venir sur les lieux des crimes les plus graves.

« J'ai besoin d'aide, annonça Wisting après avoir parlé un peu de la pluie et du beau temps. Et je ne peux pas t'expliquer pourquoi.

— En quoi puis-je t'aider ?

— J'ai une photo de l'été dernier. Nous essayons de trouver où elle a été prise.

— Vous avez posé la question au photographe ?

— Il est mort. »

Il y eut un silence puis Finn Haber reprit.

« Qu'est-ce qui te fait penser que je pourrais t'aider ?

— C'est une photo d'une vieille ferme. La grange a brûlé. Je me disais que c'était peut-être une scène de crime sur laquelle tu étais allé.

— Il faudrait que je voie la photo. Ou est-elle si secrète que ce n'est pas possible ?

— Je peux te l'envoyer par téléphone, proposa Wisting.

— Fais ça, oui », répondit Haber, qui raccrocha sans autre forme de procès.

Wisting procéda aussi simplement que possible. Il leva son téléphone mobile devant l'écran d'ordinateur et prit une photo de la photo. Le résultat fut étonnamment bon. Si Haber connaissait l'endroit, il allait le reconnaître.

Wisting tâtonna un peu, mais parvint à envoyer la photo en pièce jointe d'un texto. Dix secondes plus tard, Haber le rappelait.

« Hagatun, annonça-t-il. Les habitants ont quitté la ferme dans les années 1970 et elle est restée vide. Elle a brûlé en août 2000. Des gamins qui jouaient avec des allumettes, probablement. Il n'y avait plus l'électricité et aucune autre raison évidente qu'un feu démarre. »

Wisting acquiesça. Il se souvenait de l'affaire, maintenant. Deux gosses d'une ferme voisine avaient été entendus au commissariat, mais ils avaient nié toute implication dans l'incendie.

« On y allait par un chemin envahi par la végétation juste en face de l'entrée de l'ancienne école de Tanum, continua Haber. L'accès est sans doute difficile avec la neige qui est tombée ces derniers temps. »

Wisting sortit une carte du tiroir de son bureau et la déplia. Deux grands bâtiments et trois plus petits étaient indiqués. Les lieux étaient entourés de forêt.

« Quoi que vous y fassiez, bonne chance, conclut Haber. Et puis, joyeux Noël.

— Merci et bon Noël à toi aussi. Et je te remercie de ton aide. »

Il raccrocha alors que Benjamin Fjeld entrait dans son bureau. Avec Nils Hammer sur les talons.

« Je crois que j'ai trouvé l'un des endroits », déclara Fjeld en posant la photo de la ferme désaffectée devant Wisting.

Wisting la regarda, puis leva les yeux sur son écran d'ordinateur, où s'affichait le même cliché.

« Hagatun », dit-il.

Le jeune enquêteur ouvrit la bouche, interloqué. Hammer découvrit ses dents en un large sourire.

« Je l'ai appris il y a deux minutes », expliqua Wisting. Et il relata sa conversation avec l'ancien spécialiste des incendies.

« Que veux-tu que je fasse maintenant ? s'enquit Fjeld. Que je continue les associations d'histoire locale et ce genre de choses ? »

Wisting réfléchit. L'information enregistrée digitalement dans les fichiers des photos indiquait qu'elles avaient toutes été prises le même jour dans un laps de temps de moins de deux heures. Le chemin carrossable n'allant pas jusqu'au bout, la ferme qu'ils avaient identifiée était difficile d'accès. Cela signifiait que le photographe ne s'était probablement pas déplacé spécialement loin et que les autres endroits photographiés devaient se trouver à proximité.

« Concentre-toi sur les propriétaires terriens de cette zone », répondit-il en traçant un grand cercle sur la carte autour de Hagatun.

Le jeune enquêteur hocha la tête, comme pour signaler qu'il avait compris le cheminement de pensée de Wisting. Puis il repartit.

« Il aurait mérité des félicitations », observa Hammer en s'asseyant.

Wisting répondit d'un bref signe de tête. Il ne donnait pas assez de retour positif aux enquêteurs quand ils avaient fait du bon travail. En tant que directeur d'enquête, il lui incombait de maintenir la ferveur et la motivation de l'équipe.

Hammer extirpa sa boîte de tabac à chiquer de sa poche. Wisting s'installa plus confortablement sur sa chaise.

« Tu peux t'en occuper ? demanda-t-il.

— Qu'est-ce que tu veux dire ? »

Wisting attendit que Hammer ait mis sa chique sous sa lèvre supérieure.

« Je voudrais que tu nous prépares un plan pour vider le puits. Sans que personne ne sache qu'une opération de police est lancée. »

40

Il était presque 19 h 30 quand Line se releva et étira ses jambes. Elle prit des photos de ce que renfermait la pièce close et quelques plans rapprochés des noms de l'arbre généalogique. Ensuite, elle remit dans la valise ce qu'elle en avait sorti. Puis elle ferma la porte.

Dehors, le vent s'était mis à souffler. Un vent glacial qui fouettait le visage. Line remonta la rue à petits pas rapides vers la maison de son père.

Avant de rentrer, elle avait fait des courses, qu'elle avait laissées dans la voiture. Elle les apporta dans la cuisine.

Son père n'étant pas encore là, elle rangea les vivres, se prépara un café et monta dans la pièce de travail du premier étage.

Elle avait tiré grand profit de sa journée, se dit-elle en posant son ordinateur sur le bureau. Elle ne savait pas si elle allait utiliser toute l'information recueillie, mais en tout cas elle était en train de se faire une image de Viggo Hansen et de sa vie. Une vie dans l'ombre des faux pas de ses parents.

Elle inscrivit le nom de Viggo Hansen au milieu d'une feuille blanche et traça un cercle autour. Puis elle inscrivit les noms des gens qui d'une manière ou d'une autre avaient évolué dans sa sphère. Elle mit à l'intérieur du cercle le nom de ses parents, avec une croix pour indiquer qu'ils étaient morts, et à l'extérieur, les amis et connaissances. Le peintre Eivind Aske et Odd Werner Ellefsen de l'école, Frank Iversen de l'usine de crevettes, Ole l'Allemand, et Irene avec un point d'interrogation. Dans un groupe à part, elle inscrivit les noms des voisins, et pour finir elle ajouta les personnes publiques qui lui venaient à l'esprit. Elle avait déjà vu le pasteur, mais elle devrait aussi voir le médecin qui l'avait jadis déclaré invalide. Peut-être pourrait-elle aussi trouver quelqu'un qui l'avait connu à l'époque où il avait été interné en hôpital psychiatrique. Il y avait sûrement aussi un employé qui était chargé du suivi de son dossier à l'agence pour l'emploi et qui pourrait détenir des informations.

Line sortit les notes de son entretien avec Annie Nyhus. Dans les années 1960, Frank Iversen avait déménagé avec ses parents à Langesund quand son père y avait été embauché comme directeur de station de pilotage.

Il n'y avait aucun Frank Iversen à Langesund, du moins pas dans les listes de contribuables ni dans aucun des fichiers auxquels elle avait accès. Elle envoya les renseignements qu'elle avait au service de documentation pour que les documentalistes essaient de retrouver sa trace ailleurs dans le pays.

Elle devait sérieusement songer à commencer à écrire, ou au moins à organiser la matière première.

Au lieu de faire un brouillon d'article sur son PC comme elle en avait l'habitude, elle imprima les photos dont elle disposait et les accrocha sur le pense-bête pour pouvoir remanier leur ordre et les organiser de la façon présentant le mieux l'histoire de Viggo Hansen.

Elle punaisa les photos, la maison obscure et sinistre, la porte forcée, le programme télé sur la table basse, l'arrière de la tête de Viggo Hansen dans le fauteuil devant la télé, les cartes de vœux, les photos de famille, le cadenas sur la porte du débarras, l'acte de décès du père et les coupures de presse sur l'affaire du cambriolage de 1960.

Comme un réalisateur qui fait son story-board, se dit-elle en avançant un peu la vieille photo de classe dans la rangée.

Pour finir, elle se retrouva avec deux clichés dont le rapport avec cette histoire demeurait incertain : les deux fauteuils vides devant la table basse et la cafetière préparée dans la cuisine. Elle les garda à la main tout en réfléchissant à la possibilité que quelqu'un soit allé chez Viggo Hansen et l'ait tué. Maintenant qu'elle avait pris un peu de recul, cette hypothèse lui paraissait nettement moins vraisemblable. Il n'avait jamais de visite, et qui donc en aurait voulu à sa vie ?

Elle entendit une portière de voiture claquer et aussitôt après les pas de son père dans l'entrée. Elle reposa les deux photos et descendit à sa rencontre.

Quelque chose le tracassait, c'était évident, plus que d'habitude. Il avait le teint pâle, des cernes sombres. La peau de son visage était marquée de ridules et de craquelures qu'elle n'avait jamais remarquées, comme une vieille peinture à l'huile.

« J'ai trouvé le dossier du suicide, annonça son père avant qu'elle ait eu le temps de dire quoi que ce soit. C'était bien ça, poursuivit-il en lui tendant des documents dans une chemise transparente. Il s'est pendu dans la cave. »

Elle prit la chemise, surprise qu'il y ait pensé.

« Merci », fit-elle, mais elle décida d'attendre avant de regarder les papiers. « Tu as faim ? »

Il sourit en hochant la tête et la suivit dans la cuisine. Line sortit la poêle à frire, versa un peu d'huile et la laissa chauffer pendant qu'elle prenait un sachet de fricassée de pommes de terre du compartiment congélation du réfrigérateur.

« C'est la seule idée qui me soit venue, le prévint-elle en brandissant le sachet.

— Je mangerais n'importe quoi », répondit-il en souriant encore.

Elle versa le contenu dans la poêle et le fit rissoler.

« Tu vas à l'enterrement demain ? » demanda-t-elle en remuant les cubes de viande et de légumes.

Elle vit que son père était distrait et qu'il ne comprenait pas de quoi elle parlait.

« C'est l'enterrement de Viggo Hansen demain, précisa-t-elle. Je pensais y aller.

— C'est bien. Tu t'es occupée des fleurs ?

— J'ai appelé la Fabrique de Fleurs et j'ai commandé une couronne. Avec *Ses voisins de Herman Wildenveys gate* sur le ruban.

— Tu as parlé aux autres voisins ? »

Line secoua la tête.

« J'ai tenté le coup. Je me suis dit qu'aucun d'eux n'allait venir et qu'ils ne le verraient pas.

— Combien te dois-je ? » Il sortit son portefeuille de son pantalon. « Pour les courses et les fleurs ?

— Oublie ça. » Elle sourit et remua la fricassée.

« Tu as parlé à Thomas ? Pour lui demander s'il vient à Noël ? »

Son père alla chercher deux assiettes dans le placard.

« Je l'appellerai demain », répondit-il en mettant le couvert.

Ils mangèrent en silence. Line avait envie de lui raconter que l'histoire de Viggo Hansen commençait à prendre forme, mais elle se retint. Son père avait la tête complètement ailleurs. Elle ne l'avait jamais vu rongé ainsi par une affaire. Et, plus qu'ennuyée, elle était inquiète de n'avoir aucune espèce d'idée de ce qui se passait.

41

La nouvelle qu'on avait identifié l'un des endroits où Robert Godwin pouvait avoir caché des victimes norvégiennes s'était répandue avant la réunion du matin.

« Benjamin Fjeld a localisé l'une des fermes des photos, commença Wisting en laissant tous les honneurs au jeune enquêteur. La difficulté maintenant est de découvrir ce que le puits contient sans que ça devienne une *breaking news* sur toutes les chaînes de télévision. »

Il fit un signe de tête à Nils Hammer, qui se leva et se dirigea vers l'écran où Mortensen affichait une vue aérienne de la ferme abandonnée. La forêt avait repris ses droits et on distinguait à peine les bâtiments parmi les frondaisons serrées.

« La ferme se situe à environ trois cents mètres de la route principale, expliqua Hammer en pointant son index. J'ai demandé à un copain qui a un tracteur de déneiger aussi loin qu'il pouvait. Au bout de deux cents mètres, le chemin est barré par les restes d'une vieille coulée de boue. Cela signifie que nous serons obligés de faire le dernier tronçon à pied. »

Wisting lança un regard par la fenêtre. Il avait dû tomber soixante-dix centimètres de neige avant que le temps ne change et se refroidisse.

« Pour attirer le moins possible l'attention, nous mettrons un maximum de gens et d'équipement dans un seul véhicule, poursuivit Hammer. Je nous ai trouvé un fourgon banalisé à quatre roues motrices, il est dans le garage.

— As-tu parlé au propriétaire du terrain ? » se renseigna Christine Thiis.

Hammer secoua la tête.

« La propriété a été achetée par Bertram Nalum dans les années 1980. C'était probablement la forêt qui l'intéressait et ce qu'il y avait en termes de terres cultivables, mais, en 2000, il a ramassé de l'argent de l'assurance après l'incendie de la grange. »

Benjamin Fjeld leva la main.

« Là, en l'occurrence, nous avons un lien, remarqua-t-il. Quand j'ai interrogé Jonathan Wang à propos de la ferme de Halle, il m'a dit que, avant de s'acheter sa propre petite exploitation, il travaillait à la ferme de Bertram Nalum.

— Il était en fait autrichien ? » vérifia Wisting.

Le jeune enquêteur acquiesça.

« Quand est-il venu en Norvège ?

— Au début des années 1990. »

Wisting nota le nom de l'homme au visage balafré avant de faire signe à Nils Hammer de continuer.

« J'ai fait venir quatre hommes de l'équipe d'intervention qui sont entraînés au rappel et pourront descendre au fond du puits. Ils vont se présenter ici à 10 heures. Nous ne connaissons pas les conditions ni l'ampleur du travail. S'il est en eau, le puits pourrait être gelé.

— Que faisons-nous en cas de trouvaille ? voulut savoir Torunn Borg.

— Il faudra que le personnel scientifique prenne la suite des opérations. »

Espen Mortensen saisit la tasse de café devant lui.

« Si nous trouvons ce que nous craignons, ça pourrait être un gros boulot, dit-il.

— Nous pouvons fournir une équipe, glissa Leif Malm de Kripos. En cas de besoin, ils peuvent être ici en deux heures. »

Wisting hocha la tête.

« Avez-vous pu établir des listes de noms ? » demanda-t-il.

Leif Malm toussota.

« Oui, répondit-il en sortant de son dossier un jeu de feuilles agrafées. La liste est plus courte que je ne le laissais entendre hier. C'est-à-dire que si nous limitons la recherche aux femmes entre 18 et 25 ans, soit la tranche d'âge des victimes de Robert Godwin aux États-Unis, nous nous retrouvons avec quatorze noms. Mais si nous supposons qu'il a aussi choisi des victimes plus âgées en vieillissant, la liste est trois fois plus longue.

— Combien ?

— Quarante-six disparitions pures. Les suicides présumés et disparitions lors de promenades en forêt ou de randonnées en montagne ont été retirés. De même que certaines affaires où il y a des poursuites contre le conjoint, mais où la victime n'a jamais été retrouvée. »

Donald Baker du FBI, qui écoutait attentivement, intervint.

« Et la proximité des grands axes ? Vous avez trouvé quelque chose là-dessus ? »

Leif Malm acquiesça.

« Douze des quatorze femmes ont disparu des grandes villes reliées par les routes européennes.

— Y a-t-il d'autres renseignements à tirer de cette liste ? demanda Wisting.

— Il pourrait y avoir ce qui ressemble à une régularité, répondit Malm. La première affaire de la liste date de 1991, ensuite de nouveaux noms s'ajoutent à peu près tous les deux ans, mais quelques trous font qu'on ne peut pas parler de schéma.

— À quand remonte la dernière affaire ? interrogea Christine Thiis.

— À deux ans et demi.

— Et les autres listes ? demanda Wisting. Celles des hommes de la bonne tranche d'âge domiciliés dans la région ?

— Je travaille dessus, expliqua Torunn Borg.

— C'est-à-dire ?

— J'essaie de circonscrire les candidats les plus plausibles à partir des déclarations de déménagement, de leur situation familiale et autres renseignements. Il est par exemple moins vraisemblable que nous recherchions une personne publique ou occupant un poste important dans le monde des affaires. »

Donald Baker était d'accord.

« La personne que nous recherchons mène très probablement une vie solitaire, renchérit-il.

— Dès que nous aurons une liste restreinte, nous pourrons procéder à une reconnaissance faciale en comparant la vieille photo d'avis de recherche et les photos venant de fichiers de passeports et autres.

— Avons-nous accès aux photos de passeport ? »

La question était légitime. Six mois auparavant, une nouvelle directive avait retiré à la police la possibilité d'utiliser le fichier des passeports dans le cadre d'enquêtes sur des crimes et délits.

« Les photos sont là, constata Torunn Borg sans s'étendre sur son éventuelle intention de franchir les limites de la loi. La question est sans doute plutôt de savoir ce que nous pouvons attendre en termes de résultats. Nous avons d'une part l'effet que l'âge a pu avoir sur son apparence, de l'autre ce que lui-même a pu entreprendre pour la changer.

— Et si on retouchait électroniquement une photo pour montrer à quoi ressemble Robert Godwin aujourd'hui ? Si on faisait un portrait-robot ? proposa Espen Mortensen.

— Nous avons des gens sur le coup, dit Donald Baker. On ne fait que jouer aux devinettes avec le logiciel de vieillissement par ordinateur, mais ça pourrait être utile dans cette affaire. »

Benjamin Fjeld leva de nouveau la main. Wisting lui donna la parole d'un signe de tête.

« N'a-t-il pas utilisé du chloroforme sur ses victimes ? demanda-t-il.

— Exact, répondit Donald Baker. On sait qu'une quantité relativement importante de chloroforme avait disparu de la faculté de chimie de l'université où il travaillait.

— S'il emploie la même méthode ici, il faut qu'il ait un accès quelconque à ce produit, dont la vente est très réglementée, je crois.

— À quoi sert le chloroforme, au juste ? demanda Hammer. À part endormir les gens dans les films ?

— Industrie chimique, répondit Mortensen. C'est un solvant. »

Torunn Borg hocha la tête et l'inscrivit comme un paramètre supplémentaire pour sa liste de noms à évaluer.

« Que faisons-nous si la presse commence à nous demander sur quoi nous travaillons ? se renseigna Christine Thiis.

— Bonne question, commenta Leif Malm. Quand cette affaire sera connue, nous allons avoir une explosion médiatique sans précédent. CNN émettra en direct devant le commissariat. »

Wisting renvoya la question à Nils Hammer. Avec son passé d'enquêteur de la brigade des stupéfiants, il avait de l'expérience en termes de méthodes d'enquête et de moyens non conventionnels.

« Nous en disons le moins possible, proposa Hammer. S'ils approchent trop près, nous n'aurons qu'à les laisser croire qu'il s'agit d'une affaire de drogue et que nous cherchons un dépôt. En général, dans ces cas-là, les journalistes font profil bas. Personne n'a envie de fiche en l'air une opération de stups en cours.

— Comment y parviendrons-nous ?

— Le plus simple est de renvoyer les demandes à la brigade des stups, qui dira qu'elle ne souhaite pas commenter une enquête en cours.

— Bon plan », approuva Wisting avant de passer aux autres tâches et questions pratiques.

Après le départ des autres, Donald Baker se leva et alla à la fenêtre. Dehors, la lumière du matin scintillait sur le grain grossier de la neige.

« J'espère que tout le monde comprend la nécessité de garder le secret sur toute cette opération, dit-il. Robert Godwin est ici quelque part, il ne reste qu'à l'encercler. Mais si jamais l'information que nous sommes sur sa piste sort, il nous échappera de nouveau. »

L'agent du FBI se tourna vers Wisting.

« Il a 61 ans maintenant, mais c'est un prédateur marin. Parfois il est obligé de remonter pour respirer. Tous les deux ans, il lui faut une nouvelle victime. Il a peut-être encore quinze ou vingt ans à vivre. Ça fait huit ou dix victimes si nous ne le trouvons pas. »

42

Le téléphone de Line sonna alors qu'elle se garait devant l'église. Le numéro était enregistré sous *Knut A. Sandersen, chef du service actualité*.

« Line à l'appareil, répondit-elle. Je m'apprête à entrer dans l'église pour l'enterrement, ajouta-t-elle pour que son chef soit concis.

— Qui est mort ?

— Viggo Hansen, l'homme dans le fauteuil devant la télé. Tu te souviens ?

— Ah oui, comment ça se passe au juste, cette affaire ?

— Bien. Je sais ce qu'il regardait quand il est mort. »

Elle entendit le bruit de la cafetière à l'arrière-plan et visualisa le chef de l'actualité avec son téléphone coincé entre le menton et l'épaule.

« J'espère que c'était le talk-show de Skavlan ou un truc dans ce genre. Comme ça, tu seras peut-être invitée en studio.

— Il regardait Discovery Channel.

— Tout seul chez lui à découvrir le monde… Bel angle pour le portrait d'une personne seule.

— C'était un programme sur des affaires célèbres du FBI, poursuivit Line.

— Comment le sais-tu ? Qu'il regardait cette émission en particulier ?

— Il avait coché ce qu'il voulait regarder. Le programme télé était sur la table basse, ouvert sur le jeudi 11 août. Plus tard dans la soirée, il avait coché un documentaire sur les élans d'Alaska sur NRK2, mais la télé était toujours allumée sur Discovery Channel quand il a été découvert.

— Qu'est-ce que tu as comme photos ?

— J'ai des photos de la maison vide, expliqua Line. Mais il y en a aussi qui peuvent être utilisées dans le dossier de la police.

— Et un portrait ?

— Le plus récent que j'aie vu de Viggo Hansen est une photo de classe de 1964.

— Ça ne suffit pas.

— Je crois que ça pourrait être bien, au contraire. Ça dit à quel point les gens se préoccupaient peu de lui. Que personne n'ait fait de photo de lui pendant les quarante-sept dernières années de sa vie. »

Le chef de l'actualité approuva.

« Tu as encore beaucoup à faire ? Il est possible que j'aie besoin de toi sur une autre affaire. »

Line se pencha au-dessus du volant et jeta un coup d'œil sur les drapeaux en berne de part et d'autre du portail du cimetière.

« Quel genre d'affaire ? demanda-t-elle.

— Vendredi dernier, un autre corps a été découvert dans le coin, dans une futaie aux abords de la ville.

— J'ai vu une brève sur le sujet, oui.

— Certains éléments portent à croire qu'il pourrait

y avoir quelque chose. J'ai mis Morten P et Harald Skoglund sur le coup, mais je pourrais avoir besoin de toi. Après tout, c'est toi qui connais le coin.

— Qu'est-ce qui vous fait croire qu'il y a une affaire ?

— On nous a rencardés sur des échantillons d'ADN qui ont été envoyés à Interpol. »

Line sentit la curiosité la piquer.

« C'est normal, non, puisqu'on pense qu'il pourrait s'agir d'un étranger ? dit-elle néanmoins.

— Je crois qu'il y a autre chose. Ils ont fait venir un anatomopathologiste en heures sup pour autopsier le corps dès samedi matin, d'habitude, ils attendent le lundi. Ils ont aussi appelé du renfort au laboratoire. Notre homme au labo dit qu'ils ont eu instruction de laisser tout le reste de côté.

— Et la police ?

— Pour l'instant, nous ne leur avons pas posé la question, nous allons d'abord tourner un peu autour du pot. Mais une équipe du service technique et scientifique de Kripos serait sur le qui-vive, prête à descendre à Larvik.

— D'où tenez-vous ça ?

— Sources policières. »

Line sourit. « Sources policières » pouvait très bien signifier simplement qu'un des membres de l'unité de scène de crime avait prévenu chez lui qu'il allait s'absenter quelques jours et que sa femme l'avait dit à une copine, qui l'avait répété. Mais c'était quoi qu'il en soit une information intéressante et elle comprit pourquoi Sandersen était sur l'affaire.

Le silence s'était fait au bout du fil. Elle entendit le chef de l'actualité boire et déglutir.

« Tu es au courant de quelque chose ? » demanda-t-il comme elle se taisait.

Line éluda la question.

« J'ai été prise par mon propre papier, expliqua-t-elle.

— Mais y a-t-il quelque chose qui laisse entendre qu'il se passe quelque chose ? insista-t-il.

— Ne vaudrait-il pas mieux que Morten P prenne contact directement avec la police ? proposa-t-elle. Si la police ne peut répondre à rien, ce sera une réponse aussi.

— Oui, oui, nous suivons l'approche habituelle. Je voulais juste savoir si tu avais entendu parler de quelque chose.

— Je comprends.

— Garde tes antennes sorties, alors, et appelle-moi si tu as du neuf. J'ai besoin de savoir qui est l'homme mort avant le bouclage. Je crois que ça pourrait donner de bons titres. »

43

Les branches lourdes de neige surplombaient le petit chemin de part et d'autre. Wisting se concentrait au volant de sa voiture banalisée qui avançait en zigzaguant. Les roues patinèrent dans la dernière montée avant le plateau où on avait laissé le véhicule qui avait conduit personnel et équipement à cause de la coulée de boue qui barrait le chemin.

« Nous ne pouvons pas aller plus loin », déclara-t-il en coupant le contact.

À côté de lui, Donald Baker acquiesça. Avant de sortir de la voiture, il enfila des moufles et un bonnet. La combinaison qu'il avait empruntée dans la réserve était trop petite et l'engonçait.

« Froid », constata l'Américain.

La forêt qui les entourait les abritait quelque peu du vent, mais l'air glacial brûlait les narines.

On n'avait pas besoin d'eux ici, dans ce paysage hivernal, mais l'agent du FBI était fait du même bois que Wisting, il avait besoin de s'orienter sur le terrain. Suivre les traces réelles d'un coupable leur donnait le sentiment qu'ils le rattrapaient, qu'ils approchaient.

Là où le chemin s'arrêtait, ils virent la piste des

hommes en raquettes qui avaient tiré de lourdes pulkas d'équipement. Wisting s'enfonça jusqu'aux genoux. Ses bottes se remplirent instantanément de neige. Et alors qu'il marchait, il sentit la neige fondre et lui mouiller les pieds.

Quand ils arrivèrent, il était en nage et sentait à peine le froid. Ce qui restait de la grange brûlée s'élevait comme un mur obscur dans la neige. La maison en ruine semblait figée dans le sol, déserte et glaciale de part en part. Les fenêtres étaient toutes couvertes de givre, ce qui empêchait totalement de voir à l'intérieur.

« Un endroit parfait pour lui », déclara Donald Baker.

Les hommes de l'unité d'intervention avaient déjà monté une tente et dégagé le vieux puits.

C'était un puits en pierre rond, avec une pompe manuelle à l'ancienne, qui était bancale. Il y avait une dalle en pierre au centre du couvercle, juste assez grande et lourde pour ne pas pouvoir être soulevée par un enfant. L'un des agents la renversa sur le côté et glissa une pelle sous le couvercle en planches. Le gel l'ayant soudé aux pierres, il fallut en fin de compte casser l'une des planches.

Le téléphone de Wisting bourdonna dans sa poche. Il retira sa moufle droite et le sortit. Le numéro n'était pas répertorié dans ses contacts.

« Oui ? répondit-il.

— Morten P de *VG* », se présenta l'homme au bout du fil.

Wisting sentit son diaphragme se contracter.

« William Wisting », répondit-il. Son souffle formait un nuage blanc.

« J'appelle à propos de l'affaire de vendredi dernier, expliqua le journaliste. Un homme découvert mort dans une sapinière. Vous êtes au courant ?

— Oui, admit Wisting.

— L'a-t-on identifié ? »

Il faisait trop froid pour rester immobile. Wisting tapa des pieds.

« Pas formellement, répondit-il. Mais nous avons une idée de qui il pourrait s'agir.

— A-t-il été autopsié ?

— Oui.

— Pendant le week-end ? »

Le journaliste paraissait surpris, mais Wisting décelait de l'affectation dans sa question. Il jura intérieurement. Les journalistes criminalité qui avaient de l'expérience savaient qu'il n'y avait pas de service de week-end à la morgue et que les anatomopathologistes ne procédaient pas à une autopsie en dehors des heures de travail sans qu'il y ait quelque chose de très particulier.

« Oui, dit-il simplement.

— A-t-on trouvé la cause de la mort ?

— Le corps est détérioré du fait qu'il est resté longtemps dehors, éluda Wisting. Probablement depuis l'été.

— Mais a-t-on trouvé la cause de la mort ? »

Wisting papillonnait du regard, comme s'il cherchait un moyen de se sortir de cette conversation. L'homme à la pelle avait réussi à détacher d'autres bouts de planche du couvercle. Deux des robustes hommes de l'unité d'intervention préparaient des cordes et des mousquetons. Ils allaient bientôt pouvoir descendre dans le puits.

« On n'a pas démontré de cause claire de la mort.

— Ce qui veut dire ?

— Que l'anatomopathologiste n'a pas tiré de conclusion définitive. » C'était la vérité. Wisting n'avait pas reçu de rapport final.

« Comment enquêtez-vous sur l'affaire ? » interrogea le journaliste.

Les derniers bouts de planche du couvercle disparurent. Donald Baker et plusieurs autres hommes se dirigèrent vers le puits et regardèrent à l'intérieur.

« Nous n'écartons bien sûr aucune hypothèse. Mais cela ne signifie pas pour autant qu'il s'agit d'une affaire qui mérite les gros titres. C'est très probablement un accident. »

Le journaliste ne renonça pas.

« Quel genre d'accident ?

— L'enquête le dira.

— Faut-il comprendre que vous travaillez à partir de l'hypothèse qu'il est mort là où on l'a trouvé ? »

Wisting déglutit, en espérant que ça ne s'était pas entendu au téléphone.

« Si tel n'était pas le cas, ce serait une affaire de meurtre patent, commenta-t-il.

— Et ce n'en est pas une ? »

Nils Hammer sortit de la tente avec une grosse torche, l'alluma et la braqua sur le fond du puits.

« Dites, il faut que j'y aille », s'excusa Wisting, mais il se rendit compte que cette conclusion abrupte n'allait qu'éveiller davantage la suspicion du journaliste. « Pouvez-vous me rappeler dans environ deux heures ? ajouta-t-il pour tenter de faire passer la pilule.

— Dans deux heures », confirma le journaliste.

Wisting enregistra le numéro sous *Morten P, VG*,

et remit le téléphone dans sa poche. Puis il se dirigea vers le puits et se pencha au-dessus de la margelle. C'était plus profond qu'il ne pensait, peut-être six ou sept mètres. En bas, l'eau gelée formait un miroir noir.

44

La grande porte de l'église claqua derrière elle. Elle avait beau avoir été retenue par l'appel du chef de l'actualité, Line était toujours en avance. Mais l'homme des pompes funèbres était déjà à son poste. Il lui adressa un sourire doux en lui tendant le programme. Line lui rendit son sourire et prit le document, le retourna et vit la mention *Merci de votre participation* au verso.

« Cela pose-t-il un problème si je prends des photos ? » demanda-t-elle.

L'homme en costume sombre montra d'un geste tranquille de la main l'église déserte.

Le cercueil blanc était posé devant l'autel. De part et d'autre, les cierges de grands chandeliers à trois branches projetaient une lueur vacillante sur les murs blanchis à la chaux.

Line sortit son appareil et prit quelques photos. La couronne qu'elle avait commandée était accolée au cercueil, un bouquet simple de roses rouges était posé sur le couvercle, sinon, il n'y avait pas de fleurs.

Elle veilla à choisir son angle afin que n'apparaisse pas le ruban avec le message des voisins.

À la mort de sa mère, Line avait beaucoup réfléchi à la façon dont les rituels funéraires enveloppaient toujours la mort dans des euphémismes. Souvent, les avis de décès indiquaient que le défunt s'en était allé, comme s'il était simplement ailleurs. *Repose en paix*, était-il écrit sur les rubans et les stèles, comme si la mort n'était qu'un repos longtemps attendu dans des duvets moelleux. Elle avait écrit un article sur le sujet dans le magazine du week-end et interrogé entre autres un linguiste sur la manière dont la langue dissimulait ce qu'était réellement la mort, dont on essayait d'atténuer le fait brutal que c'était la fin.

Il n'y avait toujours personne et elle s'installa au troisième rang à droite. Les rayons du soleil d'hiver traversaient le vitrail du chœur et capturaient la poussière qui virevoltait en l'air.

L'organiste commença à jouer. Le prélude mélancolique d'un cantique qu'elle avait souvent entendu, mais dont elle avait oublié les paroles.

Puis la porte s'ouvrit et elle entendit des pas qui se turent quand la personne s'assit.

Line regrettait de s'être installée devant. Elle ne verrait pas les éventuelles personnes qui s'assiéraient derrière elle. Elle se leva et redescendit l'allée centrale.

La personne qui venait d'arriver était Eivind Aske. L'artiste peintre. Elle le salua d'un signe de tête et s'assit à l'avant-dernier rang.

Elle consulta sa montre. 10 h 55. Elle avait déjà fait beaucoup de choses aujourd'hui, songea-t-elle. Même si tout n'avait pas été fructueux. Elle était allée parler aux employés des supermarchés les plus proches, mais aucun ne se souvenait de Viggo Hansen. Du moins ne pouvaient-ils rien affirmer sans avoir vu de photo de lui. Même scénario au salon de coiffure. La clientèle comptait de nombreux hommes âgés, mais personne ne savait qui était Viggo Hansen.

Ensuite, elle avait appelé Låsesmeden et obtenu les coordonnées de Roger Nicolaysen, qui avait monté les deux nouveaux verrous sur la porte de Viggo Hansen et qui était sans doute la dernière personne à lui avoir parlé. Elle avait essayé de l'appeler avant les funérailles, mais ça ne répondait pas.

La dernière chose qu'elle avait faite avant de partir avait été de regarder ses mails. Le service de documentation avait trouvé un Frank Iversen qui avait un an de plus que Viggo Hansen. Il avait habité à Stavern avant de déménager à Langesund. Il était désormais indiqué comme émigré au Danemark, mais les documentalistes avaient déniché une adresse et un numéro de téléphone là-bas aussi.

Les cloches de l'église commencèrent à sonner. Au même instant, la porte s'ouvrit et Line entendit des pas légers sur le sol.

La femme qui avançait dans l'allée centrale était de petite taille, avec des cheveux blonds tressés en une natte épaisse. Line ne la vit que de profil. Elle se rendit devant pour déposer sur le cercueil la rose rouge à longue tige qu'elle tenait à la main. Puis elle fit demi-tour et alla prendre place au troisième rang, là où Line s'était assise initialement. Elle devait avoir l'âge de Viggo Hansen, autour de 60 ans. Son visage étroit était pâle.

Irene des cartes de vœux, se dit Line en décidant d'aller lui parler après la cérémonie.

Les cloches se turent. Le pasteur sortit de la sacristie,

se posta à côté du cercueil, fit une profonde révérence puis s'assit.

L'homme des pompes funèbres prit place au même rang que Line, mais de l'autre côté de l'allée, et se mit à chanter.

« *Reste avec nous, Seigneur, le jour décline. La nuit s'approche et nous menace tous.* »

Line ouvrit le programme et chanta aussi.

« *Nous implorons ta présence divine : reste avec nous, Seigneur, reste avec nous!* »

Vers la fin du cantique, le pasteur se leva et avança jusqu'à une chaire simple.

« Nous sommes rassemblés ici aujourd'hui pour dire adieu à Viggo Hansen, dit-il alors que le son de l'orgue s'évanouissait. Ensemble, nous allons le confier au Seigneur. Nous avons peu de souvenirs à évoquer. Nous nous rassemblons en silence. »

Line baissa la tête alors que le pasteur disait la prière d'entrée. Un autre cantique suivit, *Quel ami fidèle et tendre nous avons en Jésus-Christ*, puis il commença son homélie.

« L'hiver a laissé sa trace dans la nature. Comme s'il cachait quelque chose qui a été. Alors que nous prenons congé de Viggo Hansen, j'ai envie de partager quelques pensées sur ce sujet. »

Son regard erra entre les personnes présentes. De Line à la femme venue avec sa rose, puis à l'homme des pompes funèbres et Eivind Aske, avant de revenir à Line.

« Je ne connaissais pas Viggo Hansen, poursuivit-il. Je n'ai rien de significatif à dire sur la personne qu'il était, qui il était, ce dont il rêvait, ce qui le faisait rire et pleurer. Mais c'est une consolation de penser que les morts ont participé au cours de l'histoire. Chacun a sa place dans le livre de la vie. Nul n'a vécu en vain. »

Il enchaîna sur l'oraison dont il avait discuté avec Line dans son bureau. Il parlait en restant parfaitement immobile, s'accrochant à la chaire comme s'il craignait de tomber si jamais il lâchait prise.

« Il y a du réconfort et de la libération dans le souvenir que Dieu a de nous tous, déclara-t-il en levant les yeux vers le plafond. Dieu se souvient de nous à jamais. Pas la moindre chose ne se perd chez lui. » Puis il baissa les yeux et murmura tout bas : « Amen. »

À côté du cercueil se trouvait un coffre en fer forgé avec une pelle. Le pasteur saisit la pelle et la remplit de terre fraîche.

« Tu es poussière et à la poussière tu retourneras, récita-t-il en versant la terre sur le cercueil. De la poussière tu renaîtras. »

Et la cérémonie s'acheva. Les cloches sonnèrent trois fois trois coups. Le prêtre descendit l'allée centrale, suivi de l'homme des pompes funèbres. Line se leva, mais attendit que la femme du troisième rang soit passée pour bouger, elle lui emboîta le pas.

D'ordinaire, le cercueil était transporté vers un corbillard. C'était ce qu'ils avaient fait pour sa mère. Mais là, ils n'étaient pas assez nombreux. Il n'y avait personne pour le porter et il resta donc dans l'église.

Line avait appelé le crématorium. Le cercueil serait incinéré le vendredi et elle avait demandé l'autorisation de faire une photo. Une dernière photo.

À la sortie de l'église, le froid l'assaillit et elle referma sa veste. Un homme s'était arrêté sur le trottoir, par respect pour les endeuillés. Il lança un coup d'œil dans l'église derrière Line par la porte ouverte et repartit quand il constata que le cortège n'était pas plus nombreux.

La petite femme à la rose avait le nez rouge et Line supposa qu'ou bien elle était enrhumée ou bien elle venait de pleurer. Elle fouillait dans son sac, mais leva les yeux quand Line approcha et lui demanda :

« Irene ? »

La femme papillota des paupières, puis elle acquiesça d'un bref signe de tête.

Line se présenta comme une ancienne voisine de Viggo Hansen.

« Auriez-vous le temps de prendre un café ? »

La femme frissonna, comme si la perspective d'aller s'asseoir avec Line et de lui parler l'effrayait. Elle ouvrit la bouche pour dire quelque chose, mais la referma. Puis elle fit oui de la tête.

45

Il n’y avait de place que pour un homme à la fois dans le puits. Un membre de l’unité d’intervention sauta sur la margelle, se positionna dos au trou et tira une ou deux fois sur la corde pour s’assurer qu’elle tenait bien. Puis il se pencha en arrière et descendit en rappel, muni d’une lampe frontale et d’un piolet.

Wisting suivit son voyage vers le fond. Les parois du puits étaient tapissées de pierres qui s’étaient déplacées avec le gel. Le policier calait ses pieds dans des fissures et sur des petites corniches. Arrivant au fond, il posa délicatement un pied sur la glace. Elle était assez solide pour le porter.

Il sortit le piolet de sa ceinture et resta partiellement suspendu à son baudrier alors qu’il donnait de premiers coups hésitants. Les morceaux de glace jaillirent autour de lui. La paroi du puits produisit de l’écho et renvoya un son brut vers ceux qui suivaient les opérations à la surface.

« La presse commence à creuser, annonça Wisting à l’agent du FBI.

— Là-dedans ? demanda Donald Baker en désignant du menton l'homme au fond du puits.

— Pas ça, mais Bob Crabb. »

Donald Baker grimaça.

« Et qu'est-ce que vous faites ?

— On essaie de les maintenir à distance. »

En bas, des morceaux de glace plus substantiels se détachaient et on descendit un seau pour les remonter. Wisting songeait aux gens qui avaient déboisé, construit la maison et creusé le puits plus d'un siècle auparavant. Ils avaient creusé, creusé, creusé, d'abord avec une certitude pleine d'espoir, après que la baguette de sourcier s'était tordue à cet endroit précis, puis peut-être avec colère, comme l'eau ne sourdait pas, et pour finir par esprit de contradiction, jusqu'à ce qu'ils trouvent la veine d'eau. Ils avaient remonté des seaux et des seaux de terre, d'argile et de cailloux. Quand enfin ils avaient trouvé de l'eau, loin dans les profondeurs du puits, ils avaient tapissé les parois d'ardoise afin de préserver sa pureté.

« J'ai traversé la glace ! » s'exclama l'homme au piolet, tirant ainsi Wisting de ses pensées. « Il y en a environ vingt centimètres. »

Il continua pendant encore un quart d'heure avant de laisser un de ses collègues prendre le relais. Celui-ci s'attaqua à la tâche avec plus d'entrain, cassant des morceaux de glace de plus en plus gros, qui étaient ensuite remontés.

« Vous pouvez mesurer la profondeur ? » lui cria Hammer.

Le policier du puits lui répondit d'un geste et Hammer fit descendre un fil avec un poids au bout. Le policier l'intercepta et le plongea dans l'eau froide.

Le fil glissa dans sa main jusqu'à ce que le poids se pose au fond. Il y avait un nœud tous les cinquante centimètres et, quand il remonta le fil, Wisting en dénombra quatre. Deux mètres de profondeur.

« Même si nous trouvons quelque chose ici, observa Donald Baker, et même si nous arrivons à arrêter Robert Godwin, il vous sera sans doute difficile de démontrer son lien avec les meurtres. »

Wisting acquiesça. Il y avait pensé. Le nom le plus récent sur la liste des victimes supposées était une disparition déclarée deux ans et demi auparavant. Il n'avait aucun espoir de trouver des traces matérielles ou biologiques permettant de relier le coupable à l'affaire. La simple identification des femmes mortes allait présenter de grandes difficultés.

« Nous, nous pouvons l'arrêter, poursuivit Baker. Nous avons un mandat d'arrêt. Nous pouvons le rapatrier dès que nous le trouverons et faire en sorte qu'il ne revoie plus jamais la lumière du jour.

— Cette discussion, je la laisse aux avocats et aux politiques, répondit Wisting. Quand ou si la situation se présente. Mais a priori il faudra qu'il réponde de ses actes ici avant de pouvoir être extradé. »

Au fond du puits, l'homme était désormais entièrement suspendu à son baudrier, il détacha le dernier bout de glace avant de remonter à la surface.

« Nous verrons », acquiesça Donald Baker, mais d'un air renfrogné. Ce qui fit penser à Wisting que la mission de l'agent du FBI allait un peu au-delà de l'assistance à la police norvégienne.

Le grondement d'un moteur de groupe électrogène interrompit leur conversation. Nils Hammer prépara le câble et le tuyau d'une pompe de surface qu'on descendit dans le puits. Espen Mortensen avait préparé une caisse en bois avec au fond une grille à mailles serrées, dans laquelle l'eau allait être dirigée. Le dispositif fonctionnait comme une passoire, si la pompe aspirait des objets dans le puits, ils resteraient sur la grille.

« Il va sans doute nous falloir une demi-heure pour vider tout ça », estima Hammer, qui avait une pile de gobelets jetables dans une main et un thermos dans l'autre.

Wisting le remercia et ôta sa moufle droite pour prendre un gobelet. Il but son café à petites lampées en réchauffant ses doigts autour du récipient.

L'eau qui affluait du tuyau était d'une teinte marron clair, qui devenait de plus en plus foncée. Quelques brindilles et cailloux restèrent sur la grille. Le tuyau s'arqua, annonçant l'arrivée d'un objet plus volumineux. Donald Baker saisit le bord de la caisse en portant son gobelet à sa bouche. Un morceau de métal courbe rouillé fut recraché. Mortensen le souleva pour l'examiner de plus près. On aurait dit un bout de l'anse d'un seau, il le rejeta sur le tamis.

Le groupe électrogène produisait suffisamment d'électricité pour alimenter aussi un projecteur. Nils Hammer le positionna sur un trépied contre la margelle puis l'orienta de façon que le puissant éclairage atteigne le fond du puits.

Wisting se pencha pour regarder en bas. L'eau stagnante dégageait une odeur putride.

Deux hommes vinrent se mettre à côté de lui. Puis encore un. Bientôt, tous les policiers étaient réunis autour de l'ouverture du puits. Nul ne disait rien, mais tous suivaient en silence la baisse du niveau d'eau, centimètre par centimètre. Enfin, la pompe lapa les dernières gouttes d'eau boueuse.

Wisting poussa un gros soupir. Il n'y avait rien. Le puits était vide.

46

La femme s'appelait Irene Skisaker. Line l'emmena à la pâtisserie Jensen. Elles trouvèrent au fond des locaux fatigués une table où être seules. Line alla au comptoir commander deux millefeuilles et deux cafés.

« Il n'y avait pas beaucoup de monde, commenta Line en s'asseyant.

— Je pensais que je serais la seule », répondit la femme en mettant sa main autour de la tasse de café. Sa peau flasque et presque transparente se tendit sur ses articulations.

« L'homme, qui s'appelle Eivind Aske, expliqua Line, est un ancien camarade de classe de Viggo. »

Irene Skisaker eut un sourire doux et porta sa tasse à ses lèvres.

« Est-ce vous qui avez acheté les fleurs ? demanda-t-elle quand elle l'eut reposée sur la soucoupe.

« Au nom de ses voisins, confirma Line.

— Mais il n'y a que vous qui soyez venue ? »

Line fit oui de la tête.

« Je suis journaliste à *VG* », dit-elle, puis elle précisa qu'elle faisait un reportage sur Viggo Hansen. « J'ai eu du mal à trouver des gens qui le connaissaient, conclut-elle. Des gens qui puissent me dire qui il était.»

La femme s'était affaissée quelque peu sur sa chaise, comme si elle cherchait à se rendre plus discrète.

«Pourquoi le faites-vous, au juste?» s'enquit-elle.

Line réfléchit.

«Parce que je trouve ça injuste, répondit-elle au bout d'un moment.

— Quoi donc?

— Que personne n'ait fait attention à lui. C'est comme s'il n'avait jamais été quoi que ce soit pour quiconque, comme s'il n'avait rien signifié pour personne. Alors je me suis dit qu'il pourrait signifier quelque chose maintenant, dans un article de journal, et nous rappeler que nous devons prendre soin les uns des autres et profiter du temps que nous avons ensemble.

— Il signifiait quelque chose pour moi, dit doucement la femme.

— Comment l'avez-vous connu?

— À une époque, nous avons séjourné dans le même hôpital. Ça fait vingt ans.»

Line garda le silence pour laisser à son interlocutrice le loisir de continuer, mais celle-ci n'approfondit pas.

«Quel hôpital? demanda Line.

— Granli.»

Line fit un signe de tête. L'hôpital de Granli, aux abords de Tønsberg, était un centre pour le traitement psychiatrique des patients de longue durée.

«Pendant une période de ma vie, j'ai eu besoin d'aide», expliqua la femme en levant les yeux, comme si elle décidait d'être forte. «C'est là que nous nous sommes rencontrés. Ça crée des liens, ce genre d'endroit. On entre directement dans l'âme de l'autre, tout de suite, on voit aussi ses côtés sombres, et ça rend plus facile de devenir amis. C'est bon d'avoir des amis qui se sont un peu cassé la figure et qui savent ce que c'est que la vie, on se sent tout de suite moins seul.

— Pourquoi Viggo Hansen était-il hospitalisé ?

— Il avait des idées délirantes, mais il est sorti bien avant moi. Ensuite, il venait me rendre visite, d'abord à l'hôpital, et puis, plus tard, quand je suis sortie, chez moi à Horten.

— Vous avez gardé le contact ? » demanda Line, en s'efforçant de modérer son enthousiasme.

Irene Skisaker passa la main sur ses cheveux.

« Pendant un temps, en tout cas. C'est bizarre. Quand nous étions malades tous les deux, nous pouvions parler de tout, mais en dehors de l'hôpital, nous sommes en quelque sorte devenus des étrangers. Nous nous sommes vus de moins en moins souvent, et puis nous avons perdu le contact.

— Comment avez-vous su pour l'enterrement ?

— Ma mère a vu l'annonce. Elle vit dans la maison de retraite de Søbakken et va sur ses 90 ans, mais elle continue de lire les avis de décès. J'ai souvent pensé à rendre visite à Viggo, puisque j'étais dans le coin quand j'allais voir maman. Et une fois, je l'ai fait, mais il n'était pas chez lui. Ou du moins il n'a pas ouvert la porte.

— Ses idées délirantes, dit Line avec quelque précaution, en quoi consistaient-elles ?

— Il n'en parlait pas. Il avait sans doute compris que moins il en dirait, plus vite il sortirait de l'hôpital.

Mais c'était une histoire de possession par de mauvais esprits ou quelque chose comme ça.

— De mauvais esprits ?

— Non, ce n'était sans doute pas le terme qu'il employait, mais il s'était mis dans la tête que quelqu'un avait pris le corps de quelqu'un d'autre. Il était persuadé que quelqu'un qu'il connaissait n'était pas celui qu'il prétendait être.

— Qui ça ? demanda Line. Il ne connaissait pas grand monde. »

La femme haussa les épaules.

« Comme je vous le disais, il n'en parlait pas tellement.

— Depuis combien de temps aviez-vous perdu le contact ?

— Longtemps. Depuis le milieu des années 1990, et puis cet été, j'ai reçu une lettre. »

Line se redressa sur sa chaise.

« Une lettre ? Que disait-il ? »

La femme secoua la tête.

« C'était un peu incohérent, et son écriture était difficile à lire, mais il voulait me voir. Il disait qu'il avait eu raison à l'époque. Qu'il n'avait jamais été malade, mais ne ressentait malgré tout ni colère ni amertume d'avoir été interné de force. Car, sans cela, il ne m'aurait jamais rencontrée, et maintenant, il voulait me revoir.

— Cela s'est-il concrétisé ?

— Je n'ai plus entendu parler de lui.

— Mais vous avez répondu à sa lettre ?

— Je lui ai répondu, mais il était probablement trop tard. L'avis de décès indique qu'il est mort en août. Ça coïncide à peu près avec sa lettre.

— Mais… » commença Line. Elle n'avait pas trouvé de lettre d'Irene Skisaker quand elle avait fouillé la maison. Dans l'un des rapports de la police figurait le contenu de la boîte aux lettres, et là non plus, il n'y avait pas de lettre personnelle. « Que s'est-il passé ? » demanda-t-elle, ne sachant plus comment faire avancer la conversation. « Qu'est-ce qui l'a fait reprendre contact du jour au lendemain après tant d'années ?

— C'était cette histoire qu'il n'était pas fou, finalement, expliqua Irene Skisaker. Qu'il ne s'était pas imaginé les choses dont il parlait vingt ans plus tôt. Moi, j'avais plutôt l'impression qu'il était retombé malade. J'ai envisagé d'alerter l'hôpital, mais vous savez comment c'est, on a un peu peur de se mêler des affaires des autres, donc j'ai laissé tomber. Et puis c'était trop tard.

— Le Viggo Hansen que j'ai découvert était très seul, dit Line en regardant Irene Skisaker dans les yeux. Mais ce que vous m'avez raconté sur vous deux, est-ce que cela signifie qu'il a pu connaître l'amour dans sa vie ? »

De l'autre côté de la table, la femme rougit. Puis elle sourit.

47

Les vitres de la voiture de service étaient couvertes de givre. Wisting démarra le moteur et mit le chauffage à fond avant de sortir le grattoir. Ses gestes étaient brefs et rapides, alors que les gaz d'échappement dérivaient autour de la voiture. Le givre blanc se recourbait sur le pare-brise en fins copeaux.

Puis il prit place au volant, passa la marche arrière et glissa son bras autour du dossier du siège passager avant de reculer sur le chemin enneigé.

« Que faisons-nous maintenant ? demanda Donald Baker.

— Nous devons nous concentrer sur la recherche de Robert Godwin. Pas sur la chasse à ses fantômes. »

Le soleil brillait entre les arbres blancs de givre de part et d'autre du chemin.

« Bob Crabb l'a trouvé, poursuivit Wisting. Il doit y avoir quelque chose dans son appartement de Minneapolis qui peut nous indiquer ce qui l'a mis sur la piste. »

Donald Baker se pencha en avant et leva les yeux sur le ciel bleu.

« Si tel est le cas, il a dû l'emporter avec lui. Nos

hommes ont passé au peigne fin chaque centimètre carré de son appartement. Tous ses papiers ont été examinés et analysés. »

Ils arrivaient à la route principale. Le téléphone de Wisting sonna. *Morten P, VG.* Wisting regretta d'avoir demandé au journaliste de le rappeler. Il ne répondit pas, même si cela n'allait probablement faire que renforcer sa curiosité.

Il reposa son téléphone sur la console centrale, baissa le pare-soleil et rejoignit la route en direction du sud-ouest. Tout au bout, un homme avançait à vitesse d'escargot sur une mobylette munie de sacoches latérales.

« Où allons-nous ? demanda Baker.

— Nous allons remonter dans la généalogie, répondit Wisting. L'arrière-arrière-grand-père de Robert Godwin a émigré aux États-Unis en 1889. Il venait d'une des fermes par ici. »

Il désigna le paysage hivernal ondoyant couvert de neige lisse.

« Quand il s'est enfui, Godwin a remonté la piste de ses ancêtres jusqu'ici, poursuivit-il. Je crois que Bob Crabb a suivi ces mêmes traces. C'est comme ça qu'il l'a retrouvé.

— Vous avez mis quelqu'un sur le coup ? »

Wisting acquiesça.

« Torunn Borg est en train de recenser tous les descendants de l'ouvrier Niels Gustavsen, mais nous savons que la ferme d'où il venait est juste de l'autre côté de la colline. »

Le téléphone sonna encore. Wisting jeta un œil dessus. C'était un numéro d'Oslo ne figurant pas dans ses contacts. La personne qui cherchait à le joindre n'aurait qu'à lui laisser un message.

Ils continuèrent de rouler en silence. Ils dépassèrent des champs gelés et des cours de ferme désertes, puis Wisting ralentit.

Dans un pré, deux chevaux bruns étaient enfermés dans un enclos, immobiles, penchant la tête l'un vers l'autre.

« Là-bas », fit Wisting en pointant l'index sur un bâtiment de ferme au pied d'une colline boisée. De la cheminée s'élevait une mince bande de fumée.

« Qui vit ici maintenant ? demanda l'agent du FBI.

— Un jeune couple. »

Wisting relut ses notes.

« Ils ne sont pas du coin, mais ils habitent ici depuis un ou deux ans.

— Nous devrions leur parler. »

Wisting acquiesça. Bob Crabb pouvait leur avoir rendu visite quand il recherchait Godwin.

« Je peux attendre dans la voiture », proposa l'agent du FBI.

L'un des chevaux dressa la tête, leva la queue et hennit, comme si quelque chose le mettait soudain en état d'alerte. Wisting passa une vitesse, prit le petit chemin et entra dans la cour de ferme.

« Dix minutes », annonça-t-il en sortant.

Une jeune femme qui allait sur ses 30 ans ouvrit la porte avant qu'il n'ait atteint le perron. Un chat se faufila entre ses jambes. D'après les documents, elle s'appelait Ada Alsaker. Ses cheveux foncés étaient rassemblés en une longue queue de cheval et son visage étroit était pâle.

Wisting la salua d'un signe de tête.

« Je suis de la police, expliqua-t-il en montrant son insigne. Il n'y a aucun problème, mais j'ai quelques questions à vous poser concernant une affaire qui remonte à l'été dernier. »

Bien que vêtue assez légèrement, la femme ne sembla pas vouloir l'inviter à entrer.

« Vous avez un moment ? demanda Wisting en désignant du menton le vestibule derrière elle.

— Oui, bien sûr. » Elle s'accroupit pour ramasser le chat. « Entrez. »

Ils s'assirent à la table de la cuisine.

« Vous êtes seule ?

— Mon compagnon est en ville, expliqua la jeune femme. De quoi disiez-vous qu'il s'agit ?

— C'est très simple. Nous nous demandons si vous avez eu de la visite pendant l'été. D'un Américain. »

La femme hocha lentement la tête, comme dans une confirmation pensive.

« Sa famille avait vécu dans cette ferme au dix-neuvième siècle, dit-elle. Avant que le fils de la maison parte pour les États-Unis. »

Wisting s'anima.

« Vous souvenez-vous de son nom ? »

Elle secoua la tête. Il sortit la photo de l'universitaire.

« C'était lui ? »

Ada Alsaker eut un large sourire en reconnaissant le visage de Bob Crabb.

« Oui, c'était lui. »

Wisting comprit que Crabb s'était fait passer pour Godwin.

« Quand est-il venu ?

— C'était le 15 juillet, la veille de l'anniversaire d'Eirik, mon compagnon. »

Le lendemain de son arrivée en Norvège, songea Wisting.

« Que voulait-il ?

— Juste voir, je crois. Et puis ça l'intéressait de savoir si nous savions quelque chose sur sa famille, si nous connaissions des descendants des gens qui avaient vécu dans la ferme au dix-neuvième siècle.

— Et savez-vous quelque chose ?

— Rien. Les anciens propriétaires ont vécu ici pendant dix ans. Je crois que ça fait longtemps que sa famille ne vit plus ici.

— A-t-il dit autre chose ?

— Non, mais il a pris un tas de photos. »

Wisting eut une idée et chercha les photos des deux puits non identifiés, il lui présenta d'abord celui au couvercle pyramidal.

« Savez-vous où cela se trouve ? »

La femme se pencha en avant et examina attentivement la photo. Puis elle secoua la tête.

« Non.

— Et celle-ci ? » demanda Wisting en lui montrant ce qui était probablement un bassin de système d'irrigation agricole.

Elle la lui prit des mains et la tint de façon à avoir plus de lumière.

« On dirait que c'est à Skaret.

— Où est-ce ? »

Elle se leva et alla à la fenêtre de la cuisine. Wisting la suivit. Donald Baker était toujours dans la voiture, moteur allumé, pour avoir du chauffage.

« De l’autre côté de la route », expliqua la femme en pointant l’index.

Wisting regarda dans la direction qu’elle indiquait. La brume de froid s’étalait comme un voile gris sur le paysage, mais de l’autre côté de la route, il aperçut un champ plat avec à la lisière de la forêt un large sentier qui fendait le terrain entre deux collines basses.

« J’ai l’habitude de monter à cheval là-bas. Je suis relativement certaine que c’est l’ancienne route qui traverse Skaret. »

Wisting la remercia et reprit la photo.

« Cela correspond-il avec ce bassin en béton, là ? demanda-t-il en essayant de donner à sa question un ton innocent.

— Oui, il y a des restes de l’ancien système d’irrigation, mais il n’est plus utilisé. »

48

Après son café avec Irene Skisaker, Line quitta Stavern et prit la route départementale qui passait devant l'église de Tanum et débouchait sur Brunlanesveien. C'était un paysage plat qui s'étirait de part et d'autre de la route, avec des champs tout blancs et des sapins sous la neige. Les habitations étaient éparses par ici, et les maisons numérotées selon le principe de distance. À savoir que les adresses se voyaient attribuer un numéro correspondant à leur distance du début de la route, arrondie à la dizaine de mètres la plus proche. Brunlanesveien 550 se trouvait donc à 5,5 kilomètres du centre-ville de Larvik.

Le numéro était peint en lettres noires sur une plaque blanche fixée sur un poteau télégraphique. Line prit le petit chemin latéral et vit le nom Linge sur la boîte aux lettres.

La maison se trouvait au pied d'une colline enneigée, à quelques centaines de mètres de la route. C'était une maison sur deux niveaux typique des années 1970, avec de grandes baies vitrées et une entrée par le sous-sol.

En approchant, elle nota que la maison avait besoin

d'entretien. Peinture et crépi s'écaillaient, et à plusieurs endroits, le bois commençait à pourrir. Sur le toit, trois antennes paraboliques étaient orientées chacune dans une direction différente. L'une d'elles était tachée de larges plaques de rouille.

Il n'y avait là aucune autre habitation, juste cette maison. Mais quand on était encore surnommé Ole l'Allemand plus de soixante ans après la guerre, c'était peut-être le genre d'endroit où l'on voulait vivre.

Elle se gara derrière une vieille Mercedes et sortit. La forêt de sapins s'était étendue jusqu'aux murs de la maison. Les branches ployaient sous le poids de la neige.

Ole Linge la salua sans trahir ses impressions sur cette visite. Pas de sourire furtif, de regard accueillant ni de bref signe de tête, juste un visage étroit figé, comme s'il avait pris l'habitude de garder ses pensées et ses sentiments pour lui.

« Entrez », fit-il.

Elle ôta ses bottes dans l'entrée et le suivit en haut de l'escalier. Tout dans la maison avait l'air vieux. Meubles en mélaminé, tapis à longs poils, murs tapissés de fibre à peindre et abat-jour à franges. Une télévision avait trouvé place dans une bibliothèque chargée.

Il la pria de s'asseoir dans l'un des deux fauteuils en cuir marron à une table ronde devant la grande baie vitrée. Sur la route, une voiture passait en remorquant un van. Ole Linge était sans doute resté ici à l'attendre et il l'avait vue arriver.

« Merci de m'avoir permis de venir », fit Line en souriant.

Ole Linge répondit d'un signe de tête.

« C'est Annie Nyhus qui m'a expliqué que vous connaissiez Viggo Hansen.

— Je peux pas vraiment dire ça, répondit Ole Linge en s'asseyant. Ça doit faire vingt ans que je ne lui avais pas parlé. Peut-être même plus. »

Il prit une télécommande sur la table basse et baissa le son de la télévision.

« Vous aussi, vous vivez seul », observa Line. Elle songea que ç'aurait aussi bien pu être lui qui avait passé quatre mois mort dans son fauteuil sans que quiconque ne s'inquiète.

« Il se trouve que oui. » Il parlait lentement, comme s'il pesait chaque mot. « Vous avez parlé à d'autres gens qu'Annie ?

— J'ai parlé à Odd Werner Ellefsen et Eivind Aske.

— Qu'est-ce qu'ils ont dit ?

— Pas grand-chose, en fait. Eux non plus n'avaient pas eu de relations avec lui depuis longtemps.

— Ils ont parlé de moi ?

— Non.

— Qui d'autre allez-vous voir ?

— J'essaie de joindre Frank Iversen, vous vous souvenez de lui ? »

Ole Linge regarda de l'autre côté de la baie vitrée, comme s'il réfléchissait.

« C'était le fils du pilote, tenta Line pour l'aider. Vous ne savez pas ce qu'il est devenu ?

— Non, il a dû déménager. Ça fait très longtemps que je ne l'ai pas vu. »

Line sortit son calepin, mais comprit que l'homme en face d'elle n'avait pas grand-chose à apporter.

« Ce que je cherche, expliqua-t-elle, c'est quelqu'un

qui puisse me raconter quelques anecdotes sur Viggo, me dire comment il était d'après ses souvenirs.

— Je ne suis pas bon en anecdotes, prévint-il. Et puis je n'ai pas envie d'être dans le journal. Ce n'est pas mon truc. »

Line l'ignora.

« Même si vous aviez quelques années de plus que lui, j'ai cru comprendre que vous avez passé pas mal de temps ensemble dans votre enfance. Y a-t-il des épisodes dont vous vous souvenez ? »

Ole Linge secoua la tête.

« Viggo était discret. Tel que je m'en souviens, il restait surtout spectateur. »

Line nota.

« Et puis il était gentil. Gentil et serviable. Il n'y avait jamais de problèmes, ajouta-t-il.

— Êtes-vous allé chez lui ?

— Pas à l'intérieur.

— Vous parliez avec ses parents ?

— Pas tellement. Ils étaient comme Viggo. Ils ne disaient pas grand-chose. »

Line resta encore une demi-heure. Les mots sortaient peu à peu de l'homme qu'elle interviewait, et s'il n'était pas très disert, ce qu'il disait sur Viggo Hansen était utilisable. « La solitude, ce n'est pas d'être seul, c'est de n'avoir personne qui vous manque », avait-elle noté en comprenant qu'il parlait d'expérience.

49

Line prit le journal local dans la boîte aux lettres avant d'entrer dans la maison. Le téléphone fixe sonna alors qu'elle se déchaussait dans le vestibule. Elle courut dans la cuisine et lança le journal sur la table.

« Allô ? Suis-je chez William Wisting ?

— Qui est à l'appareil ? demanda Line en ôtant sa veste.

— Henning Juul, journaliste de *123nyheter*. Je suis désolé de vous déranger, mais j'ai essayé de le joindre au commissariat et sur son mobile et ça ne répond pas. »

Line savait qui il était. Ils avaient été sur les mêmes affaires à plusieurs reprises, elle l'avait remarqué parce qu'il était bon.

« Il n'est pas à la maison, répondit-elle laconiquement.

— OK. » Il s'excusa encore de l'avoir dérangée et raccrocha.

Line posa le téléphone sur la table, mais resta debout à le regarder. Le journaliste était tellement désireux de mettre la main sur son père qu'il avait essayé aussi son numéro privé. Il ne pouvait s'agir que d'une seule affaire. L'homme mort de la sapinière de Halle.

Line se demanda si elle devait appeler Sandersen. Il devait se passer quelque chose de gros et son propre journal allait se faire coiffer au poteau par *123nyheter*.

Le journal local faisait sa une sur la vague de froid. *Changement de temps en fin de semaine*, lut-elle avant de tourner les pages : un courrier de lecteur sur l'Éducation nationale, un reportage sur un bazar de Noël, les annonces immobilières, jusqu'au programme télé. Aucun article de suivi de l'entrefilet sur le mystérieux mort.

Elle afficha le numéro de Sandersen sur son mobile, mais n'était pas sûre de ce qu'elle devait faire. La seule contribution qu'elle pouvait apporter était de confirmer qu'il y avait probablement une affaire, ce qu'ils avaient déjà compris. Si elle téléphonait, elle serait probablement retirée du papier sur lequel elle travaillait pour se consacrer à l'affaire de son père, déterminer de quoi il s'agissait. Or, elle n'avait envie ni de renoncer à Viggo Hansen ni de s'impliquer dans le travail de son père.

Avant qu'elle ait pu se décider, son téléphone vibra dans sa main. Le numéro qui s'affichait n'était pas répertorié.

« Allô ? Line à l'appareil, répondit-elle.

— Allô, ici Roger Nicolaysen. J'ai manqué votre appel. »

Line essaya de situer son nom. Puis cela lui revint soudain à l'esprit : le serrurier qui était intervenu chez Viggo Hansen.

« Merci de me rappeler. » Elle expliqua qu'elle travaillait à *VG* et avait quelques questions sur un travail qu'il avait fait en août.

L'homme siffla, comme pour l'avertir que le mois d'août, c'était un petit peu vieux pour qu'elle puisse nourrir l'espoir qu'il s'en souvienne.

« Vous avez posé deux nouveaux verrous dans une maison de Herman Wildenveys gate.

— Oui, oui, répondit-il étonnamment vite. Je m'en souviens bien. C'était chez l'homme qui est mort. J'y suis aussi retourné la semaine dernière pour la police, quand ils l'ont trouvé. J'ai dû percer les verrous et en poser un autre.

— Pourquoi voulait-il changer ses verrous ?

— Eh bien, celui qu'il avait était vieux.

— Oui, mais vous en avez posé deux.

— Exact. Il était du genre pas tranquille.

— Comment ça, pas tranquille ?

— Eh bien… C'est juste qu'il avait l'air inquiet, comme s'il avait peur de quelque chose. Il m'a ouvert avec beaucoup de précaution. »

Line s'anima.

« De quoi avait-il peur ? » demanda-t-elle, sans espoir de réponse.

« Je ne saurais pas vous dire, mais les journaux n'arrêtent pas de parler d'étrangers qui pénètrent dans les maisons. Même quand les gens sont chez eux.

— Vous souvenez-vous d'autre chose ?

— Non, pas franchement.

— A-t-il dit quelque chose ?

— Non, il ne faisait que marmonner. Il m'a dit oui et merci, et c'est tout. Pourquoi me posez-vous toutes ces questions ?

— Vous êtes sans doute la dernière personne qui lui ait parlé. » Line précisa qu'elle préparait un reportage sur la solitude. « J'aurais bien voulu avoir une photo de vous, en tenue de travail et peut-être avec votre fourgonnette. »

Ce serait là une image qui trouverait une place naturelle dans l'ensemble des illustrations qu'elle avait pour son article, songea-t-elle. Parmi celles d'anciens camarades de classe et de tout ce qui appartenait au passé, une photo de la dernière personne qui avait parlé à Viggo Hansen. Que ce soit un artisan inconnu cadrait bien avec l'histoire de sa vie.

Ils convinrent que Line le rappellerait le lendemain pour fixer un rendez-vous.

Frank Iversen était le point suivant sur sa liste. Elle mangea une tartine tout en relisant encore une fois le mail des documentalistes du journal. Ils avaient pisté un Frank Iversen qui avait un an de plus que Viggo Hansen, avait vécu à Stavern et déménagé plus tard à Langesund. Il était maintenant donné comme émigré au Danemark, avec une adresse à Hirtshals.

Elle composa le numéro de téléphone indiqué dans le mail. Cela sonna longtemps dans le vide avant qu'un homme réponde, avec les sonorités gutturales du danois.

« Aqua Consulting, Frank à l'appareil.

— Frank Iversen ?

— Lui-même.

— Bonjour, je m'appelle Line Wisting et je vous appelle de Stavern en Norvège. Est-ce bien exact que vous avez vécu dans cette ville ? »

L'homme au bout du fil ne répondit pas tout de suite.

« Oui », finit-il par confirmer, comme s'il avait d'abord dû réfléchir à sa réponse. « Mais c'était il y a des années.

— Je vous appelle au sujet de Viggo Hansen, poursuivit Line. Vous vous souvenez de lui ? Vous travailliez ensemble à l'usine de crevettes. »

Là encore, l'homme mit du temps à répondre.

« Oui, mais comme j'ai dit, c'était il y a des années. »

Line s'assit à la table.

« Je ne sais pas si vous êtes au courant, mais Viggo Hansen est mort.

— Ah, c'est triste. Quand est-ce arrivé ?

— Il est mort cet été.

— Qui êtes-vous ? »

Line précisa les circonstances du décès et expliqua qu'elle était une ancienne voisine qui souhaitait maintenant écrire un article sur Viggo Hansen pour son journal.

« Je parle aux gens qui le connaissaient, conclutelle. J'essaie de déterminer quel genre de personne c'était.

— Ah oui ?

— Vous avez un peu de temps ? »

Il dut manifestement réfléchir. « Oui, ça devrait aller. »

Line sortit un calepin.

« Ça fait longtemps que vous n'êtes pas allé à Stavern, ou en Norvège ? »

Cette fois, la réponse vint plus rapidement.

« Je suis en Norvège en ce moment. À Larvik.

— À Larvik ? Vous n'habitez pas au Danemark ?

— Si, mais je suis consultant dans une société qui travaille dans le secteur de la pisciculture et de l'aquaculture. En ce moment précis, je suis en train de regarder de plus près un élevage de moules aux abords de Stavern.

— Pourrions-nous nous voir ?

— Oui, enfin, je ne sais pas…

— Où logez-vous quand vous êtes ici ? »

L'interlocuteur de Line hésita de nouveau.

« Au Farris Bad.

— Pourrais-je vous y retrouver ? proposa-t-elle en jetant un œil à sa montre. À 20 heures ?

— Voui, je pense que ça pourrait aller. »

20 h, nota Line sur son calepin.

« Bien, alors on se voit à ce moment-là », conclut-elle en traçant un cercle autour de l'horaire.

Ce faisant, une pensée la traversa, et s'envola comme de la cendre au vent avant qu'elle ne parvienne à la saisir pleinement. Mais c'était en rapport avec le programme télévision sur la table basse de Viggo Hansen.

Elle sortit son ordinateur et ouvrit le dossier des photos, cliqua sur celle du programme télé et l'afficha en plein écran.

À 20 heures commençait *The FBI Files* sur Discovery Channel. *Suivez les enquêteurs du FBI dans leur chasse au coupable*, lut-elle dans le descriptif. Viggo Hansen avait coché l'émission, indiquant ainsi son intention de la regarder. Et il avait tracé un cercle autour de *22 h 50*, l'heure où commençait un documentaire animalier sur les élans d'Alaska sur NRK2.

D'abord il avait coché, puis entouré. Deux marquages différents des émissions. Pourquoi ?

50

Nils Hammer déroula une grande carte sur le bureau. Wisting mit quelque temps à se repérer, puis il désigna la démarcation entre les deux collines et l'endroit que la femme à queue de cheval avait appelé Skaret.

« Là, fit-il en posant le doigt sur la carte.

— Ça va être plus compliqué, observa Hammer. Le bassin est en terrain dégagé, rien n'obstrue la vue. »

Wisting alla à la fenêtre et plongea les yeux dans l'obscurité vespérale. La neige grisâtre avait été soufflée en congères au coin de la rue.

« Mais je vais trouver une solution, promit Hammer en enroulant la carte. On s'en occupe demain matin. »

À une fenêtre de l'autre côté de la rue, quelqu'un avait allumé une étoile de l'avent.

« Je rentre chez moi, là, annonça Hammer. Mais on se voit demain. »

Wisting se retourna et fit un signe de tête à Hammer, qui s'en alla.

Son mobile sonna. C'était le troisième appel du même numéro. Cette fois non plus, Wisting ne répondit pas, mais quand la sonnerie cessa, il s'installa devant l'ordinateur et tapa le numéro sur son clavier.

123nyheter.

Il avait réussi à tenir le journaliste de *VG* à l'écart quand ce dernier l'avait rappelé. Il n'allait pas lâcher l'affaire et il y aurait probablement un papier dans le journal du lendemain, mais pour l'instant, il ne semblait pas avoir la moindre idée de ce dont il s'agissait.

Wisting se pencha au-dessus de son bureau et tira à lui la pile de dossiers photocopiés. Au total, douze femmes disparues. Les noms de la « liste principale », comme l'appelait Leif Malm.

Les enquêteurs des différentes circonscriptions policières avaient adopté une approche systématique. Toutes les données imaginables avaient été rassemblées. Personnalité et situation de vie des femmes disparues. Traces électroniques de leurs téléphones mobiles et cartes bancaires. Mais les douze affaires restaient non résolues.

Ce que les enquêteurs n'avaient pas fait, en revanche, c'était relier chaque affaire à un contexte plus vaste. Cependant on n'attendait pas des enquêteurs d'une ville qu'ils relient leur affaire à un événement qui s'était déroulé dans une autre, à un autre moment. Certains y avaient peut-être songé, mais c'était probablement un trop gros morceau.

Le dossier au sommet de la pile concernait Charlotte Pedersen, 21 ans, de Porsgrunn. Elle avait été vue pour la dernière fois à la station-service Statoil de l'E18 à Eidanger, juste à la sortie de la ville. Le 19 juin 2009 à 16 h 23, elle s'était acheté des chewing-gums et un paquet de dix Prince Mild. Les photos de la caméra de surveillance à l'intérieur de la station-service étaient jointes au dossier. La piste s'arrêtait là.

Le deuxième dossier contenait les documents de

l'affaire Diana Bender à Drammen, à l'automne 2007. Elle travaillait dans un stand de hot-dogs de Tollbugata. Qui avait fermé à 23 heures le soir du 27 septembre. Diana Bender, jeune femme de 19 ans, avait placé les recettes du jour dans le coffre de nuit de la banque du quartier de Strømsø. Après quoi elle avait été vue sur Konnerudgata, mais n'était jamais arrivée chez ses parents, qui habitaient Tårnveien, à un peu plus d'un kilomètre de son lieu de travail.

Puis c'était Hilde Jansen, 20 ans, qui en 2005 était partie en stop de Risør pour aller au Quartfestival à Kristiansand. Un camionneur qui devait livrer des marchandises au Sørlandssenteret l'avait prise et déposée juste avant ce centre commercial, à la sortie du parc animalier. Plusieurs témoins l'avaient ensuite vue au bord de la route, tendant le pouce dans l'espoir de trouver une voiture qui l'amènerait jusqu'en ville, mais personne n'avait vu quiconque s'arrêter pour la prendre.

Wisting alla dans la pièce de la photocopieuse. Sur l'étagère du dessus, où étaient stockés des classeurs vides, des blocs-notes, des stylos, des punaises et des rames de papier, se trouvait aussi une carte du sud de la Norvège. Il l'emporta dans son bureau, avec une boîte de punaises et des épingles à tête colorée. Il ôta les photos du mur pour faire de la place avant d'y accrocher la grande carte. Puis il entreprit d'indiquer la position des femmes disparues, selon leur lieu d'origine.

Il situa d'abord les femmes des trois affaires dont il venait de prendre connaissance. Charlotte de Porsgrunn, Diana de Drammen et Hilde de Risør. Il inscrivit leurs noms directement sur la carte en ajoutant la date de disparition sur de petits post-it qu'il fixa à côté des épingles qu'il avait plantées dans leurs villes d'origine. Il trouva dans leurs dossiers des photos qu'il découpa et épingla sur la carte.

Puis il continua de progresser dans la pile. Il y avait Anita de Stavanger, Karoline de Kristiansand, Silje de Vinstra, Malin de Halden, Thea et Nora d'Oslo, Julie d'Arendal, Maja de Hamar et Janne de Sarpsborg.

Il lut toutes les dépositions, des parents, frères et sœurs, profs, collègues de travail, voisins et petits amis. Il écuma les rapports des brigades canines et les comptes-rendus d'opérations de recherche, de porte-à-porte et de localisation de téléphones. Toutes aussi infructueuses les unes que les autres.

Trois heures plus tard, la carte comptait douze noms. Douze visages.

Dix des jeunes femmes étaient blondes. Diana de Drammen avait les cheveux et la peau foncés. Nora d'Oslo se démarquait, elle aussi. Elle était replète, et sur la photo ses cheveux étaient noirs avec quelques mèches rouges. Elle avait un piercing au sourcil et un anneau dans le nez.

Il s'avança pour regarder de plus près Charlotte de Porsgrunn. La photo venait de la station-service. Il se souvenait d'elle et de l'affaire. C'était le nom le plus récent de la liste. Le cliché de la jeune femme à la caisse était celui que les journaux avaient utilisé dans leurs articles sur sa disparition. Elle avait une mèche rebelle, comme Line. Et des yeux bleus pleins de curiosité.

Exactement comme Donald Baker l'avait expliqué au sujet de l'Étrangleur des autoroutes, les épingles de la carte étaient situées le long des grands axes. Les routes européennes étaient représentées par un trait orange foncé qui traversait les villes, de Stavanger à l'ouest à Oslo à l'est, et un autre remontant vers le nord, d'Oslo à Vinstra en passant par Hamar. Vers le sud, la route reliait Janne de Sarpsborg et Malin de Halden.

Larvik formait comme un centre névralgique, au milieu de la carte. De là, on était à environ cinq heures de route de Stavanger et à peu près aussi loin de Vinstra, mais un peu plus près de Halden.

Wisting fit un pas en arrière, inclina la tête et sentit son pouls accélérer. Le trait orange continuait de l'autre côté de la ligne en pointillé qui indiquait la frontière avec la Suède. Si l'on suivait l'E6 aussi loin au sud qu'il fallait aller au nord pour rejoindre Vinstra, on finissait à Göteborg.

Sur la carte devant lui, les noms et les photos fusionnèrent et il dut prendre appui sur son bureau. L'affaire prenait soudain une ampleur encore plus grande. Il n'y avait aucune raison de croire que Robert Godwin avait fait demi-tour à Halden ou qu'il s'était arrêté à la frontière de Svinesund. Ils allaient être obligés de demander des listes de noms à la police suédoise aussi.

Cette pensée l'agita. Il arpenta la pièce avant de s'arrêter devant la fenêtre et de coller sa tête contre la vitre froide pour tenter de mettre de l'ordre dans son esprit. Son regard s'attacha au ferry du Danemark qui glissait sur le fjord sombre.

Cette affaire avait un côté effrayant. Qu'il n'avait pas connu par le passé, qui le faisait se sentir comme un enfant qui ne voyait rien dans le noir, mais qui savait qu'il y avait quelque chose.

51

L'hôtel était tout au bord de l'eau, au fond du fjord de Larvik. Construite sur pilotis, une partie de l'édifice surplombait l'eau et la plage, ce qui lui donnait l'allure d'un bateau de croisière échoué.

Line était déjà entrée une fois dans cet hôtel moderne, mais elle n'en fut pas moins fascinée par l'atmosphère de paix qui y régnait. Proportions harmonieuses, sols, murs et meubles dans une palette naturelle.

Elle demanda au jeune homme à la réception d'appeler Frank Iversen et de le prévenir qu'elle était arrivée.

« Il ne va pas tarder », l'informa-t-il.

Elle employa le temps d'attente à regarder les photos exposées. De grands tirages en noir et blanc de Morten Krogvold et de Robert Mapplethorpe.

Frank Iversen avait les cheveux gris, mais le visage lisse malgré l'âge. Il vint droit vers elle, sans manifester la moindre trace de l'hésitation qui l'avait caractérisé au téléphone.

« Line Wisting ? vérifia-t-il en lui tendant la main.

— C'est moi », confirma Line.

Sa poignée de main était exagérément vigoureuse, comme s'il avait besoin de montrer de la force.

« On va au bar ? »

Ils s'installèrent dans les canapés profonds de part et d'autre d'une table à la fenêtre. Au bout du fjord brillaient les lumières du ferry du Danemark. Près du bord, l'eau avait gelé. Les vagues brisaient la fine couche de glace et en amoncelaient des pans sur le rivage.

Un serveur vint prendre leur commande.

« Un jus de pomme, demanda Line avant de se tourner vers Frank Iversen. Je peux vous offrir quelque chose ?

— Pourrais-je avoir une bière ? »

Le serveur acquiesça, nota la commande et repartit.

« Vous venez souvent en Norvège ? » Line sortit son calepin.

« Quelques fois dans l'année, je pense.

— Vous avez encore de la famille ici ?

— Non. Je viens uniquement pour le boulot. »

Le serveur revenait avec des bouteilles et des verres.

« Comment vous souvenez-vous de Viggo Hansen ? » interrogea Line quand le serveur se fut éloigné.

Frank Iversen haussa les épaules.

« En réalité, je ne me souviens pas de lui, répondit-il.

— Vous avez grandi à seulement deux cents mètres l'un de l'autre, lui rappela Line, et vous travailliez ensemble à l'usine de crevettes. »

Frank Iversen but une gorgée de bière.

« Ça remonte à plus de quarante ans, soupira-t-il en essuyant la mousse de sa lèvre. Je me souviens à peine d'y avoir travaillé moi-même. »

Line sourit. L'homme en face d'elle parlait un mélange de norvégien et de danois, sûrement plus norvégien maintenant qu'il lui parlait à elle, mais sa prononciation avait quelque chose de traînant et ses phrases s'en trouvaient d'autant plus alourdies.

« Vous lui avez envoyé des cartes de vœux », insista-t-elle.

Il but une nouvelle gorgée de bière.

« Peut-être bien, mais pas ces vingt dernières années.

— Pourquoi ?

— Ça s'est trouvé comme ça. Il ne m'en envoyait jamais, à moi. »

Line prit son verre et se renfonça dans le canapé. Derrière Frank Iversen, au bar, un homme en costume noir la regardait. Elle soutint son regard un instant avant de baisser les yeux.

« J'ai parlé avec Annie Nyhus hier, poursuivit-elle. Vous vous souvenez d'elle ?

— Ce nom me dit quelque chose.

— C'était votre voisine d'en face quand vous étiez petits, expliqua Line. À côté du docteur Welgaard. »

Frank Iversen sourit.

« Cette vieille Annie, oui. Qu'est-ce qu'elle a dit ?

— Elle m'a parlé de Viggo et vous, elle disait que vous traîniez ensemble. J'espérais que vous auriez plus de souvenirs.

— Je suis désolé, mais c'est comme ça. Je me souviens de notre départ de Stavern, mais les années que nous y avons passées ne sont qu'un vague souvenir.

— Quand vous êtes-vous installé au Danemark ?

— En 1990. D'abord, j'ai rencontré une femme et

ensuite j'ai trouvé un travail. Maintenant il ne reste que le travail.»

Line posa d'autres questions, mais n'obtint aucune réponse qui la rapproche de Viggo Hansen. Frank Iversen avait terminé sa bière et elle ne lui en proposa pas d'autre quand le serveur vint enlever son verre.

«Bon, fit-il en se levant. Enchanté de vous avoir parlé. Je suis navré de n'avoir pas pu vous aider.»

Line se leva et le remercia. Puis elle se rassit et parcourut ses notes. Elle avait trouvé une grande partie des gens qui, à un moment ou un autre, avaient fait partie de la vie de Viggo Hansen, mais ils semblaient tous l'avoir recouvert du voile de l'oubli. Frank Iversen ne lui avait rien raconté qu'elle ne sache déjà. C'était au contraire elle qui lui avait révélé ce qu'elle savait.

Le serveur reparut et posa devant elle un verre avec des glaçons, une tranche de citron vert et une paille.

«Je n'ai rien commandé.

— C'est de la part de Monsieur, là-bas», précisa le serveur en désignant du menton l'homme en costume noir au bar.

Celui-ci descendit de son tabouret et vint la rejoindre. Il avait son âge. Une barbe naissante ombrait ses mâchoires et la peau de son visage portait la marque d'heures et d'heures en plein air. Les muscles de son cou et de sa nuque étaient fermes, ses yeux marron curieux animés d'une forme de ferveur.

«*Do you mind?*» demanda-t-il avec un fort accent américain en désignant d'un geste la place qu'avait occupée Frank Iversen.

Line le regarda avec perplexité. Elle n'était ni

habillée ni préparée pour une sortie au bar, mais elle sourit et acquiesça d'un signe de tête.

L'Américain lui serra la main avant de s'asseoir.

« John Bantam.

— Enchantée », répondit Line en anglais en regardant sa main. Pas d'alliance. « Line.

— Tu loges dans cet hôtel ?

— Non, j'habite à Stavern. » Elle lui expliqua que la petite ville se trouvait à quelques kilomètres à l'ouest. « Je suis juste venue ici pour un rendez-vous. »

Son regard plongea en elle d'une façon qui n'était pas déplaisante.

« Tu vis dans un bien beau pays, observa-t-il.

— Merci. Et toi, d'où viens-tu ?

— De Minneapolis. »

Line situa la ville américaine sur la carte. Bien au nord, non loin des Grands Lacs à la frontière du Canada.

« Tu te sentirais chez toi là-bas, enchaîna-t-il. Neige, vent, bonnet et moufles.

— Et que fais-tu ici ?

— Je travaille », répondit-il en balayant la question d'un geste de la main, comme si ce qu'il faisait était ennuyeux. « Je suis analyste. »

Elle leva le verre qu'il lui avait offert. Gin tonic. Elle était en voiture, mais elle pouvait boire une ou deux gorgées sans problème.

Il leva lui aussi son verre, sourit et poursuivit la conversation en lui posant des questions sur la Norvège, les écrivains norvégiens, les musiciens, Thor Heyerdahl et les explorateurs polaires.

« Mon arrière-arrière-arrière-grand-père était l'un

des premiers hommes qui sont allés au pôle Sud», raconta Line.

John Bantam écarquilla les yeux.

«Vraiment?»

Elle lui parla de l'expédition de Roald Amundsen un siècle auparavant et lui expliqua que son aïeul avait fait partie du groupe qui avait atteint le pôle en 1911.

«Mon arrière-arrière-arrière-grand-père à moi venait de Kristiansand, précisa l'Américain. Il s'appelait Daniel Larsen. Peut-être qu'ils se connaissaient?»

Après avoir passé une demi-heure à bavarder, elle avait bu un peu plus que prévu et elle repoussa son verre sur la table.

«Il faut que j'y aille», annonça-t-elle, même si rien ne l'attendait. Il s'agissait là de ce qu'elle aurait voulu si elle avait été à Oslo : une conversation intéressante et sans engagement.

«Déjà?

— J'ai un rendez-vous», mentit-elle, sans savoir pourquoi.

Le seul projet qu'elle avait était de se mettre devant son ordinateur et d'écrire ce que la journée avait donné.

«Combien de temps vas-tu rester ici?» s'enquit-elle.

Il se leva en même temps qu'elle.

«C'est un peu flou, répondit-il. Je serais ravi de te revoir un autre soir. Est-ce que j'irais trop loin si je te demandais ton numéro de téléphone?»

Elle était contente qu'il le lui demande et sortit une carte de visite de son sac. Il la prit, l'examina. Ils n'avaient pas parlé de son travail à elle et elle se prépara à expliquer ce qu'elle faisait à *VG*.

« Wisting, fit-il en tapotant la carte. C'est un nom répandu ici ?

— Pas tellement.

— Eh bien, Line, déclara-t-il en glissant la carte dans la poche intérieure de sa veste, je suis ravi d'avoir fait ta connaissance. »

52

Il n'y avait pas de voiture devant la maison quand Line arriva. Son père devait être encore au travail.

Elle coupa le contact et le moteur produisit quelques cognements, suivis d'un grondement indéfinissable. Quand il se tut, elle prit son sac et sortit. Une rafale souleva la neige sèche et la projeta sur son visage. Line remonta son col autour de son cou et enfonça sa tête dans ses épaules. Elle resta un instant dans le noir et le froid avant de se décider. Sortant la clef de Viggo Hansen, elle descendit la rue et entra dans sa maison.

Le froid et le silence régnaient. L'odeur lourde et écœurante restait dans les murs.

Elle alluma le plafonnier du vestibule, puis le vieux lampadaire et les lampes murales du salon.

Son téléphone émit un son, elle lut le message : *Merci pour ce bon moment*, était-il écrit en anglais. *John*.

Elle ne s'attendait pas à avoir si vite de ses nouvelles, mais elle tapa une réponse disant que ça avait été sympa.

Le magazine était toujours sur la table. Le papier glacé était maintenant défraîchi et les pages racornies.

Elle le feuilleta. Le papier desséché crissait quand elle tournait les pages. À plusieurs endroits, Viggo Hansen avait entouré les horaires d'émissions qu'il voulait regarder, ailleurs il les avait cochés.

Elle regarda le poste de télévision, puis le programme. Il ne lui fallut pas longtemps pour percer le code. Il cochait chaque fois que deux émissions passaient à la même heure. Sous la télévision se trouvait un vieux magnétoscope. Viggo Hansen avait dû cocher les émissions qu'il voulait enregistrer, pour pouvoir les regarder plus tard. Mais quelque chose ne collait pas. Le dernier jour, il avait coché l'émission des dossiers célèbres du FBI sans qu'elle ne se télescope avec d'autres émissions.

Line reposa le magazine. Cela pouvait signifier que l'émission présentait un intérêt tel qu'il voulait pouvoir la revoir, ou alors qu'il allait être occupé à l'heure de diffusion et souhaitait l'enregistrer pour la regarder quand il serait disponible. Ce qui pouvait signifier qu'il attendait de la visite.

Dans la cuisine, le moteur du réfrigérateur démarra et fendit le silence d'un bourdonnement régulier.

Cette hypothèse cadrait avec le café dans le filtre de la cafetière, songea-t-elle.

Elle traversa le salon jusqu'à la table où les cartes étaient disposées en solitaire. La pioche se trouvait à gauche. Il y avait quatre cartes. Le quatre de trèfle, le dix de cœur, le huit de cœur et le deux de carreau.

Elle put poser le dix directement sur le jeu. Cinq coups plus tard, elle avait réussi sa patience.

Ce n'était pas parce qu'il était bloqué que Viggo

Hansen n'avait pas terminé, ce devait être autre chose qui l'avait fait reposer ses cartes au milieu de la partie.

Le vent avait forci. Une rafale fit craquer la façade nord et un long gémissement traversa le faîte de la toiture.

Line croisa les bras sur sa poitrine.

Qui donc était venu ici le dernier jour de Viggo Hansen ? Elle s'était penchée sur sa vie, mais ce qu'elle avait trouvé de plus approchant en termes de connaissances était une amie de l'époque où il avait été interné en clinique psychiatrique vingt ans auparavant, et d'après ce qu'on savait, la dernière personne à lui avoir parlé était un serrurier.

Elle se dirigea lentement vers la porte et éteignit les lumières en sortant. À chaque pas qu'elle faisait, un sentiment déplaisant lui brûlait le dos, un sentiment que quelque chose de très particulier s'était passé dans cette maison au cours des derniers jours de la vie de Viggo Hansen.

53

Wisting examinait la carte affichée dans son bureau avec John Bantam à ses côtés. Dehors, le contour des bâtiments voisins se dessinait à peine dans la lumière grise de l'aube.

« Nous irons à l'autre puits dès qu'il fera jour », déclara-t-il.

Le jeune enquêteur du FBI porta son café à sa bouche et acquiesça.

« Que faites-vous des femmes du côté suédois ? » demanda-t-il, les yeux toujours rivés sur la carte.

Wisting se dirigea vers son bureau pour rassembler ses notes et se préparer à la réunion du matin.

« Nous procédons avec précaution », répondit-il.

Leif Malm et Anne Finstad étaient repartis à Oslo, mais il avait déjà étudié la question avec eux au téléphone. Ils s'étaient mis d'accord pour adresser une demande discrète à leurs collègues de Rikskrim à Oslo.

John Bantam acquiesça de nouveau, but une gorgée de café et suivit Wisting dans la salle de conférence.

La pièce était glaciale. Wisting se dirigea vers la fenêtre et posa la main sur le radiateur. Froid.

« J'ai parlé au concierge », expliqua Torunn Borg, qui avait déjà pris place.

Wisting s'assit en bout de table et consulta l'ordre du jour de la réunion pendant que la salle se remplissait.

Hammer apportait l'édition du jour de *VG*.

« Foutrement froid, jura-t-il.

— Le concierge va jeter un coup d'œil.

— Voilà ! » fit Hammer en balançant le journal sur la table.

Wisting le tira vers lui. *Mort mystérieuse*, indiquait le titre de l'article.

> L'inspecteur principal William Wisting reconnaît que la découverte d'un homme mort dans une futaie de sapins de Noël à couper soi-même reste un grand mystère. La police ne sait ni qui il est ni d'où il vient et elle ignore aussi comment il est mort et ce qu'il faisait là où on l'a trouvé.

Donald Baker et Maggie Griffin s'assirent à côté de John Bantam à ce qui était devenu leurs places attitrées à cette table. Wisting leur traduisit l'article.

« Il faut procéder avec prudence, conclut Baker. Ceci est anodin, mais s'ils fouillent davantage, ça pourrait fiche en l'air toute l'affaire.

— Commençons », demanda Christine Thiis.

Wisting hocha la tête.

« Nous avons localisé un nouveau puits. Hammer ?

— Oui, ce n'est en fait pas un puits, mais un puisard de système d'irrigation privé que les agriculteurs ont installé pour arroser leurs terres. Une histoire de dénivelé a fait que le puisard n'a jamais été utilisé.

— Comment pouvons-nous regarder ce qu'il y a dedans sans attirer l'attention ? s'enquit Wisting. On le voit depuis la route.

— Je me suis procuré des combinaisons et un véhicule de la municipalité, expliqua Hammer. Ça ressemblera à une inspection. De toute façon, à la municipalité, un service n'a pas la moindre idée de ce que fait l'autre.

— Et le troisième puits ? demanda Wisting en s'adressant à Benjamin Fjeld.

— Rien de neuf, mais tout ce que nous faisons en la matière est aléatoire. Comment savoir si les puits que Bob Crabb a trouvés sont ceux que Godwin a utilisés ? Si tant est qu'il en a effectivement utilisé… Ne devrions-nous pas procéder de façon un peu systématique en les recensant tous ?

— Il doit y en avoir dans toutes les fermes du coin, non ? » approuva Mortensen.

Wisting était d'accord.

« Fais-le. Mais Bob Crabb devait disposer d'informations que nous n'avons pas trouvées. Torunn ?

— Les archives régionales de Kongsberg nous aident en compulsant de vieux registres paroissiaux, des recensements de population et autres documents du dix-neuvième siècle. Nous savons que la personne qui a fondé la famille de Robert Godwin aux États-Unis était Niels Gustavsen, émigré en 1889. Les archivistes ont remonté deux générations et travaillent maintenant pour retrouver tous les cousins vivant en Norvège. Ça pourrait donner quelque chose, mais ça pourrait aussi être un cul-de-sac chronophage.

— Et la liste des candidats qui pourraient être Godwin ?

— Elle se réduit. Nous n'avons aucune correspondance avec le logiciel de reconnaissance faciale, mais nous avons pu éliminer quelques personnes impossibles en raison de leur ethnicité. D'ici la fin de la journée, nous devrions être descendus à une cinquantaine d'hommes à regarder de plus près, au sens propre. La question est juste de savoir comment nous y prendre sans dévoiler ce que nous recherchons réellement.

— Et le portrait-robot ? » Espen Mortensen s'adressait à Donald Baker.

« Nous avons demandé à nos hommes d'exposer la photo à un logiciel de simulation de vieillissement. » L'agent du FBI sortit quelques images de son dossier.

Il y avait trois dessins où l'on reconnaissait les traits du Robert Godwin de l'avis de recherche. L'un d'eux était une image simple où on l'avait doté de rides et autres signes de vieillissement. Sur les deux autres, il avait une barbe et des lunettes. Le point commun des trois dessins était que les golfes temporaux s'étaient échancrés et que la chevelure s'était clairsemée.

Une dernière demi-heure fut consacrée à des questions pratiques et à la répartition des tâches. Au sortir de la réunion, ils n'étaient pas plus avancés.

54

Torunn Borg lui avait envoyé la liste provisoire des noms sous lesquels Robert Godwin pouvait se cacher. L'imprimante cracha un total de treize pages. Une suite de cent vingt-trois hommes, classés par ordre alphabétique, avec leur date de naissance et leur domicile.

C'était une liste écrémée à partir de 2 127 noms. On pouvait d'emblée en barrer certains. En première page figurait ASKE, Eivind. L'artiste peintre que Line avait dit vouloir interviewer pour son article sur Viggo Hansen.

Pour le reste, la liste contenait des noms de gens qui ne s'étaient fait remarquer d'aucune manière. Des gens qui depuis toujours menaient une existence anonyme. Des hommes des cavernes.

La traque des tueurs en série n'était enseignée ni pendant la formation principale ni dans les cours de formation continue de l'École de police. Wisting avait lu pas mal de choses sur le sujet, mais il n'avait pas du tout suivi les recherches récentes dans le domaine. C'étaient là des préoccupations trop éloignées de son quotidien professionnel.

Internet regorgeait d'articles sur des assassins

déments qui dévoraient leurs victimes, laissaient des messages aux enquêteurs et collectionnaient des trophées. Sur le site du Collège européen de police, l'agence encourageant la coopération entre les services européens par la formation, il trouva un article récapitulant plusieurs années de recherches sur les tueurs en série en Australie. En général, ils s'en prenaient à des gens qu'ils ou elles ne connaissaient pas, et en général, les meurtres avaient une orientation sexuelle, lut-il. L'intervalle entre deux meurtres pouvait aller de quelques heures à plusieurs années. De nombreux tueurs en série étaient des psychopathes souffrant d'un trouble de la personnalité, mais ils pouvaient néanmoins paraître tout à fait normaux et étaient souvent charmants.

Le tueur en série moyen était en général un homme blanc, célibataire, doué d'une intelligence normale, voire élevée. Dans soixante pour cent des cas, il avait souffert d'énurésie jusqu'à l'âge de 12 ans. Il occupait rarement un poste fixe sur une longue durée. Il manifestait une fascination précoce pour la pyromanie, la torture des animaux et autres activités sadiques de ce genre. Il avait en général été élevé par une mère célibataire et eu peu de contacts avec son père. Il n'était pas inhabituel qu'il ait fait des études supérieures et ait un métier prestigieux.

Il choisissait souvent le même type de victime et procédait à peu près toujours de la même façon pour l'approcher et la tuer, concluait l'article.

Rien dans cette lecture n'avançait Wisting. Il tapota les feuilles contre son bureau pour les égaliser et les agrafa au coin gauche. Puis il s'installa confortablement et les lut une à une.

Ce n'est qu'à la dernière page qu'apparut un nom qu'il avait déjà vu. WANG, Jonathan. L'homme à la cicatrice en charge de l'exploitation de Halle quand Bob Crabb avait été tué.

Il se leva et se dirigea avec la liste vers le bureau de Torunn Borg. Il y régnait un désordre inhabituel. Certains documents étaient répartis en plusieurs piles, d'autres étaient étalés et couverts de notes de différentes couleurs.

« À combien de noms es-tu descendue ? demanda Wisting en s'asseyant.

— Cinquante-huit.

— As-tu toujours Jonathan Wang ? »

Torunn Borg consulta l'écran de son ordinateur en plissant les yeux.

« Oui, confirma-t-elle.

— C'est le seul nom qui ait déjà été mentionné dans l'affaire.

— L'intérimaire du domaine de Halle. »

Elle tira à elle une pile et chercha la page de l'interrogatoire qu'avait effectué Benjamin Fjeld.

« Nous avons la vidéo de l'interrogatoire, expliqua Wisting. Je lui ai parlé quand il était ici, mais je ne trouve pas qu'il ressemble à Godwin.

— Je vais le faire passer par la reconnaissance faciale. Le logiciel ne reconnaît pas comme nous les traits de façon purement physique, il prend des mesures de divers points du visage, par exemple la distance entre les yeux ou l'épaisseur de la lèvre supérieure. Un visage contient différentes caractéristiques géométriques qui ensemble forment une clef d'identification de la personne. Mais je ne pense pas qu'il faille trop compter dessus. La forme de son visage a pu changer en vingt ans. Le système est troublé par les lunettes et la barbe, et la personne que nous recherchons a même pu subir de la chirurgie plastique pour ne pas être reconnaissable. »

Wisting se passa la main dans les cheveux. Ils ne progressaient pas. Le principal dans une enquête était de progresser. Là, ils ne faisaient que buter contre les obstacles sans avancer.

Son téléphone sonna. Nils Hammer. Il décrocha en espérant qu'il aurait un élément qui puisse donner de l'élan à l'enquête.

« Vide, fut le message au bout du fil.

— Le puisard ?

— Il nous a fallu un certain temps pour le repérer sous la neige, mais quand nous avons pu ôter le couvercle en béton, il était totalement sec, et vide. Il n'y avait que quelques bouts de conduite du système d'irrigation. »

Benjamin Fjeld apparut à la porte.

« J'ai trouvé le troisième puits, annonça-t-il en agitant la photo téléchargée de l'appareil de Bob Crabb.

— Attends une seconde », demanda Wisting. Il posa son téléphone sur le bureau et le mit sur haut-parleur. « Benjamin a quelque chose.

— Le troisième puits se trouve à un kilomètre à peine de l'endroit où vous êtes maintenant, expliqua Benjamin Fjeld en se penchant au-dessus du bureau. C'est une petite exploitation désaffectée, à peu près là où vous étiez hier.

— Tu as encore ton équipe ? s'enquit Wisting.

— Oui.

— Alors on vous rejoint. »

55

L'anatomopathologiste qui avait autopsié Viggo Hansen se dénommait Mogens Poulsen. Il avait un peu la même intonation que Frank Iversen, il parlait avec un accent danois.

« J'ai obtenu votre rapport d'autopsie par la police, expliqua Line après s'être présentée et avoir parlé de l'article sur lequel elle travaillait. Vous vous souvenez de Viggo Hansen ?

— Bien entendu, répondit le médecin. C'était un cas très particulier. D'ordinaire, quand quelqu'un meurt et qu'on ne s'aperçoit de sa mort que longtemps après, le corps est complètement putréfié, mais celui-ci était quasiment momifié.

— Comment est-ce possible ?

— Avant tout à cause de l'absence de divers organismes vivants pouvant produire des enzymes et dégrader la matière organique. Ici, le corps se trouvait en outre dans une maison pour ainsi dire étanche, dont toutes les portes, fenêtres et aérations étaient fermées. L'hygrométrie et la température basses ont contribué à ce qu'il se dessèche comme une momie au lieu de pourrir et de se décomposer. » Puis il se reprit. « Mais je parle en termes généraux. Je ne peux pas m'exprimer sur des cas particuliers.

— J'ai plutôt des questions générales, le rassura Line. Je ne vais très probablement rien écrire là-dessus, mais je me demande de quoi il est mort, au juste.

— De solitude, probablement, répondit furtivement le médecin légiste.

— De solitude ? » répéta Line, espérant qu'elle pourrait le citer, même si elle doutait que la solitude fasse partie de la nomenclature des maladies.

« Ou de détresse mentale. C'est peut-être plus exact. Il devait être terriblement seul s'il a pu s'écouler quatre mois avant que quelqu'un s'aperçoive qu'il était mort. »

Elle entendit le médecin soupirer avant de poursuivre.

« À quoi sert toute la richesse du monde si nous ne sommes pas capables de nous soucier davantage les uns des autres ? Dans ce pays, nous sommes psychologiquement attardés. Des coquilles vides qui se préoccupent exclusivement de satisfaire leurs propres besoins.

— Mais vous êtes sérieux ? Vous pensez vraiment qu'on peut mourir de solitude ?

— C'est évident. Un bon réseau social, l'amitié et les liens familiaux comptent beaucoup pour la santé, davantage que la pression artérielle et le cholestérol. Les études montrent que les gens seuls sont plus prédisposés à quasiment tous les types de maladies et d'affections. De la tristesse, l'angoisse et la dépression aux maladies physiques comme les maladies cardiovasculaires. »

Line nota.

« De nombreux couples se maintiennent en vie quasiment uniquement pour avoir de beaux jours avec celui ou celle qu'ils aiment, continua l'anatomopathologiste, pour s'aider et se soutenir. Quand l'un meurt, on voit souvent celui qui reste seul mourir à peine quelques mois plus tard. »

Line ne put réprimer un sourire. Elle avait manifestement touché un sujet sensible.

« Déjà, il y a l'absence durable de relations sociales, mais en plus vous n'avez personne pour appeler le 113 quand les douleurs à la poitrine surviennent ou que vous tombez dans un escalier. Personne ne peut libérer vos voies aériennes ou vous faire un massage cardiaque en attendant l'ambulance.

— Vous pensez que Viggo Hansen est mort d'un infarctus ou d'un AVC ?

— Ce sont les causes les plus répandues, mais il est parfaitement impossible de donner une réponse conclusive à cette question.

— Qu'est-ce que cela pourrait avoir été d'autre ?

— Si ça se trouve, il a avalé de travers et s'est étouffé. Son corps avait beau être bien conservé, nous n'avions pas tellement d'éléments à partir desquels travailler. Ce que je peux vous dire en tout cas, c'est qu'on ne lui a pas tiré dessus, qu'il n'a pas été poignardé ni frappé sur la tête avec un objet contondant.

— Donc vous pensez plutôt que Viggo Hansen est mort de mort naturelle ?

— La mort est naturelle, répondit le médecin. C'est juste qu'elle vient parfois plus soudainement et plus brutalement. »

Line regarda son calepin. *Étouffé*, avait-elle écrit, avec un point d'interrogation.

« Vous disiez qu'il avait pu être étouffé ?

— C'était juste un exemple. Nous ne disposons d'aucun élément pour dire que sa mort a été autre chose que naturelle. Aucune trace de lutte, comme des meubles renversés ou autre. Son corps n'était pas dans une position contre nature, au contraire, il s'était endormi bien proprement dans son fauteuil devant la télé.

— Mais est-ce que, par exemple, quelqu'un aurait pu tenir un oreiller sur son visage et l'étouffer sans que ça ne laisse de trace visible ?

— Ce que je dis, c'est que nous n'obtiendrons probablement jamais de réponse à la question de savoir comment Viggo Hansen est mort, en tout cas pas d'un point de vue médico-légal. »

Line le remercia de cet entretien et alla à la fenêtre. Dehors le vent fouettait la poudreuse et la balayait dans la rue. Elle avait lu largement assez de rapports de police, de rapports d'autopsie, de rapports publics, pour savoir qu'on n'y consignait que ce dont on était absolument certain. Laisser la place au doute ou à l'interprétation ne faisait que créer des problèmes. En règle générale, ce qui était écrit dans ces rapports n'était donc que des données brutes. Des informations qu'on pouvait garantir à cent pour cent. Sa conversation avec le médecin légiste, en revanche, ouvrait la porte à d'autres possibilités.

56

Nils Hammer avait fait déneiger la voie d'accès à la ferme du troisième puits. Le chemin était bordé d'arbres sur la gauche et séparé d'un champ sur la droite par un mur de pierres, dont quelques-unes émergeaient de la neige comme les sommets d'un massif montagneux.

Devant la vieille maison, la neige avait été soufflée en grandes congères. Un tracteur avec chasse-neige était garé dans la cour, ainsi que le véhicule anonyme qu'ils avaient utilisé la veille. Plusieurs policiers portaient des combinaisons chaudes de la municipalité de Larvik. Certains s'étaient rassemblés autour d'un réchaud avec une cafetière fumante.

Wisting sortit de sa voiture et dut serrer les paupières face à la neige qui cinglait son visage.

« On sera prêts dans cinq minutes », annonça Hammer en désignant de la tête la grange où deux hommes avaient dégagé un couvercle de puits de forme pyramidale, qu'ils étaient à présent en train de soulever pendant qu'un troisième préparait une corde de rappel.

Wisting se mit dos au vent.

« Il est en eau ? demanda-t-il.

— Oui, la surface n'est pas très loin. »

Les hommes autour du puits signalèrent qu'ils étaient prêts. Un groupe électrogène s'anima et un projecteur envoya ses rayons vers l'ouverture.

Le premier policier attacha la corde à son baudrier, se pencha en arrière au-dessus de la margelle et descendit.

Wisting rejoignit le puits et regarda à l'intérieur. Un puits carré, doublé de béton sur le premier mètre. On voyait l'empreinte des planches de coffrage dans le ciment gris. Au-dessous, les parois étaient tapissées de pierres.

La couche de glace était à peu près de la même épaisseur que celle du puits de la veille. L'homme mit cinq minutes pour la percer avec son piolet, il libérait des plaques de plus en plus grandes. Les morceaux étaient remontés et posés en tas à côté de la margelle, un peu comme un éboulis de pierres.

Wisting enfonça la tête dans ses épaules et les mains dans ses poches alors qu'il observait le travail. Le froid s'insinuait sous ses vêtements.

Sitôt la couche de glace éliminée, on descendit la pompe. Espen Mortensen positionna le tuyau dans la caisse qu'il avait fabriquée pour recueillir les objets. L'eau qui remontait ne tarda pas à geler et à boucher la grille. Mortensen dut casser la glace avec un marteau, et un gros monticule de glace finit par se former sous le dispositif.

Dans le puits, Wisting voyait le niveau d'eau baisser centimètre par centimètre.

Puis il distingua quelque chose dans l'eau sombre. Quelque chose de luisant qui remua avant de disparaître.

Il se pencha en avant en plissant les yeux. Mortensen et Hammer se postèrent à côté de lui pour observer ce même néant. Un objet fut aspiré. Le tuyau de la pompe s'arqua et se tordit avant de recracher un bout de planche.

Puis il y eut de nouveau du mouvement au fond du puits. On aurait d'abord dit simplement les remous créés par la pompe, mais quelque chose serpentait juste au-dessous.

« Merde ! lâcha Hammer. Il y a des anguilles.

— Des anguilles ? s'étonna Mortensen.

— Autrefois, les gens balançaient des anguilles dans les puits pour les préserver des vers et autres bestioles. »

Wisting gémit. Il avait lu que les anguilles pouvaient vivre plus de quatre-vingts ans. Celle-ci avait pu passer des années dans ce puits à se nourrir d'escargots, de têtards, de larves d'insectes et de restes de Dieu sait quoi.

« Il y en a deux », déclara Mortensen en pointant l'index.

Il avait raison. Deux corps lisses serpentaient juste sous la surface. Alors que l'eau diminuait au fond du puits, ils s'enroulèrent l'un autour de l'autre.

Puis la pompe émit soudain un bruit différent. Le grondement régulier se transforma en sifflement à haute fréquence, comme si elle patinait, et le tuyau se vida de son eau.

Hammer coupa le courant et remonta la pompe. Un morceau de tissu obstruait la bouche d'aspiration. Hammer laissa Espen Mortensen l'enlever. De la taille d'une page de journal, le chiffon avait des bords irréguliers, comme déchirés. Il était imprégné de vase marron, ce qui lui donnait une teinte indéfinissable, mais on distinguait des rayures semblables à celles d'un vêtement.

Wisting se pencha de nouveau au-dessus la margelle. Les anguilles s'étaient apaisées maintenant qu'elles n'étaient plus dérangées par la pompe. L'eau restante était troublée par la vase qui avait été soulevée et, même avec le projecteur puissant, il était parfaitement impossible de voir ce qu'il pouvait y avoir d'autre au fond.

Hammer redescendit la pompe. De l'eau boueuse brune recommença à se déverser du tuyau. Un bout de tissu plus petit remonta, avec le même motif rayé.

Au bout de cinq minutes, la pompe se mit à gargouiller. Il n'y avait plus d'eau dans le puits. Dans la vase s'agitaient les anguilles. Mais il y avait autre chose. Quelque chose qui dépassait. On aurait d'abord dit une racine d'arbre, marron, ronde, lisse, mais ce n'était pas ça. Ce qu'il y avait en bas, c'était ce qu'ils recherchaient. C'était la raison de leur présence ici. Les anguilles s'enroulaient autour des os d'un être humain.

57

Une demi-heure plus tard, une grande tente était érigée au-dessus du puits et de la zone environnante. La paroi de la tente protégeait du vent froid et un chauffage de chantier faisait remonter la température, permettant d'enlever les moufles et de desserrer les écharpes.

On avait mis une échelle dans le puits. Les anguilles avaient été remontées et étaient congelées dans la neige à l'extérieur de la tente.

Espen Mortensen descendit l'échelle pour chercher l'os qui dépassait de la vase. Un clappement mouillé résonna quand il le dégagea. Mortensen resta debout sur le dernier degré de l'échelle à l'examiner avant de remonter. Marron foncé, l'os avait l'air d'un bout de bois noueux.

« Humain ou animal ? » demanda Wisting.

Mortensen ne répondit pas. Il posa le fragment d'os au centre d'une table et sortit un gros livre du sac à dos qu'il avait préparé pour cette mission. *Anatomy of the Human Body* de Henry Gray.

Il feuilleta l'ouvrage jusqu'à ce qu'il trouve ce qu'il cherchait. Une illustration présentant une vue d'un os humain en face antérieure et une autre en face postérieure.

« Humérus », lut-il avant de pointer l'index sur un croquis où l'os qu'ils avaient découvert était placé sur le bras d'un squelette.

Wisting enfila un gant en latex et prit délicatement l'os. L'odeur d'eau croupie piquait le nez.

Il leva l'os au-dessus de l'illustration et le compara point par point. Cela ne faisait aucun doute. L'os qu'ils avaient trouvé provenait d'un bras humain.

Mortensen redescendit l'échelle. Tel un archéologue excavant des vestiges du passé, il se servit de petits outils pour creuser la masse brune informe au fond du puits. D'autres ossements ne tardèrent pas à apparaître. Ils étaient photographiés avant de remonter dans un panier. Un bout de vertèbre, une hanche et des capsules articulaires. Ils étaient tous répertoriés dans un registre puis rangés dans des sachets en papier avant d'être rassemblés dans des caisses.

Plusieurs bouts de tissu décomposés apparurent. Sur l'un d'eux restaient les vestiges d'une fermeture éclair. Une ceinture vermoulue à boucle rouillée fut remontée, répertoriée et emballée.

« On a quelque chose ! » cria Mortensen en découvrant un objet en forme de boule. Chaque couche de vase qu'il raclait révélait de plus en plus clairement qu'il s'agissait du sommet d'un crâne.

Il ôta encore de la vase avant de mettre les mains autour du crâne et de tirer. Un appel d'air se fit entendre quand la boue lâcha prise. Mortensen retourna le crâne et deux orbites vides regardèrent en l'air.

« Je crois qu'il n'y a que celui-ci, dit-il en surveillant

le panier dans lequel on remontait le crâne. Il y a environ trente centimètres de vase au-dessus des pierres du fond, expliqua-t-il encore. Je ne pense pas qu'il y ait de place pour plus d'un squelette. »

Poursuivant sa lente entreprise, l'agent de la police scientifique racla une nouvelle couche de boue malodorante et découvrit une semelle de chaussure. Avec une règle à côté pour donner l'échelle, il prit une photo.

« 26,5 centimètres ! » cria-t-il vers la surface.

Pointure 41, se dit Wisting, qui n'avait pas souvenir d'avoir lu qu'aucune des disparues de la liste avait de si grands pieds.

Au fond du puits, Mortensen dégagea la chaussure de la vase et la retourna. C'était une sandale. Wisting avait vu mention de sandales dans une des descriptions, mais il ne savait plus laquelle. Quoi qu'il en soit, cela signifiait que la femme qui était dans le puits y avait atterri en été. C'était un progrès notable. Ils pourraient avoir une bonne idée de l'identité de la défunte dans le courant de l'après-midi.

Wisting resta encore une heure à regarder Mortensen progresser couche par couche. Plusieurs fragments d'os surgirent, et Mortensen semblait avoir raison. Il ne s'agissait que d'une seule personne.

Le travail au fond du puits n'était pas terminé, mais Wisting avait vu ce qu'il avait à voir.

Le vent âpre lui mordit le visage quand il écarta la toile de la tente et sortit. Il se sentait tendu et agité. C'est maintenant que ça commence, songea-t-il. Ça n'est que le début.

58

Line n'était pas sûre. Si elle l'avait été, elle aurait alerté la police, mais son travail était en train de prendre une autre direction. Il ne s'agissait plus uniquement de découvrir qui était Viggo Hansen, mais ce qui s'était passé au cours de ses dernières heures.

Elle avait déjà sur son ordinateur un document de plus de 5000 signes dans lequel elle décrivait Viggo Hansen comme quelqu'un de seul, mais sur la fin de sa vie, cette solitude avait été rompue. Elle en était persuadée. Qui donc avait pris contact avec lui, et pourquoi ? Et s'il s'agissait d'une rencontre qui s'était soldée par la mort, quel était le mobile ?

Elle consulta sa montre. Il était près de 14 heures. Elle avait rendez-vous avec Jonas Utklev, qui avait présidé le comité d'organisation des quarante ans de la promotion de 1964 de l'école de Stavern. Elle avait trouvé l'invitation dans les papiers de Viggo Hansen, mais d'après Utklev, Viggo n'avait même pas répondu. Il avait néanmoins accepté de la rencontrer.

Il vivait dans un des immeubles en terrasse au sommet d'Ohlselia et passer par le sentier piéton était plus rapide que par la route.

Elle laissa donc sa voiture, mais le regretta au bout de cent mètres. Le froid n'avait pas lâché prise. Et le vent, qui était un facteur aggravant, lui soufflait en outre les cheveux dans le visage.

Jonas Utklev avait une grosse tête chauve et une moustache raide sous le nez. Il lui fit signe d'entrer dès qu'il ouvrit la porte, comme s'il était urgent de se mettre à l'abri des éléments.

« Vous êtes venue à pied ? » Il tendit le cou pour voir où elle s'était garée.

« Oui, répondit-elle en désignant du menton la butte rocheuse derrière eux. J'habite juste de l'autre côté.

— C'est vrai, c'est vrai. Vous êtes la fille de William Wisting du commissariat, fit-il en la guidant vers un salon exigu surchargé. Vous habitez Herman Wildenveys gate. Bien sûr. »

La pièce sentait le cuir, le tabac à pipe et le renfermé. Line regarda autour d'elle avant de s'asseoir. Meubles en pin, moquette, photos de famille au mur, plantes vertes à grand feuillage dans des pots sur le sol. Un fauteuil à bascule dans un coin avec un panier de travaux d'aiguille par terre.

« Ma femme est sortie faire une course », expliqua Utklev, qui avait suivi son regard.

Le café était prêt sur la table basse. Thermos et petites tasses en porcelaine fine. Il en remplit une et la poussa vers Line sans lui demander si elle en voulait.

« Vous étiez à l'école avec Viggo Hansen, commença-t-elle.

— En effet, en effet, acquiesça Utklev en remplissant sa propre tasse.

— Quels souvenirs avez-vous de cette époque ?

— Eh bien, il ne se faisait pas tellement remarquer. Il était toujours assis au fond de la classe, je me souviens. Toujours au fond. Je crois qu'il n'a jamais levé le doigt pour dire quelque chose ou répondre à une question de l'instituteur. Il se contentait d'être là et je ne crois pas que grand monde l'aurait remarqué s'il avait été absent.

— N'y avait-il personne dans la classe avec qui il était plus qu'avec les autres ?

— Si, ils étaient deux à être un peu réservés. Viggo Hansen et Odd Werner Ellefsen. »

Line fit un signe de tête. Elle ne lui toucha pas mot de sa visite chez ce camarade de classe peu loquace et simple d'esprit deux jours auparavant.

« Mais je ne sais pas s'ils étaient réellement amis, poursuivit l'homme en face d'elle. C'était plutôt qu'ils restaient tous les deux sur leur quant-à-soi, si vous voyez ce que je veux dire. Ils étaient les deux que personne ne choisissait quand on formait les équipes de foot et ces choses-là. C'est probablement pour ça que je les associe dans ma tête, parce qu'ils étaient tous les deux à part.

— À quand remonte la dernière fois que vous avez vu Viggo Hansen ou que vous lui avez parlé ?

— Oh, ça fait longtemps. Je ne sais même pas si je l'aurais reconnu. Nous avons eu notre fête en 2004, les quarante ans de notre promotion, mais il n'est pas venu. Il n'a même pas répondu à l'invitation. Pas plus qu'Odd Werner, d'ailleurs. C'étaient les deux absents, et puis Eivind Aske. Mais lui, il est trop bien pour ça depuis qu'il est artiste. Il ne me dit même pas bonjour quand je le croise dans la rue. Pas sans que moi je lui dise bonjour d'abord, en tout cas. »

Line se renfonça dans son fauteuil.

« Si quelqu'un avait rendu visite à Viggo Hansen… dit-elle en invitant Jonas Utklev à penser tout haut avec elle, qui aurait-ce pu être ?

— Bonne question ! Personne de l'époque, en tout cas. »

La porte d'entrée s'ouvrit. Une femme qui devait être madame Utklev entra dans le salon avant d'avoir enlevé son manteau. Elle avait les joues rougies par le froid.

Jonas Utklev se leva et fit les présentations.

« Nous étions en train de parler de Viggo Hansen », précisa-t-il.

Sa femme fit la moue.

« Tu devrais raconter ce qui s'est passé quand il est venu chez vous cet été », l'encouragea-t-il, et il ajouta à l'intention de Line : « Maren travaille à la bibliothèque.

— Vous lui avez parlé l'été dernier ? » demanda Line.

Maren Utklev défit son manteau.

« Il est venu à la bibliothèque, confirma-t-elle. En fait, je ne l'avais pas reconnu. »

Son mari expliqua : « Maren était dans la classe au-dessous de nous à l'école. »

Elle repartit dans l'entrée pour suspendre son manteau puis revint dans le salon et s'arrêta au seuil de la cuisine.

« Je ne pense pas qu'il se souvenait de moi non plus, commença Maren Utklev. Il n'était jamais venu et il n'avait pas de carte de lecteur.

— Il n'a rien emprunté, glissa son mari. Il voulait juste feuilleter des livres.

— Quel genre de livres ?

— Il a passé plusieurs heures à regarder différents livres de la collection locale, répondit Maren Utklev. *Souvenirs de Stavern* et des choses comme ça.

— C'est un recueil avec des photos et des textes courts sur Stavern qui a été publié il y a dix ou quinze ans, précisa Jonas Utklev. Nous devions en avoir un exemplaire quand nous habitions dans la maison, mais quand nous avons déménagé, nous n'avons pas pu emporter tous nos livres. Nous n'avions pas la place, et puis nous les avions tous lus. Certains plusieurs fois, donc nous les avons laissés à un bouquiniste.

— Que cherchait-il ?

— C'est difficile à dire. » Maren Utklev fit de nouveau la moue.

« Il a arraché des pages, expliqua son mari. Il les a arrachées comme ça et il est parti avec.

— Je ne l'ai vu qu'après son départ, dit la femme. Le livre était rangé au mauvais endroit et c'est en le déplaçant que je m'en suis aperçue.

— Quelles pages avait-il arrachées ? »

Maren Utklev haussa les épaules.

« Sans doute quelque chose qui l'intéressait. Peut-être une photo sur laquelle il était. Je ne sais pas, moi.

— Mais pouvons-nous le découvrir ? Pouvons-nous découvrir de quelles pages il s'agit ? »

Maren Utklev secoua la tête.

« Nous n'avons plus le livre. Nous avons dû le mettre au pilon. Heureusement, nous en avions plusieurs exemplaires dans la réserve de la bibliothèque principale, si bien que nous avons pu le remplacer.

— Vous ne lui en avez pas parlé? Vous n'avez pas demandé de dédommagement ou quelque chose?

— Je ne pouvais pas être entièrement sûre, admit Maren Utklev. D'autres gens avaient pu prendre le livre avant lui. Je n'étais même pas tout à fait certaine qu'il s'agisse bien de Viggo Hansen. C'est Gunvor, de la banque, qui m'a dit qui c'était.»

Line inclina la tête sur le côté en attendant qu'elle s'explique.

«Oui, Gunvor était à la bibliothèque en même temps. Après le départ de Viggo Hansen, quand je me suis aperçue qu'il manquait quelques pages dans le livre, je lui ai demandé si elle savait qui c'était. Elle le connaissait de la banque. En ce qui me concerne, je ne l'avais pas revu depuis l'école.»

Quelque part dans la maison, une horloge sonna trois coups.

«À quelle heure ferme la bibliothèque? demanda Line.

— Aujourd'hui, on est mercredi, répondit Jonas Utklev. C'est ouvert jusqu'à 16 heures.»

59

Line avait oublié qu'elle était à pied. Maintenant, elle allait devoir repasser prendre sa voiture pour descendre à la bibliothèque qui se trouvait en plein centre de Stavern.

Elle marchait tête baissée contre le vent, les yeux rivés sur ses propres pas. La neige soulevée du sol lui piquait le visage comme des aiguilles. Cette visite de Viggo Hansen à la bibliothèque ne pouvait pas être un hasard. Il avait dû chercher quelque chose de très précis, et le trouver.

La voiture froide fut difficile à démarrer. À la troisième tentative, le moteur se mit à tousser et Line le laissa tourner pendant qu'elle dégivrait le pare-brise.

Elle se mit au volant en gardant ses gants. Son souffle formait un voile de vapeur blanche qui se déposait en buée sur la vitre.

Il y avait une place libre devant l'antenne de Stavern de la bibliothèque municipale de Larvik. Elle gara sa voiture et gravit les marches éculées jusqu'au premier étage.

La femme de l'accueil lui sourit en la regardant par-dessus la monture de ses lunettes.

« Bonjour, la salua Line. Je cherche un livre intitulé *Souvenirs de Stavern*.

— Il y en a trois, répondit la bibliothécaire sans hésiter. Enfin, trois volumes. »

Line soupira. Cela rendait encore plus difficile d'identifier ce que Viggo Hansen avait cherché.

« Alors j'aimerais les emprunter tous les trois.

— Ils sont exclus du prêt. Ils font partie des collections locales et ne peuvent pas être empruntés.

— D'accord. Je peux les consulter ? »

La bibliothécaire fit oui de la tête et disparut pour revenir aussitôt avec trois livres à couverture colorée. *Stavern vue par ses habitants*, indiquait le sous-titre.

Line les emporta vers un canapé et commença à les feuilleter. De nombreuses photos dataient de la guerre. Certaines étaient plus vieilles et montraient la ville et le rivage tels qu'ils étaient un siècle plus tôt, mais il y avait aussi des photos plus récentes, du 17-Mai, de festivals d'été, de fêtes de la Saint-Jean. Bals, marchés aux puces, matchs de foot, démonstrations de gymnastique. Elle ne savait pas ce qu'elle cherchait, mais elle espérait le comprendre en le voyant.

Elle trouva des photos de l'usine de crevettes, de la conserverie et de l'école de Stavern sans que les légendes ne lui fournissent d'éléments intéressants.

Son téléphone vibra en émettant un petit signal. Elle le sortit de son sac et lut le message.

Ce soir ? était-il écrit en anglais. *Même heure, même endroit ? John.*

C'était l'Américain qu'elle avait rencontré la veille.

Elle resta à regarder cette courte invitation. Elle ne le connaissait pas, mais c'était précisément pourquoi elle avait le sentiment qu'il était beaucoup plus facile d'accepter une nouvelle rencontre. Un rendez-vous sans engagement aucun. Pas compliqué du tout.

Elle tapa *OK*, avant de l'effacer. Puis elle écrivit *Avec plaisir* et envoya le message.

La bibliothécaire vint la voir.

« Nous fermons dans cinq minutes. »

Line continua de tourner les pages, s'arrêta, revint en arrière. Une photo en couleurs de 1967 montrait quatre adolescents devant un bâtiment familier.

À l'automne 1967, l'intervention rapide de quatre garçons qui passaient par là a sauvé l'usine de crevettes Reime des flammes, disait la légende. *De gauche à droite, Frank Iversen, Odd Werner Ellefsen, Cato Tangen et Viggo Hansen.*

Derrière eux, un homme en uniforme enroulait le tuyau d'un camion de pompiers.

Le troisième garçon en partant de la gauche avait l'air un peu plus âgé que les autres. Cato Tangen était penché au-dessus du guidon d'une mobylette. Il avait le visage étroit, avec des cheveux qui pendaient de part et d'autre.

À l'accueil, la bibliothécaire faisait cliqueter ses clefs. Line sortit son appareil et photographia la page puis les plafonniers s'éteignirent. Elle ne savait pas si c'était l'une des photos que Viggo Hansen avait arrachées, mais c'était la seule qu'elle avait trouvée pour l'instant.

60

Le soir était tombé quand Line quitta la bibliothèque. À l'exception d'un homme avec un chien noir sous un lampadaire, les rues étaient désertes.

Lorsqu'elle tourna dans Herman Wildenveys gate, elle se retrouva derrière un break gris surmonté d'un coffre de toit. La voiture peinait à gravir la petite côte avant l'ancien bassin. Line la laissa prendre de l'avance et la vit se diriger vers la maison des Brunvall, en face de chez Viggo Hansen. Steinar Brunvall en descendit.

Elle avait différé le moment d'aller sonner chez eux. Sans trop savoir pourquoi, elle avait repoussé sa conversation avec lui. Cela avait peut-être un rapport avec le fait qu'il était marié et avait des enfants, alors qu'elle-même n'avait pas encore vraiment pris pied dans la vie.

D'après le rapport de police, ni lui ni sa femme n'avait eu quelque relation que ce soit avec Viggo Hansen, et elle avait en fait décidé qu'elle n'avait pas besoin de leur parler. Mais la situation était différente à présent. Il ne s'agissait plus uniquement de documenter son article sur une vie de solitude, mais aussi de chercher des éléments pour étayer la théorie qu'elle était en train d'élaborer.

Elle tourna vers la maison des Brunvall et se gara derrière le break gris. Steinar Brunvall mit sa main en visière, mais les phares de Line l'éblouissaient. Même une fois les phares éteints, il eut de la peine à voir qui était dans la voiture derrière la sienne.

Elle sortit en l'appelant par son nom.

« Line ? fit-il en souriant. Ça fait longtemps. Tu es là pour Noël ? »

Elle entreprit de lui expliquer pourquoi elle était chez son père. Mais elle n'était pas arrivée à la moitié qu'il l'interrompait pour l'inviter à entrer.

Ils furent accueillis par des fumets de cuisine. Line emboîta le pas à Steinar, qui lui présenta Ida. Elle était aux fourneaux et remuait une cuillère dans une casserole. Line entendit les enfants dans le salon.

« Je ne vais pas rester longtemps », précisa-t-elle, et elle finit d'expliquer pourquoi elle était venue.

Ida mit la main sur sa hanche.

« Personne ne mérite une mort pareille, déclara-t-elle en levant la cuillère en bois. C'est une honte que les gens autour de lui aient pu être si indifférents. Et ça vaut pour nous aussi. »

Son mari était d'accord.

« Avec les autres voisins, nous aurions dû nous soucier davantage de lui.

— Mais c'est comme ça qu'évolue la société, enchaîna sa femme. Nous n'avons de temps que pour nous-mêmes. Dans une petite ville comme Stavern, on pourrait croire que tout le monde est visible, mais Viggo Hansen ne se faisait jamais remarquer. »

Steinar Brunvall renchérit.

« Il n'avait jamais de visite, de personne. Et quand d'aventure un vendeur de tombola ou autre sonnait à sa porte, il n'ouvrait pas.

— Sauf cette fois l'été dernier, tu sais, lui rappela sa femme.

— Ah oui, c'est vrai. Un gars est venu. J'étais dans le jardin et j'ai été un peu surpris de voir une voiture devant sa maison.

— Il n'y avait jamais de voiture devant chez lui, glissa Ida Brunvall.

— C'était une voiture de location, précisa l'homme. Une Audi grise. Avec un autocollant Avis sur la lunette arrière. C'était tellement inhabituel qu'il y ait une voiture que je suis allé à la haie. Et un homme est sorti de la maison de Viggo Hansen.

— Qu'est-ce qu'il était venu faire ? » demanda Line sans espoir d'obtenir une réponse.

Steinar Brunvall haussa les épaules.

« Il avait une grosse enveloppe quand il est sorti. Il l'a posée sur la banquette arrière et puis il a démarré.

— C'était quand ?

— Ça devait être fin juillet. C'est la seule personne que j'aie vue chez lui pendant toutes ces années.

— À quoi ressemblait-il ?

— Il était un peu plus âgé que Viggo Hansen, et un peu plus gros. Il avait une barbe et des lunettes. »

La description ne correspondait à personne avec qui Line ait parlé.

« Les enfants ! appela Ida Brunvall. On dîne dans cinq minutes ! »

Puis elle se tourna vers Line.

« Nous ne saurons jamais de quoi il est mort. C'était peut-être son cœur ? Il avait un certain âge. Et même si nous pouvons avoir mauvaise conscience qu'il ait passé quatre mois mort dans sa maison, ça ne change rien. Il serait mort de toute façon. »

61

Au lieu d'acheminer tous les ossements à l'Institut d'anatomie de l'Université d'Oslo, ils avaient fait descendre un professeur spécialisé en anthropologie biologique au commissariat de police de Larvik pour qu'il systématise les trouvailles et leur donne une évaluation préliminaire des éléments en présence.

Dans le laboratoire technique et scientifique du commissariat, Mortensen avait déroulé du papier kraft sur la paillasse. Les os recueillis au fond du puits étaient disposés dessus de façon à former un squelette. D'après ce que Wisting voyait, il ne manquait rien.

On avait posé les fragments de tissu sur une paillasse adjacente et formé une chemise avec le tissu à rayures tandis que les morceaux un peu plus épais étaient réunis en un short. Au bout du plan de travail se trouvaient les restes des deux sandales.

Julie d'Arendal était indiquée comme portant des sandales, mais elle faisait du 38, tandis que Janne de Sarpsborg avait porté des chaussures d'été pointure 41 lors de sa disparition. Des chaussures d'été pouvaient théoriquement être des sandales.

À côté des paillasses, tous les autres prélèvements

du puits étaient rassemblés sur une table de séchage en acier inoxydable. La vase du fond avait été rapportée dans de grandes bassines en plastique et filtrée de façon à éliminer la boue et la terre tout en gardant les objets plus gros, un peu comme quand on lavait de l'or dans une batée.

L'élément le plus intéressant était une pièce de cinq couronnes frappée en 1985. Il y avait aussi quelques clous et vis rouillés qui dataient probablement de la construction du puits, un bouton et ce qui était sans doute un stylo-bille.

Le professeur Mons Holgersen avait une épaisse chevelure grise, un gros nez, des sourcils broussailleux et des lunettes pendues à un cordon autour de son cou.

« Le voilà, oui, fit-il en chaussant ses lunettes avant de se pencher au-dessus des os.

— Le ? demanda Wisting.

— Oh oui. C'est un homme. »

Holgersen tira un stylo de sa poche et le pointa sur le bas-ventre du squelette.

« Le bassin est un indicateur clair du sexe. Celui de la femme est plus vaste en tous sens que celui de l'homme. Ici, les parois latérales sont en forme d'entonnoir alors que chez la femme la cavité pelvienne est quasiment cylindrique. L'ouverture est plus grande et plus ronde et orientée de façon à laisser passer le bébé le plus facilement possible lors de l'accouchement. »

Ils étaient trois enquêteurs rassemblés autour de la paillasse. Outre Wisting, se trouvaient là Nils Hammer et Espen Mortensen. Tous semblaient dubitatifs face à l'assurance indéfectible du professeur.

« L'entrée et la sortie sont plus larges chez la femme,

poursuivit-il en faisant tourner le stylo autour de l'ouverture du bassin. La paroi antérieure du bassin est plus basse, la distance entre les capsules articulaires de la hanche est plus importante. Le sacrum est un peu plus large et court, moins recourbé.

— Donc vous êtes parfaitement sûr ? s'enquit Wisting.

— Absolument, répondit le professeur en remontant vers la cage thoracique. Les côtes aussi sont différentes. La forme est plus ronde chez les femmes et les parties cartilagineuses molles devant, au niveau du sternum, restent intactes jusqu'à un âge avancé. Chez l'homme, la calcification débute plus tôt. »

Ils laissèrent le professeur aux cheveux gris poursuivre son examen sans lui poser d'autres questions. Il prenait certains os, les tenait à la lumière avant de les reposer, déplaçait une vertèbre çà et là, plissait les yeux au-dessus de ses lunettes en regardant le crâne sous différents angles.

« Êtes-vous en mesure de vous prononcer sur son âge ? demanda Wisting au bout d'un moment. Ou de dire depuis combien de temps il est mort ? »

Mons Holgersen fit un pas en arrière, ôta ses lunettes et observa l'ensemble des os.

« C'est en tout cas un homme adulte, conclut-il. Un homme au milieu de sa vie.

— 40 ans ?

— Plus ou moins dix ans. Il me faudrait un certain nombre d'examens radiographiques pour pouvoir m'exprimer sur la maturité du squelette.

— Et le moment de la mort ?

— C'est encore plus difficile à déterminer. Une datation chronométrique ne pourrait pas donner de réponse exacte. Vous avez la pièce de monnaie. Si elle était dans la poche de la victime, elle vous indique qu'elle a dû y atterrir à un moment ou un autre après 1985. En même temps, la dégradation des os indique que la victime devait être dans le puits depuis au moins quinze ans, donc après 1985, mais probablement avant... disons l'an 2000.

— Pouvez-vous nous dire autre chose ? Sur son poids, sa taille ? »

Le professeur prit les lunettes qui pendaient à son cou et en mordilla une branche.

« Rien, si ce n'est qu'il était normal. Taille normale. Le poids est difficile à estimer. »

Espen Mortensen récapitula : « Nous avons donc un homme d'environ 1,80 mètre, il avait entre 30 et 50 ans quand il a échoué dans le puits, et il y est resté pendant quinze à vingt-cinq ans ?

— Des paramètres bien vagues, admit le professeur, mais à l'heure actuelle, c'est le mieux que la science ait à offrir. »

Il appuya deux fois sur le stylo qu'il avait utilisé comme baguette et le rangea dans sa poche de chemise.

« La cause de la mort est plus facile à déterminer, déclara-t-il.

— De quoi est-il mort ? »

L'universitaire aux cheveux gris chaussa de nouveau ses lunettes et souleva le crâne. Il le retourna et leur montra une fracture en forme de toile d'araignée à l'arrière.

« C'est une fracture sans croissance osseuse, expliqua-t-il. Il n'y a aucun signe de consolidation. Ce qui signifie que la blessure est survenue au moment de la mort.

— Se peut-il que ce soit la chute dans le puits ? » demanda Hammer.

Le professeur reposa le crâne face vers le bas.

« S'il n'y avait pas d'eau, répondit-il en ôtant ses gants en latex. Mais les lignes serrées de la fracture portent à croire qu'on a employé énormément de force et un objet très dur. Une barre en fer, peut-être, ou quelque chose comme ça. »

Il regarda les enquêteurs l'un après l'autre.

« Avez-vous une idée de qui c'est ? » demanda-t-il.

Wisting secoua la tête. Le professeur ressortit son stylo-bille.

« Voilà qui pourrait être intéressant pour l'identification, observa-t-il en pointant son stylo sur l'os qui appartenait à l'avant-bras gauche. Cela pourrait être une ancienne fracture. Les radios pourront le confirmer. »

Wisting se passa la main dans les cheveux.

« OK. Merci beaucoup. »

Le professeur plissa les yeux au-dessus de ses lunettes.

« J'ai l'impression que ce que je vous ai dit n'est pas ce que vous attendiez. »

62

Une fois le squelette emballé dans des caisses et emporté pour des examens plus approfondis, les enquêteurs se réunirent dans la salle de conférence. Maggie Griffin était repartie aux États-Unis, tandis que les deux hommes du FBI étaient restés.

John Bantam avait ôté sa veste et retroussé ses manches.

« Un homme ? demanda-t-il en prenant l'une des photos d'os prises à côté du puits.

— Un homme », confirma Wisting. Il leva le couvercle d'un carton et prit une part de pizza froide avec ce qui ressemblait à du bacon. « Nous devrions peut-être changer complètement d'approche. Nous avons une liste de femmes disparues, mais elles n'ont pas à strictement parler de lien avec notre affaire. Ce que nous avons, c'est Bob Crabb avec l'empreinte digitale d'un tueur en série américain dans sa poche intérieure et les cheveux d'une femme dans son poing serré. Et maintenant, nous avons aussi le corps d'un homme d'une quarantaine d'années qui a été frappé à mort il y a environ vingt ans.

— Vous avez trouvé l'homme des cavernes, déclara

Donald Baker. Ou au moins celui derrière lequel il se cache maintenant. »

Wisting laissa l'agent du FBI s'expliquer.

« Ceci est probablement la première victime de Robert Godwin en Norvège. Une victime soigneusement choisie, un homme qui n'a ni famille ni amis, ni collègues de travail ni aucun cercle de relations pour le regretter ou remarquer que quelqu'un a pris sa place et continue de mener la même existence solitaire.

— Un homme des cavernes, répéta Wisting. Ça veut donc dire que si nous parvenons à identifier le corps du puits, nous aurons trouvé Robert Godwin ?

— Comment est-ce possible, au juste ? protesta Hammer. Que personne ne remarque que quelqu'un a pris la place de quelqu'un d'autre ? Existe-t-il seulement des gens si anonymes ?

— C'est possible », affirma Wisting en songeant à Viggo Hansen, dans son propre voisinage. Il était loin d'être le seul à vivre si isolé, sans travail ni famille proche. Sans amis ni relations sociales avec ses voisins. Sans personne qui lui rendait visite.

« La liste révisée ne compte maintenant plus que quarante-six noms, informa Torunn Borg en posant la main sur la pile de documents devant elle. Aucun ne figure dans le fichier des passeports, mais j'ai demandé à consulter le fichier des permis de conduire. Quoi qu'il en soit, il va bientôt être temps de commencer à frapper aux portes.

— Parmi ces quarante-six personnes, y en a-t-il qui ont accès à du chloroforme ? s'enquit Mortensen.

— Pas à notre connaissance, répondit Torunn Borg. La plupart des gens de cette liste sont sans emploi. »

Christine Thiis reposa la photo du crâne et de la fracture en forme de toile d'araignée.

« Pouvons-nous découvrir de qui il s'agit ?

— D'habitude, l'identification, c'est pour confirmer une hypothèse, observa Wisting. Nous prenons une liste de personnes disparues dans la période concernée et nous cherchons des confirmations d'après le dossier dentaire ou l'ADN, ou des signes particuliers comme des tatouages, des cicatrices ou des taches de naissance quand le corps est intact. Là, nous n'avons aucun point de départ.

— Nous avons le bras cassé, rappela Mortensen. L'homme du puits s'était fracturé le bras gauche.

— Par où commençons-nous ? demanda Hammer. En admettant qu'il se soit cassé le bras à l'âge adulte, nous devrions retracer toutes les fractures du bras entre 1970 et 1990. Quand bien même on nous permettrait de consulter les dossiers, je ne crois pas que l'hôpital pourrait facilement retrouver ces données. »

Wisting acquiesça.

« Laissons cela, pour l'instant, dit-il en laissant échapper un soupir.

— Où en est-on du côté des recherches généalogiques ? s'enquit Christine Thiis. Avons-nous trouvé des descendants des arrière-arrière-arrière-grands-parents de Robert Godwin ?

— Apparemment, ce n'est pas si simple », répondit Torunn Borg, qui était chargée de cette mission aussi. « Mais j'attends des réponses dans le courant de la journée de demain.

— Il ne s'appelait pas Gustavsen, l'homme qui a émigré en Amérique ? demanda Hammer en tirant à lui les listes de noms qui étaient devant Torunn Borg.

N'y a-t-il aucune de ces âmes solitaires qui s'appelle Gustavsen ?

— Pas de Gustav et pas de Gustavsen, fit Torunn Borg en souriant. Ce nom de famille a disparu à la génération suivante. »

La réunion informelle s'acheva. Wisting regagna son bureau. Il prit le rapport d'autopsie préliminaire de Bob Crabb. Sur certaines photos, ses cheveux étaient rasés, la peau de son occiput écartée et la plaie lavée. Il voyait des fissures dont la configuration pouvait ressembler à celle du crâne qui avait été remonté du puits.

Il reposa les papiers et décida de prendre du recul, de réfléchir à l'affaire en filtrant tous les détails.

D'ordinaire, quand il laissait ses pensées suivre leur cours, il recherchait des éléments qui auraient pu lui échapper. Là, il recherchait quelque chose qui puisse faire avancer l'affaire.

Le plus troublant était les cheveux dans la main de Bob Crabb. Ces cheveux étaient en contradiction avec tous les autres éléments de cette affaire. Il devait y avoir un lien, une explication logique et naturelle, mais là, il n'arrivait pas à la cerner.

Il avait passé une demi-heure plongé dans ses pensées quand son téléphone mobile sonna. *Morten P, VG*.

Il envisagea de ne pas répondre, mais finit par appuyer sur la touche verte.

« Du nouveau dans l'affaire ? s'enquit le journaliste.

— Quelle affaire ? » fit Wisting, histoire de dédramatiser.

« Le corps de la sapinière. Est-il identifié ?

— Non.

— Qu'est-ce qui prend tout ce temps ?

— Il faudrait poser la question aux médecins légistes.

— J'ai essayé. Ils ne disent rien.

— Je suis content de l'entendre.

— Mais il n'y a rien de nouveau ?

— Non, pas franchement. »

Au bout du fil, Wisting entendit le journaliste fouiller dans des papiers.

« Nous avons un renseignement selon lequel il s'agirait d'un Américain du nom de Bob Crabb. Il aurait loué un appartement à Stavern l'été dernier, où il aurait laissé ses affaires. »

Wisting jura intérieurement. Else Britt Gusland avait dû téléphoner au journal.

« Pouvez-vous le confirmer ? poursuivit le journaliste.

— Nous sommes au courant de son séjour en Norvège.

— Que faisait-il ici ?

— D'après nos informations, des recherches généalogiques, répondit Wisting en utilisant le propre paravent de Bob Crabb. Ses ancêtres ont émigré aux États-Unis à la fin du dix-neuvième siècle.

— Avait-il de la famille dans l'exploitation où on l'a trouvé ?

— Je ne sais pas.

— Sa famille aux États-Unis a-t-elle signalé sa disparition ?

— Il n'avait pas de famille. » Wisting entendit de nouveau le bruissement de papiers au bout du fil.

« Vous en savez plus sur la cause de la mort ?

— Il est encore trop tôt pour affirmer quoi que ce soit. »

Le journaliste posa d'autres questions et reformula celles qu'il avait déjà posées, mais Wisting se sortit de leur entretien sans mensonges directs ni rien qui puisse faire les gros titres.

Il venait de raccrocher quand son téléphone sonna encore. *Leif Malm, Kripos.*

« Les Suédois ont cinq noms, annonça-t-il laconiquement. À Strömstad, Uddevalla, Trollhättan, et deux à Göteborg. Ils ont déjà relié les affaires. Un enquêteur de Rikskrim est en route pour la Norvège. »

63

Line s'était douchée et avait sorti une tenue un peu plus adaptée au bar du Farris Bad. C'était en fait une robe qu'elle avait prévu de porter pour le réveillon de Noël.

Avant de s'habiller, elle s'installa devant son ordinateur en culotte et soutien-gorge. Elle téléchargea ses nouvelles photos et imprima celle qu'elle avait trouvée à la bibliothèque, les quatre jeunes garçons qui avaient donné l'alerte pour l'incendie de l'usine Reime en 1967. Puis elle rechercha les anciennes listes fiscales dont elle s'était servie en commençant son papier, sur lesquelles figuraient toutes les personnes de l'âge de Viggo Hansen. Il n'y avait pas de Cato Tangen.

Sur Internet, elle trouva plusieurs personnes du même nom, mais aucune dont l'âge corresponde à l'homme appuyé sur le guidon de la vieille mobylette.

Son père n'était pas encore arrivé quand elle partit. Elle lui avait laissé un mot sur la table de la cuisine disant qu'elle risquait de rentrer tard.

Elle n'attendait rien du rendez-vous, si ce n'est le plaisir que tout soit simple et sans complication. Il y avait du bon dans l'idée de sortir avec un homme qu'elle ne croiserait ni le lendemain à la cantine ni au café la semaine suivante. Parfois, elle aurait voulu une relation de couple, la stabilité et la sécurité qui allaient avec. Mais à cet instant précis, il lui paraissait fort agréable d'échapper à tout le sérieux, de partir dans une aventure sans engagement.

Elle n'avait pas eu tellement de petits amis. Sa relation la plus longue avait été avec Tommy Kvanter. Elle avait été séduite notamment par son énergie. Il était toujours en activité, plein de vigueur, d'un charisme phénoménal. Quand son enthousiasme se concentrait sur elle, comme il l'avait fait au début de leur relation, c'était merveilleux. Elle se trouvait libérée de tous les problèmes banals du quotidien et vivait dans l'ivresse du bonheur. Mais au bout de quelques mois, Tommy avait consacré son énergie à tout autre chose. Le week-end, il s'adonnait désormais à l'escalade, au rafting et autres sports extrêmes. Line s'était dit que Tommy aimait ces sports parce que leur pratique requérait une concentration de chaque seconde et rendait impossible de penser au passé comme à l'avenir. Ce que l'homme de l'instant présent qu'était Tommy préférait.

Line était en avance, mais elle avait prévu de faire un saut chez Odd Werner Ellefsen, à Torstrand, avant de se rendre à l'hôtel.

Quand elle se gara, l'ancien camarade de classe de Viggo Hansen se tenait devant le garage ouvert. Il sortait de son coffre deux sacs portant le logo d'un grand magasin qui se trouvait de l'autre côté de la frontière suédoise.

« Rebonjour, fit Line. Vous êtes allé faire un tour ?

— En Suède », confirma son interlocuteur. Il

reposa ses sacs de courses et referma le coffre dans un claquement.

Line sentait qu'elle n'était pas réellement habillée pour rester à discuter dehors.

« J'ai une photo que j'aimerais que vous regardiez », dit-elle en allant droit au but.

Odd Werner Ellefsen inclina la tête.

« Je cherche à contacter Cato Tangen. » Elle lui montra la photo de l'incendie à l'usine de crevettes.

« Peux pas vous aider, répondit-il furtivement avant de refermer la porte du garage.

— Vous ne savez pas où il habite maintenant ? »

Il désigna du menton la photo que Line avait entre les doigts.

« Ça remonte à loin, ça. » Il souleva de nouveau ses sacs de courses, un dans chaque main. « Froid », constata-t-il en se dirigeant vers la porte d'entrée.

Line le regarda alors qu'il rentrait dans sa maison et refermait la porte derrière lui. Elle se rassit alors dans sa voiture, parvint à démarrer le moteur et orienta la soufflerie du chauffage vers ses pieds.

Elle se gara sur le parking longue durée juste à côté de l'hôtel. Il était 20 h 45. Bien qu'aucune heure n'ait été fixée pour son rendez-vous avec l'Américain, Line avait l'impression d'arriver un peu trop tôt. Elle resta donc dans la voiture avec le moteur allumé et chercha le numéro d'Annie Nyhus. C'était elle qui lui avait parlé de l'usine de crevettes et de Frank Iversen. Elle semblait avoir une vue d'ensemble de ce qui s'était passé dans le quartier où Viggo Hansen avait grandi dans les années 1950 et 1960.

La vieille dame répondit après deux sonneries.

« Y a-t-il autre chose en quoi je puisse vous aider ? demanda-t-elle gaiement quand Line se fut présentée.

— Je cherche quelqu'un du nom de Cato Tangen. J'ai trouvé une vieille photo où on le voit avec Viggo Hansen lors de l'incendie de l'usine de crevettes en 1967.

— Mais, ma chère, Cato Tangen est mort. Il est mort dans un accident de moto en 1968. »

Line plissa le front en saisissant la photo sur le siège passager. Il était curieux qu'Odd Werner Ellefsen ne l'ait pas su.

« Il y a aussi un autre garçon sur la photo, dit-elle. Connaissez-vous quelqu'un de cette époque qui s'appelait Odd Werner Ellefsen ?

— Le garçon Ellefsen, oui. Nora et Peter l'ont pris chez eux au milieu des années 1950. Ils travaillaient tous les deux à la manufacture d'allumettes d'Agnes et ils n'avaient pas d'enfants.

— Donc c'était un enfant adopté ?

— Oui, sa mère est morte quelques mois seulement après sa naissance, poursuivit allègrement Annie Nyhus. Son père était le frère de Peter. Sigurd, s'appelait-il. Il était foreur de puits, mais il a perdu et son travail et son enfant à force de boire. Il ne pouvait pas s'en occuper, alors Nora et Peter l'ont pris chez eux. C'était un enfant étrange, à tous égards. Mais il n'avait sans doute pas eu un très bon départ dans la vie. C'est lui qui avait mis le feu à l'usine de crevettes. Ça ne s'est jamais vraiment su.

— Ah bon ?

— On a accusé Ole l'Allemand, mais ce n'était pas lui. De toute façon, il n'y a pas eu beaucoup de dégâts. Mais les gens se sont fait leur petite idée quatre ans plus tard quand Sigurd, le père d'Odd Werner, est mort brûlé dans sa maison.

— Que s'est-il passé ?

— Personne ne le sait vraiment. Il vivait dans un logement ouvrier d'Agnes et, une nuit, il a donc brûlé chez lui. C'était en 1971. Odd Werner avait 21 ans. Il n'avait pas eu tellement de contacts avec son père après avoir été placé, mais il est venu la veille de l'incendie. Les voisins les ont entendus se disputer. »

Line reposa la photo des quatre garçons. Il n'y avait sans doute rien de très étonnant, se dit-elle, à ce qu'Odd Werner soit peu loquace si c'était lui qui avait mis le feu à l'usine de crevettes.

« Nora et Peter sont-ils toujours en vie ?

— Non, ça aussi, c'est une tragédie. Peter est mort en pêchant dans la glace l'année où son frère a brûlé. Nora est tombée malade et elle est morte l'été suivant.

— Et Odd Werner s'est retrouvé seul ?

— Il était devenu adulte à ce moment-là, mais je ne crois pas qu'il ait jamais eu quelqu'un dans sa vie. En tout cas pas quand il vivait à Stavern. Plus tard, il a déménagé à Larvik. Mais comme je le disais, c'était un garçon étrange. »

Line la remercia, coupa le contact et se dirigea vers l'horodateur. Elle y mit trente couronnes, de quoi rester jusqu'à 0 h 53. Au lieu d'appuyer sur le bouton pour imprimer le ticket, elle trotta à sa voiture et ramassa toutes les pièces de la console centrale. Quand elle les eut glissées dans l'horodateur, le stationnement était permis jusqu'à 9 h 55.

64

John Bantam était assis au même endroit que la dernière fois. Il se leva quand elle entra, lui serra la main et l'observa avec insistance avant de s'avancer et de l'embrasser sur la joue. En laissant un faible effluve de parfum masculin.

« Tu as dîné ? » s'enquit-il.

Line secoua la tête, et maintenant qu'elle y songeait, elle avait faim.

Le maître d'hôtel leur indiqua une table à la fenêtre. John Bantam lui présenta sa chaise et attendit qu'elle soit installée avant de s'asseoir. Line n'avait pas souvenir de la dernière fois qu'elle était sortie avec quelqu'un qui avait agi de la sorte.

John Bantam ouvrit le menu.

« Je suis content que tu aies accepté. C'est chouette d'employer mon temps à autre chose que travailler.

— Dans quoi travailles-tu ?

— Je suis analyste.

— Qu'est-ce que tu analyses ?

— Des informations. Je travaille essentiellement dans la recherche d'informations pour les autorités publiques et j'essaie de voir des corrélations entre les choses. » Il sourit. « Mais là, je ne travaille pas. »

Line répondit à son sourire. Elle non plus n'avait pas envie de parler de son travail. C'était du bavardage creux typique d'un premier rendez-vous. Comme de parler du temps qu'il faisait.

Il lui recommanda le flétan au four en entrée et le magret de canard en plat principal.

« Tu ne conduis pas aujourd'hui ? » demanda-t-il en regardant la carte des vins.

Elle dit que non.

« Bien, approuva-t-il avant de commander une bouteille de vin blanc argentin. Ce vin vient de presque aussi loin que moi. »

Il était divertissant. Musique, cinéma, politique américaine, il parlait de tout, racontait des anecdotes amusantes sur des gens qu'il avait rencontrés et des endroits où il était allé.

Après le plat principal, il commanda de la mousse au chocolat pour eux deux et une autre bouteille de vin.

Deux heures plus tard, ils étaient dans sa chambre. Au dernier étage, avec vue sur la mer. Dehors, une lune froide éclairait la nuit et Line voyait des contours irréguliers là où des nuages sombres s'amoncelaient à l'horizon.

« Le temps va changer, déclara-t-il. Il va faire plus doux. »

Sa voix avait désormais quelque chose d'hésitant, comme s'il était moins sûr de lui dans ce contexte.

Il approcha tout contre elle et mit son visage au creux de son cou. Elle l'entoura de ses bras, l'attira encore plus près en plaçant ses mains sur sa colonne vertébrale. Puis il la repoussa et la regarda avec des yeux où se reflétait la lune.

« Je vais nous chercher à boire », annonça-t-il.

Ce n'était pas nécessaire, mais elle ne protesta pas et se rendit dans la salle de bains en attendant. Elle sortit son téléphone et écrivit un rapide message à son père. *Je suis retenue par un truc. Je ne rentre pas ce soir*. Elle n'était pas obligée de le prévenir, mais comme elle habitait chez lui, elle préférait le faire. Sinon il s'inquiéterait, et il avait manifestement assez de soucis comme ça.

65

Le téléphone de Wisting signala l'arrivée d'un message alors qu'il se garait devant la maison. Il coupa le contact et le chercha à tâtons. C'était Line qui disait qu'elle ne rentrerait que le lendemain. Il répondit *OK* avant d'ouvrir la portière et de sortir. Le quartier était plongé dans le silence complet. Le ciel était constellé d'étoiles autour de la pleine lune. Les arbres couverts de neige projetaient des ombres pâles.

Il entra dans la maison vide, suspendit sa veste, ôta ses chaussures et se dirigea vers la cuisine. Où il ouvrit le réfrigérateur en quête de quelque chose de simple à manger, qui ne nécessite pas de préparation mais assouvisse sa faim. Il opta pour un yaourt avec du son de blé et une pomme.

Après s'être sustenté, il alla dans la salle de bains, se déshabilla et se brossa les dents. Il resta à évaluer son corps nu devant le miroir, rentra son ventre un instant pour voir s'il pouvait trouver la trace de l'homme plus jeune et plus athlétique qu'il avait été, mais respira bientôt en laissant son ventre retomber au naturel. Puis il soupira, éteignit la lumière et alla se glisser sous sa couette. Il était juste en train de s'endormir quand une sonnerie retentit.

Son téléphone était en charge sur sa table de chevet. Il l'attrapa et appuya sur la touche verte avant d'avoir vu que l'écran indiquait *Morten P, VG*.

« Je suis navré d'appeler si tard », s'excusa le journaliste.

Wisting grogna une réponse.

« Nous bouclons dans une heure, quelque chose est sorti et je voulais vous en parler d'abord. Nous avons été en contact avec la police de Minneapolis, d'où venait Bob Crabb, qui confirme que c'est lui qu'on a trouvé et que les policiers ont fouillé son domicile sur requête de la police norvégienne.

— D'accord. » Ce fut tout ce que Wisting parvint à répondre.

« Qu'est-ce qui se cache derrière tout ça, Wisting ? Les informations dont nous disposons portent à croire que cette affaire est traitée en priorité à tous les niveaux. Au niveau de la police locale, de Kripos, d'Interpol et de la police du *3rd Precinct* de Minneapolis. Mais d'après nos recherches, Bob Crabb n'est qu'un simple maître de conférences retraité de l'université du Minnesota.

— Professeur », précisa Wisting, qui se félicitait que le journaliste n'ait pas encore appris l'implication du FBI.

« Là où je veux en venir, c'est qu'on a tout de même un sacré cirque, là. J'aurais pu comprendre s'il s'agissait de quelqu'un d'important ou d'une star de Hollywood, mais un retraité en vacances en Norvège ? »

Ses pensées venaient lentement. Des coups de fil de journalistes le confrontant à des renseignements que la police désirait retenir pour des raisons stratégiques, il en avait reçu un tas. Il avait l'habitude de réagir au pied levé et de parer à leurs questions avec des commentaires si onduleux qu'ils frisaient le mensonge. Mais là, il avait le cerveau complètement ramolli et n'arrivait pas à articuler un mot.

Il y eut un bruissement de papier.

« Suite à notre article dans le journal d'aujourd'hui, nous sommes entrés en contact avec un maître de conférences du nom d'Endre Jacobsen. C'est son fils et lui qui ont trouvé le corps en allant couper leur sapin de Noël. Il est parfaitement clair sur le fait que le corps était bien caché sous les branches, que l'homme n'aurait pas pu se mettre comme ça lui-même ni avoir subi un accident.

— D'accord, répéta Wisting.

— Je comprends que vous ne puissiez pas dire grand-chose sur l'affaire, poursuivit le journaliste, mais est-ce que vous enquêtez sur un meurtre ou pas ? »

Wisting toussota et ouvrit la bouche pour donner au journaliste sa réponse standard disant qu'ils gardaient toutes les possibilités ouvertes. Puis son cerveau se mit à fonctionner. Le journaliste avait parlé avec la police américaine. *VG* allait de toute façon publier un article. Wisting avait maintenant la possibilité de diriger l'information.

« Nous avons ouvert une enquête pour meurtre », confirma-t-il en songeant que ce pouvait être ce qui allait faire avancer l'affaire. Ils ne savaient du séjour de Bob Crabb en Norvège que ce qu'ils avaient appris par la femme qui lui avait loué un studio. Ils avaient besoin d'en savoir plus. Quelque part existait un point de contact entre le professeur américain et Robert Godwin. « La dernière observation sûre que nous ayons de lui date du mercredi 10 août vers l'heure du dîner au restaurant Skipperstua dans le centre de Stavern, poursuivit-il. Nous travaillons au recensement de tous ses déplacements en Norvège.

— Avez-vous des hypothèses sur ce qui s'est passé ? » Le journaliste parlait d'une voix exaltée, il avait perçu le changement d'état d'esprit.

« Rien de concret.

— Pourquoi avez-vous attendu si longtemps avant de le rendre public ?

— Nous voulions être sûrs d'être bien en présence d'une affaire.

— Donc maintenant, vous ne retenez aucune information ?

— On retient toujours des informations dans une enquête comme celle-ci. Mais là, ce qui complique le travail, c'est qu'il s'est écoulé quatre mois depuis le meurtre. Cela a rendu plus difficile pour les médecins légistes et les agents de la police scientifique de tirer des conclusions. Maintenant, nous espérons que des gens vont pouvoir nous donner des renseignements qui apporteront des réponses sur ce qui s'est passé. »

Le journaliste avait d'autres questions, mais il paraissait impatient de raccrocher pour ne pas rater le bouclage.

Leur conversation achevée, Wisting resta allongé sur le dos à regarder les ombres défiler lentement sur les murs et au plafond. L'affaire allait accélérer, songea-t-il. Puis la chambre s'obscurcit. Un nuage bas bleu-noir occultait la lune.

66

Le temps avait changé dans le courant de la nuit. Quand Wisting se gara dans la cour du commissariat de police, il faisait plus doux et les premiers flocons tombaient.

En entrant dans le bâtiment, il tomba sur Christine Thiis. Le substitut du procureur avait à la main un exemplaire de *VG*.

« N'aurions-nous pas dû en discuter ? » demanda-t-elle d'un ton légèrement crispé en levant le journal plié.

Christine Thiis étant la juriste en charge de l'affaire, en théorie, toute déclaration dans les médias devait passer par elle d'abord, et avoir obtenu son feu vert.

Il lui donna raison, tout en précisant qu'il n'avait pas eu le temps.

« Ils allaient publier l'article, expliqua-t-il en lui tenant la porte, d'une façon ou d'une autre. J'ai jugé que nous devions essayer d'intervenir pour qu'ils le fassent à notre manière. »

Elle répondit d'un signe de tête. Dans la police depuis deux ans seulement, elle maintenait une certaine réserve quand il s'agissait de critiquer des enquêteurs chevronnés. Et puis elle n'était pas du genre à pinailler sur les principes et les formalités.

Leif Malm avait fait savoir qu'il arriverait à 10 heures avec un enquêteur suédois de Rikskrim. Wisting abrégea donc la réunion du matin. Il informa l'assistance des derniers développements en provenance de Suède et pria Nils Hammer et Espen Mortensen de rester pour participer à la réunion avec le Suédois. Puis il expliqua d'où venait l'article de *VG*, qui publiait une photo de Bob Crabb et citait Wisting sur l'enquête en cours.

Le jeune agent du FBI n'était pas arrivé, mais Wisting voyait sur le visage de Donald Baker que celui-ci n'aimait pas ce qu'il entendait.

« Nous risquons de l'éloigner de nous, rappela Baker sans adresser de critique directe à son confrère norvégien.

— La police de Minneapolis avait déjà confirmé la majeure partie des éléments. J'ai tenté de retourner la situation pour que nous puissions en tirer parti. »

Hammer brandit l'article avec la photo de Bob Crabb.

« Je doute que des gens se souviennent de l'avoir vu parmi la foule il y a quatre mois », observa-t-il.

Christine Thiis mit un point final à la discussion.

« J'approuve la démarche adoptée, trancha-t-elle. Nous ne pouvons pas prendre les journalistes pour des imbéciles indéfiniment. La situation a été bien gérée et pourra peut-être nous donner des résultats. »

Wisting était reconnaissant de son soutien, mais il se serait volontiers passé de cet article. D'autres médias, d'autres journalistes allaient se manifester. Ce n'était probablement qu'une question de temps avant que la présence du FBI soit connue aussi, de même que la raison de cette présence.

« Je vais demander au conseiller en communication de venir, poursuivit Christine Thiis. Pour qu'il puisse s'occuper des médias et diriger l'information.

— Bon, fit Wisting. Nous avons du pain sur la planche. Torunn a dressé une liste avec un total de quarante-six noms. Le moment est venu de l'utiliser. Je propose que nous allions carrément frapper aux portes avec une photo de Bob Crabb pour demander aux gens s'ils l'ont vu l'été dernier. Donnons l'impression d'une enquête de voisinage ordinaire. Et puis il s'agira de sortir ses antennes pour déterminer si les gens peuvent être exclus de l'affaire ou s'il faut les regarder de plus près. »

Wisting se leva pour indiquer que la réunion était terminée et laissa à Torunn Borg le soin de la clore concrètement.

« Souvenez-vous juste d'y aller par deux, rappela-t-il. La personne que vous rencontrerez pourrait être la bonne. »

Après cette brève réunion, Wisting alla dans son bureau. Une fois les autres enquêteurs rentrés se coucher, il avait employé ses soirées à lire attentivement les documents des douze affaires de disparition. Il ne s'était pas contenté des comptes-rendus d'enquête, mais s'était plongé dans les piles de papiers en traquant les singularités et détails qui pourraient créer un schéma récurrent. Une observation du même modèle de voiture, de la même personne.

Ce qui avait permis aux enquêteurs américains d'identifier le célèbre tueur en série Ted Bundy était l'observation par des témoins d'un jeune homme au bras en écharpe sur plusieurs lieux de crime. C'était ainsi que le tueur entrait en contact avec ses victimes. Sous prétexte de s'être blessé le bras, il demandait de l'aide pour des tâches pratiques, comme ranger ses courses dans un coffre. Par ailleurs, l'écharpe lui donnait l'air inoffensif.

Wisting s'appuya au dossier de sa chaise. Ce travail ne pouvait pas être confié à un ordinateur. Il s'agissait d'absorber le moindre détail pour repérer l'élément isolé qui allait permettre à toutes les pièces du puzzle de s'imbriquer. Le problème, c'était qu'il ne savait pas ce qu'il cherchait. Il n'était même pas certain qu'un tel détail existe, et le cas échéant, il ne le repérerait pas forcément tout de suite. Mais toute information intégrée continuait de travailler dans son cerveau et une phrase dans un rapport pouvait soudain lui permettre de voir clair.

La seule chose qu'il avait constatée, c'était la grande disparité des informations. Les femmes avaient certes toutes disparu au printemps et en été, mais pas le même jour de la semaine, pas à la même heure, pas au même endroit. Certaines rentraient du travail, d'autres allaient à l'école ou étaient en route pour rencontrer des amis. Le seul dénominateur commun était qu'elles se trouvaient à proximité d'un grand axe très fréquenté.

Il jeta un œil sur la carte avec les visages des femmes. Une fois ôtées les photos de la fille d'Oslo brune avec un piercing dans le sourcil et de Diana de Drammen, il restait dix femmes blondes.

À côté de cette vue d'ensemble des victimes présumées se trouvait une carte de leur circonscription policière. Elle était limitrophe du Telemark à l'ouest, de Lardal et du Vestfold intérieur au nord, et d'Andebu et Sandefjord à l'est. Guère plus de cinq cents kilomètres carrés environ. À peu près quarante-trois mille habitants.

Il se leva et se dirigea vers la carte. Muni d'un stylo, il chercha la ferme où ils avaient découvert le squelette au fond du puits. Il l'entoura d'un cercle. Puis il traça une croix sur les deux endroits où ils n'avaient trouvé que deux puits vides.

Un élément qui travaillait dans son inconscient était en passe de remonter à la surface. Il doit y avoir un puits dans toutes les fermes, avait dit Espen Mortensen avant qu'ils identifient les trois endroits photographiés par Bob Crabb. Cette phrase réveillait quelque chose en lui. Une lampe éclairait un coin de ses pensées.

Il retourna à son bureau et trouva la déposition de Per Halle, le propriétaire de la sapinière où le corps avait été découvert. Parmi les renseignements personnels en haut du formulaire d'interrogatoire était indiqué son numéro de téléphone.

« Juste une petite question, fit-il après s'être présenté. Vous avez un puits à la ferme ? »

L'homme mit un certain temps à répondre.

« Pas qui soit utilisé actuellement. »

67

Line fut réveillée par le bruit de la douche qui coulait. Elle se redressa dans le lit, bascula un peu sur le matelas d'un moelleux inhabituel avant de laisser retomber sa tête sur l'oreiller. Se réveiller dans une chambre d'hôtel étrangère n'était pas pour elle une expérience quotidienne, mais elle ne ressentait ni gêne ni sentiment d'avoir commis une erreur.

Le bruit de la salle de bains se tut. Elle entendit d'autres sons indéfinissables puis John sortit avec une serviette autour de la taille. Ses cheveux gouttaient.

« Tu es réveillée ? » fit-il en souriant.

Line se remit en position assise et serra la couette autour d'elle avec une pudeur qui se manifestait quelques heures trop tard. Il la rejoignit, se pencha au-dessus du lit et l'embrassa.

« Je suis désolé, mais j'ai une réunion. Ça va ? »

Elle répondit d'un sourire, ça ne la dérangeait pas qu'il s'en aille. Elle n'avait pas d'autres vêtements que ceux dans lesquels elle était arrivée et elle avait envie d'être seule pour se préparer.

« Ça risque d'être une longue journée, poursuivit-il.

Mais j'aimerais bien qu'on se voie. Tu pourrais peut-être me montrer un peu ta ville ?

— J'ai du travail, moi aussi. Mais n'hésite pas à m'envoyer un message si tu veux faire quelque chose.

— Je n'y manquerai pas », assura-t-il avant de repartir dans la salle de bains. Cinq minutes plus tard, il ressortait en chemise blanche, cravate et costume sombre. Il vint l'embrasser de nouveau. Son baiser avait un goût de dentifrice, cette fois. Puis il alla à la porte en prenant la pancarte *Ne pas déranger*.

« Reste au lit aussi longtemps que tu voudras », lança-t-il avant de partir.

Line rejeta la couette et s'assit au bord du lit dès qu'il eut refermé derrière lui. Ils n'avaient pas tiré les rideaux. Dehors, il s'était remis à neiger. Les flocons blancs tombaient dru et couvraient le ciel d'un voile doux et mat.

Elle ramassa sa culotte par terre et alla dans la salle de bains. L'eau de la douche était exactement à la bonne température. Elle se savonna et leva son visage vers les jets chauds, laissa l'eau la rincer alors qu'elle s'adossait aux carreaux lisses du mur blanc. Elle resta longtemps ainsi, repensant à sa soirée et à sa nuit sans y trouver quoi que ce soit à regretter. Puis ses pensées glissèrent vers Viggo Hansen et le papier sur lequel elle travaillait.

Elle coupa l'eau, prit une serviette et s'essuya. Elle enfila sa culotte avant de se pencher au-dessus du lavabo et d'essuyer le miroir du revers de sa main. Son sourire devint net avant que la buée ne reprenne ses droits.

À côté du lavabo elle vit la trousse de toilette de John Bantam. Entre un tube de dentifrice et un déodorant, Line repéra un badge d'identification. Il y avait la photo de l'homme avec qui elle avait passé la nuit, mais ce n'était pas ce qui attirait son regard. Ce qui attirait son regard, c'étaient les lettres *FBI*.

Elle prit le badge pour le regarder de plus près.

Special agent John Bantam of the Federal Bureau of Investigation, United States Department of Justice.

Line eut un mouvement de recul. Elle sentit qu'elle commençait à avoir froid.

Il avait dit qu'il était analyste, songea-t-elle. Que son travail consistait à trouver des informations pour les autorités publiques et à voir des corrélations.

Elle avait le cerveau en ébullition. John Bantam travaillait pour le FBI. Que faisait-il ici, en Norvège ? Quel genre de mission avait-il ?

De nombreux détails s'imbriquèrent soudain pour composer une très grosse affaire. Celle dont son père ne voulait pas parler. Sandersen qui lui avait téléphoné à propos des médecins légistes qu'on avait fait travailler en dehors des horaires normaux, l'équipe de la police scientifique de Kripos sur le qui-vive, tout cela concernait l'homme découvert mort au milieu des sapins de Noël du domaine de Halle. Line ne savait pas ce qui se passait, mais c'était énorme.

Il s'agissait là d'une affaire qui avait amené un agent spécial du FBI en Norvège. Ce devait être l'explication.

Line se sentit abattue. Prise de vertige, déconcertée.

Elle sortit de la salle de bains, chercha son téléphone. Il s'était déchargé dans le courant de la nuit. De toute façon, elle ne savait pas qui appeler. Son père ou Sandersen. Indubitablement, il y avait une affaire. Une grosse affaire. Line n'arrivait pas à se souvenir de la dernière fois que le FBI avait apporté son assistance ou collaboré avec la police norvégienne. *Le Cri* et *La Madone* avaient atterri dans le Top 10 des œuvres d'art les plus recherchées par le FBI quand les tableaux avaient été volés au musée Munch, mais elle n'avait souvenir d'aucune enquête ayant impliqué le FBI en Norvège.

Elle s'habilla et quitta l'hôtel, les cheveux encore mouillés. La voiture était recouverte d'une couche de neige fraîche. Elle la balaya du pare-brise, jeta son sac sur le siège passager et s'installa au volant.

Le moteur toussa sous le capot avant de démarrer et de se stabiliser à un rythme régulier. Le chauffage envoya de l'air froid dans l'habitacle et elle baissa la tête pour regarder par une trouée dans la buée en bas du pare-brise.

Au bout de quelques centaines de mètres, le moteur commença à peiner. L'aiguille du compteur tomba de soixante à cinquante. Elle essaya le vieux truc consistant à appuyer à fond sur l'accélérateur, et un instant le moteur marcha normalement. L'aiguille, qui était descendue jusqu'à quarante, remonta à quarante-cinq. Mais les secousses reprirent. Elle tenta encore une fois de mettre les gaz, en vain. Le moteur se mit à hoqueter, Line se trouva projetée en avant par à-coups. Des voyants clignotaient sur le tableau de bord. La voiture roulait désormais au pas et la circulation s'accumulait derrière elle. Elle utilisa l'élan qui lui restait pour se ranger sur un arrêt de bus. Quand elle leva le pied de l'accélérateur pour freiner, la voiture fut traversée d'une dernière saccade avant de s'arrêter complètement.

Line tourna la clef dans le contact. Le démarreur

s'actionna tranquillement, mais le moteur, lui, n'émit que des grognements.

Elle retira la clef et la remit dans le contact à plusieurs reprises, enfonça la pédale d'accélérateur. Rien ne se passa si ce n'est que les essuie-glaces démarrèrent avant de se bloquer au milieu du pare-brise.

Elle sentit la sueur perler sur son front.

« Allez ! » s'exclama-t-elle alors qu'elle tentait encore une fois de démarrer, en vain.

Elle resta les mains sur le volant, à regarder droit devant elle. La neige était grise et lourde à présent et elle commençait déjà à se déposer sur le pare-brise.

Line n'était pas habillée pour marcher dehors et elle fouilla dans la boîte à gants et la console pour voir si elle n'avait pas un chargeur de téléphone mobile qui traînait. Dans le rangement de la portière, elle trouva un gilet haute visibilité jaune, toujours dans son emballage en plastique transparent. Elle se sentait pathétique, mais l'enfila et sortit dans la neige. Avec un peu de chance, elle n'aurait pas longtemps à attendre avant de voir quelqu'un qu'elle connaissait arriver et la prendre en stop.

Elle ouvrit le coffre et sortit son triangle de signalisation. Ne s'en étant jamais servie, elle eut du mal à le monter. Quand elle se tourna pour le mettre au bord de la route, une voiture entra sur l'aire d'arrêt de bus, puis roula jusqu'à elle. Le conducteur descendit.

« Vous avez besoin d'aide ? » demanda-t-il.

Elle fut d'abord contente de voir un visage connu. Puis elle remarqua son regard sombre et comprit que quelque chose n'allait pas du tout.

68

L'enquêteur de Rikskriminalpolisen s'appelait Ingemar Bergquist et était commissaire criminel, l'un des plus hauts titres qu'un non-juriste puisse obtenir dans la hiérarchie policière suédoise. C'était un homme grave, d'une cinquantaine d'années, avec des cheveux ondulés noirs que Wisting suspectait d'être un postiche. Il avait apporté cinq gros dossiers qu'il empila devant lui.

Outre Wisting et Bergquist, cinq personnes étaient réunies autour de la table : Leif Malm de Kripos, assis à côté de son confrère suédois, Christine Thiis, Espen Mortensen, Donald Baker et John Bantam, qui venait d'arriver tout essoufflé dans la pièce.

Wisting aurait voulu que Nils Hammer soit là, mais ils l'avaient envoyé au domaine de Halle pour localiser le puits qui était censé se trouver à cinquante mètres de l'endroit où on avait découvert le corps de Bob Crabb.

Il laissa d'abord Donald Baker rendre compte de l'enquête du FBI vingt ans plus tôt. Puis il résuma leur propre affaire en quelques points. La découverte du corps sous les sapins, le prospectus avec les empreintes digitales de Robert Godwin, les cheveux de femme dans son poing serré, la liste de femmes disparues.

« Les cheveux d'une femme ? demanda le policier suédois. Vous êtes sûrs ?

— Nous avons réalisé deux tests indépendants, expliqua Espen Mortensen. Les résultats ne laissent aucun doute. »

Ingemar Bergquist secoua la tête, l'air perplexe. Les cheveux figés de son toupet bougèrent dans un mouvement peu naturel.

« Comment l'expliquez-vous ? s'enquit-il.

— Perruque », lâcha Wisting.

Le mot lui avait échappé en même temps qu'il faisait le rapprochement.

« Robert Godwin a très probablement changé d'apparence, précisa-t-il rapidement. Ça vaut aussi pour ses cheveux. Il porte sans doute une perruque. Ou un toupet. Les perruquiers fabriquent leurs perruques et postiches avec de vrais cheveux, que leur vendent des femmes pauvres d'Europe de l'Est et d'Inde. »

Espen Mortensen le dévisagea, ouvrit la bouche, la referma et opina.

« Ce pourrait être ça », approuva-t-il.

Wisting redonna la parole à Donald Baker. Celui-ci expliqua les origines de Robert Godwin, l'hypothèse selon laquelle il s'était rendu en Scandinavie plutôt qu'ailleurs et vivait désormais sous l'identité d'un autre homme.

« Un homme des cavernes... » fit le policier suédois, goûtant le concept. « Intéressant.

— Nous avons deux approches, enchaîna Wisting. D'abord, nous essayons de découvrir l'identité sous laquelle il se cache aujourd'hui. Et puis nous pensons qu'il a choisi de se cacher dans notre région parce que c'est celle d'où venait sa famille. C'est la piste que Bob Crabb a suivie pendant des années et qui l'a mené ici l'été dernier. Nous pensons que Godwin aurait pu retourner à ses racines et nous sommes donc en train de retracer la branche familiale restée en Norvège. »

Le policier suédois n'avait cessé de prendre des notes. C'était maintenant son tour de présenter ce qu'il avait.

« Agneta Gunnarson a disparu le 27 juillet 1996 », déclara-t-il en montrant la photo d'une jeune femme. Ses cheveux blonds étaient rassemblés en une queue de cheval maintenue par un gros chouchou. « Dans la matinée, elle a pris le bus pour le centre commercial de Torp, à sept kilomètres du centre-ville d'Uddevalla. La piste s'arrête sur l'image d'une caméra de surveillance devant chez H&M à 15 h 23. »

Il montra une autre photo. Une autre jeune femme blonde.

« Sonia Thuv. Vue pour la dernière fois au camping de Daftö, aux abords de Strömstad. Elle avait un job d'été chez le marchand de glaces et de journaux, mais le 4 août 1999, elle n'est pas rentrée chez elle après la fermeture. »

La troisième femme s'appelait Lisbeth Larsson, elle était de Göteborg.

« Le soir du 11 juin 2002, elle devait se rendre à Kungsbacka en stop. Elle a été vue à un carrefour de Mölndal, juste au sud de Göteborg, puis plus rien.

— Nous aussi, nous avons une auto-stoppeuse, glissa Espen Mortensen.

— Et il y en avait plusieurs parmi les victimes du Minnesota, renchérit Donald Baker.

— Anja Lundgren aussi faisait du stop, expliqua Bergquist en montrant une image de caméra de surveillance datée du 28 juin 2008. Elle a été vue pour la dernière fois dans une station-service Q8 de Hisings Backa au nord de Göteborg. »

L'enquêteur suédois écarta les quatre photos pour poser un avis de recherche avec la photo d'une fille aux cheveux courts de 18, 19 ans, avec de grands yeux bleus et des taches de rousseur sur le nez.

« Et l'été dernier a disparu Kikki Lindén. On a trouvé son vélo derrière un abribus sur la voie rapide au nord de Trollhättan. »

Wisting prit l'affichette.

« L'été dernier ? demanda-t-il.

— Le 18 juillet.

— Quatre jours après l'arrivée de Bob Crabb en Norvège, calcula Mortensen.

— Qu'est-ce qui vous a fait relier ces affaires entre elles ? voulut savoir Wisting.

— Une tête de mule. L'enquêteur du commissariat de police de Trollhättan qui était en charge de l'affaire Kikki Lindén s'est acharné. Quand ils ont été à court de pistes, il a commencé à regarder s'il trouvait des affaires similaires. Et il a relevé une correspondance entre ces cinq affaires. Ce sont des jeunes femmes blondes, elles ont disparu dans une zone géographique restreinte, il ne s'agit pas de femmes suicidaires ou souffrant de troubles psychiatriques, et rien ne porte à croire qu'elles ont été victimes d'un accident ou ont disparu de leur plein gré. Et puis elles se démarquent aussi autrement, en ce qu'elles ne font pas partie du genre de femmes qu'on nous signale parfois. Elles ne sont pas mariées avec un homme violent, elles n'appartiennent pas au milieu de la drogue ou de la prostitution et elles ne fréquentent pas de criminels. Elles ont juste été au mauvais endroit au mauvais moment. »

Wisting hocha la tête. Ce résumé aurait pu s'appliquer aux femmes de leur propre liste.

« Avez-vous des pistes ? s'enquit Christine Thiis.

— Aucune. Cinq affaires sans pistes concrètes. » L'enquêteur suédois rassembla les photos. « Et vous, qu'avez-vous ? »

Christine Thiis laissa à Wisting le soin de répondre.

« Nous avons dix affaires, soupira-t-il. Au moins. Sans pistes. »

Puis il rendit compte des deux directions de leur enquête. L'une qui consistait à cerner Robert Godwin et l'autre à rechercher les cadavres qu'il avait pu laisser.

« Et où en est l'affaire actuellement ? » demanda Bergquist.

Wisting jeta un coup d'œil sur le téléphone mobile devant lui sur la table.

« Nous sommes sur le point d'ouvrir le quatrième puits.

— Et le tueur en série américain ?

— Nous ne savons pas où nous en sommes par rapport à lui. Et, bien sûr, si nous nous rapprochons de lui, il y a toujours le risque de le faire fuir.

— Ce qui peut du reste être une méthode de chasse efficace, dit le Suédois. Faire peur au gibier pour le piéger quand il s'enfuit.

— Le trouver, c'est une chose, remarqua Wisting.

Mais le travail ne fera alors que commencer, parce qu'il faudra aussi que nous puissions le relier à chaque victime.

— La dispersion géographique nous donne un avantage, jugea le Suédois. Nous devons cartographier ses mouvements et superposer la ligne chronologique et la ligne dessinée par les victimes pour voir s'il y a des correspondances en temps et en lieu. »

Wisting acquiesça. Son confrère suédois avait en tête la même tactique que lui. Mais rattacher Robert Godwin à des scènes de crime si anciennes pourrait bien se révéler être une tâche impossible. La dernière affaire suédoise autorisait toutefois l'espoir. Elle remontait à quatre mois, ce qui, à l'échelle à laquelle ils opéraient, était récent. S'ils parvenaient à établir un lien avec la disparition de la jeune femme de Trollhättan, ils pourraient identifier le mode opératoire de Godwin, le retrouver ensuite ailleurs et résoudre ainsi les autres affaires comme dans un jeu de dominos.

« Avec un peu de chance, il aura tout misé sur un seul puits, poursuivit le Suédois. On va voir ce qu'il y a dans le quatrième ? »

69

Donald Baker et l'enquêteur suédois se rendirent au domaine de Halle avec Wisting. Derrière eux roulait Espen Mortensen avec Leif Malm et John Bantam.

La neige semait de nouveau le chaos sur les routes. Un bus s'arrêta au milieu de la chaussée devant Wisting pour lâcher un passager. Une voiture enneigée était garée sur l'aire d'arrêt de bus, on distinguait à peine les contours d'un triangle de signalisation sur son toit.

Ils mirent deux fois plus de temps pour rejoindre Halle qu'en temps normal. La vente de sapins de Noël avait repris, mais n'ouvrirait que quatre heures plus tard.

Wisting se gara devant la baraque de vente. Un chemin avait été dégagé entre les arbres. Au bout se trouvait un tracteur avec un gyrophare orange. Des hommes déroulaient une chaîne.

« Et dire qu'à Stockholm le soleil brille », gémit Ingemar Bergquist en ouvrant sa portière.

Wisting enfila un bonnet avant de sortir de la voiture.

« C'est là-bas qu'on a découvert Bob Crabb, indiqua-t-il en pointant le doigt entre les arbres serrés.

— Pourquoi n'a-t-il pas été jeté dans le puits, puisqu'il y en a un ? » demanda le Suédois.

Wisting ne répondit pas. Il serra sa veste et avança sur le sentier dégagé. Les autres enquêteurs lui emboîtèrent le pas en silence. Nils Hammer venait à leur rencontre. La neige s'était déposée dans ses cheveux.

« Le puits est vieux et profond, expliqua-t-il en mettant sa main en visière pour protéger ses yeux des flocons. Il n'a pas servi depuis les années 1960. Avant, il y avait un simple couvercle, mais au printemps dernier, l'agriculteur a placé une grosse pierre au-dessus de l'ouverture. Nous sommes en train de la retirer.

— Ah… » fit le Suédois.

Tous conclurent que c'était probablement là que Robert Godwin avait voulu l'emmener, mais que, depuis son dernier passage, le vieux couvercle du puits avait été troqué contre une pierre.

Une fois la chaîne fixée, l'un des hommes fit signe à Per Halle, qui était au volant du tracteur, de commencer à tirer. Une épaisse fumée noire sortit de la cheminée latérale quand il mit le gros véhicule en mouvement. Le bloc de pierre crissa contre la margelle avant d'être traîné dans la neige sur quelques mètres. Hammer fit signe de stopper.

Wisting et les autres enquêteurs approchèrent du puits et regardèrent dedans. À cinquante centimètres de l'ouverture, il y avait un vieux lave-linge. Au-dessous, un vélo et de la ferraille.

Per Halle sauta de la cabine du tracteur et les rejoignit.

« Nous l'avons rempli avec un certain nombre de choses que j'avais dans la grange, s'excusa-t-il.

— Qu'est-ce qu'il y a au-dessous ? s'enquit Wisting.

— Comment ça ? De l'eau. Je ne comprends pas trop ce que vous…

— Nous allons descendre au fond, dit Hammer.

— Eh bien, j'ai une grue sur mon camion, proposa le propriétaire des terres. Je peux vous l'avoir mise en route d'ici un quart d'heure. »

Sans attendre de réponse, Per Halle grimpa sur son tracteur et démarra.

Avant son retour, les hommes de Hammer avaient monté leur tente de travail et suspendu des bâches pour s'abriter des regards. Le paysage enneigé était transformé en un site de commandement bourdonnant d'activité. Des groupes électrogènes furent allumés, des projecteurs installés.

Per Halle revint en camion et recula. Il manœuvra le bras de la grue au-dessus du puits alors qu'un policier descendait fixer des sangles sous la machine à laver. Puis cette dernière fut lentement hissée avant d'être déposée sur le sol. Le vélo et les objets plus petits furent lancés aux policiers qui se penchaient sur la margelle pour les intercepter. Les objets plus gros, comme le cadre d'une mobylette et un poêle à bois en fonte, durent être remontés avec la grue. La ferraille ne tarda pas à former un tas imposant et ils arrivèrent à la couche de glace. Un bout d'essieu en dépassait. Ils accrochèrent la sangle autour et, quand ils le halèrent, la glace suivit comme un couvercle.

Puis ils descendirent la pompe et davantage de ferraille apparut quand le niveau d'eau baissa. Un homme de l'unité d'intervention était descendu en rappel pour sangler les différents objets. Au bout d'un moment, ils furent trop bas pour la grue. Ils installèrent donc un treuil qui remontait les objets par un crochet.

Wisting était dans la tente avec Leif Malm, l'enquêteur suédois et les deux hommes du FBI. Le côté qui donnait sur le puits était ouvert, afin de leur permettre de suivre les opérations. Wisting avait apporté un thermos, il fit passer des gobelets jetables et leur servit du café.

Nils Hammer vint les rejoindre.

« Les premiers journalistes sont là, annonça-t-il. Deux hommes de *VG*. Nous bouclons le bois derrière pour les empêcher d'approcher. »

Wisting marqua son approbation d'un signe de tête. Tant qu'ils n'avaient pas de vue directe sur ce qu'ils faisaient, les journalistes croiraient à une extension des recherches sur le lieu de la découverte du corps de Bob Crabb.

Il mordilla le bord de son gobelet en carton et leva les yeux vers le ciel gris. Sans ce temps neigeux, des hélicoptères loués par la presse seraient arrivés au-dessus d'eux dans le courant de la journée.

Quoi qu'il en soit, si le puits contenait ce qu'ils craignaient, Robert Godwin allait comprendre leurs manœuvres et s'enfuir. Sans doute ne disposaient-ils donc que de cette seule journée.

Du puits provint un cri. Balançant son gobelet, Wisting se précipita. Une glène de fil barbelé rouillé remontait des profondeurs. Un objet y était accroché. Un sac à main.

On tira la glène par-dessus la margelle et on la fit s'égoutter sur le bras de la grue. Mortensen s'en approcha. C'était un petit sac à bandoulière en cuir marron. Il le libéra des barbelés et l'emporta sous la tente.

On aurait dit du cuir, mais c'était en fait du plastique.

Nous y voilà, pensa Wisting. Nous sommes au bon endroit. Il revoyait la photo de l'avis de recherche de Charlotte Pedersen, qui avait disparu en 2009. Elle provenait d'une caméra de surveillance dans une station-service Statoil aux abords de Porsgrunn. Elle achetait des cigarettes et des chewing-gums qu'elle rangeait dans un petit sac marron.

Mortensen posa le sac sur une table. Il était recouvert d'une bourbe gluante et cireuse. Mortensen l'ouvrit. Le contenu s'était largement transformé en une masse fangeuse, mais on distinguait tout de même un rouge à lèvres et un petit flacon de parfum. Il mit le sac dans une bassine en plastique, l'étiqueta et l'inscrivit dans un registre.

L'eau marron qui était pompée dans le puits creusait des rigoles dans la neige fraîche, et dégageait une odeur putride et pénétrante.

« Stop ! » cria un homme chargé de surveiller l'eau pompée.

On coupa le moteur de la pompe et le flux s'interrompit.

Wisting regagna le puits. À la lumière du projecteur, il voyait un tas informe qui était apparu à la surface de l'eau sombre. L'un des hommes descendit en rappel et tira sur cette masse pour en tester la solidité avant de fixer une sangle autour.

Lentement, un sac détrempé fut remonté. Le bruit de l'eau qui ruisselait était renforcé par l'écho des parois. Quand l'objet arriva au-dessus de la margelle, Wisting put constater que c'était un sac de couchage. La tête, où était fixée la sangle, était nouée avec un bout de corde effilochée.

Le sac de couchage resta à se balancer alors que l'eau s'en déversait. Espen Mortensen prépara une bâche sur le sol et Nils Hammer attrapa le sac, l'écarta du puits et donna le signal de le déposer.

Les hommes se rassemblèrent en demi-cercle autour.

Hilde Jansen, songea Wisting. Elle était partie en stop de Risør l'été 2005, avec son sac à dos et son sac de couchage, pour aller au Quartfestival à Kristiansand.

Hammer défit la sangle et laissa la suite à Espen Mortensen. Lequel demanda à deux hommes de tendre le tissu du sac de couchage pendant qu'il faisait une incision d'un mètre avec un scalpel.

Devant l'odeur putride qui s'échappait, les hommes les plus proches reculèrent. Wisting plaça son bras devant son nez et sa bouche et fit un pas en avant.

Des os apparaissaient parmi des lambeaux de vêtements.

Mortensen agrandit la fente et écarta les pans du sac de couchage. Des restes de corps à l'envers, avec la tête au fond. Un visage crasseux à la bouche ouverte. Quelques pierres, qui avaient probablement servi de lest.

En silence, Mortensen rabattit les pans et se fit aider pour hisser le sac de couchage dans une housse mortuaire en plastique blanc. Sur laquelle se déposa la neige qui tombait doucement.

La pompe fut redémarrée, mais on ordonna de nouveau l'arrêt au bout de quelques minutes.

Un autre tas était apparu au fond du puits. Il semblait y être depuis plus longtemps et ils ne coururent pas le risque de le hisser tel quel. On descendit donc une civière pour le remonter en procédant plus ou moins comme lors d'un sauvetage d'alpiniste blessé sur une corniche.

C'était une couverture en laine grossière, enroulée d'une corde avec une grande pierre plate au bout. L'étoffe se décomposait, comme les bandelettes entourant une momie.

Mortensen la fit glisser directement dans une autre housse mortuaire sans examen préalable.

La pompe aspirait une fange de plus en plus épaisse. Les hommes chargés de récupérer les objets qui remontaient mirent de petits ossements bruns dans des scellés transparents. Il devait s'agir des os détachés d'une main.

Wisting retourna au bord du puits. Il était quasiment vidé de son eau à présent. Le fond était à environ sept mètres. L'homme en baudrier leur lança un coup d'œil. Il avait sous lui un imbroglio de restes d'os et de fragments d'articulations méconnaissables. Deux crânes jaunis reposaient front contre front, comme en conversation intime.

Wisting se tourna vers Leif Malm.

« Je crois que vous devriez demander à votre équipe de venir.

— Ils sont en route. »

70

Au retour, Leif Malm, Ingemar Bergquist et les deux agents du FBI se pressèrent dans la voiture de Wisting. Ils avaient vu ce qu'ils avaient besoin de voir et aucun d'eux n'était utile sur les lieux.

Les journalistes étaient plus nombreux devant le périmètre bouclé. Des voitures se garaient au bord de la nationale et des portières s'ouvraient sur des rédacteurs expérimentés qui avaient flairé le scoop. Ils ne savaient pas encore dans quoi ils avaient mis les pieds, songea Wisting. Mais quand la nouvelle sortirait, la foule de journalistes allait se multiplier de minute en minute, comme un virus qui se répand à une vitesse record.

« Il va nous filer entre les doigts, déclara Donald Baker en détournant le regard d'un objectif d'appareil photo. Dans quelques heures, il aura quitté le pays. »

Le téléphone de Wisting se mit à sonner dès qu'ils eurent dépassé le groupe de journalistes. Il regarda l'écran. *Morten P, VG.*

« Nous sommes en tout cas plus près que vous ne l'avez jamais été en vingt ans », rappela-t-il.

Il déboucha sur la route et accéléra. En face, un

camion souleva un tourbillon de neige qui occulta son champ de vision.

« Nous avons la liste de noms, dit-il en levant le pied. Nous pouvons envoyer aux douanes une interdiction de sortie du territoire de ces personnes. Si leurs noms apparaissent sur des billets d'avion ou de ferry, nous nous en rendrons compte.

— Le problème, c'est juste que nous ne savons pas s'il figure sur cette liste », objecta Leif Malm.

Wisting était déjà en train d'appeler Torunn Borg pour lui demander d'envoyer la liste au service des douanes.

Au commissariat, Wisting fut accueilli par le conseiller en communication. Il était 13 heures. Ils eurent un court entretien dans le bureau de Christine Thiis, où Wisting fit un bref rapport de la situation.

« Nous devons sortir un communiqué et organiser une conférence de presse, fut la réaction immédiate de l'homme de l'information. Quand pouvez-vous rencontrer la presse ? »

Wisting se dirigeait déjà vers la sortie.

« Quand Robert Godwin sera arrêté, répondit-il. En attendant, nous avons autre chose à penser. »

L'heure suivante lui donna l'impression de faire du rétropédalage. Aucun de leurs efforts ne menait où que ce soit. Il s'agissait de se maintenir à la surface et on ne pouvait rien faire d'autre que suivre le mouvement.

Quelques membres du public s'étaient adressés à eux après la publication dans *VG* de la photo de Bob Crabb. Des copies des renseignements fournis étaient posées sur son bureau. Deux voisins de Bob Crabb à Stavern s'étaient signalés, sans nouveaux éléments à apporter, et un couple de retraités pensait l'avoir vu à bord d'un ferry pour le Danemark quand ils étaient partis en vacances. Un passager qui avait été sur le même vol que lui s'était senti le devoir de se manifester, même s'il ne l'avait pas remarqué dans l'avion. Trois autres personnes pensaient avoir vu un homme ressemblant à celui de la photo prise l'été dernier à Stavern, mais elles n'étaient en mesure d'indiquer aucune date et n'avaient pas fait d'observations plus précises.

À cet égard, cette affaire n'était pas différente des autres. D'innombrables voies sans issue, de vastes quantités de temps perdu, maints efforts inutiles.

Le premier véhicule transportant des dépouilles arriva à 13 h 45. Ils se servirent du stand de tir du sous-sol comme lieu de rassemblement. Wisting descendit voir comment l'équipe de techniciens de Kripos s'organisait.

L'odeur de cuivre de l'eau croupie avait suivi les cadavres sortis du puits et couvrait l'odeur de poudre et de plomb ancrée dans les murs.

Le stand de tir n'était pas seulement l'endroit le plus spacieux, c'était aussi un lieu approprié dans la mesure où il disposait de son propre système de ventilation permettant un puissant brassage d'air pour prévenir l'accumulation de gaz de tir nocifs.

D'épaisses toiles cirées furent déroulées sur le sol. Des hommes en combinaison blanche prenaient des notes et rassemblaient des papiers dans des chemises à élastique. Ils photographiaient, classaient, répertoriaient. L'un d'eux était Jon Berge, l'agent de la police scientifique qui avait participé à l'autopsie vidéo-retransmise. Il salua Wisting de la tête avant de se concentrer de nouveau sur ses notes.

Le cadavre enveloppé dans une couverture en laine était près de la porte, sous la lumière des grands projecteurs du plafond. Un agent de la police scientifique photographia en plan rapproché le nœud serré, puis on coupa la corde. La couverture élimée fut écartée. Devant eux s'étirait ce qui ressemblait à une statue de cire. Wisting avait déjà vu ce genre de transformation sur des cadavres trouvés en mer ou demeurés longtemps en milieu humide. Les tissus adipeux se muaient en une masse boursouflée blanche et cassante qui n'était pas sans évoquer de la cire figée.

Ces restes macabres allaient permettre un travail d'identification plus facile que s'ils n'avaient disposé que de simples os. Les prélèvements tissulaires leur donneraient un profil génétique, mais ils avaient dès à présent l'indication que leur apportait une ceinture rouge délavée à la boucle rouillée. C'était Silje, de Vinstra. Elle avait été transportée en voiture sur quatre cents kilomètres avant d'être balancée dans le puits.

Wisting essaya de se représenter ce qu'elle avait subi avant d'être enroulée dans la couverture en laine. Aux États-Unis, quand il ne dissimulait pas encore ses traces, Godwin jetait ses victimes dans le fossé au bord des autoroutes. Les techniciens d'identification criminelle et médecins légistes disposaient de plus d'éléments à partir desquels travailler et il ressortait de leurs rapports que certaines victimes étaient restées en vie jusqu'à soixante-douze heures avant d'être tuées. Période au cours de laquelle elles avaient été violées à répétition.

« Les corps ont subi divers degrés de putréfaction, expliqua Jon Berge. Selon le temps passé dans le puits et ce dans quoi ils étaient emballés. Pour les dépouilles les plus anciennes, on ne peut sans doute pas s'attendre à trouver autre chose que des ossements. »

Wisting le suivit jusqu'au corps dans le sac de couchage. Parmi les lambeaux de vêtements il y avait des os noircis, avec encore des restes de matière organique pas tout à fait décomposée.

« C'est totalement incompréhensible qu'il ait pu continuer d'agir de la sorte, dit le policier scientifique, pendant plus de vingt ans, sans que quiconque ne voie de schéma ni ne soupçonne qui que ce soit d'une manière ou d'une autre. »

Wisting ne répondit pas.

« Mais c'est bien sûr possible, poursuivit le policier scientifique. Si on s'y prend comme il faut, sans se presser. Tous les deux ans, une jeune femme disparaît, une dans le Vestlandet, une dans l'Østlandet et une dans le Sørlandet. Ça me rappelle un peu l'homme qui a développé le premier logiciel des banques d'épargne. Il avait inscrit dans le logiciel que tous les transferts d'argent devaient être arrondis à la dizaine d'øre la plus proche. Les quelques øre arrondies étaient transférées sur son propre compte. Personne ne remarquait qu'il manquait quelques øre ici et là, mais au total, c'était beaucoup d'argent. »

Wisting allait lui rappeler que le banquier s'était fait prendre et avait écopé de trois ans de prison pour escroquerie quand il fut interrompu par son téléphone.

Il répondit, mais n'entendit que des raclements. Le réseau était mauvais à cause des murs en béton du stand de tir et il se dirigea vers la porte.

« Allô ? tenta-t-il de nouveau en arrivant dans le couloir.

— Allô ?

— Désolé, le réseau est mauvais, s'excusa Wisting. Qui est à l'appareil ?

— Steinar Brunvall. Nous sommes presque voisins.

— Vous êtes le fils de Tor et Marianne, fit Wisting alors qu'il se dirigeait vers l'escalier. Un problème ?

— Non, non. J'essayais en fait de joindre Line. Elle est passée chez nous hier dans le cadre de son article sur Viggo Hansen. Et je lui ai parlé d'un homme qui lui avait rendu visite cet été.

— Un homme ? demanda Wisting, surtout pour faire savoir à son interlocuteur qu'il l'écoutait.

— Oui, et aujourd'hui, il est en photo dans le journal. »

Wisting se figea sur place.

« Que voulez-vous dire ?

— J'ai essayé d'appeler Line plusieurs fois, mais elle ne répond pas. Alors Ida m'a dit de vous appeler. Puisque c'est vous, la police, qui avez lancé l'avis de recherche.

— Qu'êtes-vous en train de dire, au juste ? » Wisting sentait sa poitrine se contracter.

« Line était très curieuse de savoir qui avait rendu visite à Viggo Hansen l'été dernier. Il n'avait jamais de visite. Et puis aujourd'hui son visiteur est donc en photo dans le journal. Et le fait qu'il avait une voiture de location correspond aussi. Bob Crabb, des États-Unis. Le professeur qu'on a trouvé mort la semaine dernière sous les sapins de Noël. »

Wisting resta muet pendant qu'il absorbait ce qu'il venait d'entendre. Il avait le sentiment qu'une porte secrète s'était ouverte devant lui.

71

Le froid réveilla Line. Elle avait un mal de tête fracassant et aucune notion du temps qu'elle avait passé inconsciente. Autour d'elle, tout était obscur, et exigu. Elle était recroquevillée et pouvait à peine remuer. Ses mains étaient ligotées dans son dos et attachées à ses pieds. Elle était bâillonnée avec du ruban adhésif et recouverte de ce qui était peut-être une couverture en laine. Rejetant vivement la tête en arrière, elle parvint à la dégager de son visage sans trouver de repères pour autant.

Elle respira bruyamment par le nez. L'air était vicié dans cet espace ténébreux et elle sentit monter la nausée. Vomir pourrait avoir des conséquences fatales.

Ce sur quoi elle reposait bougea quand elle se tourna et elle comprit qu'elle était dans le coffre d'une voiture.

Retenant son souffle et se concentrant pour écouter, elle tendit l'oreille, mais le silence était complet. La voiture devait donc être garée dans un endroit désert. Et il ne devait y avoir personne dans l'habitacle, sans quoi elle aurait remarqué du mouvement ou du bruit.

Elle envisagea d'essayer d'attirer l'attention, mais avec les mains et les pieds ligotés dans son dos, elle n'était pas en mesure de taper dans le capot du coffre, elle entreprit donc de tâtonner derrière elle. Le revêtement semblait être du feutre. Ses doigts trouvèrent une bouteille en plastique vide, un peu de papier journal à côté, et ce qui lui faisait l'effet d'être des pinceaux. Puis elle sentit autre chose. Une fine plaque de métal munie d'un manche. Une truelle, comprit-elle. Elle en avait utilisé une quand elle avait fait des travaux dans son appartement, pour enduire les raccords et les fentes des plaques murales avant de poser le papier peint. Le bord en était peut-être assez tranchant.

Elle saisit la truelle tant bien que mal, et parvint à la positionner de façon à limer la corde qui maintenait ses bras et ses jambes dans son dos.

Des gouttelettes de sueur perlaient sous son nez. Elle les chassa d'un souffle et continua de faire aller et venir la truelle. Elle ferma les yeux, redoutant à chaque seconde que le coffre s'ouvre.

Tout en travaillant ainsi, elle commença à réfléchir à ce qui s'était passé. Elle se souvenait que sa voiture était tombée en panne, et de sa joie de voir une voiture s'arrêter et de reconnaître le visage de la personne qui sortait pour l'aider. Ensuite, elle se souvenait de l'odeur. L'odeur désagréable d'un chiffon humide appuyé sur son nez et sa bouche, qui rappelait celle de la peinture ou du vernis. Ses lèvres et ses narines lui avaient brûlé, puis plus rien. Elle n'avait pas la moindre idée du temps qui s'était écoulé, mais elle se demandait si elle aurait pu prévoir qu'une chose pareille se produirait, si elle aurait dû comprendre qu'elle était arrivée trop près de la vérité sur Viggo Hansen.

Tout à coup, la corde céda. Les jambes de Line se détendirent brusquement et heurtèrent les parois du coffre, elle perdit sa truelle.

Elle pensa à sa prochaine manœuvre. S'interrogea sur l'opportunité d'essayer d'attirer l'attention. Se demanda s'il pouvait y avoir d'autres gens que la personne qui l'avait enlevée.

Elle décida de faire une tentative. Ses mains et ses pieds étaient toujours ligotés, mais elle parvint à se tortiller de façon à donner un coup de pied dans le capot. Sous le ruban adhésif, elle essaya par réflexe d'appeler, mais ne réussit à émettre qu'un faible cri. Puis elle écouta. Rien. Aucun bruit de pas. Aucune voiture au loin.

Elle allait mourir de froid si elle restait ici. Il fallait coûte que coûte sortir avant qu'on ne vienne la chercher.

Elle positionna ses pieds contre le dossier de la banquette arrière, qui séparait le coffre de l'habitacle, remonta ses genoux jusqu'à sa poitrine et donna un coup. La voiture entière se balança et le dossier grinça. Un autre coup et un interstice laissait filtrer une lumière grise. Il faisait donc encore jour.

Line plaqua son dos contre la paroi du coffre et poussa des pieds contre le dossier de la banquette jusqu'à ce que sa vue se brouille. Elle respira, ses narines sifflèrent. Le rai de lumière qui s'agrandissait lui donna des forces renouvelées, et la cloison entre le coffre et l'habitacle céda avec fracas.

72

Le téléphone de Line était éteint ou hors réseau.

Wisting essaya de la joindre trois fois pendant qu'il montait à son bureau, sur son mobile et sur le téléphone fixe de la maison, sans succès.

Il existait un lien entre l'article de Line et son enquête. Ce lien passait par Viggo Hansen. La piste remontait toujours à quatre mois auparavant, mais elle était nouvelle pour eux. Il y avait là des fils qui s'entremêlaient et il lui fallait apprendre ce que Line savait.

Les agents du FBI n'avaient peut-être pas aimé qu'il s'exprime sur Bob Crabb dans *VG*, mais en l'occurrence, un témoin était apparu, et il n'était pas impossible que cela donne des résultats. Wisting convoqua les agents du FBI avec ses enquêteurs dans la salle de conférence pour leur faire un bref compte-rendu des nouveaux développements.

« Va chez le témoin, dit-il en pointant son stylo-bille sur Benjamin Fjeld. Fais-lui raconter tout ce dont il se souvient de la visite de l'été dernier. »

Le jeune enquêteur fila.

« Qui est ce Viggo Hansen ? s'enquit Donald Baker.

— Il habitait dans mon quartier», répondit Wisting. Il expliqua que l'homme était resté mort dans son salon depuis le 11 août mais n'avait été découvert que deux semaines auparavant.

«Et cet homme a eu la visite de Bob Crabb en juillet?

— C'est ce que notre nouveau témoin dit maintenant, confirma Wisting.

— Vous avez un dossier sur lui?»

Wisting récapitula ce dont il se souvenait des documents de l'affaire. Ce faisant, il comprit que, pour Robert Godwin, Viggo Hansen aurait été l'enveloppe parfaite dans laquelle se cacher.

Les autres personnes en présence dans la pièce firent le même constat.

«Vous avez ses empreintes digitales?» demanda Donald Baker.

Wisting secoua la tête. Ils n'avaient pas pu les prélever sur son corps desséché.

«Juste l'ADN, répondit-il.

— Quand pourrons-nous l'obtenir?»

Leif Malm sortit son téléphone.

«Je vais demander au service des fichiers de l'envoyer au même endroit que le profil génétique de Bob Crabb, dit-il. Quand pourrez-vous les comparer?

— Dès réception», répondit l'agent du FBI en prenant son propre téléphone.

Christine Thiis fouilla dans ses papiers.

«Pourquoi Viggo Hansen ne figure-t-il pas dans la liste des personnes à vérifier?»

Torunn Borg s'adossa à sa chaise.

«Nous n'avons cherché que les gens en vie», soupira-t-elle.

La juriste prit un stylo et nota quelque chose.

Wisting se passa la main dans les cheveux. Ils ne pouvaient pas s'en tenir à cette seule possibilité.

« Où en sommes-nous par ailleurs ?

— L'interdiction de sortie du territoire est lancée, expliqua Torunn Borg. Nous avons fait des visites à domicile et avons pu barrer quelques noms de notre liste. Certains enquêteurs que nous avons fait venir des circonscriptions policières voisines sont encore en train de voir des gens.

— Tu as eu Line ? s'enquit Christine Thiis.

— Pas encore. Elle n'est pas rentrée cette nuit.

— Tu sais où elle est ? »

Il secoua la tête, il ne se souvenait pas de n'avoir pas pu joindre Line au téléphone.

« Je vais passer à la maison, annonça-t-il. Elle est probablement accaparée par son travail. »

Prenant sa veste, il descendit à sa voiture dans la cour, plus soucieux qu'il ne voulait l'admettre.

Line était une journaliste intrépide. Non seulement dans les sujets qu'elle choisissait, à contre-courant, controversés, mais encore dans sa façon de travailler : elle aimait suivre sa propre voie. Mais cette fois, il craignait qu'elle ne soit tombée sur une piste dangereuse.

La neige tombait dru. De grands flocons tourbillonnaient dans le ciel gris. Les essuie-glaces peinaient et les routes étaient glissantes.

Un duvet blanc recouvrait les ornières qu'il avait laissées en partant le matin. Line n'avait donc pas pu repasser à la maison entre-temps. Il décida malgré tout d'entrer. Il avait vu qu'elle rassemblait ses notes et ses coupures de presse dans l'ancienne pièce de travail d'Ingrid. Il n'aimait pas l'idée de fouiller dans ses papiers, mais elle avait peut-être quelque chose sur Bob Crabb.

Le téléphone sonna au moment où il sortait de la voiture. Leif Malm.

« Comment ça va ? »

Wisting chercha sa clef.

« Elle n'est pas à la maison, dit-il alors qu'il ouvrait la porte.

— Il y a une chose que vous devriez savoir, dit l'enquêteur de Kripos.

— Quoi donc ?

— Votre fille était au Farris Bad cette nuit. »

Wisting s'immobilisa dans l'entrée.

« À l'hôtel ? Que voulez-vous dire ?

— Ça ne nous regarde ni vous ni moi. Mais elle a passé la nuit dans la chambre de John Bantam.

— Je ne comprends pas… commença Wisting.

— Donald Baker est venu me le dire. Ils se sont rencontrés au bar de l'hôtel il y a deux jours. Et hier soir, elle est restée.

— Merde, comment a-t-il pu… Elle est journaliste.

— Bantam n'a appris que c'était votre fille que pendant la réunion de tout à l'heure.

— Peu importe de qui elle est la fille. C'est sacrément amateur.

— Enfin, maintenant, elle est avant tout devenue un témoin intéressant. Il faut que nous découvrions ce qu'elle sait de la relation entre Bob Crabb et ce Viggo Hansen. »

Wisting lança un coup d'œil sur sa montre. Il était presque 15 h 30.

« Pourrait-elle être encore dans la chambre ?

suggéra-t-il en avançant dans la maison sans s'être déchaussé.

— C'est en cours de vérification. Personne ne décroche le téléphone, mais Bantam y va pour voir. »

Wisting était dans l'escalier et montait au premier.

« Prévenez-moi si elle y est », conclut-il sans vraiment y croire. Il était plus probable que la rédaction ait changé son affectation pour la mettre sur l'affaire sur laquelle il travaillait lui-même.

Il ouvrit la porte de ce qui avait été la pièce de travail d'Ingrid. Le bureau était rangé, l'ordinateur fermé. Les documents étaient classés en piles d'épaisseurs variables. Elle était comme lui, songea-t-il, elle aimait avoir des papiers devant elle plutôt que de compulser des documents électroniques.

Sur le grand pense-bête, elle avait épinglé des photos et des notes, formant une vue chronologique de la vie de Viggo Hansen. C'était impressionnant de voir comme elle avait réussi à esquisser une sorte de portrait de cet homme seul. Une vie triste, semblait-il. Un père qui travaillait sur des chantiers et avait été en déplacement pendant la majeure partie de l'enfance de son fils, puis avait écopé de presque quatre ans de prison. Une mère internée en hôpital psychiatrique.

1969, lut-il en suivant la chronologie. *Son père se pend dans la cave. Viggo le trouve.*

1974 – sa mère meurt.

1989 – hospitalisation en service psy.

Line avait aussi tracé une espèce de panorama de ses relations. Dans un cercle au milieu d'une grande feuille, elle avait écrit *Viggo Hansen*. Autour, elle avait inscrit les noms des gens qui, d'une manière ou d'une autre, à un moment ou un autre, s'étaient trouvés dans son cercle. Wisting connaissait certains noms. Les voisins, les parents, l'artiste peintre Eivind Aske, qui était à l'école avec Viggo Hansen, lui avait dit Line. Mais aussi un autre nom qui lui disait quelque chose, sans qu'il sache trop quoi.

Odd Werner Ellefsen.

Il prononça le nom à voix haute dans l'espoir de faire ainsi ressurgir une information enregistrée, mais pas vraiment traitée par son cerveau. Son regard erra sur les autres documents, s'arrêta sur une vieille photo de classe où le nom reparaissait. Odd Werner Ellefsen était le garçon à droite de Viggo Hansen. Ce visage remontant à près de cinquante ans ne lui évoquait rien.

Wisting détacha le tableau des relations de Viggo Hansen du pense-bête et plia la feuille. Puis il se souvint. Odd Werner Ellefsen était l'un des quarante-six noms de la liste de Torunn Borg. L'un des quarante-six hommes des cavernes potentiels.

73

Il composa le numéro de Torunn Borg en redescendant l'escalier. La neige qu'il avait apportée dans la maison avait fondu et formait des flaques dans l'entrée.

« Odd Werner Ellefsen. On est allé chez lui ?

— Laisse-moi voir. »

Dehors, il ne neigeait plus.

Wisting referma la porte derrière lui et la verrouilla.

« Pourquoi ça ? » demanda-t-elle.

Il lui expliqua qu'il avait identifié un point d'intersection concret entre l'article de Line et la matière dont lui-même disposait. Il entendit Torunn fouiller dans des papiers pendant qu'elle l'écoutait.

« Il y a un lien… déclara-t-il en conclusion.

— Il habite à Torstrand, l'informa Torunn Borg. Nous y sommes allés à 13 h 45. Il n'était pas chez lui. »

Wisting jura.

« Avons-nous une photo de lui ?

— Non.

— Y a-t-il toujours des hommes sur le terrain ?

— Oui.

— Envoie-les là-bas. Et trouve tout ce que tu peux sur lui. »

Puis il raccrocha et monta dans sa voiture avant d'appeler Nils Hammer. Il lui expliqua comment les protagonistes des deux affaires étaient reliés. Bob Crabb était lié à Viggo Hansen, qui était lié à Odd Werner Ellefsen.

« C'est l'une des rares personnes qui restent sur la liste d'hommes des cavernes potentiels de Torunn Borg, dit-il en manœuvrant pour quitter son stationnement. On met l'équipe de la filature sur le coup, mais j'aimerais aussi que tu convoques les gens de l'unité d'intervention et que tu les prépares à l'action. »

Hammer acquiesça avant de raccrocher sans poser d'autres questions.

Wisting rejoignit la route et accéléra. Il savait qu'il évoluait désormais en terrain juridique miné. Avant d'appeler Christine Thiis, il fallait bien réfléchir à la façon de lui présenter les choses. En sa qualité de substitut du procureur, c'était à elle qu'il appartenait de décider s'ils pouvaient arrêter Odd Werner Ellefsen et fouiller son domicile. Pour qu'ils puissent agir, le code pénal exigeait des *soupçons plausibles* que la personne concernée ait commis ou tenté de commettre un crime ou un délit puni d'une peine d'emprisonnement. L'hypothèse la plus probable devait être que l'homme qu'ils recherchaient était Odd Werner Ellefsen. Or ils ne disposaient à l'heure actuelle que de ce qui pouvait aussi bien être une coïncidence. Wisting savait qu'il agissait maintenant à l'instinct, mais si ce qui prévalait au tribunal était les faits et les preuves, ce qui menait à la percée dans une affaire, c'était souvent l'intuition.

Il composa le numéro de Christine Thiis et lui présenta les éléments.

« Il nous en faut davantage, répondit-elle.

— Nous sommes sur le coup. Nous avons mis en place la filature et nous collectons des informations. »

S'apercevant un peu tard qu'il entrait trop vite dans le virage, il écrasa la pédale de frein, et l'ABS se déclencha. La voiture dérapa sur la chaussée glissante, partit en survirage et faillit faire un tête-à-queue. Un gros nuage de neige priva Wisting de toute visibilité. Il contre-braqua et parvint à la redresser. Les pneus adhérèrent à nouveau et il retrouva la maîtrise de son véhicule.

« Préviens-moi dès que tu as quelque chose, demanda Christine Thiis. Pour l'instant, nous n'avons pas assez pour une arrestation. Vous pouvez le faire venir au commissariat et prendre ses empreintes digitales s'il est d'accord, mais c'est tout. »

Il ne s'était pas attendu à une autre réponse, mais il l'avait appelée parce qu'il était important qu'elle soit tenue au courant pour pouvoir prendre une décision rapide quand les pièces déterminantes s'imbriqueraient.

Il passa devant le Farris Bad. Sur le rivage, l'hôtel, enveloppé de neige, était un palais de glace vaste et imposant, irradiant de lumière.

Line ne sortait avec personne depuis plus d'un an. Il ne savait pas grand-chose de la vie qu'elle menait à Oslo, mais il était surpris qu'elle ait passé la nuit dans une chambre d'hôtel avec un inconnu.

Il composa le numéro de Leif Malm.

« Du nouveau ? s'enquit-il.

— Elle n'est pas à l'hôtel. Le ménage a été fait dans la chambre vers midi et demi. Elle a dû partir avant.

— OK », répondit Wisting, songeur. « Mais, Leif, cette histoire de chambre d'hôtel peut rester entre nous, d'accord ?

— C'est pour ça que Donald Baker est venu me trouver. Personne dans votre équipe n'est au courant.

— Merci. »

Il y eut un silence au bout du fil.

« Devrions-nous faire quelque chose ? demanda Malm. Tracer son téléphone ou autre ?

— Pas encore. J'ai une idée d'où elle pourrait être. »

Wisting raccrocha et tourna vers la station-service Statoil de Torstrand. La maison d'Odd Werner Ellefsen n'était qu'à quelques encablures.

Il consulta le journal des appels et retrouva *Morten P, VG*. Le journaliste répondit à la première sonnerie.

« William Wisting à l'appareil.

— Je vois ça. Votre nom s'affiche sur mon écran.

— Vous êtes toujours à Larvik ? »

Wisting regarda le ciel. Le temps s'était un peu éclairci et les plus grandes rédactions n'allaient probablement pas tarder à envoyer des hélicoptères.

« Je suis à Halle, l'informa Morten P. Il y a du nouveau ? »

Wisting ne répondit pas.

« Je me demandais si ma fille était avec vous. Line.

— Non, pourquoi ça ?

— Je n'arrive pas à la joindre.

— En l'occurrence, j'ai moi-même cherché à la joindre. Sa batterie doit être à plat ou quelque chose comme ça.

— OK, merci beaucoup.

— Dites, pendant que je vous ai sous la main. Qu'est-ce qui se passe, au juste ? Vous avez bouclé une grande zone boisée et vous avez beaucoup de monde là-dedans. Il y a un va-et-vient constant de voitures et il est totalement impossible de savoir quoi que ce soit.

— Il faut vous adresser au responsable de l'information, répondit Wisting. Il y aura un communiqué de presse dans le courant de la soirée.

— Il y a un développement, alors ?

— Je peux vous donner son numéro direct.

— Je l'ai eu au téléphone, mais il ne nous dit rien que nous ne sachions déjà. Vous qui avez toujours été ouvert et franc, dites-moi un peu de quoi il s'agit.

— Désolé, j'ai un appel entrant. »

Il raccrocha et répondit à l'appel de Torunn Borg.

« Odd Werner Ellefsen », fit-elle avant de marquer une pause, comme si elle lisait un texte. « Il a grandi chez son oncle et sa tante. Ils sont morts quand il avait 21, 22 ans. Après, il n'avait plus de famille et il n'y a jamais eu d'autres habitants répertoriés à cette adresse.

— Il ne vivait avec personne.

— Dans les années 1990, il a travaillé un peu dans une des usines de peinture de Jotun, mais à partir de 1998, il a touché une pension d'invalidité.

— Les solvants, coupa Wisting. Tu sais s'ils utilisaient du chloroforme dans cette usine ? »

Si Odd Werner Ellefsen avait eu accès à ce produit chimique, cela pourrait contribuer à étayer la plausibilité des soupçons qui pesaient sur lui.

« Nous pouvons nous renseigner, répondit Torunn Borg.

— Qu'est-ce que tu as d'autre?

— Il conduit une Toyota Camry gris métallisé de 1998.

— Casier judiciaire?

— Une amende des douanes l'été dernier. Importation de quatre litres d'alcool de Suède, sinon rien.

— De Suède? fit Wisting. Quand, l'été dernier?»

Il entendit Torunn Borg chercher dans ses papiers.

«Le 19 juillet.

— Bon Dieu! jura Wisting. Kikki Lindén a disparu de Trollhättan le 18. Qui dirige la filature?

— Nils Hammer.»

Wisting raccrocha puis appela Hammer.

«Que peux-tu nous dire?

— Qu'il n'est pas chez lui, répondit Hammer. Il est probablement en voiture. Le garage est vide. D'après les ornières devant, il a dû partir juste après qu'il avait commencé à neiger.

— Tout est quadrillé?

— Nous avons un véhicule à chaque bout de la rue, et puis nous sommes dans la maison en face. Un des policiers est dans la même association parents-profs que la femme de la maison. Elle est en train de leur faire des gaufres.

— A-t-elle quelque chose à dire sur lui?

— Ils n'ont pas de relations avec lui. Ils n'ont jamais vu personne chez lui, mais ils ont vu Line y aller, ou du moins ce qui devait être Line. La trentaine, en Golf grise. La première fois, c'était lundi, elle est entrée dans la maison. Et puis elle est revenue hier soir.

— Hier soir?

— Oui. Tu as demandé à la voisine ce qu'elle sait?»

Wisting secoua la tête, comme si Hammer pouvait le voir.

« Appelle-moi dès que vous avez du nouveau », dit-il avant de raccrocher.

Puis il rappela Leif Malm.

« Wisting à l'appareil. » Il toussota. « En combien de temps pouvez-vous tracer son téléphone ? »

74

Line se retourna dans le coffre exigu. Ses mains étaient toujours ligotées dans son dos. La corde lui sciait les poignets.

Elle tâtonna et retrouva la truelle, la saisit et se traîna par-dessus le dossier qu'elle avait rabattu à coups de pied. Elle rampa sur ses coudes en poussant sur ses jambes jusqu'à ce qu'elle soit suffisamment avancée dans l'habitacle pour pouvoir lever la tête et regarder autour d'elle. Le blanc de la neige ceignait la voiture de toutes parts, ici comme un tapis lisse, là comme des congères soufflées par le vent.

La voiture était garée au début d'une allée de vieux bouleaux. Au bout, elle entrevoyait une maison rouge. Le chemin n'était pas dégagé et elle distinguait des traces de pas dans la neige, mais elle ne voyait personne.

Plaçant la truelle contre la corde autour de ses poignets, elle entreprit de la limer. Elle frottait d'avant en arrière et sentait la truelle s'enfoncer. Puis, soudain, elle lui échappa. Line parvint à la rattraper, mais il lui fallut du temps pour positionner l'outil là où la corde était déjà entamée.

Son corps était tendu à bloc, son souffle vibrait dans ses narines. Elle exerça une pression plus forte sur la truelle et eut l'impression de limer davantage sa peau que la corde, seul le ruban adhésif sur sa bouche l'empêcha de hurler. De douleur et de désespoir, ses yeux s'embuèrent de larmes, mais elle poursuivit son travail régulier en essayant de réfléchir à ce qu'elle allait faire quand elle serait libre. Elle regarda le contact. Pas de clef. Les lieux semblaient déserts, comme perdus loin dans la campagne. Elle devait néanmoins essayer de s'échapper. La fuite était la seule solution, mais la neige allait rendre ses traces faciles à suivre.

Line était arrivée à ce point de son raisonnement quand la corde céda d'un coup.

Elle arracha le ruban adhésif de sa bouche et remplit ses poumons en inspirant profondément plusieurs fois. Elle prit le temps de frotter ses poignets avant de remonter ses pieds et de piquer le coin de la truelle dans le nœud serré. Celui-ci finit par se desserrer assez pour qu'elle parvienne à le défaire. Elle crapahuta alors vers l'avant de la voiture, leva la tête et regarda dehors. Tout paraissait désert et abandonné.

Elle ouvrit prudemment la portière. L'air était froid, avec une vague odeur marine. Elle devait être quelque part sur la côte.

Quand elle sortit, son pied s'enfonça dans la neige. Elle resta un instant en arrêt, puis attrapa la truelle et s'accroupit à côté de la roue arrière. Elle enfonça la truelle dans le pneu jusqu'à ce qu'elle entende le sifflement de l'air qui s'échappait. Puis elle contourna la voiture en courbant le dos et creva les autres pneus avant de commencer à marcher.

Elle n'était pas habillée pour une longue randonnée. La robe qu'elle avait choisie le soir précédent lui arrivait aux cuisses. Ses bottes hautes la protégeaient un peu, mais elle n'avait qu'un collant fin qui était déjà troué à plusieurs endroits.

La distance qui la séparait de la voiture se creusa et elle se mit à courir. Autour d'elle, elle ne voyait rien d'autre qu'un paysage d'hiver blanc.

75

Wisting était arrivé au commissariat. En bas, dans le vestiaire, il alla aux toilettes, ouvrit le robinet du lavabo, baissa la tête et s'aspergea le visage d'eau froide. Ensuite, il s'essuya avec une serviette en papier et regarda dans le miroir ce que les autres voyaient de lui. Il avait l'air calme et sérieux, mais sous la surface l'inquiétude bouillonnait. La situation lui donnait le vertige et il en avait la nausée.

Son téléphone sonna.

Il l'extirpa de sa poche et vit que c'était Morten P, le collègue journaliste de Line.

« Oui ? » fit-il, le souffle court.

« Vous avez des commentaires ? demanda le journaliste.

— Sur quoi ?

— Sur la photo que je vous ai envoyée.

— Quelle photo ?

— Je viens de vous l'envoyer, sur votre téléphone. Vous ne l'avez pas reçue ? »

Wisting écarta le téléphone de son oreille et regarda l'écran. Il avait reçu un message, mais il n'avait pas entendu le signal.

Il l'ouvrit et plissa les yeux. Même sur ce petit écran, il voyait les housses mortuaires blanches. L'une qu'on mettait dans un véhicule et deux autres par terre.

Wisting se figea. Il eut un mouvement de suffocation parfaitement involontaire.

« Le desk prépare un titre disant que la police est venue chercher plusieurs cadavres, entendit-il expliquer le journaliste. Souhaitez-vous démentir ? »

Wisting s'éclaircit la voix.

« Je n'ai pas de commentaire, déclara-t-il en se dirigeant vers l'escalier. Pas pour l'instant. »

Le journaliste commença à argumenter, mais Wisting raccrocha.

Le photographe avait dû franchir les rubans. Une fois la photo publiée, l'affaire exploserait. Les médias allaient en parler pendant des semaines.

Le conseiller en communication arrivait du bureau de Christine Thiis. Il avait des plaques rouges sur le visage et le cou.

« C'est sorti, annonça-t-il. *VG* a des photos de housses mortuaires sur les lieux de la découverte.

— Je sais. »

Ça n'avait été qu'une question de temps. Mais ils accusaient le coup.

« Il faut préparer un communiqué de presse. » Le conseiller en communication se tenait prêt avec son bloc à la main. « Nous ne pouvons pas retenir l'information plus longtemps. »

Wisting tourna les talons, mit le cap sur son bureau et cria le nom de Benjamin Fjeld, qui travaillait au bout du couloir.

Le conseiller en communication lui emboîta le pas.

« Nous avons déjà trop attendu », observa-t-il.

Benjamin Fjeld apparut sur le seuil derrière lui. Wisting fouilla dans ses papiers et retrouva la liste des dix femmes disparues.

« Mets-toi en relation avec les enquêteurs en charge, dit-il à Benjamin Fjeld en lui tendant la feuille. Renseigne-les sur l'affaire et demande-leur de prendre contact avec les familles et les proches. »

Christine Thiis apparut elle aussi à la porte. Elle marqua son approbation d'un signe de tête.

« Il faut informer les parents que nous avons peut-être retrouvé leurs filles avant qu'ils commencent à faire des conjectures en voyant les titres dans la presse », poursuivit Wisting.

Benjamin Fjeld prit la liste et acquiesça.

Wisting se tourna vers le conseiller en communication.

« Voilà ce que vous allez écrire, déclara-t-il. La police s'est livrée à d'autres examens de la zone où a été découvert le 9 décembre le corps de Bob Crabb, citoyen américain âgé de 67 ans, victime d'homicide. La conférence de presse aura lieu à… » Il consulta sa montre. Il était près de 14 h 30. Les choses allaient vite maintenant. « … à 18 heures ? » proposa-t-il en regardant Christine Thiis, qui donna son assentiment. « La police ne répondra à aucune demande des médias avant cette conférence. »

Le conseiller en communication prit note et quitta le bureau. Wisting s'assit.

« J'aurai besoin de toi à la conférence de presse, dit Christine Thiis.

— Nous devrons y être tous autant que nous sommes, pour la galerie. Tu as parlé à Donald Baker ? »

Elle hocha la tête avant de sortir, croisant Espen Mortensen à la porte.

« Du nouveau ? s'enquit Wisting.

— Quand je suis reparti, on avait huit corps, répondit l'agent de la police scientifique. Mais nous ne sommes pas encore arrivés au fond. Il pourrait y en avoir d'autres. »

Il se posta devant la carte aux dix visages.

« On m'a signalé qu'Odd Werner Ellefsen pourrait être l'homme que nous recherchons. Tu as eu Line ? »

Wisting s'efforça de ne pas paraître soucieux.

« Je n'arrive pas à la joindre. »

Il sortit une radio de police portable de son tiroir, l'alluma et la régla sur le canal de la filature.

Mortensen s'assit.

« Avons-nous une idée d'où il se trouve ?

— Les traces de pneus à la sortie de son garage étaient couvertes de neige, expliqua Wisting. Ce qui signifie qu'il est parti de chez lui dans la matinée. Il ne doit pas être très loin.

— Ça faisait combien de temps que l'idée de la perruque t'était venue ? s'enquit Mortensen. Que les cheveux dans la main de Bob Crabb provenaient d'une perruque ?

— Une inspiration du moment. Serait-ce possible ? D'un point de vue purement criminalistique ?

— Absolument. »

La radio grésilla.

« *Un homme arrive à pied*, prévint l'un des policiers de filature. *Il franchit l'intersection avec Huitfeldts gate.* »

Wisting monta le son. Les policiers qui étaient à

leur poste d'observation dans la maison en face de chez Ellefsen enchaînèrent :

« *Il continue sur Bugges gate. Pas rapides, il regarde derrière lui.* »

Wisting s'empara de la radio en s'annonçant.

« C'est lui ? » demanda-t-il, tout en sachant que s'ils l'avaient identifié, les policiers l'auraient dit.

« *Le problème est que nous ne savons pas à quoi il ressemble. Il n'y a pas de photo de lui.*

— Nous n'avons pas de description ?

— *60 ans, environ 1,80 mètre, corpulence normale, d'après la voisine,* intervint Hammer. *Barbe grise, cheveux blonds raides.*

— *Taille et corpulence pourraient correspondre. L'âge aussi, d'après sa démarche, mais il a son col relevé.*

— Vous êtes sûr que sa voiture n'est pas dans le garage ? s'enquit Wisting.

— *Oui* », fut la réponse laconique.

La radio se tut puis Hammer fit savoir qu'ils le voyaient arriver. La maison d'Odd Werner Ellefsen était l'avant-dernière de cette rue qui se terminait dans une zone industrielle enclose. Plus l'homme avançait, plus il y avait de chances que ce soit lui.

« *Fox 0-5* », dit-il, s'adressant au chef des opérations. « *Avez-vous des gens qui peuvent le stopper avant qu'il rentre chez lui ?*

— *Négatif. Nous avons préparé notre matériel et quittons le commissariat à l'instant.* »

Wisting se leva, alla à la fenêtre et vit sortir le véhicule de l'unité d'intervention.

« *C'est lui*, annonça Hammer. *Il entre dans la maison.* »

Wisting se sentait trop agité pour rester à son bureau.

« Tu viens ? » demanda-t-il en saisissant la radio.

Mortensen secoua la tête.

« Je vais rester pour préparer ce qu'il faut pour la dactyloscopie, répondit-il. Comme ça, si vous l'amenez au commissariat, il ne nous faudra que quelques minutes pour déterminer s'il est bien celui qu'il prétend être. »

76

Wisting gara sa voiture à un pâté de maisons de distance, derrière le véhicule de la force d'intervention. L'incertitude concernant Line le remplissait d'inquiétude. C'était comme s'il avait mangé un aliment avarié. Il avait le ventre noué par la peur et un mauvais pressentiment, la bouche sèche, du mal à déglutir, les mains moites.

Donald Baker l'avait accompagné. Il se pencha en avant sur son siège pour voir la maison au bout de la rue. Des hommes de l'unité d'intervention se positionnaient en diagonale pour pouvoir l'observer de toutes parts.

« Où les gardait-il ? demanda Wisting.

— Comment ça ?

— Certains rapports indiquaient que les premières femmes que vous avez trouvées étaient restées en vie jusqu'à soixante-douze heures avant d'être tuées. Comment les retenait-il ?

— Il se pourrait qu'il se soit servi d'un préfabriqué aux abords de la pommeraie de son oncle. Le bâtiment a été fouillé quelques années plus tard sans qu'on relève de traces matérielles, mais le ménage avait été étonnamment minutieux.»

«*3-0 Alfa en position, fit la radio. Les rideaux sont tous fermés.*

— *Roger*, répondit le chef des opérations. *On attend.*»

Devant, la portière s'ouvrit. Le chef des opérations sortit, longea son véhicule et vint s'asseoir dans celui de Wisting, sur la banquette arrière.

«Que faisons-nous? s'enquit-il.

— Je vais aller sonner à la porte», répondit Wisting.

Le chef des opérations lui lança un regard.

«OK, je suppose qu'on peut appeler ça un plan. Mais j'ai dix hommes armés, là.

— Nous n'avons pas le cadre juridique pour l'arrêter, expliqua Wisting. Notre problème, c'est que nous ne savons pas si c'est l'homme que nous recherchons. Si nous voulons l'interroger, je crois que le plus simple serait de faire le moins de bruit possible.»

Le chef des opérations s'enfonça dans le siège.

«OK. C'est vous qui menez la barque, mais vous ne pouvez pas y aller tout seul.

— Hammer va venir avec moi.

— Alors j'informe l'équipe.»

Cinq minutes plus tard, Wisting était sur le perron avec Nils Hammer et toquait contre la vitre au verre bosselé de la porte.

Une ombre apparut et un homme au teint blafard ouvrit.

«Mister Godwin?» tenta Wisting.

L'homme en face de lui haussa les sourcils, mais son expression ne trahissait rien d'autre que de la perplexité. Une barbe recouvrait certes une grande partie de son visage, mais Wisting n'identifiait aucun trait évident de ressemblance avec le Robert Godwin de plus de vingt ans auparavant, sur la photo de l'avis de recherche. Ses cheveux paraissaient authentiques. Ébouriffés et apparemment coupés maison.

« Mister Robert Godwin ? répéta Wisting.

— Ellefsen. Vous vous êtes trompé de maison. Je m'appelle Ellefsen. Odd Werner Ellefsen. »

L'homme allait refermer la porte, mais Wisting la retint.

« Je suis de la police, expliqua-t-il en indiquant son nom. Où est votre voiture ?

— Ma voiture ?

— Où est-elle ?

— Chez Viking. J'ai fait une sortie de route. Ils l'ont emmenée.

— Écoutez, dit Hammer. Nous aurions besoin de vos empreintes digitales pour vérifier votre statut dans une affaire.

— D'accord. »

Odd Werner Ellefsen avait l'air d'un homme qui n'avait pas l'habitude de faire valoir ses propres opinions, mais plutôt de se plier à celles des autres. Si un dangereux tueur en série se cachait en lui, on pouvait escompter deux réactions : l'attaque ou la fuite. Il s'attendait forcément que ce jour arrive et, quoi qu'il ait l'intention de tirer de son chapeau, il ne resterait pas passif. Si son passé devait le rattraper, il ne pensait sans doute pas qu'il se présenterait sous la forme d'un policier en civil d'un certain âge.

« Nous voudrions que vous nous accompagniez au

commissariat, poursuivit Wisting en laissant entendre que l'homme en face d'eux n'avait pas le choix.

— Maintenant ?

— Oui, ça ne prendra pas longtemps. »

Odd Werner Ellefsen acquiesça, décrocha une veste d'une patère. Wisting voyait qu'il était plein d'interrogations, mais aussi qu'il n'était pas du genre à les exprimer.

« Vous avez eu la visite d'une journaliste, fit Wisting alors qu'ils montaient en voiture. Que voulait-elle ?

— Parler de vieux trucs.

— Comme quoi ?

— De gens que je ne connais plus.

— Qui ça ?

— Viggo Hansen. Et Cato Tangen. Ils sont morts, tous les deux. Rien à raconter. Rien à mettre dans un article.

— Elle est venue chez vous plusieurs fois ?

— Elle est revenue hier, confirma Ellefsen.

— Pourquoi cela ?

— D'autres questions, sur le même sujet. »

La voiture s'arrêta devant des enfants qui traversaient la rue, chacun avec sa luge.

« Et Bob Crabb ? poursuivit Wisting quand ils furent de nouveau en mouvement. Est-ce un nom que vous connaissez ?

— C'était dans le journal », répondit son interlocuteur, toujours aussi avare de mots.

Ils firent la fin du trajet jusqu'au commissariat en silence. Là, ils laissèrent Odd Werner Ellefsen à Espen Mortensen, qui se tenait prêt avec un lecteur d'empreintes digitales. En regagnant son bureau, Wisting passa devant la porte de Torunn Borg. Elle posa le combiné de son téléphone et le regarda.

« L'usine Jotun n'utilise pas de chloroforme, annonça-t-elle.

— Je ne crois pas que ce soit notre homme, répondit-il en s'appuyant contre le chambranle. Nous l'avons ramené ici, mais l'homme qui est chez Mortensen maintenant n'a probablement jamais fait de mal à personne.

— De toute façon, il n'est pas dit que cette histoire de chloroforme donne quoi que ce soit, c'est juste un cliché de cinéma, poursuivit Torunn Borg. Il a pu utiliser d'autres substances anesthésiantes, quasiment n'importe quel solvant. Si tu respires des vapeurs de diluant, par exemple, tu risques d'aller droit au tapis. Les gamins sniffent bien de la colle et du gaz de briquet jusqu'à l'évanouissement, juste pour s'amuser.

— Des diluants, qui utilise ces produits ?

— Les peintres, entre autres. Ils s'en servent pour mélanger la peinture et nettoyer leurs pinceaux.

— Du nouveau par ailleurs ?

— La piste généalogique n'a abouti à rien.

— Elle doit pourtant bien mener quelque part.

— Les gens des archives régionales ont réussi à trouver un petit-cousin de Robert Godwin qui est en vie. Il vit au Danemark. Ils ont un arrière-arrière-arrière-grand-père commun. »

Leif Malm apparut plus bas dans le couloir et fit un mouvement de tête vers la porte du bureau de Wisting. Celui-ci leva la main pour signaler à Torunn Borg qu'il allait devoir écouter le reste plus tard. Il suivit Leif Malm dans son propre bureau et s'assit.

« Le traçage de son téléphone n'a rien donné,

expliqua Malm. La dernière activité remonte à hier soir. Le téléphone était alors au Farris Bad. Il s'est probablement déchargé dans la nuit.

— Donc la dernière position était à l'hôtel ? »

Le chef du Service du renseignement de Kripos acquiesça.

« Nous avons obtenu les images des caméras de surveillance de l'hôtel. Elle est partie à 9 h 33 ce matin.

— Y a-t-il autre chose que vous puissiez faire ?

— Nous avons fait autre chose. Son PC n'a pas été utilisé aujourd'hui, ou du moins il n'a pas été connecté à Internet. Elle n'a pas non plus regardé ses mails, ni depuis son PC ni depuis son téléphone ou un autre ordinateur. Elle regarde souvent ses mails, mais la dernière fois, c'était hier soir à 21 h 15. »

Wisting haussa les sourcils.

« Vous avez ouvert sa boîte de réception ? Vous pouvez faire ça ?

— Nous ne pouvons pas lire le contenu, mais nous voyons quand son adresse se connecte et est en contact avec le serveur.

— Et les péages et radars ? proposa Wisting. Vous pouvez trouver quelque chose ?

— Nous avons mis en place un réseau de surveillance. Et il y a cinq minutes est apparu ceci. »

Malm lui tendit un document. C'était une entrée de la main courante de la police, dans laquelle étaient inscrits tous les appels. Une voiture laissée à un arrêt de bus au bord de Stavernsveien avait été mise en fourrière à la demande de la compagnie de transport. Le propriétaire pourrait récupérer son véhicule en s'acquittant des frais de garde. Le numéro d'immatriculation et le nom de ce propriétaire étaient indiqués. C'était la voiture de Line.

« Nous avons appelé la société de remorquage, poursuivit Malm. La voiture n'était pas verrouillée et il y avait un sac à main sur le siège passager. Son téléphone est dans le sac. »

Il attendit quelque temps avant de reprendre : « J'ai envoyé deux agents de la police scientifique qui s'occupaient du tri des os au sous-sol voir s'ils trouvaient quelque chose à l'arrêt de bus. »

Il se tut de nouveau, puis ajouta : « À la lumière de tous les autres éléments dont nous disposons, j'ai bien peur que cela nous donne des raisons de nous inquiéter. »

Wisting cligna rapidement des yeux, plusieurs fois. Il s'efforçait de trouver une explication à ce qui avait pu se passer. Une logique permettant de rendre les événements inoffensifs, mais ses pensées suivaient d'autres voies.

77

Line frissonnait. Son souffle humide se cristallisait devant elle. Le froid lui brûlait les cuisses, mais le pire était ses doigts. Elle avait beau avoir enfoncé ses mains dans les poches de son blouson, le gel progressait de la pointe de ses doigts vers l'intérieur de son corps. Ses pieds aussi commençaient à être sérieusement glacés.

Avec ses hauts pins de part et d'autre de la route, le paysage lui était étranger. Elle n'avait pas la moindre idée d'où elle se trouvait, mais elle suivait la route sur laquelle était passé le chasse-neige. Une route sans doute peu fréquentée. La neige s'était redéposée en couche fine sur la chaussée et seules deux traces de pneus étaient visibles. Regardant derrière elle, elle constata que ses propres empreintes ne laissaient aucun doute sur sa trajectoire.

La route étroite serpentait à travers le paysage boisé. Elle se demanda si clle aurait dû partir dans l'autre sens, mais arriva à la conclusion qu'elle avait fait le bon choix. C'était de cette direction qu'elle était venue et il devait bien y avoir une intersection quelque part devant. Elle ne savait pas, en revanche, si elle devait simplement continuer de marcher jusqu'à ce qu'elle croise une voiture ou plutôt chercher un endroit où s'abriter, s'abriter du froid et s'abriter de l'homme qui allait la poursuivre.

Au sommet d'une côte, elle aperçut une petite construction au bord de la route. Sur un écriteau était peint *Vremmen*, sans que Line s'en trouve plus renseignée pour autant. C'était une de ces huttes où l'on entreposait autrefois les bidons de lait à collecter. Une partie du toit avait dégringolé et des feuillus poussaient entre les planches grises.

À côté de l'abri partait un petit chemin non déneigé qui menait à quelques bâtiments épars entre les arbres cinquante mètres plus loin. Une ligne électrique était tendue entre des poteaux tordus par le vent. Les lieux n'étaient probablement utilisés qu'en été, mais avec un peu de chance, le courant ne serait pas coupé.

Line se décida rapidement. Tant pis pour ses traces qui seraient visibles. Elle n'avait presque plus de sensation dans les pieds.

Elle tituba dans la neige et s'enfonça jusqu'aux cuisses. Dès les premiers pas, ses bottes se remplirent de neige. Le découragement la gagnait, mais elle s'efforça d'avancer. La maison de la ferme avait brûlé. Portes, fenêtres et murs avaient disparu. Seuls demeuraient la corniche maçonnée de la cheminée et l'âtre.

La grange tenait encore debout, mais elle portait la marque du temps. Soleil et vent l'avaient rendue grise et elle penchait vers l'avant comme si une partie de la charpente était cassée.

La porte était fermée par un loquet. Line le souleva et tira la porte. Le vantail repoussa la neige, qui se tassa suffisamment pour lui permettre de passer.

Les planches du sol grinçaient sous ses pieds. Il régnait une odeur de vieilles boiseries desséchées et de forte poussière. Elle n'avait aucune idée de ce qu'elle allait faire, aucun plan, sa seule pensée était qu'elle avait besoin de chaleur, qu'elle pouvait se reposer ici jusqu'à la tombée de la nuit, quand il serait moins dangereux d'évoluer dehors.

Bien qu'un peu de lumière filtre par deux lucarnes et par les interstices entre les planches des murs, le passage de la blancheur du jour à la pénombre de la grange lui demanda un moment d'adaptation. Elle distingua une charrette et, derrière, du foin sec débordant d'une cloison en rondins qui séparait la grange du grenier à foin. Devant, quelques vieux coffres et caisses devenus gris avec le temps. Des outils laissés contre le mur. Une fourche, un pied-de-biche et des pelles.

Plus loin, un mur était percé d'une porte. Line avança, l'ouvrit et entra. L'air sentait le renfermé. Une fenêtre en hauteur donnait de la lumière. Les murs étaient blanchis à la chaux, mais des taches d'humidité montaient du sol. Une affiche de pin-up aux couleurs passées. Deux chaises et une table, des pièces détachées éparpillées sur un plan de travail. Des petites boîtes en carton, d'autres en plastique et des pots à confiture contenant des clous et des vis sur une étagère. Une pipe reposant sur le bord d'un cendrier.

Dans un coin au fond s'élevait une pile de sacs en toile de jute. Elle approcha et en souleva un ou deux. Des crottes de souris roulèrent et elle constata qu'ils avaient été rongés, mais ils étaient épais. Elle en tira d'autres, s'allongea dessus et en prit cinq ou six pour se couvrir. Ce n'était pas là un endroit où elle allait s'attarder, mais elle avait besoin de se réchauffer un peu, et elle avait aussi besoin de déterminer ce qu'elle allait faire ensuite.

78

« Elle correspond au profil de ses victimes », déclara Leif Malm.

Wisting secoua la tête, tout en sentant qu'il était bien trop perturbé et inquiet pour avoir une pensée lucide.

« Line est trop vieille, objecta-t-il. Elle a 28 ans.

— Mais elle s'est mise dans une position à haut risque. Elle a dû croiser le chemin de Robert Godwin à un moment ou un autre en écrivant son papier. »

On frappa à la porte. Wisting ne la fermait pas souvent, et ce qu'il avait appris sur Line n'était pas une chose qu'il avait envie de partager, mais il allait bientôt devoir informer toute l'équipe qu'elle était peut-être devenue un élément de l'affaire sur laquelle ils travaillaient.

« Entrez ! » cria-t-il.

C'était Mortensen.

« Nous avons comparé les empreintes, annonça-t-il. Rien à voir. Celles d'Odd Werner Ellefsen sont en arc de cercle, alors que celles de Robert Godwin font une boucle. »

L'agent de la police scientifique s'assit dans le fauteuil libre et les observa, comme s'il sentait à l'atmosphère silencieuse que quelque chose n'allait pas.

« Dites-moi », fit-il.

Wisting lui donna la version abrégée et le vit faire ses raisonnements, tirer ses conclusions. En tant qu'enquêteurs, ils avaient l'habitude de penser au pire.

« Elle a pu tomber sur une piste, suggéra Mortensen en renversant la tête en arrière.

— Elle a pu trouver l'homme des cavernes », renchérit Wisting.

Mortensen acquiesça.

« Elle a pu entrer en contact avec lui en parlant de Viggo Hansen avec des gens. Ce qui ouvre aussi la possibilité que Viggo Hansen ne soit pas mort de cause naturelle.

— Tu as examiné les lieux du crime, lui rappela Wisting.

— Les lieux de la découverte, rectifia Mortensen. Rien ne portait à croire à un acte criminel, mais nous avons peut-être été victimes de nos idées préconçues. Aveuglés par le fait qu'il n'y avait pas de mobile ni personne dans son entourage qu'on aurait pu imaginer lui faisant du mal. Mais maintenant, nous savons que Bob Crabb est allé chez lui l'été dernier. Il a pu faire apparaître quelque chose en remuant le passé. »

Le policier scientifique se pencha en avant et posa les mains sur ses genoux.

« Où est son ordinateur ?

— Chez moi », répondit Wisting.

Il le supposait protégé par un mot de passe, mais regrettait tout de même de ne l'avoir pas emporté. Ils avaient dans la maison des gens qui savaient franchir ce genre d'obstacles. Il n'avait pas non plus vraiment regardé ses notes. La seule chose qu'il avait prise était le panorama des relations de Viggo Hansen.

« Qu'est-ce donc que nous ne voyons pas ? s'interrogea Leif Malm. Bob Crabb a trouvé un élément qui l'a conduit ici. Et Line est probablement tombée sur un indice similaire.

— Bob Crabb a suivi l'arbre généalogique de Robert Godwin, commenta Wisting. Nous avons une théorie selon laquelle ce seraient ses origines norvégiennes qui l'auraient fait choisir Larvik quand il a fui les États-Unis. Ses ancêtres étaient d'ici. Crabb n'a fait que suivre ses traces. »

Une pensée traversa Wisting. Il fouilla dans les papiers sur son bureau et retrouva la liste de renseignements que les gens avaient apportés après la publication de l'article de journal avec la photo de Bob Crabb. Puis il appela Torunn Borg sur l'interphone.

« Tu disais que Robert Godwin n'avait aucun cousin vivant en Norvège ? vérifia-t-il.

— Oui. Le dernier qui ait vécu ici s'appelait Iversen et il a d'abord déménagé à Langesund dans les années 1960, puis au Danemark. »

Wisting sentit son pouls accélérer. Il montra aux deux autres le document où il était indiqué que des retraités pensaient avoir vu Bob Crabb à bord du ferry du Danemark. Puis il prit le panorama que Line avait dessiné des relations de Viggo Hansen.

« S'appelait-il Frank Iversen ? demanda-t-il en sentant sa voix se briser.

— Oui, il vit à Hirtshals, il s'est installé là-bas en 1990. Il n'a pas de famille. »

Wisting se tourna vers Leif Malm.

« Nous avons besoin de tout ce que nous pouvons trouver à son sujet, déclara-t-il. Et aussi vite que possible. »

79

Tout le reste fut mis de côté. On tira de toutes les sources pouvant exister les renseignements dont elles disposaient et, au bout de quelques minutes seulement, commença à se dessiner une image de Frank Iversen.

« Son adresse est Fyrrevænget 16, indiqua Torunn Borg. C'est une maison dans un lotissement. D'après le registre d'état civil danois, il vit seul. Il n'a jamais été marié. Pas d'enfants.

— Pas de citation dans le fichier norvégien des sanctions pénales, dit Espen Mortensen.

— Ni dans le danois », ajouta Leif Malm, qui faisait apparaître sur son ordinateur des informations en provenance du Service du renseignement de Kripos. « D'après les fichiers, il serait employé dans la société Aqua Consulting. »

Wisting chercha le nom de l'entreprise sur Internet. Il ressortait de son site qu'elle pratiquait le conseil et l'audit dans le domaine de l'aquaculture. Frank Iversen figurait dans la liste des employés. Pas de photo, mais un numéro de mobile.

Il tourna l'écran vers Leif Malm.

« Est-ce que vous pouvez faire quelque chose avec ça ?

— Nous sommes sur le coup. »

Wisting remit l'écran dans sa position initiale et navigua un peu au hasard sur les autres sections du site.

« Tenez, là on a quelque chose ! » s'exclama-t-il en tournant de nouveau l'écran vers les autres.

L'un des gros clients de la société où travaillait Frank Iversen était un élevage de moules aux abords de Stavern.

Le téléphone du bureau de Wisting était programmé de façon que son numéro n'apparaisse jamais. Il appela Aqua Consulting au Danemark, mit le haut-parleur et demanda Frank Iversen à la femme qui lui répondit.

« Il est en déplacement. Je peux vous donner son numéro de mobile.

— Est-il en Norvège ? voulut savoir Wisting.

— Oui, c'est exact.

— À l'élevage de moules de Stavern ?

— Oui, il sera de retour chez nous lundi. Voulez-vous son numéro ?

— Oui, s'il vous plaît. »

Wisting le nota, uniquement pour se voir confirmer que c'était le numéro indiqué sur le site Internet.

« Il est ici », dit-il quand il eut raccroché.

Mortensen tourna son ordinateur portable pour lui montrer le résultat d'une recherche Internet. Les mots-clefs *moules* et *chloroforme* avaient donné près de deux cents résultats. Parmi lesquels une page de l'entreprise Aqua Consulting sur la détection de toxicité des mollusques.

« On dirait qu'ils utilisent du chloroforme pour détecter la présence de saxitoxine dans les moules », observa-t-il, puis il lut à voix haute : « *Après extraction au chloroforme, les toxines des moules sont analysées dans notre laboratoire de pointe.* »

Wisting ne tenait pas en place. Il se leva et alla à la fenêtre. Le temps s'était quelque peu dégagé, et au-dessus du fjord un hélicoptère avançait dans la direction des lieux de la découverte de Halle. L'endroit était probablement assiégé par les journalistes.

« Ce sont nos hommes, expliqua Malm. Je leur ai demandé de se tenir prêts. Nous pourrions avoir besoin d'eux. »

Wisting acquiesça d'un signe de tête, mais resta à la fenêtre à écouter ses collègues qui travaillaient derrière lui. Son bureau était transformé en centre de commandement. Les claviers crépitaient et les conversations bourdonnaient dans un va-et-vient incessant d'enquêteurs.

« Il était au Farris Bad jusqu'à aujourd'hui, annonça Mortensen. Il a rendu ses clefs ce matin à 8 h 53.

— Le ménage a-t-il été fait ?

— Oui, mais la chambre n'a pas encore été réattribuée. J'ai demandé à l'hôtel de la condamner. »

Wisting se retourna. Donald Baker suivait la scène adossé au mur, sans rien dire. Les conversations se déroulaient en norvégien à présent, mais s'il ne parlait pas cette langue, il n'avait sûrement pas de peine à comprendre que l'enquête était en train de se resserrer. Dans la plupart des affaires, il s'agissait d'identifier le coupable. Là, ils savaient qui c'était presque depuis le départ, mais ils n'avaient pas réussi à le trouver. Ils avaient tâtonné dans le vide. Maintenant qu'ils avaient enfin quelque chose, en revanche, tout se mettait rapidement en place.

Torunn Borg revint à la porte.

« D'après la liste des passagers de Color Line, il est arrivé ici lundi et son billet de retour est pour aujourd'hui, sur le ferry qui part à 17 h 30. Il conduit une Opel Vectra immatriculée XM43251. Il est probablement déjà dans la file d'embarquement. »

Le bureau de Wisting se vida. Seuls demeuraient Leif Malm et Torunn Borg. Ordre fut donné aux équipes qui s'étaient préparées à une opération contre Odd Werner Ellefsen d'intervenir.

« Ont-ils un historique de sa présence sur les listes de passagers ? s'enquit Leif Malm. Quand est-il venu en Norvège la dernière fois ?

— Je vais vérifier », répondit Torunn Borg.

On annonça du premier poste d'observation que l'Opel Vectra de Frank Iversen attendait l'embarquement dans la quatrième file.

Wisting était toujours à la fenêtre. Ce jour d'hiver s'achevait sur un crépuscule de plomb. L'hélicoptère avança au-dessus du fjord avant de rester en vol stationnaire. Il entendit sur la radio que les hommes se positionnaient, puis on demanda le silence radio.

Avec le monde qui avait défilé dans la pièce, l'air était devenu moite et il avait du mal à respirer. Les secondes s'égrenaient à allure d'escargot. Lentement, lentement, elles devenaient minutes. Il entendit la respiration tendue de Leif Malm et essaya de combattre sa propre agitation.

Puis Torunn Borg revint.

« Frank Iversen est venu deux fois en Norvège

l'été dernier, déclara-t-elle en levant les yeux d'une feuille avec le logo de la compagnie de transport maritime. D'abord du 14 au 21 juillet, puis du lundi 8 au dimanche 14 août.

— La semaine où Bob Crabb a été tué, conclut Malm.

— Et où Kikki Lindén a disparu de Trollhättan, le 18 juillet », leur rappela Wisting.

Il y eut de la friture sur la radio :

« *Arrestation d'un homme.* »

On accusa réception du message, puis le silence revint. C'était tout.

Wisting serra les poings, il ressentait un furieux besoin d'entreprendre quelque chose. Il se dirigea vers le mur avec l'avis de recherche de Robert Godwin et les photos des femmes disparues, fixa un instant les yeux sombres de Godwin et crut y voir brûler une forme de folie pâle et muette. Puis il pivota sur ses talons et se mit à faire les cent pas devant son bureau. C'était trop simple. C'était un peu trop simple, cette façon dont toutes les pièces du puzzle s'imbriquaient et où ils n'avaient plus qu'à le cueillir dans une file d'embarquement de ferry.

Nils Hammer apparut à la porte.

« Ils l'ont arrêté. »

Wisting désigna du menton la radio pour lui signifier qu'ils étaient au courant.

« Il était seul », poursuivit Hammer en posant un portrait sur le bureau.

Wisting se pencha sur la photo qui sortait de l'imprimante. Un homme aux cheveux gris, au nez légèrement tordu et aux yeux enfoncés.

« Qui est-ce ? demanda Leif Malm.

— C’est la photo de passeport de Frank Iversen. »

Wisting se redressa et eut un mouvement de recul. L’homme de la photo n’avait strictement aucun point de ressemblance avec le tueur en série qu’ils recherchaient.

80

Wisting se tenait devant l'écran de télévision où étaient retransmises les images de la salle d'interrogatoire. Nils Hammer était assis en face de Frank Iversen. Plus personne ne pensait qu'il s'agissait de Robert Godwin, et ce n'était qu'une question de minutes avant que ses empreintes digitales confirment qu'il n'était pas l'homme qu'ils traquaient. D'un point de vue administratif, ils avaient construit une mise en examen pour falsification de documents officiels et usage de fausses pièces d'identité. Le motif était mince, mais leur fournissait une raison de le retenir et de l'entendre.

Hammer s'acquitta des formalités, puis Frank Iversen put s'expliquer librement et il raconta qu'il était né en Norvège en 1949, avait grandi à Stavern, mais déménagé dans le comté voisin quand son père avait obtenu le poste de directeur de la station de pilotage de Langesund. Ses parents étaient tous deux morts jeunes. Il avait fait des études de biologie marine et, lors d'un projet de recherche au Danemark, il avait rencontré une femme, ce qui l'avait incité à s'installer dans ce pays. Leur liaison n'avait pas duré, mais il avait été embauché chez Aqua Consulting et était resté.

« De quoi s'agit-il, au juste ? » demanda-t-il.

Hammer sortit une photo de Bob Crabb du dossier qu'il avait devant lui et la poussa vers l'homme de l'autre côté de la table.

« Il s'agit de cet homme.

— L'Américain ? fit Frank Iversen en prenant la photo.

— Vous le connaissez ?

— Je ne le connais pas, mais il est venu chez moi l'été dernier. »

Wisting fit un pas vers l'écran de télévision et vit Hammer se redresser sur sa chaise.

« Il est venu chez vous ? demanda Hammer. Au Danemark ?

— Oui, c'était un peu curieux, d'ailleurs. Il a fait quelque chose de mal ?

— Que voulait-il ?

— Il voulait parler d'autrefois à Stavern.

— Pourquoi cela ?

— Il cherchait un vieux copain. J'ai fait de mon mieux pour répondre à ses questions, mais je me souviens assez peu de mes années d'enfance.

— Y avait-il un sujet, une personne, dont il se préoccupait particulièrement ? »

Frank Iversen réfléchit avant de répondre.

« Il est devenu très attentif quand je lui ai parlé d'Ole Linge.

— Qui est Ole Linge ?

— Quelqu'un que je connaissais quand j'habitais à Stavern. Il m'a posé plein de questions et j'ai répondu comme je pouvais. »

Wisting quitta la pièce. Il se précipita dans son bureau pour chercher le panorama des relations de Viggo Hansen, puis il se rendit en salle d'interrogatoire.

Les deux hommes assis devant la caméra vidéo se tournèrent vers lui.

« Ole Linge, fit Wisting. Était-il surnommé Ole l'Allemand ? »

Frank Iversen regarda Hammer d'un air perplexe. Nils Hammer hocha la tête, comme pour lui signifier de répondre.

« On disait que son père était allemand, expliqua Frank Iversen. Il avait quelques années de plus que nous, il était né juste après la guerre. »

Wisting porta son regard sur le panorama où Line avait employé son surnom, puis le ramena sur l'homme qu'ils interrogeaient.

« Que savez-vous de lui ?

— Rien, en fait. C'est d'ailleurs ce que j'ai essayé d'expliquer à l'Américain. Il voulait que je lui parle de sa famille et tout, mais Ole était seul avec sa mère. »

Wisting le remercia d'un signe de tête avant de ressortir. Dans la salle de vidéo, Torunn Borg était déjà devant son ordinateur.

« Ole Linge, lut-elle sur son écran. Né en 1946. Mère morte en 1972, pas d'autre famille enregistrée. Dernier emploi en 1984. Aujourd'hui invalide. Domicilié Brunlanesveien 550.

— C'est à seulement deux ou trois kilomètres du domaine de Halle, constata Espen Mortensen. Pourrait-il avoir jeté les cadavres quasiment dans son jardin ?

— Pourquoi n'est-il pas apparu sur nos listes ? s'enquit Leif Malm.

— Il est trop vieux, expliqua Torunn Borg. Il a quatre ans de plus que Robert Godwin et nous travaillons sur une liste d'hommes de son âge plus ou moins trois ans. »

Le conseiller en communication entra dans la pièce.

« Conférence de presse dans un quart d'heure », rappela-t-il.

Wisting l'ignora.

« Avons-nous une photo ? » voulut-il savoir.

Torunn Borg se tourna de nouveau vers son ordinateur. Quelques touches de clavier plus loin et la photo de passeport d'Ole Linge remplissait l'écran. Ils n'eurent besoin d'aucun logiciel pour voir la ressemblance avec Robert Godwin.

« C'est lui ! affirma Donald Baker. Nous l'avons trouvé. »

Son visage étroit illuminait l'écran. Ses yeux sombres étaient cachés derrière une paire de lunettes à grosse monture, mais cela ne faisait aucun doute. C'était lui.

Wisting se mit à transpirer. Sa bouche devint sèche comme de l'amadou, un nerf palpita sur sa tempe.

« Allons-y ! »

81

Pour la troisième fois, les policiers de la force d'intervention sortirent du garage du commissariat. Wisting les accompagnait. En opération planifiée, l'équipe aurait avancé sous le couvert de la végétation derrière la maison, mais leur chef avait opté pour une frappe rapide. Ils allaient foncer jusqu'à la maison et les hommes se précipiteraient hors du véhicule et pénétreraient dans le bâtiment. En même temps, l'hélicoptère de la police éclairerait la maison d'en haut et surveillerait l'arrière, pour le cas où quelqu'un chercherait à s'enfuir.

« *Le suspect dispose d'une Mercedes E220 grise de 1993 immatriculée AX81212* », annonça-t-on sur la radio alors qu'ils roulaient vers l'adresse.

Le chef des opérations se pencha en avant et souleva le micro.

« Roger, répondit-il. Nous serons à son domicile dans une minute. Déclenchement immédiat de l'opération. »

Peu après, le chauffeur ralentit. Ils quittèrent la route et prirent une ruelle accidentée. Wisting se tenait à la poignée au-dessus de la portière. La lumière brillait aux fenêtres de la maison, mais personne n'avança vers les baies vitrées pour regarder de plus près le véhicule qui approchait. Il n'y avait pas de voiture garée devant ni de garage sur la propriété, juste un auvent sous lequel étaient empilés des meubles de jardin remisés pour l'hiver.

Le grand van s'arrêta à quelques mètres de l'entrée. La portière latérale du véhicule coulissa et les hommes armés s'en déversèrent dans une manœuvre soigneusement répétée. L'un d'entre eux avait un pied-de-biche à la main, un autre portait une masse. Le pied-de-biche fut inséré entre la porte et le chambranle. Le coup de masse fit voler des éclats de bois et la porte s'ouvrit violemment.

Les ordres résonnèrent alors que les policiers entraient dans la maison en une longue file. Wisting savait que ceux de tête partiraient à droite et à gauche au gré de l'apparition de portes et de pièces, et que ceux qui venaient derrière continueraient vers l'intérieur et l'étage. Il voyait le ballet des lampes torches aux fenêtres et le rayonnement des pointeurs laser des pistolets-mitrailleurs. Au-dessus, l'hélicoptère de la police traçait de grands cercles de lumière à l'aide d'un projecteur.

« *RAS!* » annonça-t-on.

Ce n'était pas une surprise. La maison était vide.

Deux voitures arrivèrent derrière eux. De l'une d'elles sortirent Nils Hammer et l'enquêteur suédois, de la seconde Leif Malm et les deux agents du FBI.

« Nous aurons des données de télécommunications dans moins de vingt minutes », le renseigna Malm.

Wisting répondit d'un signe de tête et se tourna

vers la maison. Il voulait entrer pour voir comment vivait le tueur en série.

Une odeur de peinture régnait dans le salon en sous-sol qui semblait être en travaux, pas grand-chose n'avait été fait par ailleurs depuis la construction de la maison dans les années 1970. La pièce était meublée de chaises moulées en plastique et de meubles en contreplaqué. Solides et faciles d'entretien. Un mélange de coloris jaunes et bruns se répétait sur le papier peint et sur le tapis.

Les hommes de l'unité d'intervention menaient une fouille poussée. Ils regardaient sous les lits, ils ouvraient les placards, ils examinaient les cagibis.

Wisting se posta au milieu du salon et promena son regard autour de lui. Les meubles placés contre les murs donnaient un air plus vaste à la pièce.

Une bibliothèque était remplie de livres. Ses années d'enquêteur lui avaient enseigné que les livres de quelqu'un pouvaient être le reflet de son âme. Titres et auteurs révélaient le caractère et l'individualité.

En approchant, il constata la présence d'une grande majorité d'auteurs américains : Ernest Hemingway, F. Scott Fitzgerald, Sinclair Lewis, Eugene O'Neill et William Faulkner. Certains livres figuraient en plusieurs éditions, en langue originale et en traduction norvégienne.

Sinon, la maison était entièrement dépourvue de touche personnelle. Ni bibelots ni tableaux.

Le téléphone de Wisting sonna. C'était Torunn Borg.

« Oui, répondit-il en évoluant dans la cuisine.

— Je me suis repenchée sur le cas d'Odd Werner Ellefsen, expliqua-t-elle. Il apparaît que Bob Crabb lui a rendu visite à lui aussi l'été dernier. Il voulait parler d'Ole Linge. »

Wisting hocha la tête. Bob Crabb avait joué les enquêteurs. Il avait parlé à des gens et recueilli des preuves, comme le prospectus de l'*Elida* avec l'empreinte digitale de Robert Godwin. Il avait photographié, documenté. Ce n'était probablement qu'une question de temps avant qu'il prenne contact avec les autorités quand Godwin avait compris qu'il était sur le point d'être rattrapé.

Leif Malm l'appela. Mettant un terme à sa conversation avec Torunn Borg, Wisting le rejoignit dans une pièce aménagée en bureau, avec d'autres livres, des classeurs à documents et revues sur les étagères. Il y avait un ordinateur portable sur une table. À côté, un appareil photo avec un gros objectif. Malm avait un passeport bleu entre les mains. *United States of America.* Il le montra à Wisting : *Bob Crabb*. C'étaient le passeport et les biens manquants du professeur d'université américain.

« Il devait se sentir très en sécurité, ici, conclut Malm. Ou alors il se disait qu'il pourrait s'en servir d'une manière ou d'une autre. »

Wisting prit l'appareil photo et appuya sur le bouton pour l'allumer, mais rien ne se passa. La batterie devait être déchargée.

Il reposa l'appareil et songea que l'homme qui avait vécu ici autrefois, le véritable Ole Linge, était vraisemblablement resté vingt ans au fond d'un puits avec deux anguilles. Et pendant ce temps, Robert Godwin avait vécu à sa place, jusqu'à ce que Bob Crabb retrouve sa trace. Le professeur retraité avait parlé aux gens à qui Line avait parlé pour se familiariser avec Viggo Hansen. En ce qui concernait Bob Crabb, cela lui avait coûté la vie.

Son raisonnement fut interrompu par le mobile de Leif Malm, qui répondit par monosyllabes avant de raccrocher.

« Le téléphone d'Ole Linge est en Suède, annonça-t-il. Rikskrim travaille avec Telia pour le localiser.

— En Suède ? Que fait-il là-bas ?

— Il pourrait être en fuite. Il va probablement essayer d'aller plus loin. Traverser le pont de l'Øresund pour aller au Danemark ou prendre un des ferries de la Baltique. »

Ingemar Bergquist arriva par l'escalier, il montait les marches deux à deux. Derrière lui suivait Nils Hammer.

« Il est en Suède, expliqua Malm.

— Je sais, répondit l'enquêteur suédois. Nous avons entré son nom dans nos fichiers et il apparaît que le Norvégien Ole Linge possède une petite ferme dans la commune de Tanum. Il l'a héritée de son père en 1982.

— Son père était allemand, souligna Wisting. Du moins, c'est ce que dit la rumeur.

— D'après nos fichiers, son père s'appelait Olle Fredriksson et il venait d'un village nommé Vremmen.

— Où est-ce ?

— Dans le Västra Götaland. »

Wisting se représenta cette région suédoise sur la carte et l'E6 qui s'étirait de la frontière à Göteborg. Puis il regarda par la baie vitrée l'hélicoptère qui était toujours en vol stationnaire au-dessus d'eux.

« Peux-tu le faire descendre ? » demanda-t-il en se tournant vers Hammer.

82

Line avait dû dormir. Emmitouflée dans plusieurs épaisseurs de toile de jute, elle avait fini par cesser de trembler. La somnolence l'avait gagnée et ses paupières s'étaient fermées. Quand elle les rouvrit, la nuit était tombée. La lumière de la lune entrait par la lucarne et lui permettait de distinguer les contours de la pièce.

Elle resta immobile à reprendre contact avec elle-même. Elle était mouillée, elle avait froid et n'avait aucune idée d'où elle se trouvait si ce n'est dans un endroit désert. Dehors, quelque part se baladait l'homme qui avait tué Viggo Hansen. Pourquoi, elle l'ignorait, mais ce devait être ça le lien. Elle ne comprenait pas non plus ce qu'elle avait fait, quelle question elle avait posée pour se retrouver dans une situation pareille.

Elle s'assit et se rendit compte qu'elle avait été tirée de sa somnolence par un bruit. Elle l'entendait de nouveau. C'était le bruit d'une voiture qui filait sur la route. Aussitôt suivie d'une autre.

Elle rejeta les sacs en toile de jute sur le côté et se précipita vers la porte. Elle chercha d'abord à pousser, mais comme la porte ne s'ouvrait pas, elle comprit qu'il fallait tirer. Cela ne servit à rien non plus. Elle secoua violemment la poignée à plusieurs reprises avant de coller son épaule contre le vantail pour essayer de le forcer, en vain. Puis elle fit deux pas en arrière et se jeta dessus. Une première fois, une deuxième fois. La porte trembla un peu sur ses gonds, mais ne céda pas.

Il avait dû la trouver, comprit-elle. Ses traces n'étaient pas difficiles à suivre dans la neige. Il l'avait découverte quand elle dormait. Sur quoi, il l'avait enfermée en barricadant la porte de l'extérieur.

La lucarne soupirail était étroite et haut placée, mais si elle parvenait à monter jusque-là, elle réussirait à passer.

Elle grimpa sur le plan de travail et s'accroupit sous le plafond pour regarder dehors, mais se figea sur place. À quelques mètres seulement de la grange, Ole Linge déblayait le terrain.

Il avait planté une grosse lampe torche dans la neige et dégagé un carré d'environ deux mètres sur deux. Encore quelques pelletées et il se redressa en enfonçant sa pelle dans une congère. Puis il prit la torche et braqua le faisceau lumineux sur le sol. Le terrain était en légère surélévation là où il se tenait et elle voyait maintenant ce qu'il avait dégagé. Un volet en bois.

L'homme tritura une ferronnerie et écarta le volet. Elle comprit alors ce que c'était : un vieux puits.

83

L'équipage de l'hélicoptère était constitué d'un pilote et d'un navigateur. Derrière eux, Wisting et Nils Hammer se serraient avec Ingemar Bergquist. Wisting aurait voulu emmener Leif Malm, mais l'hélicoptère ne comptait que trois sièges et, comme ils allaient en territoire suédois, il avait choisi d'emmener Bergquist.

Ils survolèrent le fjord d'Oslo en ligne droite et arrivèrent au-dessus de la Suède, près de Strömstad. Ils longèrent ensuite la côte vers le sud. Les lumières des agglomérations défilaient sous eux. Puis l'hélicoptère changea brusquement de cap et Wisting comprit qu'ils approchaient. Le vol avait duré trente minutes. En voiture, Robert Godwin aurait mis au moins trois heures et demie.

« C'est là », fit le pilote en pointant le doigt tout en se tournant vers l'arrière. Dans le casque, ses mots paraissaient singulièrement lointains bien qu'il soit assis juste devant eux.

L'hélicoptère traça un cercle avant de rester en vol stationnaire au-dessus de la vieille exploitation agricole qu'Ole Linge avait héritée de son père. Au bord de la route se trouvaient plusieurs voitures de police suédoises, et ils voyaient les policiers qui avaient cheminé dans la neige. Ils étaient devant un bâtiment en bois rouge. Certains levèrent la tête vers l'hélicoptère.

Le navigateur changea le canal de la radio pour appeler les forces au sol. Quelques brefs messages furent échangés sans que Wisting n'entende ce qui s'était dit. Puis le souffle du pilote résonna dans son casque.

« Ils sont allés à l'intérieur, rapporta-t-il. C'est vide. »

Maintenant l'appareil en vol stationnaire, le pilote braqua le projecteur sur la route. Une voiture était garée à l'entrée de l'allée qui menait à la ferme. Ils tournèrent autour et descendirent plus bas, constatant que c'était une Mercedes relativement vieille. Elle s'était enlisée dans la neige.

Wisting enfonça le bouton émetteur.

« Il doit être ici quelque part, dit-il. Sa voiture est là. »

Le pilote fit un geste de la main vers l'écran de la caméra thermique. Les policiers se muèrent en silhouettes flamboyantes.

L'hélicoptère faisait des cercles de plus en plus étendus, alors que, sous la carlingue, la caméra balayait les lieux en quête de différences de température. Sur l'écran ne s'affichaient que des nuances de gris.

« Il nous reste moins de quarante minutes de temps de vol, annonça le pilote. Nous n'allons pas tarder à devoir rejoindre Rygge pour faire le plein. Voulez-vous que je descende ici pour vous déposer ou allez-vous rentrer aussi ? »

Wisting regarda dans l'obscurité, les contours gris d'interminables forêts enneigées.

« Descendons. »

84

L'homme dehors éclairait le puits et demeura longtemps à regarder dedans. Puis il éteignit sa torche, se retourna et se dirigea vers la grange.

Line sentit la panique croître, l'affolement monter dans sa gorge comme une épaisse bouillie. Elle déglutit pour le tenir à distance. Il fallait qu'elle reste lucide. Si elle n'arrivait pas à réfléchir, toute chance d'en réchapper serait perdue.

Elle tâtonna au bord de la lucarne et chercha les crochets avec ses doigts, mais comprit qu'il n'y avait ni gonds ni crochets. Elle ne s'ouvrait pas.

S'appuyant de la main au plafond en cherchant sur les rayonnages un outil avec lequel casser la vitre, elle s'aperçut que les dalles du plafond n'étaient pas fixées.

Elle poussa à deux mains contre l'une d'elles, la dalle se souleva sans peine et Line l'écarta. De l'air froid l'enveloppa.

Les rayonnages du mur lui firent office d'échelle. En grimpant vers l'ouverture sombre dans le plafond, elle renversa des objets mais elle ne se laissa pas affecter par le bruit qu'elle faisait. En même temps, son regard cherchait de quoi se défendre. Une barre en fer, un couteau, une chaîne… Sur l'étagère supérieure se trouvaient une hache et une boîte d'allumettes. Elle laissa la hache, mais attrapa la boîte d'allumettes et finit de monter en se hissant sur les bras. Derrière, elle entendit la porte de la grange qui se refermait, mais il y avait aussi un autre bruit. Un bruit plus lointain qu'elle ne parvenait ni à localiser ni à identifier.

Elle s'agenouilla, remit la dalle du plafond à sa place et essaya de se repérer dans le noir. Elle était à peu près au milieu de la grange, au-dessus de la grande pièce dans laquelle elle était entrée.

À quelques mètres seulement, elle entendait Ole Linge déplacer les objets qui lui avaient servi à barricader la porte. Un coffre ou quelque chose d'approchant fut repoussé. Puis l'homme sembla s'immobiliser pour écouter.

Le bruit lointain qu'elle avait entendu plus tôt se renforça et, cette fois, elle le reconnut. C'était un rotor d'hélicoptère.

Elle se retira vers l'arrière, vers le grenier à foin. Elle marcha en équilibre sur une poutre jusqu'à une ouverture pratiquée dans le mur, assez grande pour qu'elle puisse s'y glisser.

Elle regarda en bas. Environ trois mètres la séparaient du sol, mais la neige profonde amortirait sa chute.

Elle entendit la porte de la grande pièce s'ouvrir.

Line songea qu'elle avait commis une erreur en ne prenant pas la hache. Elle avait remis la dalle du plafond de travers et il allait comprendre par où elle était sortie. Avec la hache, elle aurait pu le frapper au moment où il passait la tête dans le grenier pour la chercher. Mais il était trop tard. Et puis elle avait un autre plan.

Elle passa une jambe par l'ouverture et sortit la boîte d'allumettes. Elle l'ouvrit, prit une allumette, la frotta contre la surface rugueuse. L'allumette crépita légèrement, mais ne s'alluma pas. Line essaya encore, mais le soufre ne fit que partir en miettes.

Les allumettes étaient vieilles et Line n'obtint de feu qu'au quatrième essai. Elle abrita la flamme ténue de sa main puis la lança vers le foin.

Rien ne se produisit. L'allumette avait dû s'éteindre.

Son plan était de mettre le feu à la grange, pour ainsi attirer les secours. C'était sa seule option. La présence d'un hélicoptère était peut-être une coïncidence, mais elle pouvait aussi signifier que quelqu'un la cherchait.

Elle prit une nouvelle allumette, mais celle-ci aussi refusa de s'allumer. Soudain, un rayon de lumière fendit l'obscurité. Ole Linge avait dû découvrir le seul moyen possible de sortir de la pièce.

La lumière atteignit son visage et l'éblouit. Saisie d'un nouvel accès de panique, Line sentait des pulsations à l'arrière de ses yeux. Elle tâtonna à la recherche d'une nouvelle allumette. Qui se cassa en deux quand elle l'appuya contre le frottoir.

Ole Linge était en train de se hisser par l'ouverture du plafond. Line prit une autre allumette et ses doigts l'informèrent qu'il n'en restait que deux ou trois. Cette fois, elle s'enflamma aussitôt et brûla clairement.

Elle la jeta délicatement vers le tas de foin le plus proche. Les flammes mirent une ou deux secondes à trouver prise et l'herbe sèche commença à crépiter.

Le feu se répandit rapidement, la fumée s'élevait en spirales vers le toit de la grange.

Line passa son autre jambe par l'ouverture, puis elle se laissa glisser jusqu'à ce qu'elle soit suspendue par les mains. Elle lâcha prise.

85

Ils avaient le temps de survoler les lieux une dernière fois. Le pilote redressa l'hélicoptère et en pointa le nez vers l'est. La lumière du projecteur longeait la route qui se déroulait dans le paysage boisé. Les cimes des arbres vacillaient sous eux et la neige des branches tombait en poudre.

Deux taches rouges apparurent sur l'écran de la caméra à infrarouges. Elles restèrent parfaitement immobiles avant de toutes deux partir en courant.

« Des élans », expliqua le navigateur.

Wisting porta de nouveau son regard sur la lumière qui suivait la route étroite. Au bout de quelques centaines de mètres, il repéra des bâtiments sur la gauche. Une grange, une maison et des dépendances. Sur l'écran, les déperditions de chaleur faisaient apparaître les fenêtres et les portes comme des rectangles jaunes encadrés de vert.

Quelqu'un sortit sur le perron et quelqu'un d'autre le rejoignit. Wisting baissa les yeux vers eux. Un homme mettait sa main en visière pour se protéger de la forte lumière. Derrière lui se tenait une femme en jupe. Un chien se faufila entre eux et alla se poster dans la cour pour aboyer.

Le pilote inclina l'hélicoptère et fit demi-tour. Ils dépassèrent le chalet rouge où la police suédoise travaillait toujours. Puis ils prirent de l'altitude pour passer en sécurité au-dessus des lignes électriques avant de continuer tout droit.

Le navigateur fut le premier à voir les flammes.

« À 1 heure », dit-il tout en pointant l'index.

Plus loin, une lueur orange brillait entre les arbres.

Le pilote poussa sur le manche à balai, abaissa le nez de l'hélicoptère et accéléra.

Entre les arbres, une grange brûlait. Les flammes étaient rouges, orange et jaunes, blanches même. Elles serpentaient sous le toit. De la fumée noire se déversait du bâtiment.

Le navigateur appela les hommes au sol pour les informer. Le pilote dirigea le projecteur sur la zone en flammes devant la grange. Il y avait des traces dans la neige jusqu'à la porte.

« Descendez ! demanda Wisting en défaisant sa ceinture de sécurité. Déposez-nous ! »

Le pilote releva le nez de l'hélicoptère, tourna et repartit au-dessus de la route, où il repéra une ligne droite. Puis il alluma les phares d'atterrissage et descendit à cinquante pieds. Les sapins se dressaient de part et d'autre. L'appel d'air créé par les pales de rotor soulevait la neige. Ils atterrirent d'un coup sec. Les portières s'écartèrent. Wisting sauta dans le tourbillon de neige provoqué par l'hélicoptère, se baissa pour passer sous les pales et s'élança vers la grange embrasée.

86

Line fit une mauvaise chute. Une douleur aiguë traversa sa jambe gauche. Elle avait dû atterrir sur une pierre ou quelque chose qui était juste sous la neige.

Se mettant sur le dos, elle recula tant bien que mal en traînant sa jambe. Elle entendait le feu gagner du terrain dans la grange.

Quand elle fut plus près de la lisière du bois, elle se releva et essaya de claudiquer vers les arbres, mais la neige était trop profonde, elle trébucha et tomba. Elle se redressa et repartit, mais la douleur lançait des décharges dans tout son corps chaque fois qu'elle s'appuyait sur son pied blessé.

Elle s'adossa au premier tronc d'arbre venu et regarda derrière elle. Les lucarnes étaient encadrées de flammes. Alors qu'elle s'apprêtait à se retourner pour continuer dans la forêt, elle le vit arriver.

Il avançait péniblement dans la neige avec sa torche à la main, suivant ses traces. Derrière, les flammes dévoraient le toit de la grange.

Les sens de Line étaient affûtés par la peur. Elle entendit de nouveau le bruit de l'hélicoptère. Il approchait. Le feu allait attirer l'attention du pilote. La question était juste de savoir si ce serait à temps.

L'homme arrivait droit vers elle. Leurs regards se croisèrent. Il avait plus de 60 ans, mais il n'en était pas moins plus grand et plus fort qu'elle.

Elle recula dans la neige profonde, tomba sur le dos, mais se releva. La terreur la saisit. Elle tendit une main devant elle.

« Non ! suppliait-elle. Non ! »

Il la frappa sur le côté de la tête avec sa torche. Le coup la paralysa et elle s'effondra à genoux. Elle sentit le goût du sang dans sa bouche et tenta de se redresser, mais il était au-dessus d'elle. Il lui serra fortement le cou.

Line battait des bras. Il lui attrapa un poignet d'une main, saisit ses cheveux de l'autre et la traîna derrière lui. La douleur à la racine des cheveux était terrible et elle s'efforça de le suivre en avançant à quatre pattes.

Du coin de l'œil elle vit les flammes qui s'épanchaient sur la façade de la grange et se glissaient sous le toit.

Il la hala en direction du puits qu'il avait dégagé et elle comprit ce qu'il avait l'intention de faire. Elle se contorsionna, des touffes de cheveux furent arrachées de son cuir chevelu, elle sentit la chaleur de l'incendie s'intensifier.

Quand ils furent presque à la margelle du puits, elle s'arc-bouta et lui planta les dents dans la main. Il lâcha prise. Elle essaya d'attraper la pelle fichée dans la congère, mais Ole Linge se jeta sur elle et ils roulèrent dans la neige. Line lui enfonça un pouce dans l'œil. Ole Linge hurla et se libéra. Il se redressa et lui donna un coup de pied qui l'atteignit à la mâchoire et lui fit presque perdre connaissance. Puis, la saisissant par les chevilles, il la traîna vers l'ouverture du puits.

87

Wisting courait sur la route enneigée. Son pouls accéléra jusqu'à ce qu'il ne voie plus rien. Il glissa et tomba tête la première dans la neige avant de se relever et de reprendre sa course.

Au niveau d'un abri à bidons de lait, il vit des empreintes de pas qui quittaient la route pour aller vers la forêt. L'incendie faisait rage entre les arbres, les flammes traversaient le toit du bâtiment et un étendard de fumée grise ondoyait vers lui.

À cinq mètres de la grange, il s'arrêta et mit sa main en visière pour protéger ses yeux de la lumière vive. Le feu était particulièrement puissant à l'autre bout du bâtiment, où le toit commençait déjà à s'affaisser. Les flammes se cabraient en tous sens.

Il regarda par-dessus son épaule avant d'ouvrir la porte. La fumée qui afflua lui piqua les yeux, des larmes roulèrent.

Il appela mais n'obtint de réponse que des flammes. Puis il se couvrit le nez et la bouche de son avant-bras et entra.

88

Ole Linge tira Line jusqu'au puits. Celle-ci cherchait quelque chose à quoi s'accrocher, mais la neige partait en poudre entre ses mains. Se tortillant tant bien que mal, elle parvint à saisir l'un des volets du puits posé sur le côté. Ole Linge lui envoya un coup de pied. Des échardes se fichèrent dans ses doigts et elle allait lâcher prise quand retentit une détonation.

Dans la grange, quelque chose explosa. La façade entière fut arrachée. Des bouts de charpente enflammée volèrent en tous sens. Les étincelles jaillissaient au-dessus d'un océan de flammes bleues et orange.

De sa position au sol, Line regarda les flammes dévorer le toit. À l'intérieur, la charpente se dressait comme un squelette noir fluet. L'une des poutres entre le faîte et le mur céda lentement et glissa avant de disparaître dans la pièce en feu. Il y eut quelques petites détonations et explosions, puis une autre poutre s'affaissa. Elle se balança sous le faîte avant de plonger, elle aussi, dans les flammes. Le toit entier s'effondra et un tremblement parcourut le mur arrière qui était resté debout, puis il craqua et tomba dans le bâtiment écroulé.

Ce n'est que lorsqu'elle entrevit des gyrophares bleus sur la route et des silhouettes d'hommes qui arrivaient en courant qu'elle se retourna et s'aperçut qu'Ole Linge n'était plus là.

Elle se releva sur les genoux, rampa jusqu'à la margelle et regarda dans le puits. Les flammes de l'incendie projetaient des ombres et de la lumière, mais le fond était trop sombre et lointain pour lui permettre de voir quoi que ce soit.

89

La chaleur devint trop intense. Wisting tituba hors de la grange et la contourna. Il eut le temps de voir Line par terre à quelques mètres de lui avant qu'une détonation ne se produise. Line était sur le dos, et Robert Godwin était sur elle. Le souffle de l'explosion dans la grange le renversa, Wisting le vit être soulevé et projeté au sol. Puis le tueur américain disparut sous une grêle de flammèches.

Cette forte explosion fit vaciller Wisting aussi. Il tomba et un objet dur et lourd le heurta entre les omoplates, mais il se remit debout tant bien que mal. Derrière lui résonnait le violent fracas des murs s'effondrant dans le bâtiment.

Il se précipita vers sa fille. Du sang s'écoulait d'une coupure au-dessus d'un œil. Il la serra dans ses bras et vit les flammes se refléter dans ses yeux humides aux paupières rougies.

Longtemps il resta simplement agrippé à elle, puis elle se libéra doucement.

« Il est tombé, dit-elle. Il est tombé dans le puits. »

Des policiers suédois accouraient avec des armes et

des torches. Wisting les dirigea vers le puits et soutint Line jusqu'à la margelle.

Un relent putride s'élevait des profondeurs, trois torches envoyèrent leurs faisceaux blancs vers le fond. Le puits était à sec. Robert Godwin se trouvait six ou sept mètres en contrebas, sur un tas de toile de jute grise.

Sa jambe faisait un angle contre-nature, mais il avait survécu à la chute. Ils le virent grimacer de douleur alors qu'il se collait contre la paroi du puits. Il renversa la tête en arrière et regarda vers eux. L'éclat noir de ses yeux s'était éteint.

90

Ce n'est qu'une fois dans un lit d'hôpital à Göteborg que Line commença à voir le tableau des événements. Son père dormait dans un fauteuil à côté d'elle. Toute la nuit, des émissions spéciales avaient été diffusées sur le téléviseur au-dessus de son lit. Les médias repassaient les images de la conférence de presse en Norvège, à laquelle avaient aussi participé des représentants des autorités policières suédoises et américaines. Il ressortait du bandeau d'information au bas de l'écran que Robert Godwin, 61 ans, originaire du Minnesota, était soupçonné de vingt-trois meurtres aux États-Unis, dix en Norvège et cinq en Suède.

L'image revint au studio avant d'enchaîner sur la zone forestière en bordure de Hamburgsund. Des pompiers étaient en train d'enrouler des tuyaux. Une journaliste expliqua qu'on avait découvert d'autres corps sur la propriété derrière elle. Répondant à ses questions, un policier peu disert confirma qu'il s'agissait d'une opération concertée avec des policiers norvégiens et qu'elle avait abouti à l'arrestation de l'Américain recherché.

À côté de Line, son père bougea dans son fauteuil. Elle zappa, fit un tour sur CNN et Sky News. L'arrestation en Suède faisait la une. La chaîne d'information américaine diffusait des images d'archives de l'affaire qui, plus de vingt ans auparavant, avait été nommée « affaire de l'Étrangleur des autoroutes ».

Sur la chaîne suédoise, un criminologue et écrivain replet était arrivé dans le studio. On lui demanda comment un homme comme Robert Godwin avait pu parvenir à ne pas attirer l'attention de la police pendant de si nombreuses années. L'expert commentateur remonta ses lunettes sur son front et les mit en serre-tête dans sa crinière grise avant de se lancer dans un long développement. On comptait probablement plus de cinquante mille personnes qui séjournaient illégalement en Suède. Qui elles étaient, les autorités l'ignoraient. La seule chose qu'on savait, c'était qu'elles finançaient leur existence et leur séjour à l'aide d'actes criminels.

Line éteignit la télévision. Pour l'instant, elle ne faisait pas partie du cycle d'information, mais ça allait sans doute venir. Elle écarta sa couette et examina sa cheville plâtrée avant de tendre la main vers le crayon et le papier qu'une infirmière lui avait procurés.

Vingt ans auparavant, on avait pris Viggo Hansen pour un fou et on l'avait hospitalisé parce qu'il pensait que l'un des rares amis qu'il avait n'était pas celui pour qui il se faisait passer. Maintenant le monde entier parlait de lui. Cela ne changeait rien au fait qu'il avait été seul.

Nous ne saurons sans doute jamais comment il a vécu, écrivit-elle, *ni comment il est mort. Nous savons seulement qu'il était seul. Absolument seul.*

91

Le reportage de Line sur Viggo Hansen parut le 27 décembre. Wisting dormit longtemps, puis il se leva, et alla faire des courses, deux petits pains frais et le journal.

La maison était vide. Line était rentrée à Oslo.

Il alluma la radio et eut la compagnie d'un animateur du matin pendant qu'il préparait son café. Il coupa les petits pains et en garnit deux moitiés de fromage de tête et une troisième de harengs. Il émietta la dernière, ouvrit la fenêtre et mit les morceaux sur la mangeoire à oiseaux.

Robert Godwin faisait toujours la une des journaux. Les journalistes de *VG* s'étaient rendus aux États-Unis et avaient interviewé les familles de plusieurs victimes, qui remerciaient la police norvégienne et la police suédoise d'avoir enfin arrêté le tueur. La vie pouvait ainsi continuer.

Godwin était sorti de l'hôpital, il était dans un établissement pénitentiaire haute sécurité de Tidaholm. D'après les journaux, il était prêt à s'expliquer auprès de la police suédoise, mais voulait des garanties qu'il ne serait pas extradé aux États-Unis.

De nombreuses questions restaient sans réponse et Wisting était préparé au fait qu'ils ne sauraient jamais tout. C'était toujours comme ça. Dans toute enquête, certains éléments sombraient dans les abysses de l'inconnu.

Deux oiseaux à poitrine pivoine, calotte bleu-noir et dos cendré apparurent de l'autre côté de la fenêtre. Pendant les fêtes, ils étaient venus tous les jours.

Il lut l'article de Line deux fois. Si le cadre demeurait l'histoire d'un homme seul, elle avait donné à son papier un autre sens, un autre contenu. Mot après mot, elle brossait le portrait de quelqu'un qui n'allait être regretté de personne, mais avait eu sa place sur cette terre.

Ensuite, il alla à la fenêtre et observa la maison vide plus bas dans la rue. Conformément aux prévisions des météorologues, il s'était remis à neiger. De grands flocons dérivaient dans les airs. Ils voilaient le paysage et finirent par former une cloison grise entre Wisting et le monde extérieur.

Il lava son assiette et la posa à l'envers, contre la planche à pain, pour qu'elle s'égoutte. Puis il emporta son journal dans le salon, l'ouvrit sur les pages des programmes télé à la fin, saisit la télécommande et choisit un film sur un garçon qui était seul chez lui quand des cambrioleurs tentaient d'entrer dans sa maison.

Il se cala dans son fauteuil. Dix minutes plus tard, il dormait. Dehors le vent s'était levé. Un vent fort qui soufflait la neige et recouvrait toutes les traces.

DU MÊME AUTEUR

Aux Éditions Gallimard

Dans la collection Série Noire

L'USURPATEUR, 2019, Folio Policier n° 903.

LES CHIENS DE CHASSE, 2018, Folio Policier n° 878.

FERMÉ POUR L'HIVER, 2017, Folio Policier n° 852.

Composition APS-ie
Impression Grafica Veneta
à Trebaseleghe, le 6 janvier 2020
Dépôt légal : janvier 2020

ISBN 978-2-07-288424-5. / Imprimé en Italie.

362778